LA SORCIÈRE DE BROOKLYN

Paru dans Le Livre de Poche :

FLOOD.

ANDREW VACHSS

La Sorcière de Brooklyn

ROMAN

TRADUIT DE L'ANGLAIS
PAR MARIE-HÉLÈNE DUMAS

ALBIN MICHEL

Édition originale américaine :
STREGA

Pour Doc, qui a tout entendu quand il était ici.
Pour Mary Lou, qui peut tout entendre maintenant.
Pour Sam, qui a finalement renoncé
à son travail à mi-temps.
Et pour Bobby, qui est mort en essayant.

Des chemins différents vers la même porte.

REMERCIEMENTS

A Ira J. Hechler, maître d'œuvre
qui permet aux autres de graver leur nom
au bas de ce qu'il construit,
avec respect et gratitude.

1

TOUT ça à cause d'un enfant.

La rousse remontait lentement le chemin cavalier, elle marchait d'un pas appliqué, regardait droit devant elle. Vêtue d'un jogging épais, elle portait un sac de sport. Ses cheveux flamboyants étaient retenus sur sa nuque par un ruban jaune, comme il se doit.

Forest Park s'étire tout en longueur, d'un bout à l'autre du Queens County, à vingt kilomètres de la ville, entre Forest Hills, où habite une ancienne candidate à la présidence reconvertie dans la publicité pour Pepsi, et Richmond Hill, où d'autres vendent de la coke. A six heures du matin, le parc était presque désert, mais pas pour longtemps. Avant d'attaquer leur petit déjeuner biologique, les yuppies venaient se mettre en forme, courir dans la forêt en rêvant de tous les trucs qu'ils allaient s'acheter avec leur salaire de cadre.

Profondément enfoncé derrière les buissons qui longent le chemin, je restais caché derrière mon pare-brise. J'avais passé deux heures à accrocher des branches dans les mailles du filet, et ce n'était pas du temps perdu : j'étais totalement invisible. Ça me rappelait la guerre du Biafra, mais cette fois il n'y avait que des branches au-dessus de ma tête, pas d'avions.

La rousse s'est arrêtée à sept, huit mètres de moi. Avec des mouvements raides, comme engourdie par le froid de ce matin de printemps, elle a fait passer son sweat-shirt par-dessus sa tête. Elle n'avait plus qu'un minuscule short de soie blanche et un étroit bustier. « Ni panty ni soutien-gorge, lui avait dit l'autre tordu au téléphone. Je veux voir rebondir tout ce que t'as à montrer. Compris? » Elle devait faire trois fois le tour du chemin cavalier. Et repartir.

Je ne lui avais jamais parlé. C'est Julio, un vieux avec qui j'ai été en taule autrefois, qui m'a mis sur le coup. Il a téléphoné au restaurant, chez Mama Wong, et m'a laissé un message, me donnant rendez-vous à son poste à essence de Brooklyn. « Dites-lui d'amener la chienne », il a ajouté.

Julio adore Pansy. C'est un dogue napolitain. Soixante-dix kilos de muscles redoutables, et con comme un balai. Ce qu'elle a sous la boîte crânienne, même au prix de la cocaïne, ne vaudrait pas grand-chose. Mais elle fait bien son boulot, et on ne peut pas en dire autant de tas de types qui sortent d'Harvard.

Quand j'ai purgé ma dernière peine importante, dans la cour de prison, chaque bande avait son territoire. Il y avait les Italiens, les Noirs, les Latino- Américains. Mais ça allait plus loin que des distinctions raciales : les spécialistes des hold-up restaient ensemble, les escrocs avaient leur coin à eux, les fanas de la musculation ne se mêlaient pas aux givrés du basket. On s'avançait sur le territoire des autres comme on entrait dans une cellule où on n'aurait pas été invité : une lame à la main. Ceux qui n'ont plus grand-chose veillent comme des avares sur le peu qui leur reste.

Julio régnait sur le plus grand de ces territoires. Il y faisait pousser des tomates, et avait même dégoté des chaises pas trop branlantes et une table qu'un type de l'atelier avait fabriquée pour lui. Là, il prenait tous les jours des paris. Les escrocs sont tous des joueurs, autrement, ils travailleraient pour vivre. Tous les matins, ils s'asseyait sur une boîte à côté de ses plants de tomates, entouré de quelques gros bras. Même à cette époque, il était déjà vieux... un vieux très respecté. Un jour qu'on parlait de chiens, il s'est lancé sur les dogues napolitains.

– Quand j'étais jeune, au pays, y avait cette foutue statue en plein milieu du village : un dogue napolitain. Un de ces clébards qui ont traversé les Alpes avec Hannibal. Tu vois, Burke, qu'il m'a dit, la première chose que je vais faire quand je sortirai, ça sera de m'en acheter un.

Julio vendrait peut-être n'importe quoi à n'importe qui, mais quand il s'agit d'acheter quelque chose, il est nettement moins fort. Alors il n'a jamais eu de dogue napolitain. Et moi j'en ai un. Quand j'ai acheté Pansy, c'était un petit chiot, et elle est devenue un vrai monstre. Chaque fois qu'il la voit, Julio manque de pleurer. L'idée d'un tueur qui ne pourrait jamais refiler de tuyaux sur son employeur doit l'émouvoir.

Arrivé au poste à essence, je suis allé garer ma Plymouth dans le garage, sous l'œil approbateur du pompiste. Julio est sorti de l'ombre et Pansy s'est mise à grogner – bruit de camion diesel qui rétrograde. Dès qu'elle a reconnu la voix du Vieux, elle a rabattu les oreilles de quelques millimètres, mais elle était toujours prête à mordre.

– Pansy! Mama mia, mais elle est bientôt plus grande que la maison! Ça c'est une belle chienne!

Flattée, Pansy a émis un grondement de plaisir. Elle savait que Julio allait lui donner quelque chose de bon. Et évidemment le Vieux a sorti un morceau de fromage de sa poche.

– Regarde, ma belle, j'ai pensé à toi.

– Parle, Pansy !

J'ai juste eu le temps de crier avant qu'il ne soit trop près d'elle. Elle a laissé le Vieux lui caresser la tête et le fromage a disparu vite fait bien fait. Julio croyait que je lui avais donné l'ordre de dire merci – en fait, elle ne touche jamais à la moindre nourriture tant que je ne lui dis pas : « Parle, Pansy ! » Le Vieux avait l'impression que je lui faisais faire un tour de chien savant. Si vous voulez survivre, en ce bas monde, donnez toujours aux gens l'impression que vous faites des tours pour eux. Personne n'empoisonnera mon chien.

Pansy a grogné, cette fois parce qu'elle attendait autre chose.

– Saute, Pansy !

Elle s'est couchée sur la banquette arrière en silence.

Je suis sorti de la voiture et j'ai allumé une cigarette. Julio ne m'avait certainement pas fait venir jusqu'à Brooklyn uniquement pour donner un morceau de fromage à Pansy.

– Ecoute, Burke, il s'agit d'un de mes plus vieux amis. Il est venu me voir la semaine dernière, pour me dire qu'un tordu fait des trucs bizarres à sa fille. Des trucs qui la rendent folle, qui lui fichent la trouille. Mon ami sait pas quoi faire. Il a essayé de lui parler, mais elle a pas voulu lui dire ce qui se passait. Elle est mariée à un cave, tu comprends... Un type gentil, qui la traite bien et tout et tout. Qui gagne largement sa vie. Mais pas un type comme nous. Pas un type qu'on peut mettre au parfum.

J'ai regardé le Vieux sans rien dire. Il était

tellement secoué qu'il en tremblait. Juste avant de tomber, Julio avait tué deux mecs qui tiraient sur lui et ses hommes, et il avait jamais lâché le morceau. A le voir comme ça, j'ai compris que c'était une sale histoire. Je l'ai laissé partir, et j'ai fermé ma gueule.

– Alors je suis allé voir Gina. A moi non plus, elle voulait rien dire, mais je suis resté un moment avec elle, à parler du passé. Elle venait au club avec son père, quand elle était petite, et je la laissais boire du café. Je lui rappelle tout ça. Et puis je remarque qu'elle lâche pas sa fille des yeux. La petite veut aller jouer dans la cour, mais Gina le lui défend. Et il fait très beau, tu comprends ? Il y a une grille tout autour du jardin, et elle peut la surveiller de la fenêtre de la cuisine – mais non, pas question. Alors je lui demande si ce qui ne va pas, ça a quelque chose à voir avec l'enfant.

Là, elle se met à pleurer. A pleurer devant moi et devant la petite. Elle me montre l'enveloppe marron que le facteur a déposée dans sa boîte. Un ramassis d'horreurs, des histoires d'enfants écrasés par des conducteurs complètement ivres, des histoires d'enfants kidnappés, ou qui ont disparu.

– Et après ? je lui demande, qu'est-ce que ça a à voir avec *ta* fille ? Elle m'explique qu'elle reçoit des trucs comme ça depuis des semaines. Puis cette ordure lui téléphone. Il lui dit que les enfants ça le connaît. Tu me suis, Burke ? Qu'il les enlève et tout le reste. Et que si elle fait pas ce qu'il veut, il va s'occuper de sa fille.

« Gina, elle pense qu'il veut de l'argent. Elle sait pouvoir en trouver. Mais non Burke, le fric il n'en a rien à foutre, ce qu'il veut, ce tordu, c'est qu'elle se déshabille, là, tout de suite, pendant qu'il est au bout du fil. Il lui dit d'enlever ses vêtements et de lui dire ce qu'elle fait au fur et à mesure.

Les yeux du Vieux étaient ailleurs. Il avait repris le chuchotement rauque de la taule, mais seul un filet de voix ténue sortait du fond de sa gorge. Je n'avais rien à dire, je ne suis pas assistante sociale.

– Gina s'exécute. Ou plutôt elle fait semblant. Et l'autre tordu se met à crier qu'il sait qu'elle enlève rien du tout. Et brusquement il raccroche. C'est à ce moment-là qu'elle commence à paniquer. Elle se dit que le type la voit vraiment. Qu'il la surveille tout le temps et qu'il va s'en prendre à l'enfant.

– Et qu'est-ce que je viens faire là-dedans? je demande au Vieux.

– Tu connais ce genre de types, Burke. Même quand on était au trou tu observais tout le temps ces putains de salauds, les détraqués, les violeurs d'enfants, etc. Tu te rappelles? Tu te rappelles qu'un jour je t'ai demandé pourquoi tu leur parlais? Tu te souviens de ce que t'as dit?

Oui, je m'en souvenais. J'avais expliqué au Vieux qu'un jour je sortirais de ce trou, que je retrouverais la rue, et que dans la jungle, il vaut mieux connaître les bêtes sauvages.

– Ouais... je me souviens.

– Qu'est-ce que je dois faire, Burke? Tu veux que je demande à un de leurs foutus psys de me le dire? Non, toi, tu connais ces tordus, c'est toi qui vas me dire ce que je dois faire.

– Je ne dis pas aux gens ce qu'ils ont à faire.

– Alors explique-moi ce qui se passe dans la tête de ce tordu.

– Il ne la surveille pas, Julio. Il a senti qu'elle faisait semblant. T'as raison, c'est un tordu. Et on ne sait jamais pourquoi ils font ci ou ça.

– Mais on peut savoir ce qu'ils *vont* faire.

– Oui, j'ai dit au Vieux. Moi je sais.

Et c'était vrai.

On a tiré quelques bouffées en silence. Je connais Julio, je savais que ce n'était pas fini. Au bout d'un moment, il a éteint son fin cigare contre l'aile de la Plymouth et l'a remis dans sa poche. Il a plongé dans les miens ses yeux glacés.

– Il l'a rappelée...

– Et alors...?

– Il lui a dit d'aller dans le parc, à côté de chez elle. Dans Forest Park. Il veut qu'elle coure dans Forest Park vendredi matin. Sans sous-vêtements, pour que ça rebondisse dans tous les sens. Il a dit qu'après ils seraient quittes, et qu'il laisserait la petite tranquille.

– Non.

– Non quoi? Non, elle va pas au parc? Ou non, il ne laissera pas la petite tranquille?

– La petite n'est pas prisonnière, Julio. C'est lui qui est pris à son propre piège de malade. Il peut pas s'en sortir. Ces mecs-là ne s'arrêtent jamais, tu comprends? Souvent, ils forcent la dose. Ils veulent des trucs de plus en plus forts. Mais ils n'arrêtent pas. Si elle va courir dans le parc, il la rappellera. Et la prochaine fois, il en voudra plus.

– Il va la violer?

– Non, c'est pas son truc. Ce mec est un voyeur, mais c'est pareil, ce qu'il veut, c'est faire mal. C'est faire danser les femmes sur sa musique à lui, et une fois qu'elles le font, il accélère le rythme.

Julio s'est effondré contre la grille. Tout d'un coup, il avait l'air d'un vieillard. Mais un vieux caïman mord encore...

– C'est quelqu'un de bien, Gina. J'ai jamais eu de fille, mais si j'en avais eu une, j'aurais voulu que ce soit elle. Une trempe d'acier. Seulement devant son enfant, elle fond. Ce n'est pas pour elle qu'elle a peur...

– Je sais...

– Et elle peut pas raconter ça à son mari. Il déposerait une plainte contre le type, ou une connerie comme ça...

– Oui, j'ai dit, parce que je comprenais le profond respect qu'éprouve le Vieux pour les caves, ceux qui n'ont jamais été derrière les murs.

– Alors qu'est-ce qu'on fait ?

– Qui ça, « on », Julio ?

– Des boulots comme ça, ça te connaît, non ? Depuis le temps qu'on me dit que tu joues les « privés »...

– Là c'est pas pareil.

– Qu'est-ce qui est pas pareil ? Je te demande juste de fouiner un peu, pour savoir comment s'appelle ce type, où il habite, etc.

– Pas question.

Le Vieux m'a regardé droit dans les yeux, aussi vite prêt à la bataille qu'un serpent qui se dresse pour te piquer.

– C'est la Famille, Burke.

– Ouais, j'ai dit. *Ta* Famille.

– Au trou, on formait une famille, Burke.

– Tu lis trop de romans, Vieux. Je n'ai jamais fait partie de ta putain de Famille.

– Ecoute, Burke, d'accord, t'es pas rital, mais ça veut rien dire, pour moi.

Il était aussi sincère qu'un agent immobilier.

– Je suis allé en taule parce que je voulais pas passer ma vie à faire le lèche-cul, j'ai dit. Et lécher le trou de balle d'un vieux ne m'excite pas plus. Un patron est un patron. J'ai pas grand-chose, mais au moins, j'ai pas de patron, tu m'entends ?

C'était un crime de lèse-majesté, pourtant le Vieux n'a pas bronché. Seuls ses yeux de lézard ont tressailli. Il a gardé le silence, attendant que je finisse.

– Je te respectais, là-bas, et je te respecte encore, j'ai dit pour qu'il puisse sauver la face. Et toi, respecte-moi aussi, essaye pas de m'embrouiller avec ton baratin sur la « Famille », d'accord?

Le Vieux a cru avoir compris.

– Tu veux de l'argent?

– De l'argent? En échange de quoi?

– Il faut que ce dingue arrête de torturer Gina.

– Fera-t-elle ce que tu lui diras de faire?

Le Vieux a serré le poing, il s'est frappé la poitrine là où aurait été son cœur s'il en avait eu un. Cette réponse me suffisait.

– C'est bon, j'ai dit. Explique à la fille qu'elle doit aller au parc vendredi, exactement comme ce tordu le lui a demandé. Je serai dans les parages, d'accord?

– Et... tu feras ça bien, Burke?

– Ça sera fait ou non, c'est tout. Et tu ne me payes que si ça marche.

– Combien?

– Dix mille.

Le Vieux n'a même pas cligné des paupières.

– Très bien.

Je suis remonté dans la Plymouth. Je n'avais que deux jours devant moi et il allait me falloir de l'aide, sur ce coup. Le Vieux a posé sa main sur mon bras, j'ai regardé sa main comme on le fait en prison quand un type vous touche qui devrait pas le faire – une main toute ridée, rien que de la peau parcheminée et des veines bleues.

Le Vieux a baissé les yeux vers moi.

– Fais-le mettre à l'ombre, Burke.

– Je ne fais pas ce genre de boulot, Julio.

Le regard du Vieux a de nouveau dérivé.

– Tu as dit trente mille, c'est bien ça?

– J'ai dit *dix* mille, Julio. Je ne fais pas ce genre de boulot. Point.

Julio a essayé de prendre un air blessé.

– Tu crois que j'enregistre cette conversation?

– Non, Vieux, je suis sûr que non. Mais tu me connais assez bien pour ne pas me demander de donner quelqu'un aux poulets. Je ferai ce que j'ai dit. T'es pas obligé d'accepter. Alors? C'est oui ou c'est non?

– C'est oui, a dit le Vieux, et je suis reparti vers Manhattan.

2

Il nous a fallu presque la nuit entière pour mettre tout en place. Je ne pouvais pas amener Pansy sur un coup comme ça. Si elle était restée planquée avec moi dans les fourrés et qu'un imbécile ait laissé son chien lever la patte contre un arbre non loin de nous, ça aurait fait de nouveaux clients pour l'hôpital. Tant qu'il s'agit d'humains, tout va bien, mais elle ne supporte pas les chiens, surtout les mâles.

Max le Silencieux était quelque part dans les buissons voisins. C'est un combattant mongol qui travaille en freelance, seulement pour qui il veut, où il veut, quand il veut. Dire qu'il est champion de karaté revient à qualifier un politicien de véreux, cela ne vous apprend rien. Un petit bonhomme étrange qu'on appelle le Prophète essayait un jour d'expliquer Max à des jeunes, dans la cour. Et il le faisait bien mieux que moi. Quand le Prophète parle, c'est comme si on était à l'église, sauf que lui, il dit la vérité :

– Max le Silencieux? Max qui prend la vie, qui fait la veuve et l'orphelin, vent muet de la mort?

Croyez-moi, mes frères, il est plus sain de boire des déchets radioactifs, plus facile d'essayer de raisonner un serpent à sonnettes, plus sûr de porter une salopette ignifugée dans les flammes de l'enfer que de s'en prendre à cet homme. Que celui qui a l'intention de se mettre en travers de son chemin apporte son linceul avec lui.

Mais ce n'est pas parce qu'il se déplace sans le moindre bruit qu'on l'appelle Max le Silencieux. Max est sourd-muet. Peut-être qu'il lit sur les lèvres, personne n'en sait rien, en tout cas, pour communiquer avec lui, pas de problème. Je lui ai montré quelques coupures de presse que la rousse avait reçues; puis je lui ai expliqué par signes de quoi il s'agissait : les deux paumes pressées l'une contre l'autre, une main qui s'ouvre et le visage dégoûté de celui qui a soulevé une pierre et a trouvé un gros ver en dessous. Tout ça pour lui dire qu'il s'agissait d'une de ces larves qui ne travaillent jamais à découvert. Ensuite, j'ai fait comme si j'étais en train de téléphoner, et j'ai commencé à déboutonner ma chemise avec une expression horrifiée sur le visage. Il a tout compris, et il a accepté de se mettre sur le coup. Fifty-fifty.

J'étais tranquille dans ma cachette. De nouveau, j'ai pensé au Biafra. C'est pas parce qu'on se sent tranquille qu'il faut se croire en sécurité.

La rousse courait le visage fermé, dur, mais son corps bougeait comme l'autre l'avait demandé. Elle allait faire ses trois tours sans craquer... comme Julio l'avait promis.

Il devait être dans les parages, pas très loin. Je ne savais pas comment il s'appelait, mais je le connaissais, il voulait voir la rousse danser pour lui. Pourtant j'étais là depuis des heures, et je ne sentais pas sa présence. Le sentier faisait une boucle d'environ huit cents mètres. Le type pouvait être n'importe où dans ce périmètre. Et Max le Silencieux aussi.

Les minutes s'écoulaient, je ne bougeais pas. Je sais attendre. Puis j'ai entendu la voiture : elle roulait sur la route qui est parallèle au sentier, trop lentement pour simplement passer par là. Quand les pneus ont crissé sur les graviers, j'ai retenu mon souffle – il avait quitté la route, il se dirigeait vers l'autre côté du sentier, en face de moi. Parfait.

La Pontiac marron s'est arrêtée tout doucement au milieu des buissons, à une quinzaine de mètres de ma planque. Il a coupé le moteur et la forêt s'est tue, inquiète de cette nouvelle intrusion. On ne voyait rien de ce qui se passait derrière les vitres fumées de la Pontiac. Tout d'un coup il a ouvert la portière, et il est descendu lentement, prudemment. Il était grand, plus d'un mètre quatre-vingts, et maigre, un vrai échalas. Il portait une de ces tenues de camouflage qu'ils vendent partout maintenant, des paraboots noirs parfaitement cirés, une casquette militaire et des lunettes de soleil à verres réflecteurs. Un long couteau pendait sur sa hanche.

Il s'est mis à couper des branches pour cacher l'avant de la Pontiac, à grands gestes rapides, affolés. Peut-être qu'il se prenait pour un tireur embusqué en train de se construire un abri – à mes yeux, il ressemblait plutôt à ces barjos en imperméable qui commencent à se branler dans les fauteuils des cinémas pornos avant même que le film ait commencé.

Grâce à mon petit télescope, j'ai vu sa tête, comme s'il avait été à côté de moi. Tout au moins ce qui n'était pas caché par la casquette et les lunettes. Ses lèvres faisaient des heures supplémentaires. Puis il a entendu comme moi le bruit rythmé des pas de la fille sur le sentier. La rousse repartait pour un tour. Il a plongé dans la Pontiac. La vitre est descendue lentement et j'ai regardé son visage pivoter sur son cou décharné. Il avait les yeux collés au sentier. La rousse est arrivée, elle courait comme un automate, regardant toujours droit devant elle. La tête du type s'est tournée du côté où elle arrivait puis de l'autre, et la rousse a disparu derrière le virage. Je voyais la tête du type, mais pas ses mains. J'avais pas besoin de les voir. Je savais ce qu'il faisait avec elles.

Il ne bougeait plus. Laissait sa vitre baissée. L'avoir vue passer une fois lui suffirait-il ? Allait-il repartir, maintenant ? De là où j'étais, je n'arrivais même pas à lire le numéro de sa voiture. S'il s'en allait tout de suite, je serais obligé d'agir sans Max.

Mais il restait là – il attendait le deuxième service. J'ai penché lentement la tête en avant, puis en arrière, pour me désengourdir. J'étais prêt à agir. J'ai senti quelque chose me piquer le visage, et j'ai regardé autour de moi pour débusquer l'ennemi. Mais rien. Aucun insecte coupable. Puis le bruit d'un serpent qui siffle, terriblement amplifié, a pénétré les brumes de mon cerveau et j'ai compris d'où venait le projectile. Max était dans le coin. Il m'a fallu encore trente secondes pour le repérer, accroupi immobile à moins de trois mètres de moi. J'ai tendu la main vers l'endroit où le type s'était planqué et Max a hoché la tête. Il savait.

J'ai levé un doigt pour dire à Max d'attendre encore une minute avant de bouger. Puis j'ai dessiné un demi-cercle dans l'air, j'ai fait le geste de me lever et j'ai refermé ma main droite sur mon poignet gauche. Ça voulait dire : « Passe derrière le type, attends que je me montre, et ensuite empêche-le de bouger. » J'avais une bonne raison de refermer ma main sur mon poignet : je voulais que ce tordu reste là où il était pour entendre ce que j'avais à lui dire, pas pour l'éternité.

Max a disparu. Le parc était encore calme. Nous avions du temps devant nous, mais pas tant que ça. Combien de minutes faut-il à une femme qui protège sa progéniture pour faire huit cents mètres au pas de course?

Nous l'avons tous les deux entendue avant qu'elle arrive, comme au tour d'avant. Je savais que la rousse avait laissé son sac de sport un peu plus loin après le virage. C'était la dernière fois qu'on la voyait. Mais l'autre avait raté le premier tour, il croyait peut-être qu'elle repasserait encore une fois.

La rousse courait toujours de la même façon, une machine qui obéit à contrecœur, incapable de vaincre celui qui l'a programmée. Je sentais les yeux du dingue brûler.

Elle a disparu derrière le virage. J'ai attendu quelques secondes, sur mes gardes, mais le type n'a pas redémarré. Maintenant, Max était de l'autre côté. Inutile de chercher à être discret, il m'aurait fallu au moins dix minutes pour sortir de ma planque sans me faire repérer.

J'ai passé les bras autour des genoux, je me suis allongé sur le dos et j'ai envoyé mes pieds en avant. Les branches ont giclé, les oiseaux se sont mis à crier et j'ai entendu le type qui essayait de démarrer. Son moteur a vrombi juste quand je traversais la route dans sa direction. Ses pneus arrière ont tournoyé frénétiquement sur eux-mêmes, mais la Pontiac n'a pas bougé. Elle ne risquait pas d'avancer d'un centimètre. Non, pas avec les deux blocs de béton que Max avait coincés sous ses roues avant.

Quand le type m'a vu, sa tête s'est balancée dans tous les sens au bout de son cou de poulet, à la recherche d'une issue de secours. Max est alors apparu à sa portière. Un quart de seconde plus tard, il sortait le type de la voiture comme on sort un poisson mort d'un aquarium. Le type a commencé à dire quelque chose. Max lui a un peu tordu le cou, et le quelque chose s'est transformé en cri. Max avait encore une main libre, il la lui a envoyée dans le ventre, la paume tournée vers l'extérieur, et le cri s'est transformé en silence.

La Pontiac était une deux-portes. J'ai fait le tour pour aller m'installer sur le siège avant droit, Max s'est mis à l'arrière et a tiré le type à côté de moi, sans lâcher son cou décharné.

On est restés comme ça un moment. Trois étrangers devant l'écran vide d'un drive-in. Mais le type n'a pas pu supporter ce silence, il a ouvert la bouche. Max n'a pas eu besoin d'appuyer très fort pour lui faire comprendre que ça pouvait faire mal, de parler. Il avait le visage trempé de sueur. Je lui ai arraché ses lunettes à verres réflecteurs, je voulais voir ses yeux. Ils tournaient dans leur orbite comme deux mouches ivres sur une poêle Téfal.

– Ton portefeuille, j'ai dit d'une voix calme et tranquille.

Il a fouillé tout tremblant dans la poche de sa tenue de combat et m'a tendu son portefeuille. Exactement ce à quoi je m'attendais : un badge de flic miniature, environ deux cents dollars, une carte de membre honoraire d'un club de foot, des cartes de crédit et toute la merde habituelle. Mais c'était son permis et sa carte grise qui m'intéressaient, et je n'ai pas mis longtemps à les trouver.

– Mark Monroe, ai-je lu. C'est un joli nom... Mark. Tu ne trouves pas, Max ?

Max n'a rien dit. L'autre non plus. J'ai sorti mon P 38, puis le silencieux, que j'ai soigneusement vissé. Le type m'a regardé assembler ma machine à tuer.

J'ai fait un signe à Max et il a lâché le cou de poulet.

– Tu as fait une grave erreur, Mark, j'ai dit au type.

Il m'a regardé, a essayé de parler, mais sa pomme d'Adam avait les mouvements affolés d'un ascenseur qui arrête pas de monter et descendre entre deux étages.

– Calme-toi, j'ai dit. T'affole pas, Mark.

Il lui a fallu un bon moment pour arriver à parler.

– Que... Qu'est-ce que vous voulez?

– Ce que je veux, Mark? Je veux que tu laisses les gens tranquilles. Je veux que tu arrêtes de menacer leurs enfants. Je veux que tu arrêtes de prendre ton pied en torturant les gens, comme tu viens de le faire.

– Laissez-moi vous expliquer...

– M'expliquer quoi, Mark? Que tu es malade et que c'est plus fort que toi? Je n'ai pas suffisamment de temps à perdre pour écouter ce genre de baratin.

– Non, ce n'est pas ce que je voulais dire. Mais vous savez...

– Tu vas me dire qu'au fond ça lui plaît, à cette salope, et qu'elles en redemandent toujours, c'est ça, hein?

– Ecoutez...

– Parce que si c'est ça, j'ai dit en relevant le canon du revolver au niveau de ses yeux, je fais tout de suite exploser ta face de rat visqueux.

Le type n'a plus moufté. J'étais venu à bout de ses deux seuls arguments et il n'arrivait pas à en trouver d'autres. J'ai pris les clés de la voiture et je suis descendu. Dans le coffre j'ai trouvé deux cartons pleins d'articles de journaux sur les enfants, et tout un assortiment de magazines à côté desquels *Penthouse* fait penser à *Maisons et Jardins* : *Beautés enchaînées, Femmes soumises, Cuir et discipline,* l'arsenal parfait de la branlette pour violeurs à longue distance. J'ai tout sorti, tout empilé par terre, puis je suis retourné dans la voiture. La boîte à gants contenait deux bombes autodéfensives comme les gonzesses en trimbalent dans leur sac, une matraque et un rouleau de plastique transparent. Un Saint-Christophe pendait sous le rétroviseur. Rien de surprenant.

– Où travailles-tu, Mark ? je lui ai demandé d'un ton amical.

– A Con Edison. J'y suis depuis...

– Ça suffit, j'ai dit en lui enfonçant le silencieux dans les côtes. Contente-toi de répondre aux questions qu'on te pose. Compris ?

– Oui, a dit le type, je voulais juste...

J'ai enfoncé le silencieux plus profond.

– Mark, on a un problème, toi et moi, tu comprends ? Mon problème, c'est de t'empêcher de recommencer à faire ce que tu as fait ce matin. Et le tien, c'est de sortir d'ici vivant. Tu as des idées sur la question ?

Les mots se bousculaient dans sa bouche, se marchaient les uns sur les autres pour arriver à ses lèvres. Il devait être plus clair au téléphone.

– Ecoutez, plus jamais je ne... ne vous inquiétez pas...

– Si, je m'inquiète, Mark. Je suis payé pour ça, tu comprends ?

– Oui, oui. Mais c'est pas ce que je voulais dire. Je voulais dire que je ne lui téléphonerai plus jamais. Juré.

– C'est ça, tu ne lui téléphoneras plus. Et maintenant sors de la voiture. Doucement.

Il n'a même pas essayé de s'enfuir. Max et moi, on l'a emmené au fond du bois. On a marché jusqu'à ce que je trouve ce que je cherchais : la souche d'un érable géant que les services des Eaux et Forêts avaient bêtement tronçonné.

– Agenouille-toi, Mark, et pose tes mains sur l'arbre, de façon à ce qu'on puisse les voir.

– Je... a commencé le type, mais c'était peine perdue.

Max l'a fait descendre à terre. Je l'ai laissé se mettre à genoux comme si j'avais tout mon temps.

– Très chic, ta tenue de combat, Mark. Et en fait, ce déguisement m'arrange. Quand tu arriveras à l'hôpital, tu leur diras que tu t'entraînais dans le bois pour le parcours du combattant, que tu es tombé et que tu t'es fait mal. Compris?

– Que je me suis fait mal? Il a couiné.

– Oui Mark, que tu t'es fait mal. Parce que c'est exactement ce qui s'est passé aujourd'hui. Tu t'es fait mal. On se fait toujours mal quand on essaie de profiter des autres.

– Non... je vous en prie. Je ne peux pas supporter la douleur. Le docteur dit que...

J'ai fait signe à Max. J'ai vu son pied partir comme un éclair dans la lumière matinale et j'ai entendu le craquement – maintenant, le type n'avait plus qu'un seul fémur entier. Son visage a pris une pâleur mortelle et il y avait du vomi qui sortait de sa bouche, mais il a laissé ses mains là ou elles étaient. On dresse même les larves.

– Chaque fois que tu essaieras de marcher sans boiter, Mark, je veux que tu te rappelles comme tu t'es bien amusé ce matin dans le parc, compris?

Son visage se tordait de douleur, ses lèvres saignaient, il s'était mordu.

– Oui ! il a murmuré dans un souffle.

– Et chaque fois que tu décrocheras ton téléphone, Mark, je veux que tu penses à aujourd'hui. Compris ?

– Oui, oui.

Max s'est penché et a doucement soulevé une des mains qui étaient posées sur la souche. Rapide torsion dans le dos, nouveau craquement, et le bras du type ne lui servirait plus avant un bon bout de temps. C'est ce qu'on appelle une fracture en spirale. Les toubibs n'arrivent jamais à la réduire complètement. Le type a ouvert tout grand la bouche, puis il a vu le revolver à vingt centimètres de sa gueule. Le hurlement désespéré qu'il allait pousser s'est éteint sur ses lèvres. Il voulait encore vivre.

– Ecoute-moi bien maintenant, Mark, je lui ai dit. Je connais ton nom, ton adresse, ton numéro de sécurité sociale... Je sais tout de toi. Si jamais tu recommences, si jamais tu découpes encore un article dans le journal ou si tu donnes un seul coup de téléphone, je t'arrache les yeux avec des tenailles et je te les fais bouffer. Compris ?

Le type m'a regardé, son corps marchait encore, mais son cerveau tournait à vide.

– Je vous en prie..., a-t-il réussi à dire.

Ce n'était pas assez.

– Mark, quand tu vas arriver aux urgences, tu as intérêt à expliquer que tu t'es blessé tout seul, que c'était un accident, compris ? Parce que, autrement, tu ne seras bientôt plus qu'un tas de viande avariée. Nous, on va s'en aller dans une minute. Tu peux encore conduire, et la douleur, ça passe. Mais si un jour tu oublies ce qui t'est arrivé aujourd'hui, là, tu sauras ce que c'est que d'avoir vraiment mal. Compris?

– Oui.

– Une dernière chose, j'ai ajouté. Je dois m'assurer que tu n'oublieras jamais, Mark. Et comme je te l'ai dit, la douleur, ça passe. Alors je vais te laisser un souvenir définitif de ces petits jeux d'aujourd'hui.

Quand j'ai sorti le couteau de boucher de ma poche, ses yeux sont devenus fous.

– Ne bouge pas, Mark, je lui ai dit, mais il a enlevé sa main et essayé de s'enfuir. Comment veux-tu courir, avec une jambe cassée, Mark?

Cette fois, nous l'avons laissé crier.

Max l'a tiré devant la souche, lui a tenu le bras – une enclume pour retenir une plume.

– Regarde ce que tu as fait, Mark. On t'avait cassé la jambe proprement, et maintenant tu as l'os en miettes. Et si tu continues à faire des bonds, tu risques de perdre un bras au lieu d'une main...

Le type contrôlait plus rien, à son odeur de vase, s'est ajoutée celle de l'urine. Des sons sortaient de sa bouche, mais ce n'était pas des mots. Max a ouvert la main du type sur la souche. J'ai levé le couteau de boucher au-dessus de ma tête et je l'ai laissé retomber très vite. Le type a poussé un soupir rauque et s'est évanoui. Sa main a glissé avec lui.

J'ai retenu le couteau et regardé Max. Il a immédiatement remis la main du type sur la souche, mais je lui ai fait signe que c'était fini. Si ce qui lui était déjà arrivé aujourd'hui ne servait pas de leçon à ce tordu, c'est qu'on ne pouvait vraiment rien y faire.

Il était temps de partir. Max a ramassé d'une main les deux cartons pleins de saloperies et nous sommes retournés jusqu'à ma planque. J'ai dégagé le pare-brise et je l'ai ramené jusqu'à la Plymouth.

Deux minutes plus tard, on sortait du parc. J'ai laissé Max dans la voiture au bord de la route et j'ai effacé les traces de pneus avec des branches.

Cinq minutes plus tard, on disparaissait sur l'autoroute, en direction de Brooklyn.

3

ÇA aurait dû s'arrêter là, il ne me restait plus qu'à me faire payer. Mais on ne se fait jamais payer directement par un homme comme Julio, ce serait lui manquer de respect. D'autant que je sais où il vit, tandis que lui n'a pour me joindre que le numéro du restaurant de Mama Wong.

J'ai laissé passer trois semaines, puis j'ai téléphoné à la station d'essence d'une cabine à côté de mon bureau. Chez moi, je ne peux me servir du téléphone que très tôt le matin – la ligne appartient aux hippies qui vivent dans le loft à l'étage d'en dessous. Ils passent généralement leurs soirées à travailler sur leur soi-disant épanouissement personnel et s'écroulent bien après minuit, pour rêver d'un paradis artificiel où tous les hommes seraient frères. Heureusement pour eux qu'ils ne prennent jamais le métro.

Je ne paye pas de loyer, et je pense ne jamais en payer, à moins que le propriétaire ne vende. Il y a quelques années, son fils a fait à des gens quelque chose de vraiment très bête, et je ne l'ai raconté qu'à lui. Comme je lui ai dit, à l'époque, il y a beaucoup de place pour stocker de tels renseignements au dernier étage, mais on ne sait jamais ce qui pourrait arriver si j'étais obligé de déménager dans un appartement plus petit.

Je n'abuse pas de mes privilèges – pas de conversations de plus d'une minute, pas d'appels en dehors de New York. J'ai mis une pièce dans l'appareil, une voix de larbin m'a répondu.

– Ouais...

– C'est Burke. Dis à ton patron que je veux le voir au troisième huit.

– J'ai pas de patron, mec, tu t'es trompé de numéro, qu'il a fait avant de raccrocher.

Les Italiens étaient nerveux, depuis quelque temps.

Le « troisième huit », c'est entre onze heures du soir et sept heures du matin, exactement comme au trou. Là-bas, chaque « huit » est différent. Le premier, c'est celui où la taule veut avoir l'air supportable. Les visites sont autorisées, et même les responsables du Bureau des libérations sur parole viennent te voir. C'est aussi pendant le premier huit que se pointent ces caves de thérapeutes et les jobards en soutane. Pendant le deuxième huit, tu règles tes différends, quand ils sont sérieux. En cabane, les bagarres ne durent que quelques secondes. Il y en a un qui meurt et un qui repart dans un autre coin de la cour. Si le type que t'as poignardé survit, il a le droit de demander une revanche. Et c'est au cours du troisième huit que tu quittes l'hôtel, si t'aimes pas ta chambre : c'est là que les jeunes se pendent dans leurs cellules. La prison est le reflet exact du monde libre – mensonge, violence et mort – mais à une échelle réduite.

Peut-être qu'on ne sort jamais vraiment de prison. Il n'y a pas de barreaux à mes fenêtres – la rouille a eu raison de l'escalier de secours depuis longtemps, il ne reste que les marches qui mènent au toit, et Pansy est toujours prête à discuter avec les intrus de l'éthique de leur conduite. Pourtant, un jour nouveau se levait, et je n'avais pas d'autre but que de le voir passer.

On ne te laisse pas grand-chose, derrière les murs. C'est pour ça que les mecs qui font de la musculation chérissent leurs mensurations plus que n'importe quel mannequin. C'est pour ça que tu risques ta vie si dans la cour tu aventures un pied sur le territoire de l'autre, ou si t'écorches son nom. Ou bien tu tiens le coup, ou tu t'écroules, c'est aussi simple que ça. En prison, quand tu t'es écroulé, tu continues à ramper.

La rousse avait tenu bon. Elle n'aimait pas le numéro qu'elle faisait dans le parc, mais à cause de sa môme, elle n'a pas craqué. Elle avait fait ce qu'elle devait faire. C'était bien. Et du coup, ce que j'avais fait, c'était bien aussi. Je n'allais jamais la revoir. Je ne voulais pas... Tout ça me rappelait Flood.

Avant de rencontrer Flood, j'appliquais scientifiquement les techniques de survie. Comme la rousse, Flood avait un boulot à faire, et j'y ai été mêlé. Même si elle a porté sa part du fardeau jusqu'au bout.

Flood et moi, on était tous les deux des enfants de l'Assistance. « Je suis avec toi, Burke », m'a-t-elle dit juste avant de repartir vers un autre monde. Tout allait bien, avant Flood. Je savais ce que j'avais à faire, et je le faisais. Mais depuis Flood, la douleur se balade en moi comme un papillon qui vole. Quand le papillon se pose, il faut que je fasse quelque chose pour oublier. Les paroles d'une chanson que Bones chantait dans sa cellule tard le soir me sont revenues à l'esprit :

« J'voudrais avoir d' l'argent.
J' voudrais avoir une femme.
Et je n'ai que du temps. »

Il appelait ça le « blues du QHS ». Bones n'avait pas l'habitude des taules de la ville. Il avait purgé presque toute sa peine dans le Mississippi, à Parchman Farm, une prison de dix mille hectares, sans murs. Ils n'avaient pas besoin de murs, un homme ne court pas plus vite qu'une balle de revolver. Bones disait qu'on l'avait surnommé comme ça à l'époque où il jouait aux dés, les os en argot de chez nous, mais quand je l'ai connu, on l'appelait Bones, parce que les os, c'est tout ce qui restait de lui. Il avait cent ans, il était maigre comme un clou et gardait ses manières d'autrefois : il y avait tant de respect dans son lourd accent du Sud quand il parlait aux matons qu'ils n'écoutaient jamais ce qu'il disait vraiment.

Mais un jeune Noir de la ville ne l'a pas bien écouté, lui non plus. Ce jour-là, Bones était assis sur une boîte, au milieu d'un des territoires neutres de la grande cour. Il grattait sa vieille guitare, chantait ses chansons. Le jeune Noir est arrivé avec sa clique. Ils étaient dans ce trip bidon du « retour en Afrique ». « Nous sommes tous des prisonniers politiques », qu'ils disaient. Ah bon, je ne savais pas que piquer le sac d'une vieille dame était un acte révolutionnaire, mais qu'est-ce que je connais à tout ça? Groucho est le seul Marx qui m'ait jamais intéressé. Ce jeune tenait à ce qu'on l'appelle par son nom tribal, et les nouveaux matons s'exécutaient. Donc, il arrive, roulant des mécaniques et dit à Bones qu'il n'est qu'un stéréotype minable, un sous-Oncle Tom, un pauvre lèche-cul de nègre, etc. Et Bones continue à jouer en regardant ailleurs, au-delà du jeune Noir.

Seuls résonnent dans la cour les grognements des types qui font de la musculation, les dominos qui claquent sur leur planche de bois, et les tristes accords de la guitare de Bones. Puis c'est un bruit de gifle, très fort; la guitare se tait mais des hommes se mettent à fredonner. L'ombre glacée de la mort plane sur la cour de la prison, pourtant, du haut de leur passerelle, les matons ne l'ont pas vue venir. Partout les prisonniers se lèvent, et tous ils se dirigent vers l'endroit où le jeune tocard se dresse devant Bones à qui il a pris sa guitare.

– Ecoute, le vieux, ce truc te servira jamais qu'à jouer de la musique d'esclave.

Il jette un regard méprisant à Bones, ses mains se resserrent autour de l'instrument.

– Vaudrait mieux que je t'en débarrasse tout de suite, j' pourrais la briser en deux facilement, qu'est-ce que t'en penses?

– Non fils, fais pas ça, lui demande Bones.

Le tocard se retourne vers ses amis, cherchant leur approbation. Il est seul maintenant, sur la planète ou il veut régner, il ne voit pas le mur humain qui se referme autour de lui. Je regarde derrière Bones dont se rapproche Virgil, mon compagnon de cellule. On n'a jamais appris à Virgil à défendre les Noirs, mais il va jouer mon jeu, comme il est toujours censé le faire. De toute façon, j'ai toujours détesté Bagoomi – je crois bien que c'est comme ça que cet enfoiré se faisait appeler. Sa mission révolutionnaire ne l'empêchait pas de violer les jeunes mômes qui débarquaient chez nous.

Seulement j'arrive trop tard. La vieille guitare se brise en deux sur son genou comme une brindille, il en tient un morceau dans chaque main, avec un sourire triomphant. Le bras du vieux Noir se détend en avant, et le sourire du tocard meurt sur ses lèvres en même temps que lui. Quand les gardiens réussissent à se frayer un chemin entre les prisonniers serrés les uns contre les autres, tout ce qu'ils trouvent, c'est un pèlerin de plus qui a trouvé le chemin de la Terre promise, une lime profondément enfoncée entre les côtes. Les matons ne font même pas attention à Bones qui a ramassé les morceaux de sa guitare et pleure sur lui-même. Leur enquête conclura que quelqu'un a réglé une dette de jeu avec le tocard, selon les méthodes des taulards, et que la guitare du vieux Noir a servi d'accessoire au collecteur.

Je ne connaissais pas Flood, quand j'étais au trou... je ne savais pas qu'il existait des femmes comme elle. J'aurais dû me douter que quand l'amour viendrait frapper à ma porte, ce ne serait que pour une brève visite.

Quand on a le blues à ce point-là, on n'a pas envie de rester enfermé. En prison, je n'avais pas le choix. Mais en prison, je n'avais jamais un tel cafard.

Il était temps d'aller retrouver la rue.

4

J'AI appelé Pansy qui était sur le toit, et je suis descendu au garage. Quelquefois quand j'ai le cafard, je reste à discuter avec Pansy, seulement Pansy était en chasse, donc intenable. C'est chaque fois la même chose, elle déchire tout ce qui lui tombe sous la dent dans ces moments-là. Ce n'est pas que ça change beaucoup l'aspect de mon bureau, et de toute facon, mes clients ne sont pas du genre à se formaliser, mais quand même.

C'était plutôt calme, sur les quais. Quelques putes tristes qui cachaient leur visage vide sous du fond de teint bon marché, un racoleur en cuir trop taré pour savoir qu'il ne se passerait rien avant la tombée de la nuit, quelques caves en retard pour le boulot. J'ai cherché Michelle, mais elle avait dû prendre sa journée.

J'aurais pu pousser jusqu'au Bronx, pour surprendre la Taupe, mais je n'étais pas d'humeur à parler d'Israël. La Taupe adore le *concept* d'Israël, pourtant jamais il n'ira là-bas.

Puis j'ai pensé à Max, on aurait pu taper le carton. Ça faisait douze ans qu'on jouait au rami ensemble et il conservait précieusement tous nos scores. Pour l'instant, il me devait quarante dollars. Mais il n'y avait personne, à l'entrepôt.

Feu rouge, au croisement de Bowery et Delancey. Un clodo avec son litron sous le bras en profite pour venir me taper.

– T'as pas une petite pièce? qu'il me demande. J'ai besoin d'argent pour rentrer chez moi.

– C'est où, chez toi?

– Avant, c'était l'Oklahoma...

– Et maintenant, c'est ça.

Je lui tends un dollar et son visage s'illumine. Si j'ai pas grand-chose à donner au monde, je peux au moins offrir de temps en temps un coup à boire. Mais même après ça, le blues était toujours le plus fort.

Croisement de la Quatrième Rue et de l'avenue C. Nouveau feu rouge, nouvel arrêt. A la radio, Paul Butterfield chante « J'ai décidé de dire au revoir à la vie ». La musique se répand dans l'air épais de la ville. J'allume une clope et, perdu dans mes pensées, j'entends la voix de la fille.

– Tu aimes cette vieille chanson triste, *hombre*?

C'est une Portoricaine, une merveille : cheveux de jais qui flottent librement sur ses épaules, grands yeux sombres, lèvres rouges comme le sang quand il coule. Perchée sur un perron, chemisier blanc noué sous ses gros seins, peau crémeuse, taille fine et hanches pleines moulées dans un corsaire rose, de son talon aiguille, elle bat le rythme sur l'asphalte.

– Y a que le blues de vrai, petite fille, je lui lance, et elle se déhanche jusqu'à la Plymouth pour entendre ce que l'étranger a d'autre à lui raconter.

Elle a quinze ans– ou peut-être trente – impossible à dire. Mais elle ne sera plus jamais aussi belle. Dans la rue, tous les regards la suivent. Je tourne la tête vers le perron. Quatre hommes y sont assis. Qui regardent.

Cette fille n'est pas une pute, c'est une bombe incendiaire. Elle mord sa lèvre inférieure, qui se gonfle sous la pression, appuie une hanche parfaite contre la Plymouth.

J'ai une minute pour me décider, et je n'ai même pas besoin de réfléchir. Elle est à vendre, ça c'est sûr, mais pas pour de l'argent, pour une guerre. Un des jeunes types qui nous regardent n'attend que ça. Je ne suis pas preneur – ces jeunes ont le sang chaud, et le sang chaud coule facilement.

– Comment tu t'appelles? fait-elle semblant de vouloir savoir.

Je prends sa main, son vernis à ongles rouge scintille dans le soleil.

– Fais durer le présent, beauté.

Je lui ai embrassé la main et je suis reparti.

Ce n'était pas mon jour. J'ai erré à travers la ville, radio allumée. Ne pas se laisser aller. Tenir le temps que ça va durer. J'avais déjà tenu, ailleurs.

Le pont, dans l'autre sens. En passant devant la maison d'arrêt, je me dis qu'il vaut mieux avoir un coup de déprime dehors que dedans, mais je ne vais pas très loin avec ça.

Dans Nevins Avenue, je m'achète des clopes. Assis sur le capot de la Plymouth, j'en allume une. Je ne suis pas pressé, personne ne m'attend. En face de moi, trois vieux Noirs en manteau d'hiver malgré la chaleur se passent une bouteille de vin et bavardent, assis sur des caisses de lait. S'occupent de leurs oignons, dans le soleil couchant. Il y a des clubs sans portes ni fenêtres.

Une bande de punks remonte la rue. Quatre jeunes Blancs. Ils arborent ces étranges coupes de cheveux, rasés sur les côtés, longs derrière, taillés en brosse au milieu, des raies de couleurs violentes. Sont vêtus de cuirs sans manches. Il y en a un qui frime avec une canne noire dont le pommeau représente une tête d'aigle et qui cache probablement une épée. Un autre a autour du cou un col qui ressemble à de la peau de bouledogue. Tous portent des mitaines noires qui laissent les dernières phalanges et les jointures des doigts dénudées. Le punk à la canne marche devant, les autres se déploient derrière lui. Puis le plus grand contourne l'aile extérieure du bataillon, dépasse les autres en sautant d'un pied sur l'autre et lance son poing en avant vers les passants qu'il croise. En voyant les gens qui trébuchent pour s'écarter de leur chemin, les punks rient aux éclats.

Arrivé à la hauteur des trois vieux, le grand balance un gauche vicieux dans la poitrine d'un des Noirs qui tombe à la renverse. Je me laisse glisser sur le trottoir, prends dans ma poche le rouleau de pièces de vingt-cinq cents que je garde toujours sur moi pour les péages, mais déjà le vieux s'ébroue et se redresse. Il se frotte le visage de ses deux poings, renifle bruyamment, puis plonge en avant, envoie des crochets, droite, gauche, droite, gauche. Le jeune essaie lamentablement d'imiter les boxeurs qu'il a vus à la télévision, mais il ne fait pas le poids. Le vieux Noir le repousse contre un van comme dans les cordes du ring sur lequel il a dû combattre autrefois, il cogne régulièrement, au visage, au ventre – des coups assenés avec force, professionnels, imprévisibles. Le grand punk s'écroule. Le vieux Noir se retourne et s'éloigne, branché sur pilote automatique.

La rue est calme, mais on sent la joie prête à exploser dans les bistrots du coin. Le grand punk reste allongé par terre – je scrute l'horizon : comme on pouvait s'y attendre, ses potes ont disparu. Et le vieux est de nouveau assis sur sa caisse de lait, avec ses amis.

Quand le vieux a entendu la sirène, il savait ce qu'il avait à faire. Quelques secondes plus tard, là où le punk était tombé, il n'y avait plus rien. Et moi je n'avais plus le blues.

5

QUAND j'ai remonté Flatbush Avenue en direction du poste à essence, le troisième huit venait à peine de commencer. J'ai demandé au pompiste qu'il me fasse le plein et, pour ne pas avoir à me rendre de la monnaie, ce minable aux yeux chassieux a renversé exprès pour vingt-huit cents de super.

– Julio est là? je lui ai demandé quand il s'est pointé devant ma portière.

D'un signe de tête, il m'a montré l'arrière de la station. J'ai redémarré sans lui laisser le temps de me demander son dû.

En voyant la Cadillac blanche, j'ai compris que

Julio avait envoyé un de ses sbires pour me régler – c'était ça, pour le Vieux, avoir de la classe. La vitre avant gauche de la Cadillac était baissée – le type a repéré la Plymouth et sa portière s'est ouverte avant que j'aie eu le temps d'arriver. Exactement ce que j'attendais. Un vrai bleu : vingt-cinq ans, visage obtus, brushing, bronzage de station balnéaire, lunettes noires, chemise de soie blanche ouverte sur la poitrine, pour qu'on puisse bien voir ses chaînes en or, pantalon serré, boots luisants de cirage. Ses manches relevées laissaient voir ses avant-bras musclés, une grosse gourmette en or à un poignet, à l'autre une montre extra-plate, en or, elle aussi. Le figurant de choc.

Il a claqué sa portière, s'est avancé vers moi en roulant des mécaniques.

– C'est toi, Burke? il a demandé.

– Ouais, j'ai répondu (je n'étais pas venu pour lui faire la conversation).

– J'ai quelque chose pour toi. De la part de M. C.

J'ai tendu ma main gauche, la paume ouverte. Ma main droite restait là où il ne pouvait pas la voir.

– J'ai dix mille dollars là-dedans, qu'il a dit en tapotant sa poche extérieure.

Je n'ai pas répondu. Apparemment, il y avait quelque chose qui défrisait ce bleu, mais c'était pas mon problème.

Il m'a regardé et a lâché le morceau :

– T'as pas l'air si coriace que ça. J' sais pas ce que tu as fait pour le Vieux, mais je suis sûr que j'aurais pu en faire autant.

– Aboule le fric, je lui ai dit d'un ton sec. Je ne suis pas là pour écouter tes conneries.

– T'es pressé de ramasser le pactole, mec?

– Ouais et tu ferais mieux d'envoyer la monnaie.

Le bleu a enlevé ses lunettes noires, les a accrochées aux chaînes qui se balançaient sur sa poitrine. Il a fait semblant de penser qu'il pouvait ne pas me payer, ou peut-être simplement de penser. Va savoir. Enfin, il s'est décidé. Il m'a tendu l'enveloppe sans un mot, pourtant il n'avait pas tout dit. Je l'ai jetée sur la banquette arrière, histoire de lui donner un nouveau sujet de réflexion, j'ai enlevé mon pied du frein et la Plymouth a avancé doucement.

– Hé! Attends!

– Quoi?

– Euh... Ecoute, mec, moi j'ai besoin d'argent, et toi, tu as peut-être besoin d'un coup de main quelquefois...

– Non, je lui ai répondu, le visage aussi impénétrable qu'un mur de prison.

– Allez, écoute-moi une minute, d'accord? J' suis pas un novice, tu sais...

– On lançait déjà des avis de recherche contre moi que tu n'étais pas encore né, petit, je lui ai dit avant de repartir.

Le bleu a porté de nouveau la main à sa poche, mais cette fois c'est un revolver qu'il en a sorti. Il l'a pointé par la fenêtre de ma portière, à vingt centimètres de mon visage.

– Tu bouges pas de là, vu? Tu restes là, et quand je te parle, tu m'écoutes, compris? Je suis pas un sale nègre qu'on écarte de son chemin.

Je l'ai regardé sans rien dire. Il n'y avait rien à dire. Julio m'avait envoyé un messager qui se faisait de dangereuses illusions. C'est dur de trouver de la bonne main-d'œuvre, de nos jours.

– T'as pas le droit de me snober, mec. Non mais, pour qui tu te prends? a crié le bleu.

– Pour ce que je suis, je lui ai répondu doucement et gentiment. Pour un type qui réfléchit à ce qu'il va faire avant de le faire. A *toi* de réfléchir, maintenant. Demande-toi pourquoi je suis venu ici comme ça tout seul. Réfléchis à ce qui se passerait si tu appuyais sur la gâchette. Qu'est-ce que tu raconterais au vieux? Réfléchis, et dis-moi ce que tu as à me dire.

Le bleu a essayé de réfléchir et de garder en même temps son revolver fixé sur moi. C'était trop, pour lui. Son cerveau surchauffait. Le revolver s'est mis à trembler dans sa main et il l'a regardé comme s'il l'avait trahi. Quand ses yeux sont revenus sur moi, le canon scié de ma carabine était pointé sur lui.

– J'écoute, que je lui ai fait, mais il n'avait rien à dire. Tu sais charger ce machin? je lui ai demandé. Ou bien, on te l'a donné chargé?

– Je sais..., il a bafouillé.

– Alors décharge-le, petit. Et doucement. Ou je fais sauter ta belle chaîne en or et ce qu'il y a derrière.

Il a relevé son revolver, ouvert le chargeur, l'a renversé et lentement, a laissé tomber les balles. Elles ont fait un bruit mou au contact du sol. La ruelle était pleine d'ordures, on aurait pu envoyer par la fenêtre du dixième étage un coffre-fort sans que ça s'entende beaucoup.

– Ecoute-moi maintenant, je lui ai dit aussi calmement qu'un entrepreneur de pompes funèbres. Tu as commis une erreur. Et si tu envisages seulement d'en faire une autre, rédige avant ton testament, vu?

Cette fois, il s'est contenté de hocher la tête. Le métier rentrait.

J'ai appuyé sur l'accélérateur, la Plymouth a repris le chemin de la maison. Quand je suis arrivé dans Flatbush Avenue, mes mains ne tremblaient plus.

6

La Plymouth descendait lentement Atlantic Avenue. Ce n'est pas le plus court chemin pour rentrer de Brooklyn, mais le plus tranquille. Je regardais les vitrines des antiquaires et les restaurants à la mode qui avaient surgi là depuis quelques mois. Quand les centres antialcooliques et les églises installés en rez-de-chaussée d'immeubles avaient disparu, personne n'avait versé une larme. Le nouveau quartier branché s'étendait entre Flatbush Avenue et la maison d'arrêt de Brooklyn – lofts de yuppies qui se prenaient pour des pionniers, fenêtres aux vitres teintées, épiceries de luxe où on trouvait cinquante sortes de fromages. Il y en avait qui vendaient du vin, et pas du vin qu'on boit dans un gobelet en carton. Mais la nouvelle de la rénovation n'était pas encore arrivée jusqu'aux oreilles des anciens du quartier, et valait mieux ne pas s'attarder aux feux rouges après la tombée de la nuit.

J'ai pris Adam Street en direction du pont de Brooklyn. Les premières lueurs d'un jour sale traînaient déjà dans le ciel. A ma droite, le Tribunal de la Famille, à ma gauche, la Cour suprême. Il n'y a qu'une rue à traverser : les mômes passent sans problèmes des mains des assistantes sociales à celles des gardiens de prison.

Le marchand de journaux se tenait sur la bande blanche au milieu de la chaussée, juste devant le pont. Il racolait les clients, pour une pièce honnêtement gagnée. Les habitués klaxonnaient, tendaient le bras par la portière, et lui se précipitait vers eux, leur filait un journal, empochait la monnaie, et passait au suivant. De temps à autre, une patrouille de police décidait qu'il devait travailler dans un autre coin, mais en général, les flics laissaient ces mômes tranquilles.

Quand il est venu vers moi, j'ai pris le temps de le regarder de près : noir, à peu près quinze ans, carré, une casquette de marin sur sa tignasse afro. J'ai repoussé le journal qu'il m'offrait.

– Roscoe travaille, aujourd'hui? j'ai demandé.

– Ouais, mec. De l'autre côté. Tu connais?

J'avais déjà redémarré, de façon à arriver juste au feu rouge. Le môme a couru dire à Roscoe qu'il avait un client. Le panneau d'affichage électronique racontait qu'un bébé était mort parce que ses parents le battaient. Un de plus. Dans le Bronx, cette fois. Ça arrivait de plus en plus souvent, et tout ce qu'ils faisaient, c'était de l'annoncer aux informations.

Le feu est passé au vert. J'ai roulé tout doucement pour repérer Roscoe. Il attendait, une pile de journaux sous le bras, l'anse d'un sac de toile passée autour du cou. Roscoe a une trentaine d'années, c'est trop pour vendre des journaux.

Il a reconnu la voiture, s'est assuré que c'était bien moi qui conduisais.

– Vous en voulez un, m'sieur?

– Oui, donne-moi le *Wall Street Journal*, j'ai dit en lui tendant un billet de vingt.

– Attendez, je dois en avoir un là.

Il a fouillé dans son sac.

Quand j'ai jeté un coup d'œil autour de nous, je savais qu'il en faisait autant. Rien. J'ai tendu ma main gauche pour prendre le journal qu'il tenait au-dessus de son sac ouvert, et tout en lui donnant le billet de vingt, j'ai laissé tomber mon artillerie dans son sac. La loi de la gravité est universelle.

Même si les sources de ses revenus ne le sont pas toujours, Roscoe est un mec clair. J'ai balancé le canard sur le siège du passager et je suis reparti vers Chinatown. Je n'aime pas porter de feu, de l'autre côté de la frontière.

7

DANS les rues de Chinatown, la vie s'organisait : des jeunes mecs poussaient des voitures à bras pleines de légumes, des femmes moins jeunes avançaient à pas lourds vers une nouvelle journée de bagne dans les sweatshops, Hobart Chan descendait lentement Bowery dans sa Bentley couleur sable, un requin en quête de sang. A Chinatown, même les gangsters se lèvent tôt.

Je suis passé devant le restaurant de Mama Wong. La tapisserie au dragon blanc était à sa place – tout allait bien chez Mama, je pouvais aller me garer à l'endroit habituel dans l'impasse, juste là où il est écrit en chinois de ne pas se garer. Mais ça ne me concernait pas, puisque c'était Max qui l'avait écrit.

Comme d'habitude, je suis passé par-derrière. Quand j'ai ouvert la porte de la cuisine, un des soi-disant cuisiniers de Mama a glissé doucement sa main à l'intérieur de sa veste blanche... et l'a ressortie vide après m'avoir reconnu. Une fois dans la salle, j'ai pris la première édition du *News* derrière le comptoir et je suis allé m'installer à ma table habituelle, tout au fond près de la cuisine. Personne n'a fait mine de vouloir me servir, Mama était donc dans le coin. En l'attendant, j'ai lu les résultats des courses de la veille à Yonkers.

Quelque chose a fait de l'ombre sur mon journal. J'ai levé les yeux. C'était Mama – elle avait l'air de sortir d'un institut de beauté des années cinquante, cheveux noirs brillants ramassés en chignon sur la nuque, longue robe de soie bleue à col montant, collier de jade faisant ressortir le rouge foncé de ses lèvres. Mama Wong a entre cinquante et quatre-vingt-dix ans.

– Tu viens manger, Burke?

– Je viens manger et voir Max, Mama. Il est là?

– Tu sais, Burke, Max ne vient plus si souvent, depuis qu'il est avec cette fille de bar. Tu vois qui je veux dire... la Vietnamienne...

– Oui, je la connais.

– Ce n'est pas bon pour Max, cette histoire. Il a la tête ailleurs, on ne peut plus lui faire confiance comme avant.

– Max va bien, Mama. Ne t'en fais pas.

– Tu as tort, Burke. Cette fille va nous créer des problèmes. A moi, à Max, et peut-être même à toi. Crois-moi.

– Je vais parler à Max, j'ai dit, parce que autrement, elle ne se serait jamais arrêtée.

– C'est ça, parle-lui. Moi, il ne m'écoute pas.

– Promis. Tu as du potage pékinois?

Mais même l'évocation de ce qu'elle considérait comme sa potion magique ne l'a pas calmée. Mama était femme d'affaires avant tout. Elle voulait que je règle le problème de la fiancée de Max. Seulement elle, elle n'était pas là, quand ils s'étaient rencontrés. Moi si.

On faisait une livraison, cette nuit-là. Moi, allongé sur une banquette, chapeau mou écrasé et costume de l'Armée du Salut, Max en face de moi, habillé d'un vieil imperméable, regardant droit devant lui comme un type qui va au boulot, et la Taupe à l'autre bout de la voiture, parcourant derrière ses petites lunettes rondes les innombrables feuilles de papier gras où il rédige ses équations. J'avais l'enveloppe qu'on devait livrer cousue dans la doublure de ma veste. Je ne porte pas de feu, sur ce genre de job. La Taupe avait suffisamment d'explosifs sur lui pour transformer la rame de métro en navette spatiale, et Max, avec ses mains et ses pieds pour toute arme, était encore plus dangereux que la Taupe.

Je n'avais pas besoin de déguisement. J'ai pas de mal à ressembler à un vieil alcolo. La Taupe a toujours l'air du fou qu'il est, pas le genre de type à qui tu fais de l'œil dans le métro. Quant à Max, il peut prendre à volonté l'attitude et le visage d'un vieillard, et c'était exactement ce qu'il était en train de faire.

Voilà comment on fonctionne : si quelqu'un me cherche, je laisse faire, tant que je ne risque pas de me retrouver infirme ou de perdre ce que je transporte; si quelqu'un s'attaque à la Taupe, Max intervient : il faut que j'aie la voie libre pour assurer la livraison; et si un petit malin s'en prend à Max, ni moi ni la Taupe ne bougeons, on regarde, et ça ne dure jamais très longtemps.

Mais on n'était pas seuls cette nuit-là dans le wagon. D'abord, il y a eu cette Asiatique qui est montée à la 14e Rue. Elle portait une cape noire bordée de soie rouge sur une robe de soie blanche boutonnée très haut sur le cou, mais dont la jupe était fendue jusqu'à mi-cuisse. Epaisse couche de fond de teint, ombre à paupières exagérée, talons aiguilles. Peut-être que certaines boîtes douteuses de Broadway relançaient *Suzie Wong*. Elle m'a jeté un coup d'œil, n'a pas eu un regard pour Max ou la Taupe. S'est assise là dans une attitude sévère, genoux serrés, mains croisées. On ne pouvait rien lire dans ses yeux.

On a roulé comme ça jusqu'à une station en plein cœur de Brooklyn où la horde est arrivée. Deux jeunes Blancs et un Portoricain, tous trois en tenue de chasse : pantalons et gilets de cuir, gants de course, bracelets cloutés, lourdes ceintures d'où pendaient des chaînes. Il y en a un qui avait sous le bras une énorme radio, les autres ne portaient rien. Ils ont inspecté rapidement la voiture, louché sur la fille.

Ce n'était pas s'amuser qu'ils voulaient, mais trouver du pognon. Rafler vite fait bien fait quelques billets à un pue-la-sueur quelconque. Max, par exemple.

Feignant d'ignorer mon existence, ils l'ont encadré : le Portoricain et un Blanc se sont assis sur la banquette de chaque côté de lui et l'autre Blanc est resté debout en face de lui. Pour jacter.

– Hé, p'pa, t'as pas vingt dollars, on voudrait boire un café ?

Personne n'a ri, ce n'était pas une plaisanterie.

Max n'a pas répondu. D'abord parce qu'il ne parle pas, ensuite parce que les minables ne l'intéressent pas beaucoup.

J'ai regardé discrètement la Taupe. La lumière jaune orangé du métro se réfléchissait sur les verres de ses lunettes. Il n'a pas levé la tête. Les trois voyous ne faisaient pas du tout attention à moi, il n'y avait que Max qui les intéressait. Le jeune Blanc en face de lui l'a attrapé par les revers de son imperméable pour l'obliger à se lever. Sans succès... pourtant ses muscles roulaient sous l'effort, mais autant essayer de tirer sur une ancre. Les deux autres rats se sont levés.

– Laisse tomber, le vieux, a lancé le Portoricain.
L'autre jeune Blanc s'est mis à ricaner. Il a sorti un coup-de-poing en cuivre bon marché, de ceux qu'on vend aux mômes dans Times Square, l'a enfilé lentement, a cogné son poing fermé contre la paume de son autre main. En entendant ce bruit, la Taupe a levé la tête, pour la rebaisser immédiatemente sur ses papiers. Max n'a pas bronché.

Le mec au coup-de-poing a continué à ricaner tout seul, pendant que son copain essayait désespérément de tirer Max sur ses pieds, encouragé par le chapelet de menaces que le Portoricain dévidait. Ils n'étaient pas pressés.

C'est alors que la fille s'est levée. J'ai entendu claquer ses talons hauts, tandis qu'elle se rapprochait des rats. Ils n'ont pas eu un regard pour elle, jusqu'à ce qu'elle leur crie de laisser ce pauvre vieux tranquille.

Ils se sont retournés vers elle comme un seul homme, ravis de cette nouvelle proie qui s'offrait à eux, oubliant Max.

– Casse-toi, salope, on t'a pas sonnée.

Mais les mains sur les hanches, elle continuait à avancer. La horde s'est dirigée vers la fille. Le jeune Blanc ricanait toujours et faisait claquer son coup-de-poing contre sa paume. Un dernier pas en avant et elle s'est retrouvée en plein centre du triangle qu'ils formaient. Quand le jeune Blanc a tendu la main vers la robe de la fille, je me suis levé en titubant et je suis allé valdinguer contre lui. Il s'est retourné d'un bloc, son coup-de-poing a scintillé dans la lumière. J'ai levé un bras pas très vaillant pour parer le coup, pendant que la fille lançait ses mains en avant toutes griffes dehors et que la Taupe fouillait dans sa sacoche. Mais Max le Silencieux s'était débarrassé de son imperméable comme un serpent de sa peau quand il mue, et il a foncé dans le tas. Ça s'est passé tellement vite que je n'ai pas tout suivi. Il y a eu un craquement et j'ai compris que le Portoricain n'arriverait plus jamais à rien prendre dans sa main si les médecins ne s'occupaient pas extrêmement bien de lui, un pied a traversé l'air et le plus grand des deux jeunes Blancs a hurlé comme s'il était en train de respirer des morceaux de verre, et un poing d'acier est allé s'écraser contre le crâne du troisième rat dont le visage s'est ouvert en deux comme un melon trop mûr laissé trop longtemps au soleil.

A l'intérieur de la voiture, c'était le calme le plus absolu. L'express continuait imperturbablement son chemin vers le prochain arrêt. La Taupe a sorti sa main de son sac et il a repris sa lecture là où il l'avait interrompue. Les trois rats gisaient sur le sol, il n'y en avait plus qu'un qui était suffisamment conscient pour gémir, le Portoricain. Du sang et de la bave dégoulinaient au coin de sa bouche.

La femme est restée paralysée. Une statue de sel, le visage livide, les mains plaquées le long du corps. Max le Silencieux l'a regardée, s'est légèrement incliné devant elle. Elle a repris son souffle et s'est inclinée à son tour. Ils ont continué à se regarder, ils ne voyaient rien d'autre.

Max m'a fait signe de me lever. Il a montré sa bouche, puis la mienne. Une lueur de curiosité est passée dans les yeux de l'Asiatique, mais apparemment, plus rien ne pouvait la surprendre. Elle vacillait d'avant en arrière au rythme de la rame, balancement gracieux du corps sur des talons aiguilles, griffes rouge sombre sur hanches soyeuses. J'ai enlevé mon chapeau, me suis passé la main dans les cheveux. Mais cette fois, pas de transformation spectaculaire. Si des années-lumière séparaient Max le Silencieux d'un vieillard sans défense, j'étais pour ma part beaucoup plus proche du clodo aviné dont j'avais l'allure. Mais moi aussi, je me suis incliné devant elle.

– Mon frère est sourd-muet. Il lit sur les lèvres et ceux qui le connaissent le comprennent parfaitement. Il désire vous parler, par mon intermédiaire. Si vous n'y voyez pas d'inconvénient...

La femme a relevé les sourcils, elle a hoché la tête, sans rien dire, attendant patiemment... Déjà je l'aimais beaucoup.

Max a tendu le bras vers elle, l'index et le médium serrés contre le pouce, puis il a ramené sa main contre son cœur et s'est incliné. Il a ramassé son vieil imper, s'est touché les yeux, l'un après l'autre. Et de nouveau, il a posé la main contre son cœur.

– Mon frère dit que vous êtes très courageuse d'avoir voulu protéger ce que vous pensiez être un vieil homme contre des gens aussi dangereux.

La femme s'est raclé la gorge, les coins de sa bouche se sont écartés ébauchant un sourire très doux. Elle a parlé d'un ton grave, comme moi, avec une légère pointe d'accent français.

– Votre frère trompe bien son monde.

Max a négligemment lancé son pied dans la poitrine d'un des rats, sans quitter la femme des yeux. Il y a eu un bruit sec. Il s'est encore touché les yeux, en faisant non de la tête. Il a redressé les épaules, son regard s'est durci, et son corps rayonnait de vigueur.

– Mon frère dit qu'un rat ne sait jamais voir un homme.

– Sait-il voir une femme? a-t-elle demandé, toujours dans un demi-sourire.

Max a pris une paire de lunettes noires dans ma poche – il sait que j'en ai toujours sur moi. Il les a mises, a fait le geste de quelqu'un qui tâtonne avec une canne, les a enlevées, a tendu les mains vers la belle Asiatique et a souri.

– Mon frère dit que même un aveugle verrait une femme comme vous.

Mais je n'avais pas besoin de traduire, bien avant que j'aie fini ma phrase, son visage s'était illuminé d'un sourire heureux.

Voilà comment Max le Silencieux a rencontré Immaculata.

8

POUR Mama, Immaculata était une « fille de bar », vague appellation recouvrant tout ce qui allait de l'hôtesse d'accueil à la prostituée. Qu'elle vienne du Vietnam n'arrangeait déjà pas les choses. Et en plus elle était métis ! Un péché sans rémission, aux yeux de Mama. De toute façon, un vrai combattant n'avait à son avis pas besoin de femme, en dehors de celles qui satisfaisaient de temps en temps ses pulsions de mâle.

Mama donnait l'impression de ne jamais sortir de son restaurant, pourtant rien ne semblait lui échapper. Elle savait que Max vivait toujours au-dessus de l'entrepôt, derrière Division Street. Malheureusement il n'était plus seul dans son temple. Mama se méfiait de tout ce qui était étranger au business.

Avant de rencontrer Max, Immaculata travaillait dans un bar de Manhattan. Elle avait suivi en France une formation de psychothérapeute, mais tant qu'elle n'avait pas le diplôme américain, elle ne pouvait pas exercer son métier ici.

Je l'ai vue travailler une fois, un jour où j'étais

allé chercher Max à l'entrepôt. J'étais monté avec la Plymouth dans le garage du premier étage, qui était comme d'habitude totalement vide, et j'attendais. S'il était là, Max n'allait pas tarder à se manifester. Et s'il ne se montrait pas dans les deux minutes qui suivaient, je lui laisserais un message griffonné à la craie sur le mur de derrière.

Quelqu'un a claqué des doigts, j'ai tourné la tête : Max était là, l'index sur la bouche – pas de bruit. Je suis sorti de la voiture et quand je suis allé le rejoindre, il m'a fait signe de le suivre.

On s'est glissés le long de l'étroite coursive qui conduit au temple de Max. On est arrivés en face du mur qui est juste derrière la porte du temple, Max a ouvert un rideau et on s'est retrouvés en train de regarder à travers une sorte de miroir sans tain donnant sur ce qui ressemblait à une salle de jeux dans une école maternelle, avec des meubles à la taille des enfants, des murs aux couleurs vives, des jouets qui traînaient partout. Immaculata était assise derrière une petite table. En face d'elle, une petite fille d'environ quatre ans. On les voyait toutes les deux de profil et elles jouaient avec des poupées.

J'ai haussé les épaules en tendant mes mains en avant, les paumes tournées vers le ciel. « Qu'est-ce que c'est ? » j'ai demandé comme ça à Max. Il a tapoté l'air devant lui, puis a pointé son doigt vers ses yeux : « Un peu de patience, regarde. »

Il y avait quatre poupées sur la table. Deux qui étaient beaucoup plus grandes que des poupées ordinaires, et deux beaucoup plus petites. Un homme et une femme, un garçon et une fille. Immaculata les a placées sur le bord de la table et elle a demandé quelque chose à l'enfant. On voyait qu'elle lui parlait d'un ton paisible. L'enfant a choisi la petite poupée fille et a commencé à la déshabiller, avec des gestes lents, comme à contre-cœur. Puis elle s'est interrompue pour prendre aussi la grande poupée homme. Elle les manipulait comme des marionnettes. L'homme tapotait la tête de la petite fille qui s'écartait, mais pas très loin, puis il l'aidait à se déshabiller complètement. Ensuite il déboutonnait sa braguette. Il portait un caleçon blanc sous son pantalon. L'enfant lui a enlevé le caleçon. Il avait des testicules et un pénis. Il a poussé la petite poupée vers la grande poupée homme dont elle essayait sans succès de faire tenir le pénis en l'air. Et finalement elle a placé la bouche de la petite fille contre le pénis de l'homme. Au bout de quelques secondes qui n'en finissaient pas, l'enfant a écarté la petite poupée de la grande et l'a allongée le visage contre le sol. Puis l'homme a remis son caleçon et son pantalon, et il est parti.

L'enfant pleurait. Immaculata n'avait pas bougé, mais elle parlait à l'enfant. On n'entendait rien, derrrière la vitre. Elle a tendu la main à l'enfant et l'enfant a pris sa main, puis elle l'a attirée vers elle, l'a assise sur ses genoux en l'entourant de ses bras. Elle a continué à parler, jusqu'à ce que l'enfant fasse oui de la tête.

Alors Immaculata a placé la grande poupée en face de l'enfant et l'enfant s'est mise à secouer de toutes ses forces la grande poupée en criant quelque chose que nous, on ne pouvait pas entendre. Le visage déformé par la colère, elle tirait sur la poupée pour la mettre en pièces. Elle lui a arraché un bras, a regardé ce bras qu'elle tenait dans sa main, s'est tournée vers Immaculata qui lui a dit quelque chose en hochant la tête. L'enfant a arraché l'autre bras. Puis elle a parlé à la grande poupée sans bras, en agitant son index, comme pour lui faire la leçon. Et elle s'est remise à pleurer.

Max m'a fait signe de retourner vers le temple et d'aller l'attendre en haut.

J'ai traversé le temple, en faisant bien attention de ne pas marcher dans le rectangle délimité par des bandes noires sur le plancher de bois brut. Puis je suis monté dans une petite pièce qui donnait sur l'impasse derrière l'entrepôt. Là, sur une vieille table branlante, j'ai trouvé la feuille de nos derniers scores. Quand allions-nous reprendre notre interminable partie de gin-rami?

On a frappé à la porte. Un coup. Puis un autre. Puis trois battements rapprochés. Max. J'ai ouvert. S'il y avait eu d'abord les trois battements rapprochés, j'aurais pris mon flingue avant de toucher à la porte.

Max et Immaculata sont entrés. Elle m'a salué comme elle le fait toujours, la tête légèrement inclinée, les mains jointes devant le visage. Très formaliste. Quand elle s'est assise de l'autre côté de la table, Max est venu derrière moi, pour pouvoir lire sur ses lèvres.

– Qu'est-ce que c'est, ce truc que Max m'a montré? j'ai demandé.

– Nous appelons ça une « validation », Burke.

– Une validation?

– Cette petite fille a une blennorragie. On m'a demandé de découvrir comment elle l'avait attrapée.

– Et elle te l'a montré...

– Oui... La grande poupée représente son père. Les enfants, surtout quand ils sont si petits, sont incapables de raconter ce qui leur est arrivé. Ils ne connaissent même pas, pour la plupart, les mots qu'il leur faudrait.

– Je n'ai jamais vu des poupées comme ça, j'ai dit.

– Elles sont « anatomiquement conformes », elles reproduisent le corps humain avec exactitude. C'est indispensable, en particulier quand les enfants ne parlent pas.

– Tu veux dire quand ils sont trop petits?

– Pas forcément. La petite fille que tu as vue a presque six ans. Mais elle ne doit pas parler du « jeu » auquel papa joue avec elle, c'est leur secret, et elle ne doit le dire à personne.

– Est-ce qu'il l'a menacée?

– Non. Les parents incestueux ne le font presque jamais, à moins que la victime ne soit beaucoup plus âgée. L'enfant sait presque instinctivement qu'il y a quelque chose de mal dans ce qui se passe, mais il a peur et se sent coupable à la fois, et cela suffit à lui faire garder le silence.

– Qu'est-ce que c'était que ce truc à la fin, avec les bras de la poupée?

– Rien d'autre qu'une petite fille en train d'exprimer sa colère. Ces enfants brûlent intérieurement d'une véritable rage contre celui qui les a violentés. Et ils en veulent même quelquefois à celui qui n'a pas su les protéger. Nous devons leur faire comprendre qu'ils ont le droit de dire « non », qu'ils ont raison d'être en colère. Les bras et les jambes de ces poupées sont attachés au corps par du Velcro. Les enfants peuvent les mettre en pièces... et les réparer par la suite, quand le traitement réussit.

– Elle vit avec son père?

– Non, avec sa mère. Mais elle le voit régulièrement.

– On va lui retirer son droit de visite?

– C'est le juge des enfants qui en décidera. Quand la mère s'est rendu compte que quelque chose n'allait pas, elle a emmené sa fille chez un médecin. Cette femme n'avait aucune idée de ce qui s'était passé, mais elle *savait* qu'il s'était passé quelque chose. Le médecin n'a rien trouvé. Ce n'est que des semaines plus tard, quand la blennorragie s'est déclarée, que le diagnostic a pu être établi. On l'a envoyée dans le service de psychothérapie où je suis en stage. La séance à laquelle tu as assisté tout à l'heure avait pour but de préparer l'enfant à revoir son père. Pendant une visite surveillée, bien entendu.

– Pourquoi ce salaud aurait-il le droit de la revoir ?

– C'est une bonne question. Il faut que l'enfant surmonte la colère qu'elle éprouve devant ce qui lui est arrivé. Qu'elle sache qu'elle est maître de sa vie. Les visites surveillées constituent une thérapie pour l'enfant. Et elles peuvent permettre au père d'en commencer une lui aussi.

– Et s'il nie tout en bloc ?

– C'est ce qu'ils font toujours, au début. Mais généralement, ils finissent aussi par reconnaître ce qui s'est passé, tout en se trouvant des tas d'excuses.

– Quel genre d'excuses ?

– Ils disent que c'est l'enfant qui les a provoqués... ou qu'ils voulaient simplement montrer à l'enfant combien ils l'aiment...

– Quel baratin de merde ! Est-ce qu'on va lui faire des analyses ?

– Oui, mais s'il s'est fait soigner, cela ne servira à rien. Il faut moins de vingt-quatre heures pour faire disparaître toute trace de blennorragie par les traitements habituels. Cependant le juge tiendra compte de ce que la petite fille était atteinte d'une maladie sexuellement transmissible et de mon témoignage. Et il le déclarera coupable.

– Tu disais tout à l'heure que le père peut lui aussi suivre une thérapie ? Tu crois vraiment qu'on peut soigner ces gens-là ?

– La plupart de mes collègues le prétendent. C'est un problème dont je ne connais pas la réponse.

– Pour ce qui est de l'inceste, je ne suis pas au courant. Mais les salauds qui aiment les enfants, eux, ne s'arrêtent *jamais*.

– Les pédophiles sont peut-être incurables. Je ne sais pas. Ce sont les victimes que je soigne.

Max est allé derrière Immaculata. Il a tendu les poings en avant pour me montrer combien il était fier de cette femme. Elle a levé les yeux vers lui et j'ai compris que pour le gin-rami, c'était râpé.

9

UN jour ou l'autre, tout aurait fini par se tasser entre les deux femmes, mais il a fallu que Max amène Immaculata chez Mama. Pour la circonstance, nous avons pris une des grandes tables du fond. Il n'y a pas l'air conditionné dans le restaurant, et de toute façon, ce jour-là, on n'en avait pas besoin : on se serait cru dans une glacière. Comme Mama est trop maligne pour insulter ouvertement Immaculata, elles se sont livré une bataille subtile, comme seules les femmes de trempe savent le faire.

Un des sbires a apporté une énorme marmite de potage pékinois. Mama s'est inclinée devant Immaculata, pour lui faire comprendre qu'elle devait tous nous servir – c'est ce que font les filles de bar, non ? Sans un battement de cil, Immaculata a pris le bol de Max et l'a rempli en faisant bien attention à lui donner de tout, et pas seulement du bouillon. Mama la regardait en souriant – comme un médecin légiste regarde un cadavre avant l'autopsie.

– Tu sers les hommes d'abord ? Comme chez les Chinois ?

– Non, madame Wong, comme je l'entends. Pour moi, Max passe avant les autres, c'est tout.

– Je vois... Appelle-moi Mama, comme tout le monde.

Immaculata n'a rien dit. Elle s'est contentée d'incliner légèrement la tête. Mais Mama n'en avait pas fini avec elle.

– Tu t'appelles Immaculata, je crois ? C'est un prénom vietnamien ?

– C'est le nom que les religieuses m'ont donné – un nom catholique – quand il y avait encore les Français dans mon pays.

– Tu es vietnamienne ?

– Oui, a dit Immaculata, le regard dur.

– Ton père et ta mère sont tous les deux vietnamiens ? a demandé Mama comme si de rien n'était.

– Je ne sais pas qui était mon père, a répondu Immaculata d'une voix neutre. Mais je sais ce que vous voulez savoir.

Un silence de mort régnait autour de la table. Max a regardé Mama, pour prendre une décision. Et Mama, qui a survécu à deux guerres, n'a jamais été aussi proche de la mort qu'à cet instant.

Max a pointé vers moi un doigt raide, puis il a ouvert la main d'un air interrogateur.

J'ai compris ce qu'il voulait.

– Non, je lui ai dit. Moi non plus, je ne sais pas qui était mon père. Et alors ?

Max a rapidement passé ses mains l'une contre l'autre. « Terminé. » La discussion était close.

Mais il était dit qu'il ne s'en sortirait pas si facilement.

– Vous voulez savoir d'où venait mon père, hein ? a demandé Immaculata.

– Non, a répondu Mama. Pourquoi le voudrais-je ?

– Parce que vous croyez que ça vous apprendrait quelque chose sur moi.

– J'en sais déjà assez comme ça, a lancé Mama.

– Et qu'est-ce que vous savez ?

Le moins qu'on puisse dire, c'est qu'il y avait de l'électricité dans l'air. Mais Mama a fait marche arrière.

– Je sais que tu aimes Max – ça suffit. Max est comme un fils pour moi, et Burke aussi. J'ai deux fils, très différents. Et alors... ?

– Je crois que nous nous sommes comprises, a dit Immaculata tandis que Mama s'inclinait pour marquer son accord.

– Et tu m'appelleras « Mama » a demandé le dragon.

– Oui, et vous m'appellerez Mac, d'accord ?

– D'accord, a dit Mama, acceptant la trêve, tout au moins tant que Max serait là.

10

ET Max n'était pas là. Il fallait donc que je laisse le pognon à Mama, ce qui n'a rien d'extraordinaire, puisque chaque fois que je touche du blé j'en confie une partie à Max ou à Mama. Pas parce que je veux en mettre de côté, non, mais parce que je sais qu'il va se passer un bail avant la prochaine rentrée. Je veux bien travailler sans licence, mais pas sans filet.

Mon dernier séjour en taule a tout changé. Quand on est un môme de l'Assistance, on ne pense pas comme les autres caves. On se rend compte tôt ou tard que le temps, c'est de l'argent : moins t'as d'argent, plus tu passes de temps en taule. Presque tous mes anciens copains font perpète... à tempérament : quelques années dedans, quelques mois dehors.

Je croyais avoir tout compris, quand je suis tombé la dernière fois. Jusque-là, je commettais toujours la même erreur : je mêlais les caves à mes affaires. Or les lois ne sont pas les mêmes pour eux et nous. Tu poignardes un mec en taule, et au pire, tu te retrouves au mitard pendant quelques mois – tu attaques une épicerie à main armée, et chaque jours, tu barres sur le mur de ta cellule un nombre long comme un numéro de téléphone, surtout si t'es déjà venu dans ce genre de garni. Donc, principe numéro un : ne jamais travailler avec des associés qui risquent de lâcher le morceau. Principe numéro deux : aller chercher l'argent là où il faut. Quand on veut pas se mettre les caves à dos, on peut plus voler que les voleurs. A l'époque, c'était les Européens qui dealaient l'héroïne. Les Noirs n'étaient encore que des petits revendeurs, et les Latinos se tenaient tranquilles. Les Ritals trimbalaient de la dope dans toute la ville, sans prendre tellement de précautions. Max voulait les attaquer au moment où ils encaissaient le pognon, mais ça n'aurait pas marché : s'ils faisaient pas gaffe à la came, dès qu'il s'agissait de cash les Ritals devenaient complètement paranos. Trop d'hommes, trop de flingues. J'étais d'accord pour l'arnaque, pas pour un règlement de comptes à OK Corral.

J'avais une idée en béton : piquer la came, et la

revendre à un prix raisonnable. Au début, ça a marché comme sur des roulettes. Max et moi, on a surveillé leur club de King Street jusqu'à ce qu'on comprenne bien comment ils procédaient : trois ou quatre fois par mois, un camion bleu venait livrer des gâteaux, des tubes de crème pâtissière et des boîtes de glace. Deux heures plus tard, une Cadillac bleu nuit s'arrêtait à son tour devant le club et deux jeunes durs en descendaient. Ils se ressemblaient tellement qu'on aurait dit des jumeaux : petits, baraqués, épaisse crinière de cheveux noirs un peu trop longs dans le cou.

Ils se dirigeaient vers les portes en verre fumé du club. Quelquefois, des vieux étaient assis là – chemise blanche sur pantalon de couleur sombre, chaussures impeccablement cirées, conversation tranquille. Les jeunes s'arrêtaient et les saluaient poliment. C'étaient des durs, mais dans leur famille, quand on voulait grimper en haut de l'échelle, valait mieux se montrer respectueux envers les patriarches.

Les deux jeunes entraient, et ils ressortaient des heures plus tard. Là, il y avait quelque chose qui clochait. On laissait des types comme ça entrer dans le club quand ils étaient en mission, ou qu'ils avaient rendez-vous, mais jamais on ne leur aurait permis de traîner là pendant si longtemps.

Max et moi, on a souvent eu l'occasion d'attendre, c'est quelque chose qu'on sait vraiment bien faire. Il nous a fallu encore quelques semaines pour trouver de l'autre côté de l'immeuble un endroit à l'abri des regards qui surveillent le coin vingt-quatre heures sur vingt-quatre. Et évidemment, dix minutes après être entrés par la porte de devant, nos deux jeunes durs ressortent par celle de derrière. Le premier porte une valise, l'autre a un revolver collé contre la cuisse, canon baissé. Le type à la valise la balance dans le coffre d'une Chevrolet noire et se met au volant. L'autre surveille la rue et, au dernier moment, monte à côté de son collègue. Puis ils s'en vont.

Je n'avais pas encore la Plymouth à l'époque, alors Max et moi, on a suivi dans un taxi – je faisais le chauffeur, et Max le client. Je voulais bien prendre des risques calculés pour une somme d'argent démesurée, mais pas question de laisser Max conduire.

Les deux jeunes durs prenaient leur temps. Ils ont remonté Houston Street jusqu'à l'East Side Drive. Puis ils ont traversé le Triboro Bridge en direction du Bronx. J'ai regardé Max d'un air interrogateur, il a haussé les épaules – ils finiraient bien par se décider à aller à Harlem. Comme de juste, après avoir fait le tour du Yankee Stadium, ils se sont baladés un moment sur la voie express, sont revenus vers le pont, et ont pris la 125ᵉ Rue, en plein cœur de Harlem. Quelques minutes plus tard, ils s'arrêtaient à l'arrière d'une boutique de croque-mort. Nous avons abandonné la filature.

Les deux fois suivantes, ils ont suivi le même parcours. Il ne nous manquait plus qu'un élément du puzzle pour pouvoir opérer. Nous nous sommes réunis dans la cave de chez Mama, Max, le Prophète, la Taupe et moi.

– Dis-moi, Prophète, est-ce que tu peux aller voir comment ils transfèrent la came? Ça se passe à l'arrière d'un établissement de pompes funèbres, le Golden Gate Funeral Parlour, dans la Vingt et unième, j'ai dit.

– La prochaine fois qu'ils ont un convoi, le Prophète sera dans le coin, il a promis.

– Tu interviens sur trois points, la Taupe, j'ai dit en levant trois doigts pour que Max puisse suivre. Il faut mettre leur voiture hors service, ouvrir leur coffre et nous permettre de jouer les filles de l'air le plus vite possible. D'accord?

La Taupe a hoché la tête, son visage terreux luisait dans la lumière blafarde de la cave.

– Le piège à tigre? il a demandé.

C'est une bombe commandée à distance. T'appuies sur un bouton, la rue s'ouvre en deux et la voiture tombe dans la trappe. Avec ça, sûr que les Ritals pourraient pas repartir, que leur coffre s'ouvrirait et qu'on aurait tout le temps de filer. Mais c'était pas exactement ce à quoi j'avais pensé. Le cœur de la Taupe était du bon côté, seulement il aurait fallu des années de thérapie pour faire de lui un doux original.

– Nous ne voulons pas les *tuer*, tu comprends, la Taupe? Je pensais que le Prophète pouvait détourner leur attention sur lui. Max et moi, on arrive par-derrière et on les met hors d'état de nuire. Toi tu ouvres le coffre, tu prends la valise et tu lacères les pneus arrière. Ça te va?

– Comment marche ce coffre? a demandé la Taupe pour qui tout ça revenait au même.

J'ai jeté un coup d'œil au Prophète qui a hoché la tête. On allait bientôt le savoir.

– Tu peux nous trouver un vieux van de la Continental Edison, la Taupe?

La Taupe m'a regardé comme si je posais une question idiote. Pour lui, c'était l'enfance de l'art : il avait installé ses pénates à la casse.

11

LA fois suivante, quand les deux jeunes durs se sont arrêtés au feu rouge avant de s'engager sur le pont vers Harlem, les choses étaient un peu différentes. Un vieux van de la Continental Edison, le nez collé au poteau métallique, bloquait presque complètement l'intersection. La Chevrolet noire s'est immobilisée en douceur. Passer au rouge n'était pas vraiment une bonne idée quand on trimbalait dans son coffre de quoi refiler un flash à tous les junkees de la ville.

Je suis descendu du van, vêtu d'une combinaison de la Continental Edison, une grosse ceinture porte-outils autour de la taille. J'avais caché mon visage derrière des lunettes de soleil aux verres bleutés et une grosse moustache. Une casquette de la Continental Edison retenait les épais cheveux blonds de ma perruque et grâce aux talonnettes de mes boots, je mesurais cinq centimètres de plus que d'habitude. Le Prophète s'était effondré contre le mur d'un immeuble, une bouteille vide à la main, pochard perdu pour ce monde.

Je me suis dirigé vers la Chevrolet en haussant les épaules avec cet air à la fois agressif et impuissant que prennent toujours les fonctionnaires pour s'excuser. « Je sais, je sais, c'est ennuyeux, mais qu'est-ce que je peux y faire? » Le conducteur de la Chevrolet n'avait pas de temps à perdre. Il a tourné son volant d'une main pour contourner le van. J'avais le choix entre m'écarter de son chemin ou me faire écraser. Voilà ce que me disait son visage impassible. Ce mec ne perdait pas les pédales.

Ensuite, tout est allé très vite. J'ai fait sauter d'un seul coup tous les boutons pressions de ma combinaison et j'ai détaché le fusil à canon scié que je portais autour du cou. Pendant ce temps, dans le van, la Taupe passait la marche arrière et mettait les gaz. Le van est allé s'encadrer en plein dans le radiateur de la Chevrolet et d'une manchette, Max a envoyé le passager dans les vaps sans qu'il ait rien eu le temps de piger. Le Prophète a bondi sur ses pieds, un pic à glace à main. Je ne sais pas si le conducteur a entendu le sifflement de ses pneus arrière qui se dégonflaient – il devait être obnubilé par le canon scié pointé juste entre ses deux yeux, à moins de dix mètres de lui.

J'ai légèrement relevé le fusil et le type a compris le message. Ses mains sont restées posées sur le volant, sans bouger d'un poil. Il n'a pas vu la Taupe descendre du van et se glisser derrière la Chevrolet. Quelques secondes plus tard, le coffre s'ouvrait et Max prenait les valises. J'ai fait signe au chauffeur de se laisser glisser sous son siège. Dès qu'il a commencé à disparaître, j'ai tiré à travers sa portière. Pour la deuxième balle, j'ai visé là où une seconde plus tôt il y avait sa tête, et j'ai fait voler le pare-brise en éclats. Ensuite j'ai piqué un sprint jusqu'à l'endroit où le taxi attendait. Max était au volant, avec la Taupe à côté de lui. Le moteur tournait. J'ai lancé le fusil au Prophète, pour qu'il le recharge, j'ai plongé à côté de lui, et on est partis. Chacun savait ce qu'il avait à faire. On était presque sûrs que les types de la Chevrolet opéraient sans personne derrière eux, mais on ne sait jamais. Mieux valait ouvrir l'œil. La Taupe gardait ses mains profondément enfoncées dans son sac, et le Prophète remettait des balles dans le chargeur du fusil.

12

On a laissé les valises dans le gourbi de la Taupe, à la casse, et on a attendu quelques semaines. Ceux que la marchandise intéressait étaient trop occupés à se rectifier les uns les autres pour répondre à des coups de téléphone anonymes. Je ne sais pas s'ils ont dégommé les deux jeunes. Ils ont dû en tout cas les garder assez longtemps vivants pour être sûrs qu'ils disaient la vérité. Mais uniquement au sein de la Famille. Le Prophète, Max et moi, on était chez Mama, quand on a lu l'article du *Daily News*. « Les gangsters étaient morts avant l'incendie ! » Le syndicat de l'héroïne s'était réuni et quelqu'un semblait en avoir profité pour faire un carton avant de mettre le feu à l'immeuble. Les pompiers avaient retrouvé les corps quarante-huit heures plus tard, et il avait encore fallu quelques jours, aux flics pour les identifier. Une telle tuerie n'avait probablement rien à voir avec notre petit hold-up, mais on ne savait pas comment s'en assurer.

Le Prophète a levé la tête d'un air songeur :

– Y a que Wesley, pour faire un travail comme ça.

– Ne répète jamais ce nom-là devant moi ! j'ai dit d'une voix sifflante.

J'avais connu Wesley en taule, et si j'avais pensé une seconde qu'il travaillait à New York, je serais parti à l'autre bout du pays.

Le plus dur, dans ce genre d'affaires, c'est de refourguer la marchandise. Mettre la main dessus ne pose en général pas de problème, l'ennemi est pris par surprise et il suffit ensuite de disparaître, le temps qu'il cherche autour de lui qui a bien pu faire le coup. Mais dès qu'il s'agit de palper l'oseille, c'est une autre histoire. Si on accepte de perdre des hommes au cours de l'opération, ça ne pose pas trop de problèmes. Seulement c'était pas le cas.

On a décidé d'attendre encore quinze jours. Le

Prophète était d'accord. Max avait l'air contrarié. J'ai tendu les mains vers lui, pour lui demander ce qui n'allait pas. Il a secoué la tête. Pour l'instant, il n'avait pas envie de s'expliquer.

13

On s'était réunis dans le sous-sol du restaurant pour organiser l'opération. Ce n'était pas très compliqué. Je prendrais contact aves ceux d'en face par téléphone et je leur expliquerais le problème. A eux de trouver une solution. Tôt ou tard, ils accepteraient de faire appel à un de ces courriers spéciaux qui travaillent en marge de notre monde. On les payait au cachet, jamais en pourcentage, et ils pouvaient demander dans les dix mille dollars pour une transaction. On pouvait ainsi faire passer de main en main tout ce qu'on voulait, dans cette ville, de l'or, des diamants, des plans, de l'argent à blanchir, n'importe quoi. Les courriers ne faisaient jamais partie de la Famille. C'étaient des hommes d'honneur, des types en qui on pouvait avoir confiance. Même à cette époque, ils étaient peu nombreux. Et il y en a encore moins maintenant. Bref, l'idée était de laisser ceux d'en face me proposer un plan pourri. Evidemment, je refuserais de marcher dans leur combine et ferais semblant de retirer mes billes. Ils proposeraient alors de traiter par l'intermédiaire d'un courrier. Et ce que je ne vous ai pas encore dit, c'est que Max faisait partie de ces indépendants. Donc on se mettait d'accord sur Max et l'affaire était dans le sac. Simple et propre. Je te donne ta poudre, tu me donnes mon blé. Voilà ce que j'ai expliqué aux autres, en ajoutant qu'on palperait environ cinquante mille dollars chacun.

– Non, a dit la Taupe, le visage encore plus blême que d'habitude, dans la lumière de la bougie.

Le Prophète s'est mis de la partie.

– Burke, tout le monde sait que quand il s'agit de came, le Silencieux ne joue pas.

Et Max a fait non de la tête.

Je savais ce que le Prophète voulait dire. Max livrait n'importe quoi, n'importe où. Sauf de la drogue. En acceptant ce coup, il éveillerait les soupçons de ceux d'en face. Et s'ils le laissaient faire, ce serait pour mieux l'obliger ensuite à travailler avec eux. Alors, Max serait un homme fini.

Je n'avais plus rien à dire. J'ai regardé la lumière de la bougie qui faisait danser des ombres sur le mur. Mon plan partait en fumée. On était coincés. Je ne voulais pas me mettre à dealer de la drogue, mais j'avais pas envie non plus de baisser les bras.

– Est-ce que ton cousin travaille toujours à la poste, Prophète?

– Melvin fait perpète, mec. Il est accro à son chèque de fin de mois.

– Est-ce qu'il intercepterait un paquet, si on le payait?

– Faudrait casquer, Burke. Il adore cette taule. A quoi tu penses?

– Je me disais qu'on pourrait leur renvoyer la marchandise par la poste. Qu'est-ce qu'il y a dans les valises, la Taupe?

– Quarante kilos. Vingt sacs dans chaque valise. Des sacs en plastique. Scellés à chaud.

– Ça vaut combien ça, Prophète, au prix de la rue?

– Ça dépend. De la pureté de la came qu'on a, de la façon dont ils vont la couper.

– La Taupe... ?

– Quatre-vingt-dix, quatre-vingt-quinze pour cent pure.

– Prophète... ?

– Ils peuvent couper dix fois. Ça fait vingt mille le kilo, au moins.

– Donc ils paieraient cinq mille ?

– Les cinq mille, ils te les donnent rien que pour sauver leur peau.

– En tout cas ça fait deux cent mille. Si on leur en envoyait quatre kilos ? Sans conditions. Juste pour montrer notre bonne foi. On leur donne un numéro de boîte postale et on leur dit d'envoyer l'argent de la livraison suivante. Et on continue comme ça jusqu'à ce qu'on ait presque tout épuisé. Ils peuvent seulement nous arnaquer sur le premier et le dernier paquet. Vrai ou faux ?

– Ça marche pas, a dit le Prophète. Ils surveilleront la boîte postale.

– Si ça marche. A condition que Melvin intercepte ce qu'ils nous envoient.

– Melvin ne travaille pas vingt-quatre heures sur vingt-quatre. Il y aura forcément des envois qui lui échapperont.

– Et alors ? On n'a pas besoin de tout. On leur demande vingt mille pour chaque paquet. Si Melvin en intercepte la moitié, ça nous fera toujours cinquante mille chacun, non ?

– C'est risqué, mec. J'aime pas ça.

Je me suis tourné vers Max. Il n'avait pas bougé de sa place. Appuyé contre le mur, les bras croisés, le visage impassible il a encore fait non de la tête. Pas la peine de demander son avis à la Taupe. On revenait à la case départ. Le Prophète me regardait comme si je lui posais un problème encore plus grand que les quarante kilos de dope qu'on avait chourés.

J'ai allumé une cigarette. J'avais besoin de me concentrer, si on voulait se sortir de ce merdier. On pouvait toujours garder la drogue – la planque de la Taupe était aussi béton que la réputation de Mère Thérésa et l'héroïne ne se dénature pas en vieillissant. Mais on n'avait pas pris tous ces risques pour rien, quand même! Attendre n'avait jamais dérangé Max, quant au Prophète, il avait appris à être patient, derrière les murs. J'ai regardé la flamme de la bougie, fixement, en respirant à fond. On allait forcément trouver une solution.

Puis la Taupe a dit :

– Je connais un tunnel.

C'est tout ce qu'il a dit.

– Et alors? je lui ai demandé.

– Dans le métro, il a expliqué comme s'il s'adressait à un môme. Un tunnel qui conduit d'une station fermée jusqu'à la rue.

– Tout le monde les connaît ces tunnels, la Taupe. C'est là que crèchent la moitié des clodos de la ville.

– Pas une voie d'accès, mec. Une sortie, a dit la Taupe et j'ai soudain eu l'impression qu'on tenait le bon bout.

– Montre-moi, j'ai demandé.

La Taupe a sorti des vieux plans de son sac. Il en a étalé un par terre et l'a éclairé avec sa lampe de poche.

– Regardez là, juste à côté de Canal Street. On descend par n'importe laquelle de ces entrées. Mais il y a un *petit* tunnel qui va de la station jusqu'à Spring Street. Vous le voyez?

Il a montré d'un doigt douteux un trait à peine visible et a levé la tête avec l'air de dire que même un type aussi bouché que moi devait avoir compris.

Quand il a vu que je ne le suivais toujours pas, la Taupe a cligné des yeux. Il n'avait pas autant parlé depuis six mois, et l'effort l'avait épuisé.

– On les rencontre dans le tunnel à côté de Canal Street. On arrive les premiers. Ils bloquent toutes les issues. On fait l'échange. On part vers l'ouest... par là. Ils partent par l'est. Mais on ne va pas vers la sortie. On prend ce petit tunnel, là. Et on sort sur Spring Street.

– Et s'ils nous suivent ?

La Taupe m'a regardé d'un air complètement écœuré. Il avait assez parlé. Il a pris son sac, l'a poussé du pied entre nous.

– Tic tic tic, il a fait.

Personne ne passerait derrière nous.

Cette fois, j'avais pigé.

– Il nous faut combien de temps pour arriver à Spring Street ?

La Taupe a haussé les épaules.

– Dix minutes, un quart d'heure. C'est étroit. On passe un par un. Y a pas de lumière.

Ça pouvait marcher. Quand ces gros malins auraient saisi qu'on ne sortait par aucune des sorties de Canal Street, ils reviendraient nous chercher, mais on ne serait plus là depuis longtemps. Ils allaient penser qu'on se cachait, qu'on attendait la nuit, ou l'heure de pointe pour nous mêler à la foule. Et même s'ils connaissaient le tunnel, on aurait trop d'avance sur eux pour qu'ils nous rattrapent.

– Bravo, la Taupe ! je lui ai dit.

Le Prophète lui a tendu la main pour le féliciter. La Taupe a cru qu'il voulait voir ses plans et il lui a donné toute la pile. Il y a des types qui n'ont tout simplement aucune idée de ce qui se fait.

J'ai regardé Max. Il nous observait, avec la même expression fermée. « Qu'est-ce qui ne va pas, cette fois? » je lui ai demandé par gestes.

Il s'est avancé, a plié les genoux de façon à ce que son visage soit juste à la hauteur du mien. Il a relevé sa manche, il a fait comme s'il prenait un garrot et le serrait autour de son bras – un bout entre les dents, il tirait sur l'autre de la main droite. Puis il a enfoncé deux doigts dans le creux, là où la veine est supposée saillir, il a appuyé sur un piston imaginaire avec le pouce et ses yeux sont devenus blancs. Un junkie qui se shoote. Ensuite il m'a regardé fixement. Il berçait un enfant dans ses bras, ouvrait les bras, laissait tomber l'enfant par terre. Et de nouveau il a tourné la tête de droite à gauche. Max le Silencieux ne vendait pas de drogue.

J'ai pointé le doigt vers ma montre, ouvert les mains vers lui : « Pourquoi *maintenant*? »

Il a tapé sur son cœur le poing fermé en faisant oui de la tête. Puis il a frotté son pouce contre son médium, le signe de l'argent, et il a fait non de la tête. Max était un combattant, pas un marchand.

Merde! J'ai levé les mains au ciel d'un air dégoûté. Max m'observait, plus impassible que jamais. J'ai dessiné dans l'air la forme d'un paquet de dope, puis d'un autre, et ainsi de suite. Entre lui et moi, quarante kilos d'héroïne. Comme lui, j'ai frotté mes doigts les uns contre les autres. On avait tous besoin d'argent. Comment faire?

Max a souri : une fine ligne blanche entre ses lèvres. Il s'est incliné devant la Taupe et le Prophète, et devant moi. Puis il nous a expliqué. La dope, on la jetait. Et ensuite on allait dans le tunnel, comme la Taupe avait dit. « Et comment on sort avec l'argent? » je lui ai demandé. Max a disparu. Un silence de mort régnait dans le sous-sol. J'ai regardé la flamme de la bougie vaciller. Tous mes espoirs de toucher le pactole disparaissaient avec elle.

– Burke?

C'était le Prophète.

– Qu'est-ce qu'il y a? j'ai demandé tristement.

– Tu pourras dire quelque chose de ma part à Max, quand il reviendra?

– Quoi donc?

– Tu saurais lui expliquer par signes qu'il est vraiment taré?

Même en taule, les vannes du Prophète réussissaient à nous dérider. Mais celle-là, elle est tombée à plat.

Il faisait de plus en plus sombre dans la cave de Mama. On entendait quelque part le bruit obsédant d'un robinet qui coulait. Tout d'un coup, le Prophète s'est retrouvé propulsé en l'air.

– Lâche-moi, idiot! il a crié.

Max s'est avancé dans le peu de lumière qui restait. Il a laissé retomber le Prophète sans plus de cérémonies. J'ai pris une autre bougie dans ma poche et je l'ai allumée. Les ombres ont recommencé à danser sur le mur, les ténèbres ont reculé de quelques mètres. J'avais compris.

– T'as pigé, la Taupe? j'ai demandé.

– Oui.

– Et toi, Prophète?

– Oui. On les retrouve dans le tunnel, la Taupe éteint la lumière et Max fait son truc. C'est ça?

– Exactement.

Max s'est incliné devant nous, triomphant. Le Prophète avait raison, Max était vraiment taré.

– Ça marche pas, j'ai dit. Faudrait trop de temps. Si Max leur tombe dessus dans le tunnel, c'est notre peau qu'on défendra. Et en admettant qu'on s'en tire, ils remueront ciel et terre pour nous retrouver. Je ne suis pas d'accord. C'est pas ce qu'on avait prévu.

– C'est pas ce que *toi* tu avais prévu, mec, m'a balancé le Prophète. On a fait le coup pour ramasser le pactole. Max veut pas leur donner la dope, et toi tu veux pas renoncer au pognon. Ça ne nous laisse pas trente-six mille solutions.

C'est là que j'ai eu cette brillante idée qui m'a épargné vingt ans de taule.

– D'après toi, la came est presque pure, la Taupe? j'ai demandé.

Il n'a pas répondu. La Taupe ne dit jamais deux fois la même chose. Alors j'ai continué :

– Comment tu le sais?

– Par analyses, a dit la Taupe.

– Mais encore?

– L'héroïne est un dérivé de la morphine. Tu mets quelque chose dedans, elle prend une certaine couleur, tu sais que c'est de la bonne.

– Et tu pourrais faire tourner quelque chose qui ne serait pas vraiment de la dope de cette couleur? j'ai demandé de la voix la plus neutre possible.

La Taupe est entré en transe, comme chaque fois qu'il réfléchit. On se taisait, trois types autour d'un volcan éteint qui risque de se réveiller.

– Il faut qu'il y ait une part de morphine, ou alors qu'ils testent seulement certains sacs.

– Jusqu'à combien peux-tu couper?

– Je ne sais pas..., a dit la Taupe d'une voix traînante.

Il a sorti de sa poche un bout de crayon, s'est mis à gribouiller des formules en marge de ses plans, de nouveau perdu dans ses pensées.

Au bout d'un moment, il a relevé la tête.

– Comment est-ce qu'ils vont choisir le sac?

– Au hasard, j'ai dit en regardant le Prophète qui a hoché la tête d'un air entendu.

– Bon. Deux kilos de pure, six coupés au maximum, et dans le reste pas de dope du tout. Ça marche ?

– Ça marche ! je lui ai dit.

Le sourire du Prophète a illuminé la pénombre. Restait Max. J'ai sorti un paquet de cartes de ma poche et je lui ai fait signe de venir regarder. Quarante cartes, pour les quarante kilos. J'ai fait quatre paquets, j'en ai placé un devant chacun de nous. J'ai prit le paquet de Max, j'ai craché dessus et je l'ai jeté par terre. J'ai recommencé avec ceux de la Taupe et du Prophète. J'ai pris deux cartes dans mon paquet. Puis six autres, juste ce qu'il fallait selon la Taupe pour tromper l'adversaire. Et j'ai jeté mes deux autres cartes. J'ai regardé Max dans les yeux et sur les huit cartes qui restaient, j'en ai déchiré six. J'ai jeté les gros morceaux. Il ne restait plus que des petits bouts – et deux cartes intactes.

On attendait le gong. Finalement, Max a lentement hoché la tête. On était tous d'accord.

14

J'AI téléphoné. La conversation a été brève. Deux mille dollars en liquide contre quarante kilos de leur marchandise. Le lieu et l'heure. Mon interlocuteur m'écoutait patiemment – il voulait ma mort, mais il répondait d'une voix calme. Très bien... très bien... Comme vous voudrez... Aucun problème...

Le rendez-vous était prévu un jeudi, à dix-sept heures quinze. L'heure de pointe, comme ça ils allaient penser qu'après avoir encaissé le pognon, on avait l'intention de disparaître dans la foule. On est arrivé là-bas la veille, à onze heures du soir. On s'est installé et on a fait ce qu'on sait tous si bien faire : attendre.

On a attendu là où les tunnels se rejoignent. Les autres ne pouvaient arriver que par l'est et ils auraient des types à eux postés dans le tunnel de l'ouest. Ils avaient sûrement l'intention de nous coincer, et ce n'était pas la place qui leur manquait. Mais j'avais apporté avec moi quelque chose qui nous donnerait le temps de les semer.

A dix-sept heures quinze précises, Max a claqué des doigts et tendu la main vers l'est. Au début je n'ai rien vu, puis j'ai réussi à discerner un faible rayon lumineux qui se déplaçait lentement dans notre direction. A l'ouest, et ce n'était pas là qu'ils auraient dû être. Ensuite il y a eu des bruits de pas. Très nombreux, cette fois là où on les attendait. La Taupe a plongé la main dans son sac. Le Prophète a chargé le fusil. J'ai caressé l'objet rond et froid, au fond de ma poche. Ça roulait.

Mais ça a déjanté tout de suite.

– Police ! a crié une voix. Vous êtes cernés. Jetez vos armes et avancez vers nous les mains en l'air.

Les sales rats ! Pourquoi se seraient-ils donné le mal de traiter avec nous alors qu'ils pouvaient récupérer leur dope et permettre en même temps à leurs copains les flics d'arrêter quatre idiots comme nous ?

Il fallait gagner du temps, le temps de réfléchir.

– Qu'est-ce qui me prouve que vous êtes bien des flics ? j'ai crié vers le bas du tunnel.

– Ici le commissaire Johnson, New York, 1er district. Vous êtes en état d'arrestation. Vu ? Je vous donne deux minutes. Et si dans deux minutes je ne vois pas des mains en l'air, il va y avoir du sang par terre.

C'étaient les flics, les vrais, pas la police des voyageurs. Il n'y a que les condés qui parlent comme ça, et seulement devant un auditoire.

Je me suis retourné vers mes potes. C'était tout vu. La Taupe ne tiendrait pas une heure derrière les murs. Si le Prophète tombait, cette fois ils le garderaient à vie. Et sans personne pour le surveiller, Max finirait par tuer un maton.

– Filez par le petit tunnel, Prophète, je lui ai dit. Vous prenez tous les sacs où il y a de la dope et vous me laissez les autres. Toi devant – vérifie que la voie est dégagée en arrivant à Spring Street. La Taupe te suit. Max en dernier, au cas où un de leurs hommes se glisserait derrière moi. Ça va?

– Non, a dit le bonhomme. J'abandonne pas la partie. On va leur montrer, à ces salauds de poulets!

– Prends le tunnel, Prophète. La Taupe n'y arrivera pas sans toi. Et Max pourrait faire une connerie. Surveille-le.

– Viens avec nous, a dit la Taupe.

– On n'aurait aucune chance. Ils ne nous laisseraient pas le temps. C'est les cognes, je te dis, pas les autre rigolos. On ne peut pas aller plus vite qu'une putain de radio! Allez, foncez!

– Qu'est-ce que tu vas faire? a demandé le Prophète.

– Du violon, je lui ai dit.

Le Prophète a jeté un coup d'œil derrière lui. Il m'a serré le bras très fort et s'est engagé dans le tunnel. La Taupe l'a suivi. Max ne bougeait plus. Je lui ai montré le tunnel, je me suis tapé sur l'épaule pour lui expliquer qu'il devait défendre les autres, et lui, il a posé la main contre sa poitrine, s'est arraché le cœur et a mis son poing fermé contre ma paume. Il n'avait pas besoin de me le dire, je savais.

Je me suis tourné vers l'est, là d'où venait la voix.

– Je ne retournerai pas en taule! j'ai crié. Pour l'instant, c'est moi qui décide!

C'est quelque chose que je m'étais promis de leur dire depuis longtemps, puisque ça remontait à mon premier séjour en maison de correction.

– Rends-toi! a repris le flic. Tu es cerné, je te dis.

– Est-ce qu'il y en a un parmi vous qui a été chez les Viets? j'ai crié dans le tunnel, conscient du temps gagné à chaque mot prononcé.

Silence. Chuchotements. La réaction n'allait pas tarder à venir.

Enfin, une voix, à l'autre bout du tunnel.

– J' suis allé là-bas, mon pote. J'étais dans l'infanterie. Quatre-vingt-septième compagnie. Tu veux que je vienne seul?

– Ouais! j'ai crié. Je veux que tu dises à tes collègues ce que c'est que ça!

J'ai sorti la boule de métal de ma poche – une grenade défensive, goupillée – et je l'ai fait rouler vers eux dans le tunnel. On l'a entendue rebondir contre les parois, puis plus rien, elle avait dû glisser dans une ornière.

– Qu'est-ce que c'est? a demandé mon pote du Vietnam.

– Allume ta lampe et regarde, je lui ai dit. Mais t'inquiète pas, j'ai laissé la goupille!

Silence de mort. Parce que la mort planait. Des rais de lumière ont balayé les parois humides du tunnel, mais sans se rapprocher de là où j'étais. Puis quelqu'un a crié :

– Bordel de merde!

Et j'ai su qu'il l'avait trouvée.

– Vous savez ce que c'est? je leur ai demandé.

– Ouais, a répondu la voix inquiète de l'ancien fantassin. J'ai vu assez de ces saloperies pour le savoir!

– T'as qu'à venir ici, si tu veux en voir d'autres! je lui ai proposé. J'en ai toute une caisse, y a qu'à se servir!

De nouveau, le silence.

– Qu'est-ce que tu veux? il me demande ensuite.

– Je veux que vous dégagiez ce tunnel, les mecs. Et je veux une voiture, avec le plein, à l'angle de Canal Street. La voie libre jusqu'à Kennedy Airport et un avion pour Cuba. Compris? Sinon, ça va faire boum!

C'est un autre flic qui a gueulé vers moi :

– Je veux te parler! Je veux discuter avec toi. Je vais marcher vers toi. Lentement... D'accord? Les mains en l'air. On peut pas discuter de si loin. D'accord?

– Laissez-moi réfléchir, j'ai dit. Mais attention, hein, pas d'entourloupettes!

– T'inquiète pas, on fera ce qu'on a dit.

Je ne lui ai pas répondu. Je me demandais où en étaient les autres.

J'ai fait durer le silence aussi longtemps que possible. Quand j'ai appelé les flics, ma voix tremblait plus que je ne l'aurais voulu.

– Un seul flic, d'accord? Le soldat. Dites-lui de venir *seul*... et *lentement!*

J'ai entendu ses pas avant de le voir. Il est sorti de la courbe du tunnel la chemise déboutonnée, les mains sur la tête. Il était petit et carré. Mais en dehors de ça, il n'y avait pas assez de lumière pour que je puisse savoir à quoi il ressemblait.

– Stop! j'ai aboyé.

– D'accord, mon pote, d'accord. T'énerve pas. T'as pas à t'inquiéter, on va juste parler.

– Je veux d'abord te montrer quelque chose, je lui ai dit.

J'avais pris une autre grenade dans ma main droite. Je l'ai tendue vers lui. J'ai fait semblant de dégoupiller et j'ai lancé dans le tunnel une goupille de réserve que j'avais planquée dans ma main gauche.

– Ramasse-la, je lui ai dit.

Il s'est baissé, et s'est mis à chercher.

– Merde! il a murmuré en la trouvant.

– T'as pigé, maintenant? j'ai demandé. Il y a encore une bonne vingtaine de ces joujoux dans la caisse sur laquelle je suis assis. Amusez-vous à me canarder et tout ce putain de tunnel part sur orbite. Bon, si on parlait de mon avion?

– C'est pas le genre de truc qui s'organise en cinq minutes. Un peu de patience, l'ami.

– Un coup de fil, et c'est réglé. Si vous ne voulez pas qu'on saute tous ensemble, démerdez-vous.

– Ecoute, l'ami, moi, je fais ce qu'on me dit. Ici comme dans l'armée. Tu sais ce que c'est. Et je te comprends...

– Non, tu comprends pas, j'ai dit. Où tu t'es battu?

– Au Cambodge. On nous a envoyés dans la jungle, et on n'est pas nombreux à en être revenus. Tu as connu ça, toi aussi...

– Ouais... Mais pas au Vietnam, en prison. Trop souvent. Et je veux pas y retourner. C'est Cuba, ou on saute tous ensemble.

– Attends! il a crié. Donne-nous encore une chance. Je ne t'ai pas dit que c'était impossible. Je vais retourner voir mon chef. On va appeler l'extérieur par radio...

– Prenez votre temps, j'ai répondu, et jamais je n'avais été aussi sincère avec un flic.

Il est reparti vers le bas du tunnel.

Quelques minutes ont passé. J'ai regardé autour de moi. Mes potes avaient emporté avec eux tout ce qui aurait pu me faire plonger trop longtemps. C'était déjà ça.

La voix du soldat a résonné dans le tunnel.

– Est-ce que je peux revenir? il a crié.

– Vas-y! j'ai répondu.

Quand il s'est arrêté, au même endroit qu'avant, il a pris une voix très calme, comme pour parler à un fou. Parfait.

– Ça marche, l'ami. On a mis la machine en route. Mais ça va prendre du temps, d'accord?

– J'attendrai, j'ai dit.

– Ça va durer des heures. Tu vas pas rester comme ça avec cette foutue grenade dégoupillée à la main pendant des heures.

– J'ai pas le choix, que j'ai répondu.

– Mais si, voyons. Remets la goupille. Et si tu entends le moindre bruit qui te paraît louche, tu auras toujours le temps de dégoupiller.

Cette fois, je n'ai rien dit.

– Ecoute, l'ami. Réfléchis. Tu obtiendras tout ce que tu veux. On s'en occupe. Ce n'est pas la peine de risquer ta peau au moment où tout s'arrange. D'accord?

– Et comment je fais? C'est vous qui avez la goupille.

Ma voix tremblait salement.

– Je vais te la rapporter. D'accord? Je vais marcher vers toi. Lentement. J'accroche la goupille à un filin et je te la lance. Ça marche?

– D'accord, mais pas de connerie, hein?

– T'en fais pas, je ne suis pas fou. Je sais que tu peux nous faire tous sauter. Surtout que je serai le premier à morfler. Je ne suis pas revenu de cette foutue jungle pour mourir dans le métro.

– Il faut que je réfléchisse.

Il m'a laissé tout mon temps. Il jouait le jeu, il faisait ce qu'il avait à faire. Ce flic et moi, on était exactement dans la même position. Moi, il fallait que je tienne le plus longtemps possible pour donner à mes potes le temps de disparaître. Lui, il était loin devant les autres. On serait les seuls à y passer, si quelque chose déconnait. Ce type avait du cran. Mais il avait choisi le mauvais côté. Dommage.

– Je vais vraiment avoir mon avion? j'ai demandé.

– On fait tout pour ça. Parole de soldat, il a dit.

Peut-être qu'il comprenait vraiment. J'avais eu de la chance. Un mec de l'infanterie savait ce que c'était que de marcher sur une grenade. Il aurait pu être de ceux qui avaient nettoyé le Vietnam au lance-flammes et aurait préféré me voir en train de griller tout de suite. De toute facon, il faisait son boulot. J'ai accepté sa proposition.

Il nous a fallu encore dix minutes pour tout mettre au point. Ensuite, il s'est avancé vers moi, a lancé le filin. Quand je me suis penché pour ramasser la goupille, j'ai senti fixés sur moi les fusils à lunettes de leurs tireurs d'élite. Qu'ils aillent se faire foutre. Au moins, je ne crèverais pas tout seul.

Mais ils n'ont pas tiré.

– Je l'ai! j'ai crié.

– Je te l'avais promis, non?

– Je vais la remettre, j'ai dit en faisant trembler mes mains, pour que ça ait l'air plus vrai.

Et je suis retourné dans l'ombre.

– Je reste assis sur cette caisse ! j'ai crié. Et dès qu'il y en a un qui s'approche...

– Encore un peu de patience, l'ami, a dit le flic. Moi aussi je vais m'asseoir, et attendre avec toi.

Et c'est ce qu'on a fait.

15

ÇA a duré des heures. Le cirque habituel – allers et retours du soldat dans le tunnel, mots rassurants, tout va bien, on fait ce que tu as demandé, tu veux une cigarette, du café ? Ils attendaient que je m'endorme. Ils avaient tout leur temps.

J'ai tenu jusqu'à minuit. Si on ne les avait pas cueillis à la sortie, mes potes étaient déjà loin. Des taches dansaient devant mes yeux, je sursautais au moindre bruit. Jamais je ne bois de café, mais je savais ce qu'il y aurait dans celui qu'ils m'offraient avec tant d'insistance. Alors j'ai fini par accepter.

Le soldat a apporté deux cafés sur un plateau, puis il est reparti à sa place. Je lui ai dit qu'il l'avait posé trop loin. Il l'a rapproché.

Ensuite, il a fait son cinéma.

– A toi de choisir, l'ami. Prends-en un, je boirai l'autre.

Que je boive l'un ou l'autre ne changeait rien. Ils avaient dû tellement doper le soldat que, de toute façon, j'allais m'écrouler bien avant lui. J'ai tout avalé d'un trait. La drogue m'a paralysé avant même que je repose le verre. Je me souviens avoir pensé en m'endormant que je ne sentirais même pas les coups de matraque.

16

Je suis donc retourné en prison, mais seulement pour détention d'explosifs. Se trimbaler avec trente-deux kilos de sucre et de quinine n'a jamais été interdit par la loi. Et Blumberg, mon avocat, s'est même servi du fait qu'ils m'avaient drogué et que j'étais inconscient au moment de mon arrestation, alors je n'en ai pas pris pour trop longtemps.

Je venais à peine d'arriver à la centrale qu'un des gorilles de Julio m'a demandé où j'avais caché la dope. J'ai répondu que je ne voyais pas ce qu'il voulait dire. Tout ce que je savais, c'était que les flics avaient raflé la marchandise. Et de toute façon, moi je n'étais qu'un intermédiaire. Un type m'avait contacté – et offert cinquante mille dollars pour organiser l'échange.

Il y a un autre type qui s'est pointé pour me poser des questions. Mais lui, il est passé par l'entrée des visiteurs. Quand le maton m'a dit que mon avocat m'attendait au parloir, ça m'a paru louche. Même si je l'avais *payé* pour me défendre, Blumberg aurait pas fait le voyage jusqu'à Auburn. Fines rayures, cravate club, attaché-case de luxe, alliance et Rolex en or : la nouvelle race des avocats qui travaillent pour les truands, mais à l'époque je ne le savais pas. Il ne m'a pas fait croire qu'il allait me défendre. Il était juge et partie. Et dans ce procès, je jouais ma peau.

Heureusement, je m'étais préparé. On a ressassé toute l'histoire encore et encore. Il me la faisait raconter dans le désordre, en espérant que je finirais par me couper. J'ai pas varié d'un iota, je lui ai juste donné quelques renseignements sans importance.

– Comment était l'homme qui vous a contacté ?

– Je vous l'ai déjà dit, j'ai répondu. La trentaine, cheveux longs de hippie, vieille veste militaire avec un flingue qui faisait une bosse en dessous. Il a dit qu'il s'appelait Smith.

– Et qu'est-ce qu'il vous a raconté ?

– Qu'il avait cette marchandise. Qu'elle appartenait aux autres, à ceux pour qui vous, vous travaillez. Je devais en tirer deux cent mille dollars. Et ne lui en donner que cent cinquante mille. Le reste était pour moi.

– Vous saviez qu'il l'avait volée ?

– Je ne savais pas comment il avait mis la main là-dessus. C'était pas mon problème. J'ai pensé que le Vieux serait content de récupérer sa marchandise – et quand il y a un peu de blé à se faire, je crache pas dessus.

– Vous avez revu ce soi-disant Smith ?

– Vous croyez peut-être qu'il serait venu à mon procès ?

– Réfléchissez, monsieur Burke. Vous souvenez-vous d'un détail qui pourrait nous permettre de le retrouver ?

– Peut-être que sur une photo, je le reconnaîtrais. Si ça se trouve, c'est un des vôtres...

– Non ! qu'il a dit sèchement.

– Vous devez avoir raison. C'était plutôt le genre cafard.

– Cafard ?

– Ouais, vous savez, ces types qui se baladent avec des cartes officielles et prétendent qu'ils coincent les flics qui sont pas en service et toute la merde.

Il a cligné des yeux, un mouvement imperceptible, mais que j'attendais.

– Pourquoi pensez-vous qu'il était de ceux-là?

– Parce que... parce qu'il avait encore un autre flingue, attaché à la cheville. Et quand il a ouvert son attaché-case pour me donner de quoi monter le coup, j'ai vu son badge en or. Un de ces trucs que les flics vous donnent en remerciement de vos bons services.

L'avocat a continué à me bassiner pendant une bonne heure, mais le cœur n'y était plus. Trois semaines plus tard, j'ai lu dans le *Daily News* qu'un clandestin de la brigade des stups avait été tué à Harlem. Quatre balles dans la tronche. On n'avait pas touché à son fric. Seul son badge en or avait disparu.

17

MAIS tout ça, c'était il y a longtemps. Le jour dont je vous parle, j'ai laissé sept mille tickets chez Mama. Cinq mille pour Max, et deux mille pour moi, qu'il devait me tenir au chaud. Je n'avais pas le temps d'écouter Mama délirer sur le sort de Max. J'ai déjeuné vite fait avant d'aller au bureau me changer : j'allais au tribunal, cet après-midi-là, il fallait que je sois sur mon trente-et-un.

Même pour une audience préliminaire, je ne me mêle jamais d'affaires pénales. D'abord parce que je n'ai pas la licence de détective privé, et ensuite parce que l'avocat de la défense aurait beau jeu de me demander où j'ai passé douze ans de ma vie. Par contre, je témoigne souvent quand il y a une action civile – problèmes matrimoniaux et compagnie. Et je ne vole pas mes clients comme un avocat qui se fait payer à l'heure, j'ai un tarif unique pour les faux témoignages. Seulement là, il s'agissait d'une affaire pas comme les autres.

Tout avait commencé chez le juge de la famille à qui cette femme avait demandé une ordonnance de protection contre son mari. Sa fille avait vu à l'école un film sur les viols d'enfants. Elle s'était mise à pleurer et avait raconté son histoire. Là-dessus, la mère va voir le juge, obtient l'ordonnance. Mais le mari revient à la maison et se met à engueuler la môme en lui disant que tout est sa faute, qu'il va se débarrasser d'elle, la mettre dans un orphelinat, etc. La pauvre gamine ne tient pas le choc – elle n'a que dix ans – et elle se retrouve chez les fous. Evidemment l'autre enfoiré disparaît, et sa femme me demande de le retrouver. Je l'ai repéré deux jours plus tard. Un coup de téléphone, et il se faisait cueillir.

Pendant longtemps, poursuivre un type comme ça ne leur serait même pas venu à l'esprit. Ils se trouvaient des tas d'excuses : cet homme gagne la vie de toute la famille, un procès ne ferait qu'aggraver les problèmes de l'enfant, etc. La vérité, c'est qu'en condamnant le coupable, ils allaient contre leurs convictions les plus sacrées. La grandeur de l'Amérique repose sur l'unité familiale, non ?

Et puis ils ont créé le Bureau des victimes, qui est supposé couvrir tous les crimes perpétrés dans cette ville contre les enfants. On m'avait dit que dans cette affaire, le procureur avait l'intention de frapper un grand coup, et je voulais voir ça.

J'étais propre comme un sou neuf, costume, cravate et chemise blanche. J'avais même apporté un attaché-case. Mais pas de flingue. Ils ont des détecteurs de métal à l'entrée de la Cour suprême. C'est à cause d'un juge qui fait de la politique. Il a peur que des terroristes viennent lui tirer dessus en pleine audience, ce qui doit arriver tous les cent ans. Mais on n'est jamais trop prudent, n'est-ce pas ? Pendant ce temps, au Tribunal de la Famille, de l'autre côté de la rue, la violence est quotidienne. Mais là, il n'y a pas de détecteur de métal. Voilà New York : même les noms des tribunaux sont complètement bidons. On appelle Cour suprême le tribunal de première instance et Tribunal de la « Famille » un endroit où on fait passer pour des monstres les jeunes victimes des obsédés sexuels.

Le procureur était représenté par une femme, une grande brune que je n'avais jamais vue. Robe de soie grise, rang de perles autour du cou, elle avait un visage doux, mais le regard froid. Elle venait d'un autre district, pourtant dans le tribunal tout le monde semblait la connaître. Elle devait déjà avoir fait ses preuves.

Je me suis assis au premier rang, celui qui est réservé aux avocats. Personne ne m'a posé de question. Personne n'en pose jamais.

Quant à l'avocat de la défense, c'était une vraie caricature. Sa coupe de cheveux avait dû coûter plus cher que mon costard et des diamants brillaient à chacun de ses doigts. Tout portait à croire que son client allait s'en sortir avec une caution. Pensez donc, il avait un emploi, faisait vivre sa famille, soutenait une équipe junior de base-ball... Il ressemblait à une fouine. Une fouine arrogante. Et quand son regard a croisé le mien, il a baissé les yeux.

J'ai reconnu le rapporteur – celui qui tape tout ce qui se passe sur une machine silencieuse. C'était un grand type avec de grosses mains, plié en deux au-dessus de sa machine. Il avait fait le Vietnam et ne s'en était jamais remis. J'avais remarqué qu'il gardait toujours la même expression figée et quand je lui en avais parlé, il m'avait dit qu'il se passait exactement la même chose dans un tribunal qu'au Vietnam. Sauf que les mots remplaçaient les balles.

L'audience n'en finissait pas. Jusqu'au moment où l'avocat de la défense a commis une erreur. Pensant que la longue liste de ce qu'il considérait comme des atouts pour son client allait impressionner favorablement le juge, il l'a fait venir à la barre. Et cela aurait peut-être marché, si le substitut du procureur n'en avait pas profité pour prendre l'avantage.

Elle s'est levée et a commencé à interroger la fouine d'une voix douce, sur son boulot, l'endroit où il était allé habiter en attendant le procès, rien de très intéressant. Elle a fouillé dans ses papiers comme si elle ne savait plus très bien quelle question lui poser. Puis elle a fait un pas vers lui.

– Dites-moi, monsieur, êtes-vous entré dans la maison de votre femme, le 25 avril?

– C'est *ma* maison. C'est *moi* qui l'ai payée, et qui paye encore le crédit.

– Objection, Votre Honneur, a dit l'avocat. Qu'est-ce que cela a à voir avec une demande de mise en liberté provisoire?

– Cela a à voir avec la crédibilité du prévenu, a rétorqué le substitut du procureur. Je vous promets d'établir un rapport direct entre cette question et l'affaire qui intéresse la cour, votre honneur.

Le juge a fait semblant de réfléchir, puis il lui a fait signe de continuer.

– Voulez-vous répondre à ma question, monsieur?

– Oui, je suis entré dans *ma* maison. Avec *ma* clé. Oui.

– Et vous avez eu une conversation avec votre fille Marcy, n'est-ce pas ?

– Une conversation, c'est beaucoup dire. Je lui ai juste expliqué qu'elle nous avait causé beaucoup d'ennuis avec ses mensonges. Si elle n'avait pas vu ce film idiot à l'école...

– J'ai terminé, a dit sèchement le substitut du procureur, nous laissant tous sur notre faim.

Le juge a renvoyé le prévenu à sa place, puis il s'est tourné vers la grande brune :

– Je ne vois pas où vous voulez en venir, chère madame. Quel rapport a votre question avec l'affaire qui nous intéresse ?

– Mon nom est Miss Wolfe, monsieur le Juge. Vous pouvez aussi m'appeler madame le Procureur.

Elle avait parlé d'une voix douce. Le juge lui a souri, comme pour la mettre à l'aise, et l'avocat de la défense s'est frotté les mains. Ils n'avaient rien compris. Cette fille n'était sûrement pas une tendre. Elle savait garder son calme, voilà tout. Une vraie pro, qui attendait le bon moment pour montrer ce qu'elle avait dans le ventre.

– Très bien, *Miss Wolfe,* a dit le juge en insistant sur le Miss pour que la valetaille prenne conscience de son intelligence supérieure. Maintenant, si vous voulez bien vous expliquer...

– Voilà, Votre Honneur, elle a dit d'un ton plus ferme. J'ai ici la copie certifiée conforme d'une ordonnance de protection signée par le juge Berkowitz du Tribunal de la Famille, ordonnance interdisant au prévenu de se rendre dans la maison où habite sa fille et de voir cette dernière.

– Apportez-moi ça, a dit le juge à un huissier.

Il a parcouru l'ordonnance, interloqué. Il ne voyait pas où Wolfe voulait en venir. Et il n'était pas le seul.

– Nous perdons notre temps, Votre Honneur, a lancé impatiemment l'avocat de la fouine.

Le juge a regardé la grande brune, cette fois sans lui sourire.

– Votre Honneur, le prévenu vient de reconnaître sous la foi du serment qu'il a violé l'ordonnance du Tribunal de la Famille. Non seulement cela, mais il a reconnu l'avoir fait de façon délibérée, intentionnelle et sans juste raison. Ainsi, contrevenant à l'article 1072 du code de la Famille, il encourt une peine de prison pouvant aller jusqu'à six mois.

L'avocat de la défense a sursauté – et ce n'était pas l'odeur rassurante d'un bon café qui l'avait réveillé.

– Objection, Votre Honneur. Ceci n'a rien à voir avec la mise en liberté provisoire que je demande pour mon client devant cette cour criminelle. Le procureur évoque une affaire qui relève du Tribunal de la *Famille* et non de cette Cour suprême.

Wolfe a continué comme si elle n'avait pas entendu.

– Il a déjà été établi devant la cour que le prévenu s'était enfui lorsqu'il a été poursuivi par le Tribunal de la Famille. Il s'est caché dans un hôtel sous un nom d'emprunt. La liberté provisoire a pour but d'assurer la présence d'un prévenu à son procès. Dans le cas qui nous intéresse ici, et étant donné la façon dont le prévenu s'est conduit par le passé et le fait qu'il encourt par ailleurs une peine de prison, nous demandons à la cour de refuser au prévenu sa liberté provisoire et de le placer en détention préventive.

Le père indigne a pris un coup sur la cafetière. La préventive, c'était de toute façon des mois de prison, même s'il était ensuite reconnu innocent. Mais son avocat a contre-attaqué.

– Le procureur, Votre Honneur, demande une détention préventive ! Ce serait une parodie de justice pour un individu dont le casier judiciaire est vierge, la position sociale assise et qui prouvera son innocence quand il sera jugé. Il n'a pas été accusé de meurtre, que je sache !

– Il *est* accusé d'inceste, viol et sodomie sur la personne d'un enfant, Votre Honneur. Il *a* cherché à échapper à la justice. Et il *a* avoué devant cette cour avoir violé une ordonnance de protection.

– Tout cela relève du Tribunal de la *Famille*, monsieur le Juge, a répété l'avocat.

Son argument ne faisait pas le poids. La voix douce de la grande brune s'est teintée d'une sombre détermination.

– Votre Honneur ne décidera certainement pas de faire respecter une juridiction aux dépens d'une autre. Un prévenu qui a enfreint la justice d'un autre tribunal a dévoilé son véritable caractère et son mépris des lois. Si cette cour accorde la liberté provisoire au prévenu, elle lui donnera une raison de s'enfuir. Il n'est qu'accusé devant vous, il a été condamné ailleurs. Nous demandons la détention préventive non seulement dans le but de protéger une victime, une communauté tout entière, mais pour permettre au Tribunal de la Famille d'appliquer la sentence qui s'impose. Si vous lui accordez la liberté provisoire, monsieur le Juge, et si le prévenu s'enfuit, l'enfant sera certainement de nouveau en danger. Cette cour n'acceptera certainement pas une telle situation.

– C'est ridicule, Votre Honneur, a rétorqué l'avocat de la défense. Miss Wolfe ne connaît pas les intentions de mon client !

– Et je préfère ne pas les connaître, a rétorqué Wolfe.

Le message était clair.

Le juge était coincé. Il a regardé la salle. Il avait besoin d'aide, j'ai décidé de l'aider. J'ai sorti de ma poche un bloc de papier et je me suis mis à écrire. Ses yeux se sont posés sur moi, inquiets. Il se demandait qui j'étais, pour quel canard je travaillais. Et il a décidé qu'il ne pouvait pas prendre ce risque.

– Le prévenu reste détenu pour être transféré devant le Tribunal de la Famille. Si cette cour ne le condamne pas, il devra recomparaître ici afin que nous puissions reprendre en considération sa demande de mise en liberté provisoire.

La fouine s'est effondrée. Il s'est tourné vers son avocat pour se faire rassurer, puis il s'est levé, les jambes flageolantes. Encadré par deux huissiers, il est passé devant le bureau du rapporteur qui l'a regardé de ses yeux morts.

– Ne lui enlevez pas sa ceinture, a conseillé le rapporteur aux huissiers sans chercher à étouffer le son de sa voix.

Ils ont emmené le père indigne. L'avocat de la défense est allé voir le substitut du procureur, prêt à lui proposer un marché.

– Miss Wolfe?

– Oui.

– Je... Vous allez certainement suivre cette affaire devant le Tribunal de la Famille?

– Oui, et j'y vais même tout de suite.

– Moi aussi. Je vous emmène?

– Non, ce n'est pas la peine. Merci, elle a dit de sa voix toujours égale.

– Vous n'avez aucune chance de gagner, il a lancé.

Wolfe s'est levée, les mains sur les hanches, elle l'a regardé de haut. Elle connaissait la chanson.

– Allons, vous savez au contraire que je ne peux pas perdre. C'est un combat en quinze rounds que votre client doit tous gagner. Si vous obtenez gain de cause, il recommencera, et je l'attendrai sur le ring. Un jour ou l'autre je finirai par le mettre K.O. Et quand il va tomber, ça fera très mal.

L'avocat est resté bouche bée, il ne trouvait rien à dire. Elle est descendue de l'estrade sans un regard pour lui et s'est dirigée vers la sortie. Sa robe de soie ondulait doucement, ses talons hauts claquaient sur le plancher. J'ai senti l'odeur de son parfum. Un vrai joyau, cette femme. Plus belle que jamais quand elle faisait son boulot. Comme Flood.

18

Je suis arrivé en bas avant Wolfe et je l'ai attendue dans Baxter Street, juste derrière le tribunal. L'écho de ses pas a résonné dans le couloir puis elle est apparue à la lumière du jour. Pour ne pas l'effrayer, j'ai fait en sorte qu'elle me voie avant de m'entendre.

– Miss Wolfe?

– Oui, elle a répondu, exactement sur le même ton neutre que quand elle parlait à l'avocat.

Et voilà que je ne savais plus quoi dire.

– Je... je voulais vous féliciter de la façon dont vous avez mené cette affaire.

– Merci.

Pour elle, la conversation était finie. Moi, j'avais envie de lui parler, de lui montrer qu'on était du même côté – mais je ne trouvais pas les mots. Je n'ai pas beaucoup d'amis parmi ceux qui font appliquer la loi.

– Est-ce que je peux vous accompagner jusqu'à votre voiture? j'ai demandé.

Elle a eu un sourire très bref.

– Ce ne sera pas nécessaire, je n'ai que quelques mètres à faire.

– On ne sait jamais ce qui peut arriver, surtout dans ce coin.

– Aucun problème, elle a dit, et j'ai vu briller le sombre reflet de la bande argentée qu'elle portait autour de la main gauche.

Un coupe-ficelle, avec un rasoir de l'autre côté. Dans les usines de ficelles, les ouvriers laissent courir la corde et l'effleurent de leur lame quand ils veulent la couper. Tu passes ta main avec ça devant le visage d'un type et il n'a plus de nez.

– Vous croyez qu'avec ce truc, vous allez tenir des voyous en respect?

Cette fois, elle m'a regardé attentivement. Comme quelqu'un qui réfléchit avant de prendre une décision.

– Mais pourquoi vous inquiétez-vous pour moi, monsieur...

– Burke, je lui ai dit.

– Ah oui, j'ai entendu parler de vous.

– En bien?

– Plutôt. Toby Ringer dit que vous essayez de vous en sortir. Et que vous l'avez aidé dans certaines affaires.

– Peut-être que je pourrais vous aider?

– Je ne crois pas, monsieur Burke. Toby dit aussi que vous êtes trop souvent de l'autre côté de la barrière.

– Pas quand il s'agit de ces cinglés.

– Je sais, a dit Wolfe en me donnant un aperçu de ce qui pouvait être un merveilleux sourire.

– C'est moi qui ai trouvé le salaud que vous venez de faire mettre au trou. Vous croyez que la

Brigade des recherches l'aurait tiré de sa planque ?

– Non, elle a reconnu. Mais cette affaire est close.

On se rapprochait lentement de sa voiture, une Audi bleu lavasse. Le soleil brillait, ce qui n'empêchait pas les gardiens de faire leur boulot. Aucun pro ne s'attaquerait à ceux qui garent leurs voitures dans le parking du tribunal mais un junkie ne se gênerait pas.

– Nous y sommes, a dit Wolfe en sortant les clés de sa poche.

J'ai fait un pas en avant pour lui tenir la porte, et une énorme masse noire a bondi de la banquette arrière. Dents de requin et museau en forme de dalle : un rottweiler, chien de salon pour King Kong. Imaginez un doberman auquel un savant fou aurait injecté des hormones de croissance et dont il aurait écrasé la gueule à coups de marteau. Je n'ai plus bougé. Cette dame n'avait vraiment pas besoin d'escorte.

Wolfe a ouvert la portière et le rottweiler s'est élancé vers elle.

– Couché !

La bête a reculé à regret pour la laisser entrer.

– Au revoir, monsieur Burke. Et si vous tombez un jour sur un cas qui pourrait m'intéresser, n'hésitez pas à me téléphoner.

Elle me congédiait. Je me suis incliné devant elle, et je suis reparti vers le monde auquel j'appartenais.

19

J'AI refait tout le chemin en sens inverse, perdu dans mes pensées. Wolfe me rappelait Flood, et son rottweiler aussi.

On était à la fin mars, mais le soleil brûlait déjà les marches du grand perron. Peut-être qu'on allait avoir un vrai été, cette année, autre chose que ce ciel bleu trompeur et cet air froid des dernières semaines. Seuls les citadins détestent vraiment le froid. En ville, le froid vous gèle jusqu'à la moelle des os. A la campagne, les gens s'assoient devant la cheminée et regardent le paysage blanc. Comme c'est beau, comme c'est propre, qu'ils se disent. La neige dans les rues est toujours sale. Ici les gens meurent, quand elle se met à tomber – et si ce n'est pas le froid qui les tue, les feux qu'ils allument pour se réchauffer s'en chargeront.

Devant l'entrée du tribunal, j'ai plongé la main au fond de ma poche pour prendre une clope et j'ai jeté un coup d'œil de l'autre côté de la rue, dans le parking où j'avais garé la Plymouth. Un Noir aux cheveux rasés, qui portait un polo de sport orange fluo avec sur la tête un bandeau assorti, a croisé mon regard.

– T'as une cigarette, mec? il m'a demandé.

Il ne m'avait pas appelé « frère », c'était déjà ça. Quand je suis sorti de prison, à la fin des années soixante, ils avaient tous ce mot-là à la bouche. Etre un ancien taulard, ça n'a jamais aidé personne, sauf à cette époque-là : les filles adoraient ça. Les filles du Village, en tout cas, ces nanas qui engloutissaient la dialectique révolutionnaire comme des aspirateurs dopés.

Je gagnais bien ma vie, en ce temps-là. Tu

prenais avec toi quelques fauchés qui voulaient aider la révolution, et tu ramassais plus de pognon que ceux qui s'échinent contre la faim dans le monde. Il suffisait de dire à ces rigolos de hippies que c'était pour financer une action révolutionnaire, un casse dans une banque, par exemple. La guerre était déclarée, dans le Village. Les hippies se croyaient utiles, avec leurs complots, leurs bombes et leurs lettres aux journaux. Ils étaient trop occupés à prendre en main le sort des opprimés pour s'intéresser à des transactions financières. Mais ils ne savaient pas où acheter leurs explosifs et je leur en procurais. Heureusement qu'ils n'ont jamais attaqué la Banque centrale avec le bicarbonate de soude que je leur vendais.

Voilà comment j'ai commencé à rechercher des mômes qui avaient disparu. C'était peut-être Peace and Love sur les boulevards, mais les loups hantaient les petites rues, à la recherche du plaisir. Moi, on me payait pour retrouver des mômes et les ramener chez eux. De temps en temps, un loup essayait de s'accrocher à sa proie, alors je ne me suis pas seulement fait de l'argent, mais aussi des ennemis, forcément.

Quand la révolution est morte, que les BMW ont remplacé les jeeps et les hippies transformé des lofts que tout le monde pouvait louer pour pas grand-chose en co-propriétés de luxe, je n'ai plus servi à rien. Je m'y étais préparé. Certains partisans de la révolution n'avaient pas prévu le coup, et c'est eux qui se sont retrouvés en prison. Et ceux qui ne se sont pas laissé emmener tranquillement ont gagné un billet pour Forest Lawn.

Quand ça a commencé à sentir mauvais, à New York, je me suis dit, pourquoi pas le Biafra? J'allais faire là-bas la même chose qu'à Manhattan, mais sur une plus grande échelle – sauver une bande de mômes et ramasser du blé par la même occasion. Je n'ai fait ni l'un ni l'autre, mais j'ai quand même battu un record : je me suis tiré de là-bas. Je suis assez bon, quand il s'agit de se casser.

Tout ça appartenait au passé. Le présent, c'était un grand Noir costaud qui me demandait une cigarette.

– Tu fais un tour d'horizon? je lui ai demandé.

Son regard s'est planté dans le mien, il a haussé les épaules et recommencé à surveiller la rue. Il ne fumait probablement même pas, c'était juste pour s'entraîner. Dur travail que le sien.

20

MÊME par une belle journée, il faisait toujours froid dans ce parking. Le vent s'engouffrait entre les murs des trois tribunaux comme dans un tunnel. Avec sa couche d'apprêt, la Plymouth avait l'air barbouillée de rouille. Chaque fois qu'on s'en sert sur un boulot, la Taupe la repeint, et on n'avait pas encore choisi sa nouvelle couleur. Cette voiture a l'air bonne à jeter, mais elle trompe son monde : suspension hydraulique, réservoir de deux cents litres, moteur à injection, amortisseurs tout terrain, refroidissement à air, vitres pare-balles et pare-chocs de tank amphibie, tout le saint-frusquin. Elle n'est pas très rapide, mais impossible à plier, même en le faisant exprès.

Debout devant la Plymouth, une femme tapait impatiemment du pied, comme si elle avait attendu quelqu'un qui était en retard. On voyait pas grand-chose d'elle. Trench-coat et pantalon de couleur sombre, foulard noir sur la tête, et énormes lunettes de soleil. Une inconnue. J'ai mis la main dans ma poche – il y a des gens qui sous-traitent leur vengeance.

Ses yeux ne me quittaient pas, alors je suis passé devant la Plymouth sans m'arrêter. Mais quand elle m'a appelé, j'ai compris que ça ne servait à rien.

– Monsieur Burke?

Je n'aime pas me faire remarquer en public, surtout quand la moitié du public est composée de flics.

– Quoi? je lui ai lancé d'un ton sec.

– Je veux vous parler, elle a dit d'une petite voix décidée, une voix qui annonçait des problèmes.

– Vous me prenez pour un autre, ma petite.

– Non, sûrement pas. Il faut que je vous parle.

– Donnez-moi un nom, ou fichez-moi la paix, je lui ai dit.

Si elle m'avait seulement vu au tribunal et se montrait incapable de citer le nom de quelqu'un que je connaissais, elle n'avait aucune chance.

– Julio Crunini, elle a soufflé, et son visage était tout près du mien, maintenant.

– Je ne connais personne de ce nom-là. Je ne sais pas ce que vous voulez me vendre, mais de toute façon, je ne suis pas acheteur, vu?

J'ai tendu la main pour ouvrir la portière et me tirer de ce que je savais être une série d'emmerdes. Julio était dehors depuis trop longtemps. Il ne savait plus fermer sa gueule.

Elle a posé sa main sur mon bras. J'ai vu qu'elle tremblait et aussi qu'elle portait une alliance et un diamant qui scintillait dans le soleil.

– Vous me connaissez, elle a dit.

Je l'ai regardée, mais je ne voyais toujours pas. Elle a enlevé ses lunettes. Non, décidément, son visage ne me disait rien. Sa bouche s'est durcie et elle a dénoué son foulard. Ses cheveux roux flamboyaient dans le soleil.

– Vous me reconnaissez maintenant? elle a demandé d'un ton amer.

C'était la fille que j'avais vue courir dans Forest Park.

21

PAS un trait de mon visage n'a changé – là où j'ai été élevé, ce n'est jamais une très bonne idée de laisser les gens savoir ce qu'on pense.

– Je ne vous connais pas, et je ne veux pas vous connaître, j'ai dit.

– Je ne vous plais pas? elle a lancé.

Une vraie reine de la Mafia, qui avait l'habitude de lancer des défis.

– C'est votre parfum qui ne me plaît pas. Un parfum d'embrouilles, et j'ai assez de problèmes sans vous.

Je l'ai écartée de mon chemin. Elle m'a retenu par le bras et je l'ai regardée comme j'avais regardé Julio dans son garage, mais elle, elle ne savait pas ce que ça voulait dire.

– Si vous ne voulez pas me parler maintenant, j'irai vous voir à l'hôtel de Murray Street. Je sais où vous habitez, monsieur Burke.

Elle croyait avoir fait mouche. Julio, décidément, s'était montré bien bavard. Très peu de gens connaissaient mon adresse de Murray Street. Et ce qu'ils ne savaient pas, c'était que le Deacon Hotel n'était plus pour moi qu'une boîte à lettres. Le type de la réception prenait les messages qu'on m'y laissait, par habitude – seule force qu'un junkie reconnaisse – mais je ne vivais plus la-bas depuis des années, depuis que ma conditionnelle avait pris fin. Ce qui ne m'empêchait pas de me sentir menacé. Cette fille en savait trop.

Elle avait pris cet air arrogant des femmes qui n'ont pas encore abattu toutes leurs cartes. Oncle Julio avait une vision moderne de la loi du silence – il ne l'appliquait que quand ça l'intéressait.

– Montez dans la voiture, je lui ai dit en ouvrant la portière.

– Prenons la mienne, elle a répondu en me montrant, comme je l'aurais parié, un coupé BMW. Nous y serons mieux pour bavarder. J'ai l'air conditionné.

– Vous pourriez avoir un lit flottant, que ça ne changerait rien. Vous montez, ou vous vous cassez ?

Elle a hésité, ce n'était pas comme ça qu'elle avait prévu les choses. Puis son visage a pris la même expression fermée que je lui avais vue dans le parc quand elle courait. Elle s'était décidée.

Elle s'est glissée sur la banquette en vinyle de la Plymouth avec un air dégoûté, mais sans un mot, et j'ai démarré. Que savait-elle exactement ? A moi de la faire parler. Mais pas avant de m'être assuré que personne d'autre n'entendrait notre conversation.

Je suis remonté vers le nord. Plus de hautes structures dont l'ombre abritait les putains. A cette heure-là, Michelle n'était certainement pas sur les quais, et j'avais besoin d'elle. Peut-être aurais-je plus de chances de la trouver autour des nouveaux chantiers de construction de la Onzième Avenue, près de Times Square.

La rousse a ouvert son sac.

– Je peux fumer ? elle a demandé.

– Oui, tant que c'est des cigarettes.
– Votre religion vous interdit la marijuana, monsieur Burke ?
– C'est la loi qui l'interdit, j'ai dit d'une voix neutre dans laquelle un auditeur éventuel pourrait reconnaître une certaine ironie, mais qui ne pourrait en aucun cas jouer contre moi. Et je ne tiens pas à promener dans ma voiture des gens qui se trimbalent avec de la drogue ou n'importe quoi d'illégal.
– Qui essayez-vous de tromper, monsieur Burke ? Après ce que vous avez fait dans le...
– Fermez-la ! Si vous voulez vraiment parler, vous le ferez quand on vous le dira, d'accord ? Et quand vous aurez envie de rencarder les flics, allez ailleurs, compris ?
Elle avait compris. Le visage s'est de nouveau fermé, comme sous le coup d'une insulte, mais elle n'a plus rien dit. Deux taches rouges marquaient ses pommettes et c'était pas du maquillage.
Vitres remontées, souffle tranquille de l'air conditionné : la Plymouth se frayait un chemin dans la ville comme elle était censée le faire, se faufilant dans les embouteillages aussi anonyme qu'un rat au milieu des poubelles, léchant les pots d'échappement, reniflant les pare-chocs, paisible et attentive.
J'ai repéré des filles dans la Trente-septième Rue. Les affaires étaient toujours calmes, à cette heure-là, mais avec une clientèle de routiers et de taxis, il leur fallait battre le trottoir toute la journée. C'était moins dur de l'autre côté de la ville. Sur Lexington Avenue, les putes se promènent en short et tee-shirt, alors qu'ici, c'est maillot de bain et talons hauts et il y a pire : à Hunt Point elles sont nues sous leur imperméable.
Ce sont les prolos du tapin, des Noires qui sont

femmes depuis l'âge de douze ans, des Blanches trop vieilles ou trop moches pour faire monter les clients dans une chambre. Les macs réservent la chair fraîche aux cadres moyens des quartiers plus centraux – les fugueuses travaillent sur Delancey ou Bowery, ou en maison.

De me suis arrêté au coin. Une grande Noire avec une perruque et un maillot en lamé vert s'est approchée de son pas déhanché. Seule sa bouche souriait.

– Tu cherches quelque chose, chéri?

– Non, quelqu'un : Michelle. Elle est par là?

– Tu es son homme? elle a demandé en jetant un coup d'œil méprisant à la Plymouth – ce n'est pas exactement le genre de caisses qu'affectionnent les macs.

– Seulement quand on l'emmerde, j'ai dit pour qu'elle comprenne.

– Ecoute, chéri, j' suis là pour gagner ma croûte.

– Si tu me trouves Michelle, je te file le prix d'une passe.

– J'aime bien savoir pour qui je travaille, elle a dit, très femme d'affaires maintenant.

– Explique-lui que Burke veut lui parler.

Elle a eu l'air de réfléchir, a regardé la princesse et hoché la tête comme si elle savait de quoi il en retournait. Les voitures avançaient au ralenti, ses collègues faisaient les cent pas au bord du macadam. Depuis longtemps, il ne se passait plus rien par ici, rien de nouveau, rien de bon. Elle a fini par se décider.

– C'est cinquante tickets la passe, chéri. Mon prix pour aller chercher Michelle.

Personne n'aurait jamais donné cinquante dollars pour une passe avec elle, mais ce n'était pas en l'insultant que j'arriverais à mes fins.

– Je te file *ta* part, d'accord. Ton mac prendra sa commission sur d'autres coups. Moitié moitié, c'est ça ?

Elle m'a lancé un sourire rapide et elle est repartie vers les autres. Les putes qui bossent dans les bagnoles des clients ne refilent jamais la moitié de leurs gains à un mac mais lui laisser penser que je croyais à cette légende me permettait d'économiser vingt-cinq tickets sans la vexer. La vie n'est pas facile sur le trottoir. Quand elles ne travaillent pas, ce n'est pas parce qu'elles sont en vacances au bord de la mer, mais en taule, et pour leur retraite, c'est la salle commune de l'hosto qui les attend.

Je suis allé garer la Plymouth à l'entrée d'un chantier, j'ai pris une cigarette. Il n'y avait plus qu'à attendre.

22

LA rousse ne savait pas attendre. Pas comme moi. On n'avait pas dû avoir la même vie. Tant pis pour elle.

J'ai balayé du regard les terrains vagues qui nous entouraient, vérifiant que personne ne nous avait filé le train. C'est facile de suivre une voiture dans New York, mais là, on était trop à découvert et s'il y avait eu quelqu'un derrière nous, je l'aurais forcément repéré.

Elle s'est tortillée sur son siège, a décroisé puis recroisé les jambes. Le doux crissement du nylon a fait un bruit sec à mes oreilles. Comme celui d'un fusil qu'on arme.

– Je ne suis jamais venue ici, elle a dit. Où sommes-nous ?

– Quand vous aurez vu mon amie, je parlerai avec vous, d'accord ?

– Je voulais seulement savoir...

– Vous n'avez rien à savoir. Rien à demander. Et tant que je ne suis pas sûr que personne ne nous écoute, pas un mot. Compris ?

Je l'ai regardée attentivement. Voulait-elle me faire dire où on était pour rencarder ceux qui nous écoutaient ? Mais la regarder ne m'a rien appris, si ce n'est qu'elle n'avait pas l'habitude qu'on lui parle sur ce ton et qu'elle n'aimait pas ça. Eh bien ! moi non plus je n'appréciais pas tellement la situation. Et que ça me plaise ou non, il fallait que je découvre pourquoi Julio jouait les services de renseignements. On se fixe tous des règles de vie. J'en avais trois. Un, ne pas mourir, deux, ne pas retourner en taule, trois, ne pas travailler à heures fixes comme les caves pour gagner ma croûte.

La Noire est revenue seule. Elle était pressée de ramasser son fric et de se remettre au boulot.

– Michelle arrive, chéri. Tu as mes vingt-cinq dollars ?

– Ils sont là, j'ai dit en lui montrant un billet de vingt et un billet de cinq dans ma main gauche.

Elle n'a rien dit. Je la croyais : aucune femme intelligente n'aurait essayé de m'arnaquer alors que je l'avais vue de si près. Mais si elle avait été intelligente, elle n'aurait pas fait des passes dans ce quartier paumé.

Puis j'ai vu Michelle. Grande, cheveux châtains, elle portait un corsaire rouge qui la moulait, de hautes sandales à lanières et un ample chemisier de soie blanche dont les manches flottaient au vent. Un long collier de perles noires et un chapeau de feutre complétaient sa tenue. Et elle n'était pas ridicule. Tout est là, m'avait-elle expliqué un jour, savoir s'habiller comme personne d'autre ne peut se le permettre.

J'ai tendu mes billets à la Noire et elle est retournée à son poste. La rousse ne perdait rien de ce qui se passait, mais elle la fermait. Je suis descendu de la voiture pour aller à la rencontre de Michelle. Je pouvais tourner le dos à la rousse, Michelle la surveillait. Michelle n'avait pas besoin qu'on lui dise ce qu'il fallait faire.

En m'embrassant, elle a glissé sa main sous ma veste. S'il y avait un flingue dans ma ceinture, elle saurait que la fille de la voiture était dangereuse. Et si je faisais un pas de côté, la rousse se retrouverait avec mon flingue pointé sur elle.

– Qu'est-ce qui se passe? a demandé Michelle.

– Je ne sais pas exactement, j'ai répondu. La rousse qui est dans ma voiture m'a accroché devant le tribunal. Elle connaît le Vieux, Julio, et elle veut quelque chose, je ne sais pas encore quoi. Ce vieil enfoiré l'a aidée à me trouver et elle m'a fait comprendre qu'elle allait me coller au cul jusqu'à ce que je l'écoute.

– Eh bien! écoute-la. Tu ne m'as quand même pas arrachée à l'exercice de ma lucrative profession pour me demander de jouer les interprètes, non?

– Je voudrais être certain qu'elle n'a pas de micro sur elle.

L'ombre que projetaient les longs, trop longs cils de Michelle sur ses pommettes a vacillé, ses lèvres peintes de rouge foncé se sont arrondies.

– Oh...

Elle n'a rien dit d'autre. Michelle a dû vivre un enfer, à l'époque où elle était soi-disant un homme.

– Je vais aller me garer derrière les camions,

d'accord? Tu montes à l'arrière avec elle et tu la fouilles. Je m'occupe de son sac.

– C'est tout?

– Pour l'instant.

– Tu sais j'ai commencé le traitement... Juste les piqûres, en attendant l'opération. Et je vais chez le psy une fois par semaine. C'est pas donné.

– Tu veux vraiment aller jusqu'au bout?

– Si j'étais homo, je pourrais faire avec, mais telle que je suis, il faut que je m'en débarrasse. Tu comprends?

Je comprenais. Aucun de nous n'a jamais posé de question à Michelle, mais elle nous a raconté, par bribes. Et la Taupe nous a expliqué ce que c'était qu'une transsexuelle... une femme enfermée dans le corps d'un homme. Avant même de prendre des hormones, elle ressemblait à une femme, elle marchait comme une femme, parlait comme une femme. Et surtout, elle avait un cœur de femme. Quand on est en taule, on ne peut compter que sur une mère ou une sœur les jours de visite. Je n'avais ni mère ni sœur – c'était Michelle qui se tapait douze heures de car, Michelle qui affrontait les regards mauvais et les plaisanteries dégueulasses des ratons pour venir me voir, la dernière fois que je suis tombé. Elle faisait toujours le même boulot – elle n'avait besoin que de sa bouche. Et d'une petite bouteille de cognac pour se rincer après chaque passe.

– Il n'y a pas d'argent sur ce coup, Michelle. Il n'y a d'ailleurs peut-être même pas de coup. Mais si je trouve quelques billets dans son sac, on envisagera une donation.

– D'accord, elle a dit. Et si tu ne trouves rien, tu m'emmènes écouter Tom Baxter à l'Omega. Ça marche?

– Ça marche.

Elle est montée derrière la rousse, j'ai trouvé un coin sombre derrière les camions et je me suis garé.

– Passez derrière, j'ai dit à la rousse.

– Pourquoi ?

– Je vais vous dire pourquoi; je ne vous connais pas, je ne sais pas ce que vous voulez. Mon assistante ici présente va vous fouiller. Si elle trouve un micro, vous caltez. C'est pas plus difficile que ça.

– Je ne comprends pas ce que...

– Ecoutez, c'est *vous* qui êtes venue me chercher, d'accord ? Et je fais les choses à ma manière. Si ça ne vous plaît pas, personne ne vous retient.

La rousse a fait grincer ses ongles écarlates sur le nylon de ses bas, pensive. Je n'avais pas le temps de la laisser penser.

– Et vous faire déshabiller par une femme vous changera, non ? je lui ai dit.

Elle m'a lancé un regard furieux. J'ai détourné la tête, entendu une portière s'ouvrir puis se refermer brutalement, puis une autre. Elle était à l'arrière avec Michelle.

– Jetez votre sac sur le siège avant, j'ai ordonné.

– Quoi ?

– Vous m'avez entendu. Je vais aussi fouiller votre sac.

Sa jolie pochette en croco est partie en vol plané et a rebondi contre le pare-brise. Je l'ai ramassée. J'ai entendu à l'arrière le bruit d'une fermeture à glissière qu'on descend, d'un tissu soyeux qu'on froisse, et j'ai appuyé sur le fermoir doré du sac. Un paquet de Marlboro, un Dunhill en or, une boîte à pilules en argent avec six cachets de Valium 5, un mouchoir brodé, un portefeuille en cuir avec tout un paquet de cartes de crédit et un carnet de chèques – sur un compte commun avec son mari – et trois cents dollars. Dans une poche intérieure j'ai trouvé trente billets de cent dollars, tout neufs, mais dont les numéros ne se suivaient pas. Pas de Minicassette, pas même un stylo.

– Elle n'a rien sur elle, a dit Michelle. De nouveau les portières qui claquent, et la rousse est à côté de moi.

– Alors...? j'ai demandé à Michelle.

– Prêt-à-porter de luxe, perles naturelles, *très* belles chaussures, mais lingerie *ringarde.* Les porte-jarretelles, c'est pour les rendez-vous dans les motels ma chérie, ta maman ne te l'a pas dit? Et ce parfum, quel manque de subtilité... Il faut tout lui apprendre.

La rousse s'est retournée brusquement.

– Et c'est peut-être *vous* qui allez me donner des leçons?

– Pourquoi pas? a demandé Michelle sincèrement surprise.

– Au fait, combien je vous dois? a demandé la rousse comme si elle s'adressait à un garagiste qui venait de régler le ralenti de sa BM.

– Combien vous me devez pour quoi?

– Je vous ai fait perdre votre temps, et les putains n'ont pas de temps à perdre, non?

– Je vois... D'accord, ma salope. C'est la maison qui offre le déshabillage, mais pour les conseils d'élégance, ça fera cent dollars.

La rousse a pris l'argent dans son sac, sans toucher aux billets neufs, et l'a lancé sur la banquette arrière. Michelle pouvait partir.

Elle a fait le tour de la voiture, s'est arrêtée devant la rousse, et m'a fait un clin d'œil. Puis elle a dit d'une voix douce :

– Ecoute, ma chérie, je suis peut-être une pute, mais pas une garce, moi.

Et elle a disparu.

23

– Et maintenant ? m'a demandé la rousse comme si elle voulait me faire comprendre que sa patience avait des limites.

– Maintenant on va ailleurs, et vous allez me dire ce que vous me voulez.

Je suis reparti vers le sud. Arrivé à la hauteur des quais, j'ai quitté la voie express et je suis allé me garer en marche arrière. De là où on était, je voyais toutes les allées et venues des autres voitures. Si la rousse avait des amis qui nous avaient suivis, je m'en apercevrais bien assez tôt.

J'appuie sur un bouton, nos deux vitres s'ouvrent, puis sur un autre, sa porte est bloquée. Au cas où. J'allume une cigarette, et je m'enfonce dans mon siège pour la regarder sans cesser de surveiller la rue.

– Bon, qu'est-ce que vous voulez ? je demande.

La rousse se tourne vers moi, le dos appuyé à la portière.

– Je veux que vous retrouviez une photo.

– Une photo ?

– Oui, d'un enfant.

– Et si vous me racontiez toute l'histoire ? Je n'ai pas le temps de vous tirer les vers du nez un à un, d'accord ?

– Ce n'est pas facile de parler de ça.

– Alors n'en parlez pas. Je ne vous ai pas demandé de venir me chercher. Je vous reconduis à votre voiture et vous vous adressez ailleurs, d'accord?

– Non! Donnez-moi une minute. Je vais vous expliquer. Je me suis donné trop de mal pour vous trouver, je ne vais pas renoncer comme ça.

– Vous vous êtes donné du mal, mais vous y êtes arrivée. Quand vous verrez Julio, dites-lui que je m'en souviendrai.

– Julio n'est pour rien dans tout ça. Tout ce qu'il m'a donné, c'est votre numéro de téléphone. Celui où une Chinoise prend les messages.

– Et j'ai eu vos messages.

– Alors pourquoi ne m'avez-vous pas rappelée?

– Parce que je ne vous connais pas. Je ne téléphone jamais aux gens que je ne connais pas.

– Il fallait donc bien que je me débrouille autrement pour vous trouver. Vinnie m'a donné une assez bonne description de vous, et de votre voiture. Un des employés de Julio vous a vu au tribunal et il m'a appelée.

– Vinnie? j'ai demandé en me disant que la Plymouth avait définitivement besoin d'un nouveau numéro et d'un coup de peinture.

– Oui, le garçon que Julio a envoyé vous apporter l'argent.

– Je ne sais pas de quoi vous parlez.

– J'ai expliqué à Julio pourquoi j'avais besoin de vous. Il n'a rien voulu entendre, il ne s'agit pas de la Famille. Il savait probablement que vous n'alliez pas répondre à mes messages. Alors j'ai demandé à Vinnie d'aller vous voir pour moi.

– Personne n'est venu me voir.

– Je sais, Vinnie m'a dit que vous refuseriez de lui parler.

– Je ne sais pas ce qu'on vous a dit, et je m'en fous. Je n'aime pas le chantage.

– Vinnie a voulu vous faire chanter?

– Ecoutez, je ne connais personne qui s'appelle Vinnie. C'est *vous* qui m'avez fait du chantage. Dans le parking du tribunal. Si je refusais de vous parler, vous auriez continué à me traquer dans toute la ville, vrai ou faux ?

– Ce n'était pas du chantage.

– Comment vous appelez ça, alors ? Vous êtes un danger public. Et en plus, Julio me fait surveiller. De mieux en mieux !

– Julio ne sait rien de tout ça. Vinnie m'a fait une fleur, et le type qui vous a vu au tribunal aussi.

– Vous en avez de la chance !

– Ça vous étonne ? elle a demandé l'air à la fois amusée et hautaine.

– Non, pas si vous fréquentez des gens comme ce Vinnie.

– Vous ne nous aimez pas, hein ?

– Qui ça, « nous » ? Un vieil homme qui parle trop ? Un minable qui joue les durs ? Une femme qui s'accroche à mes basques ?

– Nous, les Italiens.

– Je n'aime pas les gens qui ne me veulent pas de bien, d'accord ?

– D'accord, elle a dit calmement. Mais maintenant que j'ai fait tout ça, est-ce que vous allez m'écouter et réfléchir à ma proposition ?

– Et si je dis non ?

– Tant pis pour moi. J'aurai fait mon possible. Alors, je vous laisserai tranquille.

– Et je dois vous croire sur parole ?

Ses yeux se sont rétrécis, j'ai eu l'impression d'y voir un minuscule point rouge, probablement le reflet de ses cheveux.

– Vous ne me connaissez pas, elle a dit.

– Je ne veux *pas* vous connaître.

Elle s'est mise à fouiller dans son sac, sans me lâcher des yeux.

– Je vous paye cinq cents dollars, uniquement pour m'écouter. Je vais vous expliquer pourquoi je veux que vous travailliez pour moi. Si l'affaire ne vous intéresse pas, vous gardez les cinq cents dollars et on n'en parle plus. Vous acceptez ?

J'ai pris mon temps. Il fallait que je réfléchisse. Si j'écoutais son histoire, j'avais une chance de me débarrasser d'elle. Et il y avait ce soir- là à Yonkers une pouliche qui allait remporter sa première victoire. Après une longue série de défaites, elle devait gagner. Et moi aussi.

– J'accepte, j'ai dit.

La rousse s'est passé la main dans les cheveux d'un air absent. Son diamant a jeté un éclair.

– Ma meilleure amie a...

– Une minute, j'ai dit. Où est l'argent ?

– Je vous paierai quand vous m'aurez écoutée.

– Pas question.

– Je croyais que seuls les avocats prenaient des provisions. Et vous n'êtes qu'un privé.

– Vous n'avez pas la moindre idée de ce que je suis, ma petite. Mais je peux vous expliquer une chose : je suis un homme qui écoute ceux qui mettent d'abord l'argent sur la table.

Elle a sorti cinq billets de cent. Tout neufs. Et me les a tendus.

– Voilà ce que vous voulez.

– Non, ça, c'est seulement la *moitié* de ce que je veux.

– Mille dollars ?

– Non, ce que je veux, c'est vous écouter et ensuite vous voir disparaître.

Elle a lâché les billets qui sont tombés sur la banquette devant elle. Dans la rue rien à craindre, des tas de passants, mais personne de suspect. J'ai mis l'argent dans ma poche.

– Alors ? j'ai demandé.

– C'est ma meilleure amie, Anne-Marie. Son fils a deux ans de moins que ma fille. Il est allé à une fête d'enfants. Quelqu'un lui a fait quelque chose. Quelque chose de sale. Et ils ont pris des photos. C'est au thérapeute que Scotty a parlé de la photo. Et depuis, il répète qu'ils ont cette photo. Comme si on lui avait pris son âme.

– Qu'est-ce qu'il faisait, quand ils ont pris cette photo ?

– Il ne veut pas le dire. Le thérapeute essaie de savoir. Je crois que si on avait cette photo et qu'on la déchirait devant lui, il redeviendrait comme avant.

– Il n'y en a qu'une ?

– C'est ce qu'il a dit. Il a vu le flash.

– Bon. Cette photo est peut-être entre les mains d'un malade qui collectionne ce genre de saloperie, ou en vente dans la rue. Comment la retrouver ? Et même si j'en dénichais un tirage, on pourrait en faire des milliers d'autres. C'est plus rentable que la cocaïne : un négatif suffit pour des milliers de tirages.

– Nous n'en voulons qu'une. Il est trop petit pour comprendre ces histoires de négatifs. Nous la déchirerons devant lui, et tout sera fini.

– Ça prendra du temps...

– Je sais, mais il faut que ce soit fait.

Je l'ai regardée droit dans les yeux. La princesse de la Mafia n'accepterait pas un refus. Elle n'avait pas l'habitude qu'on lui dise non.

– Pourquoi vous adresser à moi ? j'ai demandé.

Elle avait préparé sa réponse.

– Parce que vous êtes un ami des « Nazis ».

24

J'AI regardé droit devant moi, ce n'était pas le moment de perdre les pédales. Si elle parlait des Nazis, c'est qu'elle était au courant de certaines de mes activités – les Nazis sont une proie de rêve pour les escrocs. Qu'elle connaisse l'adresse de l'hôtel n'avait, contrairement à ce qu'elle semblait penser, aucune importance. Mais les Nazis, c'était une autre histoire. L'air que je respirais était devenu glacial. Cette fois, elle avait un atout maître.

Le visage impassible, j'ai allumé une cigarette.

– De quoi parlez-vous ? j'ai demandé du coin des lèvres.

– Julio m'a dit que vous étiez leur ami, en prison. Qu'il vous voyait souvent leur parler.

L'étau qui serrait ma poitrine s'est relâché. Tant qu'il s'agissait de *ceux-là*...

– Julio est très malade, hein ? j'ai lancé.

– Malade ? Pas du tout. Il a une santé de fer au contraire.

– Moi je crois qu'il a des tas de problèmes. Il y voit de moins en moins clair, il perd la mémoire et il radote à tort et à travers.

Elle a tout de suite compris. Je n'aurais même pas besoin de m'en prendre au Vieux. Si certains de ses collaborateurs apprenaient qu'il écrivait ses mémoires, Julio ne ferait pas long feu.

– Il ne l'a dit qu'à moi, a répondu la rousse d'une voix tendue. Il ne l'aurait dit à personne d'autre.

– Ben voyons.

– Vous devez me croire. C'est moi qui l'ai obligé à parler. Il fallait que je fasse quelque chose.

Ça ne suffisait pas. Je l'ai regardée attentivement. On me demanderait peut-être un jour de donner d'elle une description précise, et elle n'allait pas poser pour la photo. Petit ovale pointu, grands yeux couleur de fumée sale, maquillage parfait. Elle avait de toutes petites dents, trop parfaites pour être vraies, ses lèvres formaient un trait serré, et le bout de son nez busqué se retroussait légèrement. Des traits sans beauté, pourtant elle était belle. Elle m'a regardé tranquillement la dévisager, elle avait l'habitude.

– Et vous allez faire ce que vous avez à faire, c'est ça, non?

– Exactement, elle a dit, comme si tout était réglé.

Rien n'était réglé. J'ai appuyé sur le démarreur, le moteur a ronflé sourdement, et j'ai passé la première. La Plymouth a quitté les quais, direction parking du tribunal.

– Où allons-nous? a voulu savoir la rousse.

– Je vous raccompagne à votre voiture.

– Et ce que je vous ai demandé?

– J'ai promis de vous écouter. Je vous ai écoutée. Nous sommes quittes.

Elle ne disait rien. Je sentais ses yeux sur mon visage. Elle s'est raclé la gorge une ou deux fois, mais pas un mot n'est sorti. Quand on est arrivé près du parking, elle a posé sa main sur mon bras. J'ai tourné la tête. Ses yeux semblaient plus grands que jamais, au bord des larmes. Une excellente tactique.

– Tout ça pour une photo? j'ai demandé.

– Oui.

– Ça me paraît un peu trop.

Elle a tiré sur mon bras pour que je la regarde.

– J'ai donné ma parole, elle a dit en appuyant sur chaque syllabe.

Maintenant son histoire tenait debout. Son orgueil était en jeu. Et alors? Je n'allais pas jouer ma vie pour satisfaire son orgueil. Je me suis garé à côté de la BM et j'ai attendu qu'elle descende. Mais elle ne voulait pas abandonner la partie. Elle a replié ses jambes sous elle, s'est agenouillée sur son siège face à moi.

– Qu'est-ce que je peux faire pour que vous changiez d'avis?

– Je n'ai encore rien décidé. Donnez-moi votre numéro, je vous téléphonerai.

– Qu'est-ce qui me dit que vous allez appeler?

– Rien.

Son visage s'est empourpré.

– Vous appellerez. Je sais ce que vous avez fait dans le parc. Un coup de fil et...

Elle est descendue de voiture et est venue s'appuyer à ma portière.

– Je parle sérieusement, vous savez, elle a murmuré.

Je l'ai regardée droit dans les yeux.

– Moi aussi, j'ai répondu. Le chantage me rend nerveux, et je peux faire des conneries quand je suis énervé.

Elle n'a pas bronché.

– J'obtiens toujours ce que je veux. Je suis une enfant gâtée. J'achète ce que j'ai envie d'acheter. Dites-moi votre prix.

– On ne peut pas tout acheter, j'ai dit.

– Quel cliché! elle a murmuré, son visage tout près du mien. Elle a posé ses lèvres sur ma joue et s'est éloignée. J'ai regardé ses hanches qui ondulaient à chaque pas. Avant de démarrer elle s'est retournée.

« Dans le genre cliché, tu n'es pas mal non plus ma salope », j'ai pensé. Et je ne savais pas tout.

25

JE croyais en avoir fini avec la petite princesse. Pour une fois, elle n'obtiendrait pas ce qu'elle voulait, et elle s'en remettrait. J'avais gagné cinq cents dollars. Ça n'équilibrait pas les comptes, mais ça suffisait pour la journée.

Je suis allé chez Mama et je suis passé par la porte de derrière. Cette porte n'est jamais fermée, mais dès qu'on la pousse, une sonnerie se déclenche. Quand je suis entré, je me suis retrouvé nez à nez avec le petit Chinois aux épaules carrées que Mama appelle son cuisinier. Un grand couteau de cuisine à la main, il souriait. Dès qu'il m'a reconnu, c'est dans la pièce de bœuf qu'il a planté son couteau. Je n'ai pas pris la peine de lui dire bonjour, il ne répond jamais.

Il y avait du monde dans le restaurant. Mama était perchée sur son tabouret derrière la caisse. J'ai croisé son regard et fait le geste de téléphoner. Elle a incliné la tête. Pas de problème. Je suis retourné dans la cuisine, j'ai pris le couloir à droite, celui où est le téléphone.

Et j'ai fait le numéro du club.

– Oui ? a aboyé le type de la réception.

– Passez-moi Julio.

– Qui ?

– Julio, mon pote. Tu sais qui c'est. Dis-lui que quelqu'un l'appelle.

– De la part de qui ?

– Mêle-toi de tes oignons, d'accord ? Préviens

Julio. Et s'il ne veut pas venir me parler, ça le regarde.

J'ai entendu le bruit du combiné qui se balançait contre le mur, puis la voix de Julio.

– Qui est-ce?

– Moi. Tu me reconnais?

– Oui, il a seulement dit.

– Il faut que je te parle.

– Vas-y.

– De vive voix...

– Et alors?

– Alors demain après-midi trois heures. Eastern District.

Julio a raccroché sans répondre. Pour le commun des mortels Eastern District désigne le tribunal fédéral de Brooklyn. Pour Julio, ça voulait dire qu'on se retrouvait au bout de Jay Street, à quelques centaines de mètres du tribunal, mais déjà dans un autre monde. Demain, c'était dans une heure – si j'avais eu besoin de deux heures, je lui aurais dit après-demain. J'avais choisi un endroit dégagé, Julio ne viendrait pas seul.

J'ai fait un autre numéro et j'ai laissé sonner jusqu'à ce que mon book me réponde.

– Ouais? a dit Maurice.

– C'est Burke. Yonkers, ce soir, dans la septième. Deux cents sur Flower Jewel.

– Flower Jewel à Yonkers, deux cents dollars, c'est ça?

– C'est ça.

– Apporte le cash avant la fermeture demain.

Et il a raccroché.

Je suis retourné dans la salle, me suis assis à la table du fond, comme d'habitude. J'ai écrit le nom de Julio sur une serviette en papier dans laquelle j'ai mis l'argent de Maurice. Mama m'a regardé faire. Elle a quitté son poste et est venue vers moi.

J'ai attendu qu'elle soit assise pour en faire autant.

– Alors Burke, tu manges une soupe?

– Oui, Mama. Mais sers-moi raisonnablement. J'ai encore du travail sur la planche.

– C'est bien. Tu emmènes Max avec toi?

– Heu... Non, pas sur ce coup. Je ne crois pas. Mais prends cet argent et donne-le-lui. Dis-lui que s'il n'a pas de nouvelles de moi d'ici là, il le remette à Maurice demain.

Je lui ai tendu deux billets de cent et un billet de vingt dans la serviette en papier. Max prendrait les vingts dollars pour la course. Et si je ne revenais pas, il irait voir Julio.

Mama n'a pas fait un geste, mais un de ses soi-disant serveurs s'est approché de la table. Elle lui a dit quelques mots en cantonais et il est revenu une minute plus tard avec une marmite de soupe fumante. Mama m'a servi en premier, comme toujours.

– Je vais peut-être accepter un nouveau job, je lui ai dit.

Mama a levé un sourcil, elle allait porter sa cuillère à sa bouche, sa main s'est arrêtée, comme suspendue en l'air.

– Je n'ai pas encore dit oui, j'ai expliqué.

– Une affaire intéressante? elle a demandé.

– Oui. Du bon argent. Mais pas des gens bien.

– C'est cette femme qui a téléphoné ici?

– Oui.

– Tu as dit que tu ne la rappellerais pas!

– Elle m'a trouvé.

– A ton bureau?

– Non, elle n'en connaît pas l'existence. Mais elle m'a cherché partout et elle a eu de la chance.

– Cette femme est très en colère.

– En colère ? Pourquoi ? Contre qui ?

– Je ne sais pas. Mais très en colère. Je l'ai senti à sa voix.

– Ça n'avait pas l'air d'être contre moi.

– En colère et dangereuse.

– Pour moi ? j'ai demandé.

– Oh oui, elle a dit.

Elle n'a rien ajouté et a attendu en silence que je finisse ma soupe. Quand je me suis levé, elle m'a redemandé si j'emmenais Max.

– Non, pas aujourd'hui.

– Quand est-ce que tu vas travailler pour cette femme ?

– Je ne sais pas encore si je vais travailler pour elle.

– Oh si, tu le sais, a dit Mama.

Il y avait de la tristesse dans sa voix. Elle a incliné la tête pour me dire au revoir et je suis parti retrouver Julio.

26

J'AI traversé le pont de Brooklyn et j'ai roulé sur la file de droite jusqu'au feu rouge sous la passerelle, devant le tribunal. C'est un bon coin pour aller retrouver un type comme Julio, calme et tranquille, et trop près des agents fédéraux pour que quiconque s'amuse à tirer. J'ai tourné dans Jay Street et j'ai pris des petites rues jusqu'à ce que j'arrive derrière le pont de Manhattan. Là, j'ai garé la Plymouth parallèle au fleuve, j'ai baissé ma vitre et allumé une clope. Les bateaux avaient déserté ces docks depuis des années.

J'étais en avance d'un quart d'heure, mais

j'avais à peine tiré deux bouiffes que la Cadillac blanche est arrivée. Elle s'est arrêtée juste devant la Plymouth, la porte du passager s'est ouverte et Julio est descendu. J'en ai fait autant et je me suis éloigné, le dos tourné à la Cadillac. Derrière moi, des pas ont crissé sur le gravier. Une fois arrivé à la rambarde, je me suis retourné face aux voitures et j'ai regardé si le Vieux ne m'avait pas préparé un coup idiot.

Il marchait les mains dans les poches, le col relevé, le chapeau baissé sur les yeux. Peut-être qu'il avait froid.

– Qu'est-ce qu'il y a de si urgent? il a voulu savoir.

– C'est la fille de ton ami. Tu lui as dit où me trouver?

– Oui.

– Elle veut que je l'aide.

– Fais-le. Tu seras payé. Où est le problème?

– Et si je refuse?

Julio s'est détourné, il a regardé le fleuve.

– Les temps ont changé, Burke. Les choses ne sont plus ce qu'elles étaient. Même dedans, ce n'est plus pareil.

– Je sais, j'ai dit au Vieux.

Et c'était vrai. Quand j'étais môme, on me disait toujours : « Fais ce qu'on te dit. » Celui qui faisait ce qu'on lui disait ne pouvait pas mal tourner. Maintenant, quand un môme arrive en taule, on lui dit toujours : « Fais ce qu'on te dit. » mais ce qu'on lui dit de faire, c'est de se mettre à genoux ou de tendre son cul. Même les mots n'ont plus le même sens.

Le Vieux a hoché la tête, l'air pensif.

– Tu lui as aussi parlé des Nazis? je lui ai demandé.

Mais il a continué comme s'il ne m'avait pas entendu.

– Tu te souviens comment c'était, avant? Les mouchards se prenaient des coups en pleine cour. Chacun savait à quoi s'en tenir. Maintenant, les mecs viennent se vanter d'avoir donné leurs complices pour s'en tirer.

– Pourquoi tu me dis ça, Julio?

Le Vieux avait maigri. Son manteau de cachemire semblait trop grand pour lui. Même son chapeau lui tombait sur le front. Mais ses yeux de crocodile étaient toujours les mêmes, un type qui survit grâce à la chimiothérapie peut toujours dire à quelqu'un d'autre d'appuyer sur la gâchette.

Il m'a regardé droit dans les yeux.

– J'ai toujours pensé que c'était toi qui avais monté le coup des quarante kilos, il a dit.

Je me suis approché de lui, la main sur le manche du pic à glace que j'avais dans la poche. Il suffisait que j'appuie avec mon pouce pour enlever le morceau de bouchon qui protégeait la pointe. Julio avait passé plus de temps dedans que dehors – il savait ce que voulait dire pour lui ce pas en avant. Quand on est en taule depuis un moment, on ne pense même plus qu'on peut se prendre une balle dans la tête. Il n'y pas de feux, là-bas. Enfoncer une lame entre les côtes d'un type, ça n'a rien à voir avec lui tirer dessus, il faut être tout près de lui, ça demande plus de courage.

– Tu avais tort, j'ai dit en soutenant son regard.

Ses yeux étaient froids comme de l'acier.

– Ça n'a plus aucune importance. Chacun fait ce qu'il a à faire.

– Pourquoi en parler, alors? j'ai demandé, en surveillant du coin de l'œil la Cadillac, la main toujours sur le manche du pic à glace.

– Je veux que tu comprennes une chose : il y a des dettes qui finissent toujours par être payées. Quoi que tu aies fait à l'époque, tu t'es toujours bien tenu. Avec le temps qui passe, on a tous le droit d'être libérés.

Je savais ce qu'il voulait que je dise, mais je ne comprenais pas pourquoi.

– De toute façon, des types comme nous, on a pris perpète depuis longtemps, j'ai répondu.

Il a eu un sourire glacé. Il mentait, je l'aurais juré.

– Tu lui a parlé des Nazis? j'ai demandé.

– Oui, il a dit d'une voix morte.

– Pourquoi?

– Elle est comme ma fille, tu comprends? Je ne peux rien lui refuser.

Il a haussé les épaules d'un geste impuissant.

– Moi je peux, j'ai dit.

Le Vieux est resté silencieux un moment. Il a allumé un cigare à l'odeur fétide. Sa main abritait la flamme de l'allumette. Il a exhalé un filet de fumée bleutée vers l'eau du fleuve. J'ai attendu. Il avait encore quelque chose à me dire.

– Quand j'étais jeune, le pire qu'on pouvait faire, c'était de jouer les mouchards. On ne pouvait pas tomber plus bas. Ce n'est plus comme ça, maintenant. On ne peut compter sur personne.

– Tu m'as déjà dit ça, tout à l'heure. Et je ne vois toujours pas le rapport que ça a avec moi. Il s'agit de *ta* Famille, Julio, pas de la mienne.

– Ouais, mais cette fois, c'est vraiment *ma* famille. Gina est tout ce que j'ai, il a dit comme si ça expliquait tout.

– Et ce clown que tu as envoyé me porter l'argent, c'était quoi?

– J'aurais pas dû faire ça, je le reconnais. C'est

elle qui a voulu, j'ai pensé qu'il n'y avait pas de mal à ça. Tu as eu ton argent, non?

J'ai hoché la tête.

– Est-ce que Vinnie a fait l'idiot? il a demandé.

– Vinnie *est* idiot, j'ai répondu.

Julio n'a rien dit. Sa stupidité ne vaudrait pas à Vinnie de perdre son emploi.

– La fille m'a menacé, j'ai dit. Du genre : « Vous travaillez pour moi ou alors... »

– Elle ne sait pas faire autrement. Quand elle veut quelque chose, elle devient folle. Je vais lui parler.

– Oui, ça me rendra service.

– C'est comme si c'était fait, il a dit en me tendant un rouleau de billets serrés dans un élastique.

Je l'ai empoché sans un mot.

– En guise de dédommagement, il a dit.

– Pour ce qui s'est déjà passé, ou pour ce qui va se passer?

– Pour ce qui s'est passé. Je m'excuse. Je ne croyais pas qu'elle irait jusqu'au bout.

– Tu sais de quoi il s'agit?

Le Vieux a tiré sur son cigare. La fumée est ressortie par ses narines. Il préparait sa réponse.

– Oui, il a dit. Je suis au courant pour la photo.

C'était à mon tour de hocher la tête. Mais on n'avait toujours rien résolu.

– Et si je retire mes billes? Personne ne viendra me chercher des crosses? j'ai demandé.

– Burke, si tu veux dire non, tu peux. Mais si tu aides Gina, je t'en serai reconnaissant. Tu auras toute ma gratitude, tu comprends?

De nouveau, j'ai hoché la tête. Trois cents mètres plus loin, les deux voitures attendaient. On aurait dit deux chiens géants, qui se reniflaient pour voir qui était le plus fort. C'était une bonne question.

Le Vieux est reparti vers la Cadillac. Il ne s'est pas retourné. Sa portière s'est refermée. La Cadillac a reculé et a quitté le quai dans un savant dérapage. J'étais de nouveau seul.

27

JE suis resté assis au volant un moment, la clope au bec. J'ai regardé autour de moi. Le quai était vide. Cela n'avait rien d'étonnant. Julio n'avait pas besoin de me faire suivre, je ne suis pas dans les pages jaunes de l'annuaire, mais les gens savent où me trouver, quand ils le veulent vraiment.

Il n'y avait pas beaucoup de circulation sur le pont à cette heure. Je suis retourné lentement vers Manhattan et j'ai essayé de mettre de l'ordre dans mes pensées. J'allais tourner dans Allen Street quand un vieux fou a déboulé devant la Plymouth et j'ai pilé. Au lieu de s'excuser, ce pauvre con devient tout rouge et se met à crier.

– Vous pouvez pas klaxonner, non?

Un vrai New-Yorkais.

– Si j'avais su que vous étiez aveugle, je l'aurais fait! j'ai crié à mon tour.

Moi aussi, je suis new-yorkais.

J'ai pris l'impasse derrière l'ancienne usine où j'ai installé mon bureau. On l'a reconvertie en lofts et le proprio se fait des couilles en or. Sauf avec moi. J'ai mis la Plymouth au garage et je suis monté au dernier étage. Il y a des portes d'acier en haut et en bas de l'escalier. Un panneau dit de les laisser ouvertes, en cas d'incendie. Mais il fait tellement sombre qu'on ne peut pas le lire. Deux autres portes donnent sur le couloir. Celle du fond est condamnée. Je ne m'en suis pas servi depuis des années. Celle de devant est blindée. Je ne ferme le verrou que quand je sors avec Pansy. Et je n'emporte jamais cette clef avec moi, je la laisse dans le garage.

J'ai mis l'autre clef dans la serrure, j'ai donné un coup sec vers la gauche, puis je l'ai tournée à droite pour ouvrir.

Pansy s'est mise à grogner.

– C'est moi, idiote, je lui ai dit en entrant.

Si on ne tourne pas la clef d'abord à gauche, la rampe d'ampoules qui fait face à la porte s'allume, celui qui entre se retrouve avec quelques milliers de watts dans la gueule et Pansy lui saute dessus. Elle n'est pas censée bouger si les lampes restent éteintes ou si j'arrive les mains en l'air, mais je préférais ne pas prendre de risques avec elle – j'en prenais déjà suffisamment comme ça avec d'autres ces derniers temps.

Chaque fois que je me pointe tout seul au bureau, Pansy devient carrément schizo. Elle est contente de me voir, mais déçue de n'avoir personne à mordre. Elle m'a suivi jusqu'à la porte qui donne sur l'escalier de secours. C'est par là qu'elle monte sur le toit où elle pose ses crottes depuis des années. Je me dis toujours qu'il faudrait que j'aille nettoyer. Je le ferai un jour. Et un jour je serai gracié.

Mon bureau est petit et sombre, mais ça ne me déprime pas. Je suis en sécurité, ici. Quand ils sortent, la plupart des types qui sont restés longtemps en taule se trouvent un studio ou une chambre, quelque chose où il n'y ait qu'une pièce, en tout cas, pour retrouver les quatre murs auxquels ils sont habitués. C'est ce que j'ai fait moi aussi, mais c'était parce que même une seule pièce était déjà trop lourde pour mon budget. J'étais en liberté sur parole au début, et ça limitait mes rentrées.

Maintenant, j'ai un deux-pièces. Mais la première, que je fais passer pour le bureau de ma secrétaire, est vide. J'ai enregistré Michelle, c'est sa voix qui répond à l'interphone, quand quelqu'un sonne. Et si un type a besoin d'être rassuré sur le caractère purement professionnel de mes activités, on peut même entendre Michelle m'appeler sur ma soi-disant ligne intérieure. Derrière, il y a une petite chambre avec une banquette, un chiotte et une douche. Exactement comme en taule, sauf pour la douche. Elle ne devait me servir que quand j'étais sur un gros coup et que je devais passer beaucoup de temps au bureau. J'ai arrêté de me faire des illusions de ce genre quand Flood est partie. C'est dangereux de se mentir à soi-même, surtout quand on ment aussi bien que moi. Je vis au bureau. Je m'entends bien avec les hippies d'en dessous. Je ne sais pas de quoi ils vivent et ils ne savent pas que je me sers de leur téléphone.

Le sol est recouvert de linoléum. C'est pas cher et facile à entretenir. Grâce à un interrupteur, je peux fermer à clef la porte d'entrée de ma table, au cas où je voudrais empêcher quelqu'un de sortir trop vite. Et le grillage de la fenêtre fait que sans chalumeau, on ne peut pas entrer par là. Michelle dit toujours qu'on se croirait dans une cellule. Seulement Michelle n'a jamais été en taule. On n'est pas en prison, quand on a les clefs.

J'ai laissé la porte du fond ouverte pour que Pansy puisse rentrer quand elle aurait fini. Elle s'est avancée vers moi avec un grognement impatient. Elle voulait juste que je m'occupe d'elle, mais quand elle faisait ce bruit, n'importe qui d'autre aurait senti sa vie en danger. Les dogues napolitains n'ont jamais été des chiens de salon. J'ai regardé ce qu'il restait dans le frigidaire : une tranche de viande et du gruyère. A part une casserole chauffante pour la soupe, je n'ai rien pour faire la cuisine. J'ai coupé le steak en morceaux, entouré chaque morceau d'une lamelle de fromage et claqué des doigts pour appeler Pansy. Elle s'est assise devant moi comme un lion, ses yeux gris glacés n'ont pas cillé. La salive coulait à flots de ses babines pendantes. Elle n'ouvrirait pas la bouche tant que je n'avais pas prononcé le mot magique – je ne veux pas qu'elle se fasse empoisonner. J'ai lancé un morceau de viande, il a tracé en l'air un arc de cercle avant d'effleurer son museau en retombant. Pansy n'a pas bronché. Satisfait de son obéissance, j'en ai lancé un autre en disant : « Parle, Pansy ! » La nourriture a disparu comme un rêve de junkie qui sort des vapes. Ses mâchoires ont claqué et j'ai vu la boule descendre dans sa gorge.

– Jamais tu ne mâches ta viande ? j'ai demandé tout en sachant très bien que la seule façon de la faire se servir de ses dents c'était de lui donner quelque chose de trop gros pour qu'elle l'avale tout rond.

Je lui ai donné ce qui restait et j'ai caressé son énorme tête. Pansy n'était pas une goulue. Les chiens sont souvent capables de manger à en crever si on les laisse faire. Pas elle. Ils ont hérité ça de la vie sauvage. Les bêtes sauvages ne savent jamais quand elles vont pouvoir se remettre quelque chose sous la dent. Alors, dès qu'elles en ont l'occasion, elles se gavent. Quand Pansy était petite, j'ai acheté quatre sacs de vingt-cinq kilos de nourriture déshydratée pour chien que j'ai vidés dans un coin du bureau. Elle adorait ça, mais elle avait beau en ingurgiter des quantités incroyables, il en restait toujours. Une ou deux fois, elle s'est rendue malade. Et quand elle a compris qu'elle aurait toujours de quoi manger, elle s'en est désintéressée. Je laisse toujours une grande cuvette pleine d'aliments déshydratés près de la porte du bureau et il y a pour elle dans la douche un récipient qui se remplit dès que son niveau baisse. Elle ne mange que quand elle a faim. Mais elle adore les gâteries, surtout le fromage.

Quand le téléphone a sonné, je n'ai pas bougé. Ça ne pouvait pas être pour moi. La Taupe m'avait branché sur la ligne des hippies, je pouvais appeler l'extérieur quand ils n'étaient pas en communication, mais c'était tout. La sonnerie me permettait de le savoir et de faire croire à mes clients que je n'étais pas complètement coupé du monde. Les hippies ne savaient pas que je vivais dans mon bureau. De toute façon ils n'en avaient rien à foutre. Tout ce qui les intéressait, c'était ce qui se passait chez eux, pas au-dessus d'eux. Le genre d'attitude que j'apprécie beaucoup.

J'ai pris la pile de lettres qui m'attendaient sur ma table, les réponses habituelles aux annonces dans lesquelles je promettais de donner des renseignements à ceux qui voulaient devenir mercenaires. Quand je recevais, comme je l'avais demandé, un mandat de dix dollars et une enveloppe timbrée à l'adresse de l'intéressé, je renvoyais à ce dernier ce qui me tombait sous la main, généralement la photocopie d'une liste de noms et de numéros de téléphone dans des villes comme Londres ou Lisbonne. Des trucs comme : « Allez au Bodega Diablo Bar entre vingt-deux et vingt-trois heures, commandez une vodka tonic et demandez Luis. »

J'envoie quelquefois un poster de recrutement de l'armée rhodésienne ou une carte de l'ancien Angola.

Attention, je ne fais pas seulement ça pour les dix dollars. Je garde la liste de tous ceux qui me répondent. J'ai pas mal bourlingué, et en vieillissant, j'assure de plus en plus mes arrières. L'arnaque ne fera de moi ni un homme riche ni un homme mort. Et je suis trop vieux pour retourner en prison.

J'ai touché à toutes sortes de commerces, à celui des armes, par exemple, mais j'ai arrêté. Si je veux continuer à être indépendant, je dois marcher en dehors des ornières. Voler les caves m'a valu la prison, et quand je me suis attaqué aux truands, ça a failli être pire. Lorsqu'un loup devient trop vieux, il doit sortir de la meute et aller mourir seul. Quelquefois il se fait capturer et on prolonge sa vie dans une cage. Ça m'est arrivé, et j'ai pas aimé. Pour survivre, je dois jouer léger, trouver des proies inoffensives. Les petits escrocs n'assurent jamais leur retraite, et alors? Ils deviennent peut-être fous, mais personne ne les rattrape au tournant.

28

RIEN de tout cela n'apportait de solution aux problèmes que je devais résoudre. J'ai sorti de ma poche le rouleau de billets que Julio m'avait donné sur le quai. Il ne s'était pas foutu de ma gueule. Cinquante billets de cent dollars, et pas des billets neufs. Cinq mille dollars. Trop, pour un bonus sur le coup de Forest Park et pas assez pour le travail que la rousse me demandait de faire. C'était un avertissement. Au cas où je n'aurais pas compris, le dernier bifton n'était pas vert, un simple morceau de papier où le Vieux avait inscrit de sa main un numéro de téléphone et un nom, « Gina ».

Je suis allé prendre dans l'autre pièce un miroir au milieu duquel est peint un petit point rouge. Je me suis installé confortablement et j'ai respiré par le nez. Une respiration abdominale profonde. De plus en plus profonde. Je fixais le point rouge pour l'intérioriser, et je me concentrais sur mon problème. Le point rouge s'est agrandi, il a recouvert la surface du miroir. J'ai écouté le bruit de ma respiration, j'ai visualisé l'air qui descendait dans ma poitrine, j'ai attendu que les images mentales se forment. Tout était gris, la cour de la prison, les yeux reptiliens de Julio, la flaque d'eau, la rue sous la pluie. Je suis revenu à moi lentement, avec une impression de froid entre les omoplates. Mes mains tremblaient.

J'ai allumé une cigarette, soufflé la fumée vers le plafond. Le Vieux essayait de me dire quelque chose, et ce n'était pas seulement qu'il voulait me voir travailler pour la rousse. Pour une fois, je n'avais pas besoin d'argent. La fille n'allait pas renoncer et le Vieux ne lui demanderait pas de renoncer. Je n'aurais jamais dû accepter de travailler pour Julio. Dans le bureau où je pointais quand j'étais en liberté sur parole, il y avait une affiche où on pouvait lire : « Ce jour est le premier de ceux qu'il vous reste à vivre. » Ouais. Mais ce qui compte surtout, c'est que le premier jour ne soit pas le dernier.

J'ai eu envie de piquer un petit somme. Je savais ce que ça voulait dire. Je n'étais pas fatigué, juste déprimé. Et j'avais peur. Je me sentais en sécurité dans mon bureau, alors je ne voulais pas en sortir.

Il y a des types qui essayent de dormir tout le temps, quand ils sont en prison. On peut avoir tous les tranquillisants qu'on veut avec une ordonnance bidon, et ils vous mettent même la télé dans votre cellule. Mais quand ils finissent par ouvrir la porte, on peut se faire tuer avant de s'être habitué à la lumière du jour.

C'est toujours ce qui paraît le plus difficile qu'il faut faire. Je le sais depuis longtemps. Alors j'ai donné une tape amicale à Pansy en lui promettant de lui rapporter une gâterie et je suis redescendu dans la rue.

29

En sortant du garage, j'ai commencé à réfléchir à ce dont j'avais besoin pour effacer mes traces. La Plymouth est au nom d'un certain Juan Rodriguez qui vit dans un immeuble abandonné du South Bronx. Tous les immeubles abandonnés du South Bronx abritent des dizaines d'électeurs inscrits qui ne ratent jamais une élection.

Il faut vivre avec son temps. Juan Rodriguez est maintenant un aussi bon pseudonyme que John Smith il y a trente ans.

Le dénommé Burke a aussi une existence légale. Il y a quelques années, un coup à peu près rentable m'a permis d'investir quinze mille dollars dans une casse de Corona, un quartier du Queens peuplé d'Italiens au sud, de Noirs au nord et de Portoricains au milieu. Je suis censé conduire la dépanneuse. Tous les quinze jours, je vais chercher le chèque de mon patron dans une boîte postale, en face de Madison Square Garden. Je me fais verser le montant du chèque dans le bar qui est juste à côté de la casse, j'empoche cinquante dollars et je rends le reste à mon patron. On y trouve tous les deux notre compte. Il déduit mon salaire de ses revenus et moi j'ai un emploi officiel. En dehors de ça, je verse dix dollars par semaine au réceptionniste de l'hôtel où je vivais avant et je suis couvert sur toute la ligne. Si on m'arrête, il certifie que j'habite là et mes feuilles de paie font le reste. Je suis un bon citoyen.

Je paie les taxes annuelles de la Plymouth par mandat. Juan Rodriguez est un type irréprochable : jamais un versement de retard, pas de contredanses ni d'accidents. Il assure sa voiture auprès d'une compagnie du Bronx. Il vote régulièrement. Et ce n'est pas tout : il me prête sa voiture chaque fois que j'en ai besoin, et n'est jamais pressé que je la lui rende.

Quand je me sers de la Plymouth sur un coup, je demande à la Taupe de gratter la peinture. Les flics ont l'habitude de voir rouler des vieilles bagnoles qu'on est en train de repeindre, surtout dans les quartiers où je travaille. J'ai aussi des feuilles de vinyle que je peux coller par-dessus la peinture. Ça ne tient pas très longtemps, mais je ne m'en sers jamais que pendant quelques heures et ensuite je les enlève. La Taupe a des milliers de plaques d'immatriculation chez lui. Il en prend deux, les coupe par le milieu, en ressoude deux moitiés différentes. Ça donne des numéros qu'aucun ordinateur ne retrouvera jamais.

Ce n'était pas seulement à cause de Julio que je devais revoir la rousse. Il fallait que je découvre exactement tout ce qu'elle savait sur moi. et qu'ensuite j'efface ces traces.

La nuit tombait sur Chinatown. Les ouvrières des sweatshops se pressaient de rentrer chez elles.

Yeux baissés, épaules tombantes, elles n'avaient qu'un seul espoir, celui d'une vie meilleure pour leurs enfants. Et tandis qu'elles s'éloignaient des ateliers aux fenêtres aveugles pour rejoindre leurs pauvres pénates avec toilettes sur le palier, d'autres enfants envahissaient les trottoirs. Mais ces enfants n'avaient plus de rêves. Les Blood Shadows, ombres de sang, c'est le nom qu'on leur a donné, à cause du trait qu'on trace à la craie sur l'asphalte autour des cadavres. Veste de cuir, chemise de soie, chaussures vernies, ils étaient la preuve vivante du froid glacial qui règne en enfer. Les journalistes les appelaient le « gang de la rue », mais ils ne ressemblaient en rien à ces voyous qui se font la guerre à East Harlem ou dans le South Bronx. Pas de vestes aux couleurs d'un gang, pour ces garçons. Et pas d'assistance sociale. Ils viennent de Hong Kong, chaque année de plus en plus nombreux. Personne ne sait comment ils arrivent ici, mais ils arrivent. Et l'Amérique tolère ça comme elle tolère n'importe quelle décharge de produit toxique. Du moment que ça rapporte de l'argent à quelqu'un... Les Blood Shadows méprisent les bagarres de rues, leur gang ne se bat pas à coups de chaînes et de couteaux. Chinatown vit du jeu et de la dope – et du vol organisé de ces deux industries – et seuls les Blood Shadows avaient survécu à la lutte des vautours qui voulaient s'attribuer les restes du butin. Les autres étaient morts, ou ils avaient rejoint leurs rangs. Restait la vieille garde, les derniers des Tongs.

Les anciens avaient d'abord assayé de recruter les enfants de Hong Kong, de les faire travailler pour eux, mais ça ne marchait plus. Alors les vieux se renfermaient dans les réseaux qu'ils avaient tissés au fil des années, impuissants, malgré leurs appuis politiques, face à ces garçons aux yeux sans âme, à la gâchette facile, des garcons qui ne jouaient pas selon les règles. S'ils ne recrutaient pas, les vieux n'avaient aucune chance de gagner.

J'ai pris l'impasse derrière l'entrepôt. Des cordes à linge pendaient en travers de la ruelle, des enfants couraient, criaient dans un mélange de cantonais et d'anglais. Les mômes sont comme les oiseaux de la jungle. Tant qu'ils font du bruit, tout va bien. Quand ils se taisent, c'est qu'un prédateur rôde autour d'eux.

Je suis entré dans le garage et j'ai laissé le moteur tourner pendant que je fermais la porte. La Taupe avait proposé un jour de brancher un signal lumineux pour avertir Max qu'il y avait quelqu'un, mais Max l'a remercié en disant qu'il n'en avait pas besoin.

Je n'allais pas appeler la rousse de n'importe où. Depuis que la moitié du produit brut de cette ville provient de la cocaïne, une bonne partie des cabines téléphoniques sont sur écoute. Et de toute façon, il valait mieux attendre que la soirée soit plus avancée. Ne voyant pas Max arriver, je me suis fait un oreiller avec ma veste et je me suis allongé sur la banquette. J'ai mis une cassette de Judy Henske et dans l'ombre du garage, je l'ai écoutée chanter de sa voix soyeuse « Si ce n'est pas ça qu'on appelle l'amour ».

Max pouvait revenir dans cinq minutes comme dans cinq heures. Tant qu'on ne le passe pas derrière les murs d'une prison, le temps ne compte pas.

30

QUELQUE chose est tombé sur le coffre de la Plymouth. Ça m'a réveillé. C'était un jeu de cartes. Un paquet neuf. Max me disait qu'il voulait qu'on reprenne notre partie de rami, et que je n'avais pas intérêt à tricher.

J'ai ramassé les cartes et je suis allé dans la pièce du fond. Il y avait deux chaises et une table avec un gros cendrier de verre et une radiocassette qu'un receleur amateur avait offerte à Max. En bon libéral, Max n'avait pas prévenu la police, il avait compris que ce jeune homme avait plutôt besoin d'une cure de désintoxication. Et il avait laissé aux services hospitaliers le soin de s'occuper de lui.

Max est entré par l'autre porte, il a incliné la tête et fait le geste de distribuer des cartes. J'ai ouvert le paquet neuf et j'ai fait glisser les cartes entre mes doigts, histoire de mieux les sentir. Il a pris le bloc où il note tous nos scores. Nous jouons à cent cinquante points la partie, vingt-cinq points le rami. Et on paie un penny le point. Le premier qui a gagné un million de dollars les empoche. J'ai regardé la pile de cassettes et demandé à Max laquelle il voulait écouter. Il a montré du doigt celle de Judy Henske. J'ai mis la cassette en place et baissé le volume. Je sais que Max n'entend rien. Avant, je croyais qu'il sentait les résonances des basses dans son corps, mais la voix de Judy Henske ne descend jamais dans les basses. Un jour, j'ai mis Marie Osmond. Au bout d'une minute, Max a tendu la main vers moi avec l'air de dire « Comment peux-tu aimer une merde pareille? », il a appuyé sur stop, puis exit, écrasé la cassette entre ses doigts et l'a jetée à la poubelle. Ensuite il m'a regardé comme s'il attendait que je fasse enfin preuve d'un goût meilleur. Je crois toujours qu'il n'entend pas la musique, mais peut-être qu'il sent ce qu'elle provoque en moi. Heureusement que le rami n'est pas un jeu de bluff.

Ça faisait à peu près une heure qu'on jouait, et pour une fois Max gagnait, quand Immaculata est entrée. Ses longs cheveux noirs étaient tirés en un chignon serré et il n'y avait pas la moindre trace de maquillage sur son visage. Elle portait un chandail blanc deux fois trop grand pour elle, qui devait appartenir à Max. D'un signe de tête, elle m'a dit bonjour en posant la main sur l'épaule de Max. Le rouge de son vernis à ongles tirait sur le noir. Sans quitter ses cartes des yeux, Max a posé une main sur la sienne. C'était la première fois qu'Immaculata entrait comme chez elle dans notre tripot, ça m'a fait un drôle d'effet. Et puis ça a passé : elle *était* chez elle.

– Salut Mac, j'ai dit. On a presque fini.

Max a pris le bloc. Il avait la colonne « X » et moi la colonne « O », initiales qu'on s'était données des années plus tôt et qu'à la suite d'une première victoire il avait voulu garder. Les Orientaux sont des gens superstitieux. Il a montré nos scores à Mac. Ce qu'il voulait dire était évident, c'était *moi* qui étais fini.

Ça m'a énervé. Je n'aimais déjà pas tellement le voir gagner, mais qu'il s'en vante m'était carrément insupportable. J'ai abattu immédiatement deux as et un deux – quatre points. Max a abattu à son tour : trois dames, trois cinq, trois dix... et l'as qu'il me manquait. Cinquante points ! Ce salaud m'a tendu le crayon avec un sourire triomphant. J'ai additionné nos scores et Mac a branché la bouilloire électrique pour faire du thé.

Les yeux fermés, j'ai fait le geste de lancer des dés, pour lui dire que ce n'était qu'un coup de chance, et Max a imité un violoniste. Il était vraiment désolé de me voir jouer aussi mal.

Il a rangé le bloc et allumé une clope. Avant, il en allumait une chaque fois qu'il ne lui manquait plus qu'une carte pour faire rami. Quand il s'est rendu compte que j'avais compris, il a arrêté de fumer en jouant – il tient vraiment à gagner. Immaculata a apporté le thé et elle a pris une cigarette. J'ai expliqué à Max que j'avais besoin de téléphoner – il utilise lui aussi la ligne de ses voisins – et je me suis levé, mais il m'a fait signe d'attendre. Immaculata avait quelque chose à me dire.

– Burke, elle a commencé, j'ai un problème au boulot. Max est certain que tu pourrais m'aider.

Elle n'avait pas tellement l'air d'y croire.

– Voyons toujours, j'ai répondu.

– C'est à propos de ces séances avec les enfants. Tu en as vu une. Tu te souviens ?

Son anglais, rehaussé par le charme exotique de son accent franco-vietnamien, était parfait. J'ai hoché la tête sans rien dire.

– Quand ils sont assez grands pour pouvoir parler, je peux les enregistrer. Prendre des notes est impossible. Cela les distrait, ils veulent savoir ce qu'on écrit. Et ces enregistrements constituent une forme de preuve. Tu comprends ?

– Bien sûr.

– Mais ce que nous voulons avant tout, pendant ces séances, c'est redonner confiance en lui à l'enfant. Les gamins qui ont connu ce genre de traumatismes ont l'impression que leur vie leur échappe. Qu'ils ne font que subir ce qu'on leur impose. Ils vivent dans la peur, ils ne sont jamais en sécurité. Nous devons les rendre capables d'affronter ceux qui ont abusé d'eux sans se sentir menacés. Tu me suis?

– Oui.

– Ils doivent être en confiance, sentir qu'ils ont la situation en main, même quand ils travaillent avec le thérapeute.

– Comment se fait-il qu'ils se sentent menacés alors que le salaud qui les a violés n'est pas là? j'ai demandé.

Immaculata m'a regardé, pensive.

– Attends-moi une minute, je veux te montrer quelque chose. D'accord?

Elle a serré l'épaule de Max, pour lui dire qu'elle revenait tout de suite, et elle est ressortie. Max s'est appuyé contre son dossier et a fait courir deux doigts sur la table. Des chevaux en train de trotter. Puis il m'a regardé d'un air interrogateur. Evidemment, que je jouais toujours. Qu'est-ce qu'il voulait que je fasse, ouvrir un compte épargne? Il a voulu savoir sur qui je pariais ces derniers temps. Je suis allé chercher le *Daily News* dans la voiture et je lui ai montré la page des courses, le doigt pointé sur Flower Jewel. Il a regardé ses résultats avec une moue dédaigneuse. Je lui ai expliqué qu'elle aurait dû gagner, la dernière fois, mais qu'elle avait été gênée par un autre cheval.

Max a souri d'un air entendu. Il m'a demandé combien j'avais parié. J'ai levé deux doigts, pour deux cents dollars. Il a refermé sa main sur mon index. Il voulait partager avec moi. Max avait joué une fois aux courses. Une seule fois. Ça remontait à l'époque où Flood était là. Et il avait gagné. Depuis je n'avais pas dégoté un seul gagnant. Peut-être sentait-il que la chance allait tourner. Non, il voulait juste me soutenir. Il savait que j'avais le blues et il se sentait encore plus malheureux pour moi depuis qu'il avait rencontré Immaculata.

Quand j'ai évoqué l'affaire des quarante kilos d'héroïne, Max m'a fait signe de le suivre au fond de l'entrepôt où il m'a tendu un vieux sac de voyage plein de billets de banque. Presque quarante mille dollars. Il a pris un sachet de sucre en poudre dans sa poche, l'a déchiré et en a versé le contenu sur la table. Puis il a partagé le tas en deux. Une moitié pour lui, l'autre pour moi. Du jour où j'avais été arrêté, il avait mis de côté la moitié de tout ce qu'il avait gagné. Pour moi.

Je ne savais pas quoi dire. Max a posé une main sur la table et creusé dans sa paume avec l'autre. Le Prophète. Cet argent, c'était la moitié de ce qu'ils avaient gagné tous les trois pendant que j'étais en taule. Puis il a refermé son poing contre sa poitrine et l'a ouvert vers moi. L'argent ne remboursait pas leur dette. Il me serait toujours redevable.

J'ai côtoyé des tas de gangsters, derrière les murs. La crème, l'élite, des types qui vont jusqu'à se couper les doigts et jurent une loyauté éternelle à un patron. Ils ferment leur gueule et font leur peine, exactement comme dans les films. Quand ils se retrouvent dehors, on les embrasse sur les deux joues et on leur file quelques dollars d'argent de poche. Et ils se croient malins.

31

IMMACULATA est revenue quelques minutes plus tard, une pile de papiers sous le bras.

– Regarde ça, elle m'a dit, en s'asseyant à côté de Max.

C'étaient des dessins d'enfants, silhouettes raides, couleurs vives – sans aucun sens pour moi.

– Et alors ? j'ai demandé.

– Regarde-les mieux, Burke.

J'ai allumé une cigarette et j'ai examiné ces dessins plus attentivement.

– Pourquoi est-ce que les petits n'ont pas de bras ?

– Nous y voilà. Les enfants n'ont pas de bras. Et tu vois comme ils sont petits, par rapport aux autres ? Regarde celui-là...

C'était une petite fille qui regardait un pénis géant pointé vers son visage. Elle n'avait pas de bras et sa bouche n'était qu'un tiret.

– Elle est prise au piège, j'ai dit.

– Oui. Elle se sent impuissante, tu comprends ? Elle est petite, l'homme est immense. Le pénis remplit son univers. Elle n'a pas de bras pour se défendre, pas de jambes pour s'enfuir. Elle est prisonnière.

– Comment fais-tu pour qu'ils soient libres ?

Immaculata a poussé un soupir.

– Certains ne s'en sortent jamais. Nous devons d'abord leur faire comprendre qu'ils ont les moyens de le faire. Si nous arrivons trop tard, ils s'évadent dans la drogue, ou le suicide. Et quelquefois ils cèdent.

– Ils cèdent ?

– A leurs pulsions sexuelles. Si on éveille trop tôt la sexualité d'un enfant, il ne peut plus contrôler ses pulsions. Alors il cherche le sexe... en pensant que c'est ça, l'amour.

– Putains de salopards.

Immaculata n'a rien dit. Max a pris deux allumettes, il en a cassé une en trois, en a gardé un morceau et l'a posé à côté de l'allumette entière. Il l'a cassée à son tour et en a gardé un morceau encore plus petit que l'autre. Et il a regardé Immaculata.

– Ça ne marche pas. Pour l'enfant, l'adulte qui abuse de lui reste tout-puissant, toujours. On ne peut pas réduire son importance. Ce qu'il faut, c'est accroître le pouvoir de l'enfant.

J'ai pris le plus petit des deux morceaux qui restaient et je l'ai fait brûler.

– Ça non plus ça ne marche pas, Burke. On peut faire disparaître quelqu'un de la surface de la terre, mais pas du monde intérieur de l'enfant.

Je suis resté silencieux. Le visage d'Immaculata était calme, ses yeux attentifs mais vides. Max avait pris une expression fermée. Il était aussi largué que moi.

– Qu'est-ce que tout ça a à voir avec le magnétophone, Mac ? j'ai demandé.

– Dans mon bureau, l'enfant ne doit pas seulement *être* en sécurité, mais se *sentir* en sécurité. Il doit apprendre qu'au moins une part de sa vie ne lui échappe pas complètement. Apprendre qu'il a le doit de dire « non », d'accord ?

– D'accord.

– Ces enfants sont pour la plupart entourés d'une conspiration du silence. L'adulte fait promettre à sa victime de ne pas parler de ce qui se passe, c'est un secret entre eux. Ou il lui fait croire que s'il le dit, il lui arrivera quelque chose de terrible. Je leur explique donc que s'ils ne veulent pas que j'enregistre certaines parties de notre conversation, ils n'ont qu'à appuyer sur stop. Comme ça, ce sont eux qui contrôlent la situation.

– Et ils arrêtent le magnéto quand ils racontent des choses qui pourraient servir devant le juge ?

– Quelquefois.

J'ai allumé une autre cigarette et j'ai fermé les yeux pour réfléchir un moment. J'ai trouvé la solution, mais c'était tellement évident qu'ils ne pouvaient pas ne pas y avoir déjà pensé.

– Sers-toi de deux magnétos, j'ai dit à Mac.

– Comment ça?

– Tu en mets un sur la table, pour qu'ils puissent l'arrêter quand ils veulent, et tu en caches un autre, que tu laisses marcher tout le temps.

Immaculata a appuyé sa tête dans sa main, pensive.

– Ce serait malhonnête, elle a dit.

– Tu trouves qu'il vaut mieux laisser ces salauds s'en tirer tout contents d'eux?

Elle a attendu quelques secondes.

– Non, elle a dit.

Et un sourire a éclairé son beau visage.

– Je vais faire ça, elle a conclu.

Max a eu un geste qui signifiait « Je te l'avais dit ». Ses yeux brillaient. Immaculata m'a serré la main et Max a souri de toutes ses dents.

Immaculata était la première femme à mettre les pieds dans cette pièce. Elle serait la dernière. Comme tous les animaux véritablement dangereux, Max s'accouplerait pour la vie.

Je les ai laissés seuls. Il fallait que j'aille téléphoner.

32

Il commençait à faire sombre quand je suis descendu au sous-sol derrière l'entrepôt. Il y avait plein de caves sous ce pâté de maisons. Les services de la ville m'en avaient vendu un plan des années auparavant et la Taupe avait trouvé comment les faire toutes communiquer en creusant quelques trous. Ça nous avait pris un mois, mais une fois les travaux finis, on disposait d'une dizaine de voies de sortie. A l'origine, c'était juste au cas où on aurait à disparaître vite fait, seulement quand on avait vu là où passaient les lignes téléphoniques, la Taupe m'avait expliqué qu'on pouvait se brancher sur elles. L'entrepôt est au nom d'une société que Mama a fondée, mais il appartient à Max. Il a installé son temple en haut, et nous laisse faire ce que nous voulons ailleurs. Mama y stocke ses réserves, moi je téléphone.

Je suis allé fouiller dans le placard métallique où nous gardons nos affaires, des vestes, des chapeaux, des lunettes, tous nos déguisements. J'ai pris le téléphone de campagne et des pinces crocodile et je suis passé dans la cave des voisins. Ce sont des architectes chinois qui ne travaillent jamais très tard. J'ai branché l'appareil comme la Taupe me l'avait montré et obtenu tout de suite la tonalité. Sur une petite boîte dont le cadran ressemblait à celui d'une calculatrice, j'ai fait le numéro que Julio avait inscrit sur son papier.

Je n'ai pas eu à attendre longtemps, elle devait être assise juste à côté du téléphone.

– Allô, c'était la rousse.

– Salut chérie, j'ai susurré dans l'appareil. Tu es libre demain soir?

Elle a pigé du premier coup.

– Oui. A quelle heure viens-tu me prendre?

– Je vais travailler tard. Il vaut mieux qu'on se retrouve dehors.

– Où?

– A l'endroit habituel. Neuf heures, j'ai dit avant de débrancher.

J'ai tout remis en place et je suis remonté. Il n'y

avait plus personne dans notre salle de jeux. J'ai sorti la Plymouth du garage. Quand j'ai voulu aller refermer la porte, c'était déjà fait. Max s'en était occupé.

Je suis allé chez Mama. J'avais besoin de nourriture pour Pansy et d'un alibi pour ma soirée du lendemain.

33

QUAND j'ai repris le chemin du bureau, il était plus de minuit. Si Mama n'avait pas de nouvelles de moi dans les vingt-quatre heures, elle saurait que quelque chose n'allait pas. Elle préviendrait Max, appellerait Blumberg pour qu'il me fasse envoyer une caution au dépôt du Queens. Si je n'étais pas au trou, Max irait voir Julio.

Un dernier coup de fil, et je pourrais apporter son dîner chinois à Pansy. J'ai trouvé une cabine sur Atlantic Avenue.

Une jeune femme au doux accent jamaïcain m'a répondu.

– A & R, grossiste.

– Jacques est là ? j'ai demandé.

– Ne quittez pas.

Il faisait froid dans cette cabine, mais la voix de Jacques était aussi ensoleillée que les îles des tropiques.

– Bonjour l'ami, qu'il a dit. En quoi puis-je vous être utile ?

– Il commence à faire mauvais ici, vous savez. Je crois qu'il va y avoir de la demande pour les radiateurs électriques d'appoint. Pas trop chers, évidemment.

– On en a peut-être en stock. Je vais regarder. Quant au prix... Ça dépend combien vous en voulez.

– J'aimerais en prendre quelques-uns ce soir. Une douzaine, pour commencer.

– Ce n'est pas une grosse commande, l'ami. Plus vous en achetez, moins ils reviennent cher.

– Je sais. Mais je ne peux pas risquer un investissement trop lourd. Je veux d'abord voir comment ils se vendent cette année.

– Comme vous voudrez. Nous sommes là pour vous servir. Connaissez-vous notre gamme ?

– Oui. Et je ne veux que du neuf. Dans les cartons d'origine.

– Bien sûr. Mais c'est ce qu'il y a de plus cher.

– Tant pis.

– Nous avons un nouveau modèle automatique. Avec thermostat.

– Non, je veux les anciens modèles. Ils chauffent mieux.

– C'est vrai, pourtant beaucoup de nos clients préfèrent les nouveaux systèmes de sécurité.

– Trop compliqué pour moi. Je veux des appareils que je connaisse.

– D'accord. Mais qui marchent quand même aussi bien sur douze cents que sur quinze cents watts ?

– Oui, ça c'est intéressant. Je peux passer les prendre ce soir ?

– Nous sommes ouverts vingt-quatre heures sur vingt-quatre, mon ami.

Et il a raccroché.

Je me suis dirigé vers le Queens. Quand je suis arrivé dans le quartier jamaïcain, j'ai pris Buffalo Avenue jusqu'au Restaurant des Iles. Il y avait deux Cadillac blanches garées juste en face, j'ai fait le tour du bloc par la ruelle. J'ai mis la Plymouth face à la porte de derrière et j'ai fait trois appels de phares.

Un type est sorti. Les mains dans les poches de son grand tablier de cuir, il s'est avancé vers moi. J'ai baissé ma vitre et posé les mains sur le rebord.

– Jacques m'attend, je lui ai dit.

Il n'a rien répondu. Il a marché à reculons jusqu'à la porte et il a disparu.

J'ai allumé une cigarette, prêt à attendre.

J'en allumais une autre quand ils sont revenus. Ils étaient deux. Le type au tablier de cuir et un autre, derrière lui, qui portait un sac dans ses bras.

Je ne quittais pas le tablier de cuir des yeux. L'autre s'est écarté. La porte de la Plymouth s'est ouverte et quelqu'un est monté.

– C'est toi, Burke?

– C'est moi, je lui ai dit en me tournant vers lui, sans plus m'occuper du tablier de cuir.

Jacques m'a tendu le sac. A l'intérieur il y avait un étui bleu, et dans l'étui un Magnum Smith and Wesson 357. Son canon d'acier jetait des reflets et sentait même le neuf.

J'ai ouvert la culasse, mis mon pouce devant le barillet. Le rayage était impeccable. Une arme pas très précise, mais très efficace quand il fallait faire vite. Qu'on pouvait charger avec des Spéciales 38 ou des Magnum 357, et sans sécurité automatique. De beaucoup préférable au 9 mm que Jacques m'avait proposé au téléphone.

J'ai hoché la tête, satisfait. Jacques a tendu sa main ouverte. J'ai levé les sourcils. Il a haussé les épaules.

C'est ça qui est bien avec les pros. J'aurais pu être relié à toutes les écoutes du FBI, ils n'auraient enregistré que du silence. J'avais préparé pour

Jacques cinq cents dollars sur ce que Julio m'avait donné. On a fait l'échange et j'ai mis le Smith & Wesson dans ma poche. Le Jamaïcain m'a tendu une boîte de balles. J'ai fait non de la tête, j'avais ce qu'il fallait. Après un geste de salut, il est descendu. J'ai attendu que le tablier de cuir recule vers la porte et je me suis tiré.

Je conduisais d'une main. De l'autre j'ai soulevé le tapis de sol et ouvert la trappe à côté de la boîte de transmission. Le Magnum a glissé dans le trou et le tapis de sol est retombé à sa place. Même si les flics m'arrêtaient et qu'ils trouvaient le flingue, ils n'auraient rien à retenir contre moi.

Le Magnum est une arme impressionnante. La seule vue de son canon court terroriserait la plupart des gens. Seulement les flingues, on ne s'en sert pas pour faire peur, mais parce qu'on a peur. J'avais peur. Et je ne savais pas de quoi.

34

JE me suis mêlé au flot des voitures. Les rues étaient calmes, mais celui qui savait regarder voyait des tas de choses. Deux types debout contre le mur sombre d'un poste à essence fermé, mains dans les poches, coiffés d'un de ces bonnets de laine qui se transforment en cagoule quand on les déroule. Une putain solitaire en fausse fourrure et minijupe qui cherchait un dernier client pour finir la journée. Un chauffeur de van qui regardait la putain, et que les deux types contre le mur regardaient. A New York, les vautours volent bas.

Une fois dans le garage, j'ai sorti le Magnum de sa planque. Il fallait que je l'essaie, je n'avais pas le temps d'aller jusqu'au Bronx demander à la Taupe ce qu'il en pensait. Je l'ai chargé avec les Spéciales 38 que je garde dans une boîte avec des vis et des boulons. J'ai soulevé la porte de la trappe qui mène à la cave et j'ai appuyé sur l'interrupteur. En bas, des rats se sont mis à courir. Il y en a qui m'ont regardé. Qu'est-ce que je venais faire chez eux ?

Les murs sont doublés de sacs de sable, don d'un chantier de construction, sur une quadruple épaisseur et jusqu'au plafond. Je ne garde rien dans cette cave : en dehors du tunnel par lequel s'enfuient les rats, elle n'a pas d'issue de secours. Je ne m'en sers que pour tester des trucs qui font bang bang. On pourrait y tirer au canon que ça ne s'entendrait pas de la rue.

J'ai serré le Magnum dans l'étau qui est fixé au banc, face au mur, accroché à la gâchette un fil à pêche ultra-résistant, et je suis remonté dans l'escalier. Quand j'ai tiré sur le fil ça a fait un bruit sec. Je suis allé voir. Il y avait un trou net dans le sac de sable, qui devait être grand ouvert de l'autre côté, mais je n'avais même pas besoin de vérifier.

J'ai pris le magnum. Les bras tendus devant moi, j'ai vidé le chargeur. Le recul était moins fort que ce à quoi je m'attendais. Jacques vendait toujours de la bonne came.

Avant que j'aie refermé la trappe derrière moi, les rats s'étaient remis à l'ouvrage.

35

QUAND je me suis réveillé le lendemain matin, je suis resté couché un moment, à regarder Pansy grogner dans son sommeil contre un rayon de soleil qui lui chatouillait le museau. J'avais rêvé de Flood. Je rêve tout le temps d'elle depuis qu'elle n'est plus là. En maison de redressement, je rêvais de sortir, de rester dehors, de devenir quelqu'un d'important, un gros gangster, par exemple. Maintenant, je ne fais que visionner les films du passé. Je ne peux pas les effacer, mais je me débrouille pour en obtenir des montages qui ne me rendent pas fou.

J'avais le temps de me préparer tranquillement et de manger quelque chose : les résultats des courses pouvaient attendre.

La vieille boulangerie avait résisté à l'invasion des yuppies. Des journalistes qui n'ont seulement jamais pris le métro de leur vie continuent d'appeler mon quartier les « bas-fonds ». Pourtant on n'y court aucun danger, à part peut-être celui de recevoir un croissant en pleine tronche.

Il y a une nouvelle nana qui travaille à la boulangerie. Seize ans environ, cheveux noirs, yeux sombres. D'après la façon dont le patron la regarde, c'est sûrement sa fille. Je fais attention de ne pas y aller trop souvent. Ce type croit que je viens spécialement de Brooklyn pour son pain. Quand trop de gens savent où vous habitez, un jour ou l'autre, vous finissez par recevoir des visites.

J'ai choisi une miche de campagne pour Pansy et deux ficelles pour moi. Ensuite j'ai acheté du jus d'ananas, de l'eau pétillante et un morceau de fromage à l'épicerie du coin. En taule, les types disent souvent que quand ils sortiront ils commenceront chaque journée avec un vrai petit déjeuner : œufs au bacon, céréales, café, etc. Moi, ce n'est pas mon truc.

Le gars qui tient le kiosque à journaux est

aveugle. J'ai pris le *Daily News* et je lui ai tendu un billet de cinq dollars en lui disant ce que c'était. Il a posé le bifton au-dessus des lampes de cette drôle de machine qu'il a. « Cinq dollars », a dit une voix de robot. Le journal coûte trente-cinq cents maintenant. Tout a augmenté, à New York, sauf le prix d'une vie humaine.

Une fois remonté, j'ai ouvert la miche de campagne et remplacé la mie par du fromage. J'ai regardé Pansy. Aussi immobile qu'une statue, elle avait les babines qui dégoulinaient. Je lui ai lancé le pain avec le mot magique. Elle l'a attrapé par le milieu et quand ses mâchoires se sont refermées, les deux bouts qui ne rentraient pas dans sa gueule sont tombés par terre. Tout avait disparu avant que j'aie eu le temps de commencer à préparer mon petit déjeuner.

– Tu manges comme un cochon, je lui ai dit.

Elle n'a même pas levé les yeux. Quand je parle de tenue à table, personne ne fait attention.

J'ai mélangé le jus d'ananas et l'eau pétillante, tartiné le reste du fromage sur mon pain. Et j'ai regardé les résultats des courses. Comme je m'y attendais, Flower Jewel était arrivée première dans la septième. Seulement il y avait deux petites lettres imprimées à côté de son nom : dq, disqualifiée. J'ai lu le compte rendu, il fallait que je sache comment on m'avait encore volé mon argent. Bloquée pendant toute la première moitié de la course par un autre cheval, ma jument était ensuite passée quatrième à la corde. Elle avait allongé l'allure et remonté le peloton de tête dans la dernière ligne droite, mais quand elle avait passé la ligne d'arrivée, elle ne trottait plus, elle galopait. Et qu'est-ce que ça pouvait foutre, elle ne savait pas, elle, qu'elle n'avait pas gagné. Mon amour pour elle restait inchangé : elle avait fait ce qu'il fallait. Mieux vaut arriver premier en trichant que dernier en suivant le règlement. Au moins elle avait une chance pour la semaine suivante.

Il était encore trop tôt pour que les hippies d'en dessous soient réveillés. J'ai décroché le téléphone et appelé le restaurant.

– « Les Jardins de Poontang », a répondu Mama Wong.

C'était un soldat qui lui avait suggéré ce nom des années auparavant, et elle était trop superstitieuse pour le changer.

– C'est moi, j'ai dit. Il y a des messages?

– Oui. La fille de la semaine dernière. Elle a dit que tu viennes.

– Quoi?

– Elle téléphone, je lui explique que tu n'es pas là, elle répond : « Dites-lui qu'il vienne » et elle raccroche.

– Merci, Mama.

– Dis donc! elle a lancé. Les gens te disent ce que tu dois faire, maintenant?

– Non, j'ai répondu avant de raccrocher.

J'ai fait redescendre Pansy du toit, j'ai allumé la télé et je me suis allongé. Quand j'ai demandé à Pansy ce qu'elle voulait regarder, elle n'a pas répondu. Elle n'aime que les reportages sur les chiens et le catch. J'ai trouvé une vieille série qu'ils repassaient pour la énième fois et je me suis endormi avant la fin de l'épisode.

36

QUAND j'ai ouvert les yeux, ils étaient en train de passer un western. Les deux types qui venaient de se foutre sur la gueule s'avançaient l'un vers l'autre pour se serrer la main. Les politiciens font ça, eux aussi, c'est leur nature qui le veut – ils sortent tous du même panier de crabes.

J'ai laissé Pansy remonter sur le toit et j'ai commencé à réunir ce dont j'avais besoin pour mon rendez-vous. S'il s'était agi d'une cliente ordinaire, je lui aurais demandé de venir au bureau. C'était plus sûr pour moi. Mais elle en faisait trop, et je ne voulais pas lui donner plus de tuyaux sur moi qu'elle n'en avait déjà. J'ai rangé le Magnum. J'aurais pu le glisser dans sa planque sous la boîte de transmission, au cas où, mais je n'arrivais pas à croire que j'en aurais besoin. C'était un rancard, pas un guet-apens. La rousse ne travaillait pas vraiment avec Julio. Si le Vieux avait voulu ma peau, il aurait déjà essayé de me faire descendre. Non, il me poussait simplement sur la même voie qu'elle, mais pas pour les mêmes raisons.

Je me suis habillé comme si j'allais être arrêté. Quand on a l'impression que tout va mal, on s'organise pour la catastrophe. Vieille veste de cuir, chemise blanche, boutons de manchettes, cravate noire. Cette tenue de camouflage empêcherait peut-être les flics de se montrer trop consciencieux. S'ils m'emmenaient simplement au commissariat, j'avais des chances de m'en tirer. Mais dans le cas d'une véritable arrestation, j'étais fait : mes empreintes digitales prouveraient que je n'étais pas un bon citoyen. Envisageant le pire, je ne voulais rien avoir sur moi qui puisse me provoquer des ennuis. J'ai plié cinq billets de dix dollars pour les mettre dans le talon creux d'un de mes boots. Tout s'achète, quand on vous enferme. Dix dollars, c'est plus qu'il n'en faut pour obtenir qu'on vous change de cellule ou se faire apporter des clopes et des journaux. Avec vingt dollars, on me permettrait d'utiliser tranquillement un téléphone et de puiser dans mes réserves financières s'il le fallait. En général, ils vous laissent les fringues que vous portez. Jusqu'à ce que vous soyez condamné. Parce que là, on vous enlève tout ce qui vous appartient.

J'ai pris une douche et je me suis rasé en écoutant la météo. Les températures étaient au-dessus des normes saisonnières. J'ai une Rolex en or, qu'un richard a perdue dans une chambre d'hôtel, mais je ne l'ai pas mise. Les temps ont changé. Un jour, il y a des années de ça, j'ai vu de la cellule du dépôt les flics amener au commissariat un proxénète – une vraie caricature de maquereau. Ils m'avaient attaché les menottes par-devant pour que je puisse fumer, et j'étais en train de partager en deux ma dernière allumette quand le jeune Portoricain qui me tenait la boîte m'a donné un coup de coude dans les côtes pour attirer mon attention sur ce qui se passait autour du bureau. Le mac faisait un foin d'enfer à propos de ses bijoux. C'était tout du vrai, du cher, et les flics n'avaient pas intérêt à les abîmer, qu'il disait. Le sergent de police, un vieux plutôt gros, continuait son boulot comme si l'autre n'avait pas été dans la pièce, prenant les bijoux un à un et dictant d'un ton placide à son planton leur description exacte. Ils allaient les rendre au mac dès qu'il aurait payé son amende, c'était juste pour l'emmerder, mais ils y prenaient plaisir.

– Un bracelet en diamants avec fermoir en or. Une chevalière en or, gravée de la lettre « J ». Une bague...

Le mac continuait à tempêter, aussi inquiet qu'une chatte à qui on aurait pris ses petits. Le sergent en est arrivé à la montre : ronde, extra-plate, sertie de minuscules diamants, une vraie merveille. Il a baissé les yeux vers le mac qui s'est mis à hurler.

– Faites attention, bon sang, cette montre m'a coûté une fortune !

Le flic a regardé pensivement la montre, avec l'air de se demander comment on pouvait dépenser une fortune pour un simple objet utilitaire. Puis il l'a jetée sur le bureau. Le verre a explosé.

– Oh non ! a crié le mac comme si c'était sa tête qu'on venait de mettre en miettes.

– Une montre d'homme, brisée, a dicté le sergent, avec la même expression impassible.

Je n'avais pas peur qu'ils me cassent ma Rolex. Comme je l'ai dit, les temps ont changé. Maintenant, ils me la voleraient.

A six heures, j'étais fin prêt. Il me restait trois heures avant d'aller retrouver la rousse, juste ce qu'il fallait. J'ai fait rentrer Pansy et j'ai tout installé pour qu'elle ait de quoi boire et manger pendant au moins quinze jours. J'ai laissé la porte de derrière entrebâillée pour qu'elle puisse monter sur le toit quand elle en aurait besoin. Avec Pansy, je n'avais rien à craindre.

Je me suis arrêté dans quatre postes à essence self-service sur Atlantic Avenue. La Plymouth a un réservoir de deux cents litres. Si je fais le plein en une fois, le type de la caisse risque de se souvenir de moi. Juste avant de tourner sur la voie express, j'ai remarqué un immeuble en pierres grises sur ma droite. Il y avait des barreaux aux fenêtres et du fil barbelé sur le toit. La porte ressemblait à celle d'une prison. Au-dessus, il y avait écrit : Hôpital de jour des enfants.

Moins d'une heure plus tard j'étais dans Forest Park, au même endroit que la dernière fois. Quelques yuppies faisaient leurs derniers tours de jogging. D'autres promenaient leurs chiens. J'ai sillonné le parc dans tous les sens pour trouver une autre planque où me garer. Et vérifier qu'il n'y avait rien de suspect. Finalement, je me suis arrêté au bord de la route, j'ai ouvert le coffre et enfilé le vieil imperméable et les gants que j'y range toujours. Ensuite, j'ai changé le pneu arrière, côté route, sans me presser. Ça m'a pris un bon moment. Et j'ai tout remis en place, sauf l'enjoliveur et les gants qui ont atterri sur la banquette arrière.

J'ai commencé à attendre. Le jour tombait, tous les autres humains avaient déserté la forêt.

37

Les branches touffues filtraient les derniers rayons d'un soleil pâle, dessinant un patchwork d'ombre et de lumières autour de la Plymouth. Après la victoire des ombres, j'ai éteint la radio. Des phares traversaient le parc, des voitures passaient sur la route. De temps en temps, je voyais une bicyclette ou une silhouette qui courait sur le chemin du retour. J'éteignais mes cigarettes sur le sol de la voiture, mettais les mégots dans un sac en plastique. Ce n'était pas la peine que les flics, si flics il devait y avoir, sachent combien de temps j'avais attendu.

Il était presque neuf heures, quand j'ai entendu le sourd grondement d'un moteur tenu trop longtemps à haut régime. La BMW est sortie de la grande courbe et s'est dirigée droit vers moi. La lumière blanche de ses phares a balayé mon pare-brise et la rousse a freiné, face à la Plymouth. Dès que son moteur s'est éteint, j'ai démarré. Sa porte a claqué et je l'ai regardée s'avancer, de cette démarche qu'ont les femmes en talons hauts sur un sol inégal. Quand elle a été assez près de moi pour que je voie son visage, j'ai passé la première et commencé à rouler au ralenti. Elle s'est immobilisée, jambes écartées, mains sur les hanches. Elle a ouvert la bouche pour dire quelque chose mais j'ai dépassé la BM, et là, seulement, je me suis de nouveau arrêté. Elle s'est remise à marcher vers moi, je suis reparti.

Elle a compris et est remontée dans la BM. Je me suis mis en route lentement, pour qu'elle puisse me suivre. La Plymouth se glissant tranquillement au milieu des arbres. La BM me collait au cul, et ses saloperies de phares antibrouillard m'éblouissaient. J'ai tourné mon rétroviseur vers le plafond et fait deux fois le tour du parc, au cas où elle aurait amené des amis.

J'ai trouvé l'endroit que j'avais repéré en arrivant, et je me suis garé face à la route. La rousse était juste derrière moi, mais elle n'avait pas la place de tourner, c'était parfait.

J'ai coupé le moteur.

Elle a claqué sa portière comme si elle avait l'intention d'en faire voler la vitre en éclats et a marché jusqu'à moi. Son visage pointu de musaraigne était dur, fermé.

– Vous avez fini vos petits jeux? elle a lancé.

En descendant de la Plymouth, j'ai pris la lampe torche que je garde toujours dans ma boîte à gants et je suis allé inspecter la BM. Rien à signaler.

– Ouvrez le coffre, j'ai dit à la rousse.

Elle a soupiré mais s'est penchée pour prendre les clefs qu'elle avait laissées à l'intérieur. Pour qu'elle les trouve plus vite, je l'ai éclairée avec ma lampe de poche. Elle portait un bout de jupe droite à raies noires et blanches qui laissait voir la moitié de ses cuisses, une large ceinture noire et des bas à couture. Elle est restée penchée comme ça longtemps. Trop longtemps.

– Il y a quelque chose qui ne va pas? j'ai demandé.

Elle m'a regardé par-dessus son épaule.

– Je voulais vous donner le temps de vous rincer l'œil, elle a dit avec un grand sourire.

– Prenez les clefs, c'est tout ce qu'on vous demande, j'ai répondu d'une voix trop tendue.

Avec un souple mouvement de hanches, elle s'est retournée, les clefs à la main. Puis elle est allée ouvrir le coffre. Personne n'y était caché.

– Vous allez me suivre, je lui ai dit, et on va trouver un endroit où vous pourrez garer votre voiture. Ensuite vous viendrez avec moi.

– Ça va pas, non? Aller avec vous? Et où, d'abord?

– Quelque part où nous pourrons parler.

– Nous pouvons parler ici.

– Vous, peut-être. Mais pas moi.

– Et si je refuse?

– Vous parlerez toute seule.

Elle a passé sa main dans ses cheveux. Ça l'aidait peut-être à réfléchir.

– Julio..., elle a commencé.

– Julio n'est pas là, j'ai dit.

Avant de remonter dans la BM, elle m'a lancé un regard menaçant. Du genre : « Vous n'avez pas intérêt à faire l'idiot avec moi. » Mais elle était prête à me suivre.

Et nous avons quitté le parc.

38

J'AI trouvé une place sur Metropolitan Avenue et je me suis arrêté en double file. La rousse s'est garée et a mis un carton contre son pare-brise. Je suis allé voir ce que c'était. Un panneau où on avait imprimé les mots « Pas d'autoradio ». Peut-être que toutes les BMW sont livrées avec ce panneau.

Elle a claqué la portière de la Plymouth de toutes ses forces. Pourquoi est-ce qu'elle claquait toujours les portières violemment ? J'ai fait demi-tour vers la voie express, en direction du pont.

– On va dans le centre ? elle a demandé.

– Nous parlerons quand nous serons arrivés, j'ai dit.

Elle s'est tue. J'ai regardé dans le rétroviseur. Personne ne nous suivait. Juste avant la bretelle de l'autoroute qui mène à Long Island, j'ai pris la route de Flushing Meadow. Quand on est entrés dans le parc, elle a voulu dire quelque chose, mais j'ai mis un doigt sur mes lèvres. On ne savait jamais. Peut-être que la fouille de Michelle lui avait donné des idées. Et je ne voulais pas qu'on puisse savoir où nous étions.

– Pourquoi est-ce que vous conduisez pleins phares même quand il y a quelqu'un devant vous ? j'ai demandé.

– Ça donne un belle lumière, elle a répondu, comme si c'était le plus important.

J'ai fait le tour du parc jusqu'au parking. Quelques voitures y étaient garées, face à cet égout que les politiciens appellent Flushing Bay, assez éloignées les unes des autres, toutes lumières éteintes. Avant, les flics passaient de temps en temps, éclairaient les voitures, et quand ils voyaient deux têtes à l'intérieur ils continuaient leur chemin. Mais depuis que les commerçants de Main Street ont réclamé qu'on surveille mieux leurs boutiques, les flics n'ont plus le temps de venir.

Les couples s'arrêtaient aussi dans les taillis. Mais un type armé a commencé à se balader dans le coin et à violer les femmes. C'est Wolfe qui a suivi l'affaire quand ils l'ont enfin arrêté. Il en a pris pour vingt-cinq ans et plus personne ne s'éloigne du bord de l'eau.

Je me suis garé entre une vieille Chevrolet bariolée de fleurs peintes à la main et une Ford blanche. Les lumières des avions qui descendaient vers l'aéroport de La Guardia se reflétaient sur l'eau noirâtre.

J'ai baissé ma vitre et allumé une cigarette. Quand je me suis retourné vers la rousse, elle était déjà en train de déboutonner son chemisier.

39

– Mais bon sang qu'est-ce que vous faites? j'ai demandé, un ton au-dessus de celui que j'aurais dû garder.

– Ça ne se voit pas, non? Je veux vous montrer que personne ne nous écoute, elle a dit en souriant. A moins que vous n'ayez emmené avec nous notre amie la pute...

Et elle s'est retournée vers la banquette arrière.

– Il n'y a personne avec nous, j'ai dit.

Elle a continué à se déboutonner comme si elle ne m'avait pas entendu. Elle portait un bustier noir dont la dentelle couvrait à peine ses tétons. Elle a défait l'agrafe, ses seins ont jailli, petits et durs comme ceux d'une enfant, leurs bouts pointés vers moi. Je l'ai regardée, silencieux. Et puis j'ai senti ma cigarette me brûler les doigts et je l'ai jetée par la fenêtre sans me retourner.

La rousse a enlevé sa ceinture, passé ses bras derrière son dos.

– Il faut que j'ouvre la fermeture à glissière. J'ai un gros derrière pour ma taille, je suis sûre que vous l'avez remarqué, et autrement ma jupe ne passerai pas.

J'avais envie de lui dire d'arrêter, mais peut-être qu'elle était en train de bluffer. Il fallait aller jusqu'au bout. J'ai fermé ma gueule.

Bruit de la glissière sur les dents de métal. Corps qui se tortille. Jupe qui tombe par terre. Minuscule slip noir et porte-jarretelles. Mais pas de micro.

J'ai hoché la tête. J'en avais vu assez. Mais elle a mal compris. Le slip aussi est tombé par terre.

– Maintenant regardez de l'autre côté, elle a murmuré.

Je l'ai entendue se débattre avec ses fringues en ronchonnant.

– Ça y est, elle a dit en me donnant une tape sur l'épaule. Je peux avoir une cigarette?

Quand elle s'est penchée au-dessus de la flamme, ses yeux se sont levés vers moi. J'ai pris son sac. Elle n'a pas protesté. Un paquet de clopes, une pochette d'allumettes, quelques billets, des cartes de crédit. Et un truc qui ressemblait à un tube de rouge à lèvres. Je l'ai ouvert.

– C'est du parfum, elle a dit.

Je l'ai dirigé vers l'extérieur et j'ai appuyé. Ça sentait le lilas.

– Je vous écoute, je lui ai dit.

Elle s'est appuyée contre sa portière, les jambes croisées, face à moi.

– Je vous ai déjà dit de quoi il s'agissait. Je veux que vous m'aidiez.

– Vous plaisantez? Pourquoi est-ce que je vous aiderais? Je ne vous connais pas. Je ne vous dois rien.

– Non, je ne plaisante pas. Ce n'est pas mon genre, elle a répondu en tirant sur sa cigarette et son visage s'est éclairé un instant. Vous ne me devez rien, mais vous devez quelque chose à Julio, vrai ou faux?

– Faux.

– Alors pourquoi avez-vous fait l'autre coup?

– Quel autre coup?

– Dans le parc...

– Vous vous mettez le doigt dans l'œil, ma petite. Je ne sais pas de quel parc vous parlez. Vous devez me confondre avec un autre.

– Dans ce cas, pourquoi êtes-vous venu ce soir?

– Parce que vous ne jouez pas le jeu. Vous agissez comme une enfant gâtée qui ne veut pas comprendre quand on lui dit non. Et moi je veux me débarrasser de vous, alors je suis venu vous le dire en face, pour que cette fois vous compreniez.

– Je ne comprends toujours pas. Et je ne veux pas comprendre. Vous travaillez pour l'argent, comme tout le monde. J'ai de l'argent. Et j'ai besoin de vous.

– Trouvez quelqu'un d'autre.

– Non! elle a crié. Vous n'avez pas à me dire ce que je dois faire. Personne ne me dicte ce que je dois faire. Vous croyez que ça me plaît de vous demander ça? Non, c'est seulement parce que

Julio m'a dit que vous connaissiez les Nazis, voilà.

– Qu'est-ce que les Nazis viennent faire là-dedans ? Julio a perdu la tête !

– Julio ne dit pas les choses en l'air, et vous le savez. Il n'y a que vous qui puissiez faire ce travail.

– A cause des Nazis ?

– Oui, parce qu'ils sont le seul indice que j'aie.

J'ai allumé une autre cigarette. Il faisait lourd, dans la voiture. Aussi lourd qu'après la pluie. J'avais l'impression que la rousse ne montait pas les enchères sur un full, et que ses cartes restantes ne valaient rien. Je suis descendu de la Plymouth et j'ai marché vers la rive sans regarder derrière moi. J'avais à peine fait quelques pas qu'un bruit de portière claquée d'un geste brutal a résonné dans le silence. Les talons hauts de la rousse ont battu l'asphalte et ensuite j'ai senti sa main se poser sur mon bras.

– Où croyez-vous aller ? elle a demandé en essayant de me forcer à la regarder.

– Au bord de l'eau, je lui ai dit, d'un ton excédé.

Elle m'a emboîté le pas. On a marché sur l'herbe, c'était difficile pour elle, mais elle n'a pas ralenti.

– Je veux vous parler, elle a insisté.

La lune s'était levée. Presque pleine. Peut-être que c'était ça qui la rendait folle. Une hypothèse qui m'a traversé l'esprit, mais à laquelle je ne croyais pas. A moins qu'elle n'ait tout simplement pas su se comporter normalement. Je me suis arrêté devant l'eau qui clapotait contre la rive, j'ai pris le menton de la rousse dans ma main et je me suis penché vers elle.

– Que vous ayez envie ou non de quelque chose,

je m'en fous comme de ma première chemise, j'ai dit. Vous n'êtes pas le patron. Julio n'est pas le patron. Vous et moi, nous sommes à égalité, mettez-vous ça dans la tête. Et ne me prenez pas pour un vieux gaga comme l'oncle Julio...

Elle a essayé de se dégager d'un coup de tête. Ses yeux lançaient des éclairs, mais elle n'a rien dit.

– Ni pour un frimeur à la con comme Vinnie, j'ai ajouté en serrant plus fort.

– Laissez-moi... Lâchez-moi, elle a soufflé haletante de colère.

Je l'ai repoussée, elle a perdu l'équilibre et s'est écroulée sur l'herbe. J'ai recommencé à marcher sans m'occuper d'elle, jusqu'à un vieux banc à moitié pourri. Une fois assis, j'ai regardé l'eau. Comment allais-je me sortir du pétrin où je m'étais fourré ?

Deux minutes plus tard, elle s'asseyait à côté de moi, sortait une cigarette de son sac. Cette fois je ne lui ai pas donné de feu.

– C'est comme ça que vous prenez votre pied ? En bousculant les femmes ?

– Je vous ai écartée de mon chemin, c'est tout.

– Arrêtez de dire ça, elle a murmuré, son visage tout près du mien. Donnez-moi au moins une chance.

Je n'ai pas répondu. J'attendais qu'elle continue.

– Je voudrais tellement retrouver cette photo, a dit la rousse. Comment faire ? Si je m'adresse à une agence de détectives, ils me prendront jusqu'à mon dernier sou. Je le sais. Et je sais que de toute façon ça va demander du temps.

Le regard fixé sur l'eau, j'attendais toujours.

– Laissez-moi rester assise là à côté de vous,

comme si on était ensemble. Je vais tout vous raconter. Si vous refusez ensuite de m'aider, nous serons quittes. Vous me ramènerez à ma voiture et vous n'entendrez plus jamais parler de moi.

J'ai allumé une autre cigarette, toujours muet. Elle a mis sa main sur mon bras. Son énorme diamant a étincelé dans la lumière de la lune. Un feu glacial.

– Vous le jurez ? j'ai demandé.

– Je le jure, elle a dit les yeux brillants.

Elle mentait.

– Racontez-moi, j'ai dit en regardant le diam.

40

ELLE s'est levée, elle est passée derrière le banc et s'est penchée au-dessus de moi, les coudes sur mes épaules, les lèvres contre mon oreille. Comme si elle avait fait ça toute sa vie. Elle parlait dans un souffle, mais n'essayait plus d'être sexy maintenant. Elle voulait simplement raconter son histoire.

– Il s'agit de Scott. Le fils de ma meilleure amie, je vous l'ai déjà dit. Un petit garçon adorable, cheveux blonds, yeux bleus, sourire d'ange. Il aime tout le monde. Mais surtout Mia, ma fille.

Sa mère l'a emmené à la fête du centre commercial. Ils ont des clowns, des chanteurs, des gens qui racontent des histoires aux enfants. Scott était ravi. Jusqu'au moment où un clown s'est approché de lui. Il s'est mis à hurler, a essayé de s'enfuir. Mon amie a couru derrière lui. Quand elle l'a rattrapé, il n'a rien pu lui dire, il a voulu rentrer chez lui tout de suite.

La crise passe. Mais quinze jours plus tard, un ami de son père vient les voir. Il a un Polaroïd et prend des photos. Dès que Scott voit l'appareil, il s'immobilise, paralysé, catatonique. On le remonte dans sa chambre et au bout de quelques heures il semble remis. Mais sa mère comprend que quelque chose ne va pas et elle l'emmène chez un thérapeute.

Le thérapeute n'arrive pas à le faire parler. Il n'arrive pas à lui faire dire ce qui ne va pas. Pourtant Scott n'est plus lui-même. Quelque chose le ronge. Il ne veut plus jouer, ni regarder la télé, il n'a plus envie de rien faire. Il est triste.

Alors mon amie l'amène chez moi. Elle pense qu'il va jouer avec Mia. Mais même avec Mia, ça ne marche pas. Et elle aussi, elle est triste. « Il faut faire quelque chose, maman. Je t'en supplie, fais quelque chose. » C'est ma Mia. Je ne peux rien lui refuser. Il *fallait* que j'arrange ça.

La rousse avance la tête, elle m'embrasse sur la joue d'un air absent, comme pour me dire « Ne bouge pas », repasse devant le banc et vient s'asseoir sur mes genoux. Elle se blottit contre moi, on dirait qu'elle a froid, qu'elle se love dans un fauteuil. Elle pose son visage contre ma poitrine, mais j'arrive quand même à entendre ce qu'elle me dit.

– Je suis partie avec Mia acheter un Polaroïd. En revenant, j'ai pris un marteau dans le garage. J'ai ouvert la boîte de l'appareil photo devant Scott. Il s'est écarté. Je l'ai retenu et j'ai commencé à taper à coups de marteau sur le Polaroïd. J'étais folle. Je criais et je tapais, jusqu'à ce que ce foutu appareil soit en miettes. Scott s'est rapproché, je lui ai donné le marteau et il s'est mis à taper, lui aussi. Ensuite il a éclaté en sanglots. Il ne pouvait plus s'arrêter de pleurer. Je l'ai pris contre moi avec Mia. Tous les trois serrés les uns contre les autres.

Enfin il s'arrête. « Ça va maintenant? » Je lui demande, et il dit : « Ils ont la photo, Zia Peppina! Ils ont la photo! » et il se remet à pleurer jusqu'à ce que je lui dise que je vais leur reprendre cette photo. Je promets. Je jure sur la tête de Mia que je vais retrouver la photo.

Il ne pleure plus, il me sourit. Il va mieux, il sait que juré, c'est juré. Il a confiance en moi.

Elle s'est tue. Le visage toujours contre ma poitrine. J'ai pris une cigarette. Elle a remonté sa tête, tiré une bouffée entre mes doigts. C'était à mon tour de parler.

– Vous savez ce qu'il y a sur la photo? j'ai demandé.

– Oui, je le sais, elle a dit.

– Parce qu'il vous l'a dit ou...

– Je le sais, c'est tout.

– Vous vous êtes débrouillée pour savoir, c'est ça?

Elle a hoché la tête.

– Alors? j'ai encore demandé.

– Il allait dans un jardin d'enfants. A Fresh Meadows. Un jour, on l'a emmené quelque part, il dit que c'était à la campagne, dans le car de l'école. Il y avait un homme en costume de clown. On l'a obligé à se déshabiller et à faire quelque chose. Il n'a pas pu me dire quoi. Et ils ont pris des photos.

– Et ça se passait où?

– Je ne sais pas! elle a presque crié, et elle s'est mordu la lèvre pour ne pas pleurer.

– Qu'est-ce que vous savez d'autre? j'ai demandé, quand elle a retrouvé son calme.

– Une femme est arrivée. Une vieille femme, a dit Scott. Deux hommes l'accompagnaient.

Grands, forts, terrifiants. Il y en avait un qui portait un sac, comme une mallette de docteur, plein d'argent. La femme a pris les photos et elle a donné l'argent au clown.

– Ensuite?

– Scott ne sait pas à quoi les deux hommes ressemblaient, mais il a vu les mains de celui qui portait le sac. Il y avait une marque bleue sur le dos de sa main. Scott me l'a dessinée.

Elle a sorti de son sac une feuille de papier couverte de traits maladroits. Et tout en bas de la page, dans un coin, quelque chose de bleu, qu'on avait entouré d'un cercle rouge. Une croix gammée.

– C'était un tatouage? j'ai demandé.

– Oui.

– Sur le dos de la main.

– Oui.

– Qu'est-ce que vous avez fait?

La rousse a pris sa respiration.

– J'ai montré ce dessin à Julio. « Tatouage de taulard », il a dit. Je lui ai demandé s'il y avait des Nazis en prison, il a répondu qu'il ne savait pas. J'ai insisté. C'est comme ça qu'il m'a parlé de vous. Il a dit que vous, vous les connaissiez.

41

TOUT d'un coup j'avais froid, mais ce n'était pas à cause de la fraîcheur de la nuit. Nous avions conclu un deal, la rousse m'avait raconté son histoire, je l'avais écoutée, nous étions quittes. Me laisserait-elle en paix, maintenant? Je devais lui faire comprendre qu'en s'adressant à moi, elle s'était trompée.

– Julio est une grande gueule, j'ai dit d'une voix neutre.

– Je sais, elle a répondu d'une voix douce et tranquille.

– Il vous a raconté n'importe quoi. Je ne connais pas les Nazis. Personne ne les connaît. Ils étaient en prison avec nous, mais ils ne parlaient pas aux autres, ils restaient entre eux.

La rousse s'est redressée. Cette fois c'est elle qui a pris mon menton dans sa main. Elle a levé son visage tout contre le mien et m'a regardé droit dans les yeux.

– C'est vous qui mentez, elle a murmuré. Je connais les hommes. Mieux que vous ne les connaîtrez jamais. Je sais quand un homme me ment.

J'ai soutenu son regard sans ciller, pourtant la lune dansait dans ses yeux fous.

– Je dis la vérité, j'ai répondu.

Elle a pressé ses lèvres contre les miennes. J'ai senti ses dents, puis sa langue. Elle est restée comme ça un moment.

– Je vous en prie, elle a dit tout doucement.

– Non.

J'ai voulu me lever, mais elle était toujours sur mes genoux. Elle s'est de nouveau serrée contre moi, a ouvert la bouche et m'a mordu la lèvre inférieure de toutes ses forces. J'ai senti une douleur fulgurante et je lui ai enfoncé deux doigts entre les côtes. Elle s'est écartée de moi en gémissant, elle avait du sang sur les lèvres.

Puis elle s'est roulée en boule sur le banc. J'ai cru qu'elle allait vomir, mais elle s'est ressaisie. Quand elle s'est relevée, elle mâchait quelque chose, un morceau de ma lèvre.

– Mmm, c'est bon, elle a dit.

Je l'ai regardée déglutir, et sourire, puis je suis retourné à la voiture sans plus m'occuper d'elle. Quand elle a entendu le moteur démarrer, elle s'est levée à son tour et s'est approchée d'un pas nonchalant.

Elle s'est installée à côté de moi, la tête tournée vers sa portière, sans dire un mot.

42

TOUT était tranquille sur Metropolitan Avenue. Personne ne rôdait autour de la BMW. Il y a des quartiers comme ça.

La rousse a brisé le silence.

– Je voudrais encore vous dire une chose, elle a commencé.

Je l'ai laissée continuer.

– Cent mille dollars en espèces. Ça vous intéresse ?

Evidemment, que ça m'intéressait, mais je n'ai rien dit.

– Cent mille dollars, elle a répété d'une voix plus sexy que jamais.

– Où ? j'ai demandé.

– Je les ai, elle a dit. Et si vous trouvez cette photo, ils sont à vous.

– Mais si je ne la trouve pas ? Je veux dire après avoir cherché.

– Pendant combien de temps chercherez-vous ?

– Quatre ou cinq semaines, *si* je cherche. Au bout d'un certain temps, ça ne sert plus à rien. Les photos de ce genre ne traînent jamais plus d'un mois ou deux là où on peut les trouver.

– Comment saurais-je que vous cherchez vraiment ?
– Vous ne le saurez pas.
– Cinq mille par semaine ?
– Plus les frais.
– Pour cent mille dollars, vous pouvez couvrir vos frais, non ?
– Si je trouve la photo, les cent mille dollars couvrent tout. Mais si je ne la trouve pas, vous me versez cinq mille par semaine, plus les frais.
La rousse s'est passé les mains sur le visage. Elle réfléchissait.
– Dix mille d'avance et vous commencez ce soir, elle a dit au bout d'un moment.
– Non, vingt-cinq mille.
– Quinze mille.
– Rentrez chez vous, ma petite. Je laisse tomber.
– Je rentre et vous venez avec moi. Comme ça je vous donne vos vingt-cinq mille dollars.
– Et une photo du petit ?
– Oui. Et d'autres papiers qui pourront vous servir.
– A une condition : que vous ne vous mêliez plus de tout ça. Je fais le boulot et je vous tiens au courant de ce que ça donne.
– D'accord.
– Et ensuite vous oubliez mon existence. Vous ne m'avez jamais vu.
– Pas de problème. Mais *vous*, vous ne m'oublierez jamais.
De nouveau j'avais froid.
– Vous avez l'argent chez vous ? Et votre mari ?
– Ne vous inquiétez pas. Il n'est pas là ce soir. Vous allez retrouver la photo ?

– Je ne vous promets rien. Je ferai de mon mieux, c'est tout.

– Bien. Suivez-moi.

Elle est partie devant, ses feux arrière me montraient le chemin dans la nuit.

43

La rousse conduisait mal. Elle poussait trop les vitesses, donnait des coups de volant brutaux, faisait hurler les pneus. La Plymouth n'est pas une voiture de rallye, je n'avais pas envie de la malmener, et je ne tenais pas non plus à ce qu'on se fasse remarquer, alors je roulais tranquille.

J'ai perdu de vue la BMW après une courbe, à l'entrée de Forest Park. Mais j'ai entendu ses pneus crisser quelque part au loin et j'ai continué mon chemin. Il n'y en avait pas d'autre.

A la sortie du parc, on s'est retrouvés dans un lotissement de luxe. Des baraques énormes de style colonial, construites le plus loin possible de la route, mais sans beaucoup de terrain autour d'elles. La BMW s'est engagée dans un dédale de rues et s'est arrêtée devant la grille d'une maison en pierre de taille. La rousse a ouvert le portail et m'a fait signe de passer devant elle. Après avoir refermé, elle m'a rattrapé dans l'allée, m'a dépassé et m'a emmené derrière la maison. Le volet métallique du garage s'est relevé automatiquement, il devait avoir un œil électronique. La lumière s'est allumée. Une seule des trois places était occupée, par une Mercedes.

La BMW s'est immobilisée à quelques centimètres du mur. Je me suis arrêté et je suis reparti en marche arrière pour garer la Plymouth devant le garage, face à l'allée. La rousse m'a fait signe de mettre ma voiture à côté de la sienne, j'ai secoué la tête et coupé le contact. Elle a haussé les épaules comme on le fait devant un imbécile qui ne comprend rien au scénario et a tendu la main vers moi pour que j'aille la rejoindre.

Le lourd volet métallique s'est refermé derrière moi. J'ai suivi la rousse dans un escalier étroit. Ses hanches se balançaient, effleurant presque les murs à chaque marche. Une lumière tamisée provenait d'on ne savait où. J'ai pensé au Smith & Wesson que j'avais laissé chez moi.

Nous sommes arrivés dans une grande pièce toute en longueur. Le mur qui faisait face à l'arrière-cour était entièrement recouvert de miroirs. Des spots éclairaient le jardin. Autour du patio, il y avait une rocaille. Le reste disparaissait dans l'ombre.

– Attendez-moi ici, elle a dit.

Elle est sortie sans allumer de lampe, mais on y voyait relativement clair. Et on se serait cru dans un hall d'hôpital. Une pièce toute blanche, très peu de meubles, blancs eux aussi – un canapé et une chauffeuse en cuir, une table basse en marbre – et quelques accessoires. Noirs évidemment. Un lampadaire halogène, longue tige de métal s'évasant vers le haut, un lourd cendrier de verre, une étagère laquée, quatre grands haut-parleurs, mais pas de chaîne. Elle devait être ailleurs. Le sol était recouvert de dalles noires et deux rails de spots couraient le long du plafond. Un lieu sans âme, glacial.

Je me suis assis sur la chauffeuse et j'ai allumé une cigarette. La douleur est revenue. Il y avait du sang sur mon filtre. Quand j'ai entendu ses talons claquer sur le carrelage, je n'ai tourné que la tête.

La rousse s'était changée. Liquette et étroit pantalon de soie noire, fine ceinture blanche, mules noires. Une tenue assortie au décor.

Elle m'a offert un verre, j'ai refusé.

– Rien, vous êtes sûr?

– Je ne bois pas.

– Un joint? Une ligne de coke? elle a insisté, en bonne hôtesse de l'air à bord de son zinc pour l'enfer.

– Rien, j'ai répété.

Elle est passée devant moi comme un mannequin lors de son premier défilé : inquiète mais prétentieuse. S'est assise sur le canapé, jambes croisées, mains autour des genoux.

– Vous êtes toujours d'accord? elle a demandé.

– Où est l'argent? j'ai répondu du tac au tac.

– Ah oui, l'argent... elle a dit d'un air absent avant de disparaître à nouveau.

Laissé seul à mes pensées, je me suis demandé où était sa fille.

Mais elle ne m'a pas laissé le temps de me poser trop de questions. Une minute plus tard elle était de retour, un attaché-case à la main. On aurait dit qu'elle allait travailler. Dans un bordel. Elle s'est agenouillée devant moi, chevilles croisées, et a posé l'attaché-case sur mes genoux.

– Comptez, elle a dit.

C'étaient des coupures de cinquante et cent dollars. Pas de billets neufs, pas de numéros qui se suivaient. Et le compte était bon.

– Parfait, je lui ai dit.

Elle s'est relevée en disant :

– Je vais aller chercher les photos.

Quand elle a quitté la pièce, j'ai enlevé mon manteau et fait passer l'argent de l'attaché-case dans mes poches. Ensuite j'ai allumé une autre cigarette.

Elle est revenue avec des photos et des papiers. De nouveau à genoux, elle m'a tout montré.

– Ça, c'est Scott tel qu'il est maintenant. Je l'ai prise la semaine dernière. Celle-là, c'était il y a quelques mois, au moment où ça s'est passé. Voilà le dessin avec la croix gammée. Là, c'est Scott et moi, pour que vous ayez une idée de sa taille.

Elle m'a tendu une dernière feuille de papier, couverte de chiffres tapés à la machine.

– Voilà les numéros où vous pouvez me joindre... et les heures auxquelles vous pouvez appeler. Demandez Strega, vous n'avez rien besoin de dire d'autre.

– Je risque de tomber sur un répondeur?

– Non, pas de machine, que des gens, ne vous inquiétez pas.

J'ai tiré une dernière bouffée et je me suis penché au-dessus de la rousse pour écraser ma clope, prêt à partir. Elle a levé son visage vers moi et m'a dit d'une voix enfantine :

– Vous croyez que je vous fais marcher, hein?

Je n'ai pas répondu. Mais j'ai continué à écraser ma cigarette depuis longtemps éteinte.

– Vous croyez que c'est pour vous faire marcher que je me suis habillée comme ça...

Je me suis redressé pour m'écarter d'elle, mais elle s'est accrochée à moi.

– Ça vous regarde. Faites ce qui vous plaît, je m'en moque, je lui ai dit.

– Alors fermez les yeux. S'il vous plaît, fermez les yeux.

Elle parlait comme un enfant qui vous supplie de jouer avec lui. J'avais toujours très froid. Peut-être faisait-il froid. J'ai fermé les yeux. Elle s'est mise à me caresser en murmurant des mots à voix basse, se parlant à elle-même. J'ai senti ses mains défaire ma ceinture, descendre la fermeture Eclair. Je me suis senti tendu contre sa main. J'ai entrouvert les yeux. J'ai vu sa tignasse rousse entre mes cuisses.

– Vous avez promis! elle a dit de sa voix de petite fille.

J'ai refermé les yeux. Elle avait des gestes maladroits, et puis sa bouche s'est refermée sur moi, douce, chaude. J'ai passé mes doigts dans ses cheveux soyeux, et en relevant la tête, elle m'a fait mal avec ses dents.

– Ne me touchez pas! elle a murmuré.

J'ai croisé les mains derrière ma tête, pour qu'elles ne bougent plus. Et elle m'a repris dans sa bouche. Ses lèvres montaient et descendaient autour de moi, toutes mouillées. De nouveau mes yeux se sont ouverts, je ne pouvais pas m'en empêcher. Cette fois elle n'a rien dit. Elle a continué, les mains serrées très fort l'une contre l'autre derrière son dos. Mes yeux se sont refermés.

J'ai senti que j'allais jouir, j'ai essayé de m'écarter, et elle est restée soudée à moi. Une enfant têtue, qui, quand elle avait décidé d'obtenir quelque chose, allait jusqu'au bout. Mais pourquoi seulement ça? Ça m'a rappelé une fille que j'avais rencontrée après m'être enfui de la maison de redressement. Elle aussi, elle ne le faisait qu'avec sa bouche, elle avait peur de retomber enceinte. Pour la rousse, c'était autre chose, je le savais.

Sa tête allait et venait. J'ai explosé dans sa bouche, elle m'a gardé en elle. Ensuite, elle a appuyé sa joue contre ma cuisse. Sa voix d'enfant a résonné, claire, dans le silence de la pièce.

– Je suis une bonne petite, elle a dit, contente d'elle-même. Caressez-moi, caressez-moi la tête.

J'ai ouvert les yeux et passé ma main dans ses

cheveux roux. Elle s'est redressée, passant sa langue sur ses lèvres, les yeux humides et brillants. Puis elle a pris une de mes cigarettes et l'a allumée pendant que je refermais mon pantalon. Elle m'a tendu la cigarette.

– Pour vous, elle a dit.

J'ai tiré une bouiffe, elle avait le goût du sang.

– Je vous ai en moi, maintenant – elle avait repris sa voix habituelle. Trouvez-moi cette photo.

Il fallait que je m'en aille. J'ai enfilé mon manteau, mis les photos et les papiers dans ma poche.

– Venez, elle a dit en me prenant par la main.

Et elle m'a reconduit jusqu'au garage. La Mercedes avait un numéro normal, mais sur la plaque d'immatriculation de la BM on pouvait lire son nom, JINA.

– C'est comme ça que vous écrivez Jina? Je croyais que ça prenait un G.

– Oui, mon nom est Gina, avec un G. Mais ça ne me plaisait pas, et quand quelque chose ne me plaît pas, je le change.

– Qui est Zia Peppina? j'ai demandé.

– Moi. Tante Piment, *capisce*? Quand j'étais petite, j'étais une enfant très gaie, très turbulente. Je jouais, je courais, je faisais des bêtises de gosse. Avec tout ça et mes cheveux rouges, on m'appelait Peppina, petit piment. Mais quand j'ai grandi, quand je suis devenue ce que je suis aujourd'hui, plus personne ne m'a appelée comme ça, sauf Scott.

– Pour les autres, c'est Jina, maintenant?

– Non, a dit la rousse. Les gens m'appellent Strega.

La porte a claqué derrière moi. J'étais seul.

Je conduisais trop vite. Il fallait que je m'éloigne

de là. Mon sang courait dans mes veines, glacé. Même l'idée des vingt-cinq mille dollars tassés dans mes poches n'arrivait pas à me réchauffer. *Strega.* Je savais ce que c'était : une sorcière qui envoûte les hommes. Qui vous obsède ou que l'on doit fuir. En plein milieu du désert, son ombre vous glace. Et j'avais accepté son argent.

44

J'AI repris mon allure de croisière sur l'Inter-Boro. Une autoroute mal éclairée, pleine de nids-de-poule et de virages. Des voitures abandonnées gisaient sur le bas côté, ou plutôt leurs carcasses. Tout ce qui pouvait servir avait été volé. J'ai allumé une cigarette, fixé son reflet rouge sur le pare-brise, les mains accrochées au volant, tremblantes, hésitant entre la tristesse et la peur.

Quand on écoute du blues, c'est comme si on se couvrait avec une de ces couvertures kaki qu'on a sur les lits de l'orphelinat. Elles sont rêches, mais elles tiennent chaud. J'ai mis une cassette au hasard. J'attendais que la rue me reprenne dans son giron, qu'elle me permette de redevenir moi-même. Dès les premiers accords de guitare, j'ai reconnu la chanson, et comme un imbécile que j'étais, j'ai écouté.

« As-tu jamais aimé une femme mariée?
Une fille chouette et fidèle?
Fidèle à son mari,
Et toi il ne te reste rien. »

Strega n'était pas une fille chouette, ni fidèle – en tout cas pas à son mari. J'ai sorti la cassette, j'ai allumé la radio pour chercher un poste où ils passent de vieux tubes. Ron Holden et les Thunderbirds chantaient « Love you so ». Un mauvais souvenir. Quand j'étais en maison de redressement, une fille que je croyais connaître m'avait envoyé une lettre avec les paroles de cette chanson en disant que c'était un poème qu'elle avait écrit pour moi. Je ne l'ai montré à personne et j'ai brûlé la lettre, mais j'ai appris le poème par cœur. Un jour j'ai entendu la chanson à la radio dans la cour et j'ai su la vérité.

Je n'ai jamais eu besoin d'expliquer des choses comme ça à Flood. Elle savait, elle avait été élevée dans le même genre d'endroits que moi.

Il y avait trop de prisons dans cette histoire. Trop de choses du passé.

J'ai essayé une autre cassette. Robert Johnson, « Les chiens de l'enfer sont après moi ». Ils couraient sur mes traces.

45

LE lendemain matin, il ne me restait que cinq mille dollars. J'avais confié le reste à Max et lui en avais raconté assez sur ce qui s'était passé pour qu'il sache où trouver la rousse au cas où les choses ne se passeraient pas comme je l'espérais. Je ne pouvais pas emmener Max avec moi. A cause de la couleur de sa peau.

J'ai pris Atlantic Avenue vers Brooklyn, mais cette fois, j'ai dépassé la bretelle de l'Inter-Boro, et j'ai continué vers South Ozone Park. Dans cette partie du Queens, les territoires sont clairement délimités. Les gangsters ont leurs clubs, les Haïtiens leurs restaurants et les étrangers sans papiers leurs caves. Quand on s'approche de Kennedy Airport, on arrive dans une zone libre. L'aéroport est un objectif trop convoité pour que quiconque détienne des droits absolus dans ce coin.

Je suis entré dans un garage. De l'autre côté de la porte, un gros type lisait une revue de sports assis sur un bidon. Il avait les cheveux longs, un bandeau rouge autour du front et portait une veste de jean sans manches, un Levis et des grosses bottes. Ses bras saillaient sous sa chemise, et ce n'était pas que du gras. Il avait fait du culturisme, ça se voyait. Seulement maintenant, il se laissait aller.

J'ai vu sur ma droite une Camaro rouge vif, avec des pneus monstrueux. Les clients de ce garage gagnaient leur vie en courant avec des voitures trafiquées, hors des circuits officiels. Le reste du hangar était noyé dans l'ombre.

– Bobby est là? j'ai demandé au gros.

– Qu'est-ce que tu veux, mec? il a répondu d'une voix neutre.

– Un ballon d'oxyde azoteux. Bobby m'a dit qu'il pouvait m'en mettre un.

– Là-dessus? il a demandé en montrant la Plymouth.

Les mecs qui courent se servent de l'oxyde azoteux pour gonfler leurs moteurs. Le gros n'avait pas l'air de trouver que c'était un bon plan pour la Plymouth. Ou peut-être qu'il avait des doutes sur mes qualités de conducteur.

J'ai tiré sur la manette qui ouvrait le capot et je suis descendu de voiture. Le gros est venu regarder mon moteur. Il a hoché la tête, d'un air connaisseur.

– Trois litres huit? il a voulu savoir.

– Quatre quarante, je lui ai dit. Plus soixante cc.

Ça semblait lui plaire.

– Quatre litres! il s'est exclamé l'air de dire : « Pourquoi un seul carburateur pour une si grosse cylindrée? »

– Ce qui compte, c'est le couple. J'ai besoin d'un moteur silencieux.

– Je vois, il a dit.

La Plymouth n'était pas faite pour la frime, au contraire. Il a fait le tour de la voiture, s'est penché pour regarder sous le moteur, a remarqué que le double pot n'arrivait pas jusqu'au pare-chocs. Le train arrière a semblé l'étonner.

– On dirait un train de Jaguar.

– Fait maison, j'ai dit.

Une suspension indépendante donnait une meilleure tenue de route, mais ne supportait pas les démarrages sur les chapeaux de roue qu'affectionnent les coureurs.

– Qu'est-ce que tu fais avec ça? Départ à cinquante?

Le « départ à cinquante » est une course de sprint. Les deux voitures roulent d'abord côte à côte, elles ont toutes les deux un passager. Quand elles atteignent cinquante kilomètres à l'heure et qu'elles sont parfaitement alignées, le passager de la voiture de gauche crie « Go! » et les coureurs écrasent l'accélérateur jusqu'à la ligne d'arrivée.

– Je préfère à trente, j'ai dit. Dès qu'on roule, les autres peuvent s'accrocher.

– Tu veux le ballon d'azote dans le coffre?

– Evidemment, j'ai répondu en ouvrant le coffre.

– Putain! Quel réservoir!

Deux cents litres, double pompe électrique. Le type qui avait bricolé ça pouvait être fier de lui.

Du coup, tous les soupçons du gros se sont évanouis. Il était aux anges.

– Avec ça, tu peux courir, mec, et plutôt deux fois qu'une. Elle est super! Où tu cours?

– N'importe où. Du moment qu'il y a de l'argent à prendre.

– Pour combien?

– Mille, minimum.

Le gros s'est gratté la tête. Il avait l'habitude de types qui dépensaient des milliers et des milliers de dollars pour trafiquer des bagnoles avec lesquelles ils couraient pour cinquante tickets. Des types qui investissaient beaucoup dans le look de leur caisse. Le genre à se trimbaler dans la Camaro rouge. Il avait déjà entendu parler de ceux qui étaient uniquement branchés business. Qui faisaient ça pour le fric, pas pour l'honneur. Mais il n'en avait encore jamais rencontré.

– Je vais chercher Bobby, il a dit.

Appuyé contre la Plymouth, j'ai allumé une clope. Mes yeux se sont promenés autour de moi, mais mes pieds n'ont pas bougé. Je savais ce qu'il y avait dans le fond du hangar.

46

J'AI entendu une porte claquer et Bobby est sorti de l'ombre, mains dans les poches. Un grand môme costaud qui, avec ses cheveux longs et sa moustache, ressemblait à un ancien footballeur universitaire. Il s'est avancé lentement, sans hésiter, mais sur ses gardes. Le gros lui parlait de la Plymouth, mais Bobby n'écoutait pas.

– C'est toi, Burke? il a crié quand il a été assez près pour me reconnaître.

– C'est moi, j'ai répondu plus bas.

Il m'a serré dans ses bras, me soulevant presque.

– Mon pote! il a crié. Mon vieux pote!

Bobby s'est tourné vers le gros pour me le présenter.

– Lui, c'est Canonball, il a dit.

– Nous avons déjà fait connaissance, j'ai répondu.

– Bon... Qu'est-ce qui t'amène, Burke?

– Il veut de l'oxyde azoteux, a commencé le gros.

– Mon pote n'en a rien à foutre de l'azote, n'est-ce pas, Burke? a dit Bobby d'un ton supérieur.

– T'as raison, j'ai répondu en regardant le gros.

Les yeux de Bobby se sont baissés sur ma main droite. Poing fermé, pouce tendu, je dessinais des cercles contre l'aile de la Plymouth. Le signal des taulards quand ils veulent être seuls.

– Va faire un tour, Canonball, a dit Bobby.

– Réfléchis au coup de l'azote, mec, m'a dit Canonball en guise d'adieu. Et il a disparu au fond du hangar.

Bobby a ouvert mon manteau et m'a palpé comme pour une fouille. Il a pris mon paquet de clopes et s'en est allumé une. Encore un geste qu'il avait appris en prison, une façon de reconnaître ses amis.

– Tu veux te débarrasser d'une tire? il a demandé.

L'arrière de son garage était une véritable usine à débiter les bagnoles volées en pièces détachées. Un bon job, mais qui implique trop de monde à mon goût.

– Je cherche deux de tes frères, Bobby, je lui ai dit.

Un ange est passé dans le garage.
– Tu en as après eux ? il a demandé.
– Non. Je cherche quelqu'un pour qui ils ont travaillé, c'est tout.
– C'est tout ?
– C'est tout.
– Et l'autre, pourquoi tu le cherches ?
– Parce qu'on me paie pour ça.
– Sacré vieux Burke, toujours le même !
Le môme souriait, je n'ai rien dit. J'attendais qu'il continue.
– Tu as des noms, Burke ?
– Tout ce que je sais, c'est que l'un d'eux, un grand type, avait le tatouage de tes frères. Et ils bossaient pour une femme plutôt vieille. Ils effectuaient une livraison. Du pognon.
– Avec elle ?
– Ouais, comme des gardes du corps.
– Ça nous arrive de faire ce genre de job...
Bobby réfléchissait. Il s'est frotté le front, a croisé mon regard posé sur sa main. Elle était tatouée. Deux ampoules tordues qui formaient une croix gammée.
– Tu n'as jamais été avec nous, il a dit.
Ce n'était pas un reproche, simplement une constatation.
– J'ai été avec *toi*, je lui ai rappelé.

47

C'ÉTAIT le premier jour de Bobby dans la grande cour. Un môme bien dans sa peau, malgré la sentence qui venait de tomber sur lui. Enfant, il avait eu une famille, il ne connaissait rien de la vie derrière les murs. Virgil et moi, on attendait des clients à nous qui s'étaient gourés en calculant les résultats de la Coupe. Bobby marchait vers nous, quand un groupe de Noirs lui a coupé la route. Ils ont commencé à lui dire des choses qu'on n'entendait pas, mais on n'avait pas besoin de les entendre pour savoir ce qu'ils disaient. Virgil a hoché la tête tristement – cet imbécile de môme venait de laisser deux Noirs se glisser derrière lui. C'est toujours le même problème, pour un nouveau – il est mis à l'épreuve et n'a qu'une solution. Quand il revient dans la cour, le lendemain, il a intérêt à porter une lame, à moins qu'il n'ait envie de passer à genoux le temps qu'il lui reste à faire.

Tout le monde regardait, mais le môme ne pouvait pas le savoir.

– Couvre-moi, a dit Virgil en s'écartant du mur.

Virgil était un fou. Un taulard qui n'appartenait pas au monde des taulards.

Il avançait tranquillement, à grandes enjambées, pas pressé, et les mains là où tout le monde pouvait les voir. J'étais à deux mètres de lui – c'était mon associé.

– Hé, l'ami! a crié Virgil.

Les Noirs se sont retournés vers nous. Leurs yeux brillaient, mais ils avaient les mains vides. Le môme a regardé Virgil, il ne savait plus où il était.

Virgil s'est avancé à côté de Bobby, il l'a pris par l'épaule et ils sont sortis du cercle. Un des Noirs les a dépassés.

– C'est ton pote? il a voulu savoir.

– Ouais, a répondu Virgil de sa voix traînante.

– A toi aussi, c'est ton pote? le Noir m'a demandé.

– Je suis l'associé de monsieur, j'ai dit en montrant Virgil.

– Son associé ou sa louloute?

– Tu veux t'en rendre compte par toi-même? je lui ai proposé.

J'ai entendu des pas derrière moi, mais je ne pouvais pas tourner la tête. Le Noir, lui, n'avait pas besoin de bouger pour les voir.

– Pas aujourd'hui, il a dit en s'éloignant, suivi de ses frères.

J'ai jeté un coup d'œil par-dessus mon épaule. Les guerriers blancs on les appelait. Ils n'en avaient rien à foutre de moi, mais c'était une bande d'excités prêts à sauter sur la moindre occasion pour se battre. Quand ils ont vu les Noirs s'écarter, ils se sont arrêtés, les bras croisés. Ils connaissaient les règles du jeu. Le môme devait les apprendre. Virgil et moi, on l'a emmené dans un coin tranquille et on l'a mis au parfum.

48

Bobby s'est assis sur le coffre de la Plymouth.

– Je n'ai pas oublié ce que je te dois, il a dit. Et si je comprends bien, le moment est venu de payer mes dettes.

– Tu ne me dois rien, Bobby. Je demande simplement à un vieil ami de me rendre un service.

– Tu sais ce que nous sommes mes frères et moi les uns pour les autres. Des *vrais* frères.

– Je t'ai expliqué que je n'ai rien à leur reprocher. Je veux simplement leur parler.

J'ai laissé le silence s'installer entre nous. C'était à Bobby de décider. Il a pris une autre de mes cigarettes. J'ai vu le paquet de Marlboro dans la poche de son bleu : nous étions toujours amis. Je lui ai tendu une allumette, il a allumé sa clope. Puis il s'est laissé glisser pour s'asseoir par terre, le dos appuyé à l'aile de la Plymouth. Comme on s'assoit en prison. Il a exhalé sa fumée vers le plafond. Je me suis installé à côté de lui et moi aussi j'ai pris une clope.

Quand il a commencé à parler, c'était à voix basse. Les genoux repliés, le menton dans la main, il regardait droit devant lui.

– Je suis sorti bien avant toi. Tu te souviens, je vous avais laissé, à Virgil et à toi, toutes mes affaires quand ils m'ont relâché? J'ai trouvé du boulot dans un atelier de mécanique et j'ai attendu la fin de ma conditionnelle. J'ai rencontré deux types qui allaient sur la côte ouest. Pour voir du pays, baiser les belles blondes, faire de la route. J'arrive là-bas, tout le monde tripote l'herbe. Je me mets avec ces hippies, des mecs bonnards, tranquilles, de la musique planante. Une vie chouette, pas comme la merde d'ici. Tu comprends?

– Oui, j'ai dit.

– Je me fais alpaguer avec un van plein d'herbe. Deux cents kilos, de l'hawaïenne, et un flingue. Je faisais une livraison à L.A. et les flics m'ont arrêté. Pour une connerie, un feu arrière cassé.

Il a tiré une bouiffe, a soufflé la fumée en soupirant.

– J'ai fermé ma gueule, je n'ai même pas cherché à me justifier. Les hippies m'ont dégoté un bon avocat, mais ça ne suffisait pas. Ils m'ont déclaré coupable. Possession de narcotiques et en plus avec une arme. Pour un mec qui est déjà tombé, ça ne pouvait pas passer. Mais je n'ai donné personne. Ils m'ont refilé entre un an et perpète.

Bobby s'est croisé les mains derrière la tête, il a fait une pause.

– Cette fois, quand je suis arrivé dans la cour, je savais ce qu'il fallait faire. Je me souvenais de ce que Virgil et toi m'aviez appris. Quand les Noirs se sont approchés de moi, j'ai fait comme si je ne savais pas de quoi ils parlaient, comme si j'avais peur. Ils m'ont dit d'aller cantiner pour le lendemain et de leur apporter tout ce que j'aurais.

Bobby a souri à ce souvenir. Un sourire qui aurait effrayé un régiment de flics.

– Je suis allé passer ma commande à la cantine, mais j'allais quand même pas leur tendre le cul et me laisser baiser sans rien dire ! Alors j'échange deux cartouches de clopes contre une lime. Toute la nuit je l'aiguise. Le matin je vais chercher ma commande. Je mets ma lime dans le sac et je sors dans la cour avec le sac dans les bras, comme une ménagère qui a fait le marché. Les Noirs se dirigent vers moi, me disent de leur donner le sac. Je sors la lime et l'enfonce dans la poitrine de celui qui est en face de moi. Quand il tombe, je pars en courant. Je me retourne, il n'y a plus personne. Les Noirs ont disparu. J'entends une balle siffler et un nuage de poussière se soulève juste à côté de moi. Je jette la lime et les matons viennent me chercher.

– Tu aurais dû jeter la lime quand tu t'es mis à courir, j'ai dit.

– Oui, je sais, je l'ai appris ce jour-là.

Bobby a écrasé sa cigarette par terre et en a pris une autre. Dans son paquet, cette fois.

– On m'a mis au trou. Là-bas, le trou c'est comme n'importe quelle autre putain de taule. C'est plein de mecs. Des mecs qui passent des années et des années au trou. La seule différence, c'est que ça s'appelle « Centre de réadaptation ». Il faut le faire, non? Ce sont des cellules minuscules, sombres, qui s'étagent sur trois niveaux de chaque côté. Il y a un bruit incroyable. Des cris perpétuels. Ils hurlent pas parce que les matons leur tapent dessus, ils crient pour crier, c'est tout. Je suis assis là, en me demandant combien de temps je vais rester entre ces quatre murs. Même si le type n'est pas mort, ils m'ont vu jeter la lime. Et puis ça commence. Les Noirs. « Salaud de Blanc! Tu vas tous nous sucer, espèce de pourri? » D'abord j'ai répondu, mais ils ont continué, les uns après les autres, ils prenaient le relais. Il y en a un qui hurle que celui que j'ai dégommé, c'était son pote, qu'il va me les couper et me les faire bouffer. Des bêtes sauvages, Burke. Ils n'arrêtaient jamais. Nuit et jour, ils criaient mon nom, disaient qu'ils allaient mette le feu à ma cellule, empoisonner ma soupe, me passer dessus jusqu'à ce que j'en crève.

Bobby s'est tu. Il avait parlé d'une voix dure, mais ses mains tremblaient. Il les a regardées et a serré les poings.

– Au bout de deux jours, je n'avais plus la force de leur répondre. On aurait dit qu'ils étaient des centaines. Même le salaud qui apportait le café crachait dans ma tasse.

On est venu me chercher pour me faire passer devant le comité disciplinaire. Ils savaient très bien ce qui se passait, mais ils m'ont posé des questions. Je n'ai pas dit un mot. Le directeur m'a expliqué que le coup de la lime, c'était pas si grave, et que je pouvais demander à être placé sous protection. Tu sais ce que ça veut dire?

– Oui, j'ai répondu.

On place sous protection les donneurs, les pédés, les types qui ne paient pas leurs dettes de jeu, tous ceux pour qui la grande cour est un lieu dangereux. Les taulards les appellent les planqués. Et une fois qu'on t'a collé cette étiquette, elle te reste toute ta vie.

– On m'a laissé au trou pendant quinze jours. Pas de cigarettes, pas de radio, pas de livres, pas de journaux. Rien. Que les cris des Noirs contre moi vingt-quatre heures sur vingt-quatre. Ils ne s'en lassaient jamais. Ils adoraient ça, les salauds. Tout y est passé, même la façon dont ils allaient ouvrir le ventre des femmes blanches enceintes pour leur arracher leurs bébés. Un jour tout s'est tu. Ils préparaient quelque chose. J'avais peur. Le type du café m'a apporté ma tasse, avec un message. Un morceau de papier plié en quatre. Je l'ouvre. Il y avait du sperme dedans. J'ai failli vomir, mais je me suis retenu. Pour pas qu'ils m'entendent. Puis il y en a un qui s'est mis à me parler. Presque à voix basse, mais ses mots résonnaient dans le silence comme s'il avait été à côté de moi. « Lèche, petit Blanc ! Lèche tout, petite lope ? Demain on va dans la cour, minable. On nous laisse tous sortir, tu vois ? Lèche, et demain tu me diras si c'était bon ! » Il me disait tout ça et la seule chose à laquelle je pensais, c'était qu'il y avait même pas moyen de me tuer dans cette putain de cellule. Je voulais mourir. Je me suis pissé dessus. J'avais l'impression qu'ils pouvaient tous sentir l'odeur de ma pisse.

Bobby tremblait de tout son corps maintenant. J'ai posé la main sur son épaule, il ne s'en est même pas aperçu.

– Je me suis mis à genoux et j'ai prié. Un truc que je n'avais pas fait depuis des années. J'ai prié de toutes mes forces. Pour arriver à leur répondre. Si je ne réagissais pas, ce qui m'attendait était pire que la mort. Je préférais mourir. Mais mourir en homme.

Alors je me suis levé. Ça faisait des jours que je

n'avais pas parlé, pourtant ma voix était claire et posée. « Dis-moi comment tu t'appelles, le nègre, j'ai demandé. Parce que demain c'est toi que je vais tuer quand on sortira dans la cour. Je ne veux pas me tromper, et pour moi, vous n'êtes qu'une bande de singes qui se ressemblent tous. » Dès que j'ai commencé à parler, je me suis senti mieux. J'avais trouvé la force de répondre.

Ils sont devenus complètement fous. Ils criaient comme des malades. Des hurlements aigus... et en même temps il y a eu ce murmure. Comme un chant très bas. C'étaient les Blancs des autres cellules. Ils n'avaient pas moufté jusque-là. Ils attendaient de voir ce que j'avais dans le ventre. Au début, je n'ai pas compris ce qu'ils disaient. Un sourd grondement. Et petit à petit, les mots se sont détachés. « Vrais Frères, Vrais Frères, Vrais Frères. »

Bobby psalmodiait ces paroles comme il les avait entendues pour la première fois de sa cellule et il s'est arrêté de trembler.

– Ils ont continué longtemps. Je ne pouvais pas les voir, mais je savais qu'ils étaient là. Avec moi. Toujours les mêmes mots, ils n'avaient pas besoin d'en dire d'autres. Je me suis mis à les prononcer tout bas en même temps qu'eux, puis de plus en plus fort. Très fort. Comme une prière.

Quand les matons sont venus nous chercher le lendemain, je suis sorti. Ebloui par le soleil, pendant un moment j'ai eu l'impression d'être aveugle. C'est là que j'ai entendu une voix me dire : « Marche avec nous, frère. »

Bobby m'a regardé. Ses yeux étaient humides, mais son visage avait retrouvé une expression sereine.

– Depuis, j'ai toujours marché avec eux, Burke,

il a dit. Si t'as un problème avec eux, t'en as un avec moi.

49

JE me suis levé. Bobby est resté par terre.

– Je te l'ai déjà dit, je n'en veux pas à tes frères. Je veux leur demander un tuyau, c'est tout. Et je les paierai. Je paie toujours les tuyaux.

Bobby s'est remis sur ses pieds.

– Tu penses pouvoir trouver mes frères sans moi ?

– Oui, je lui ai dit. Et crois-tu que je serais passé par toi si je leur cherchais des embrouilles ?

Appuyé contre la Plymouth, Bobby a réfléchi. Puis il a fait le tour de la voiture, a jeté un œil sur le moteur, a appuyé sur le pare-chocs arrière avec son pied, comme pour tester les amortisseurs.

– Quand est-ce que tu as fait réviser ce bijou pour la dernière fois, Burke ?

– Un an, un an et demi, je ne sais pas au juste.

– J'ai une idée, il a dit d'une voix douce. Tu laisses la Plymouth ici. Je te fais une révision générale, bougies, vidange, réglages. J'en ai pour une petite semaine, mais ça ne te coûte pas un rond.

– J'ai besoin de ma voiture, je lui ai répondu du même ton tranquille qu'il avait employé.

– Je t'en prête une. Tu reviens dans quelques jours et tu retrouves la Plymouth comme neuve. Qu'est-ce que t'en penses ?

Je l'ai regardé sans rien dire.

– Et entre-temps je passe quelques coups de fil,

il a continué. Je prends des nouvelles de mes frères...

J'avais compris. La Plymouth avait déjà joué des tas de rôles. C'était la première fois qu'elle servirait d'otage.

– Tu as une voiture avec carte grise et assurance ?

– Bien sûr, il a répondu en souriant. Tu veux la Camaro ?

– Pas question. Je n'ai pas l'intention d'aller draguer dans les drive-in. Tu n'as rien de plus discret ?

– Viens voir, il a dit en se dirigeant vers le fond du garage.

Je l'ai suivi. Il a appuyé sur une sonnette. Trois coups. La porte s'est ouverte et on s'est retrouvés dans sa salle d'opération. Des pare-chocs et des grilles de radiateurs s'empilaient contre un mur, face à des moteurs rangés côte à côte sur des étagères. Trois mécanos travaillaient au chalumeau coupeur, un quatrième dévissait des écrous. Les pièces retrouveraient toutes leur fonction sur d'autres voitures, monstres vivants, créés comme celui du Dr Frankestein à partir de cadavres. Nous avons traversé l'atelier et Bobby a ouvert une autre porte qui donnait sur une cour entourée d'une grille doublée de barbelés.

– Ça rappelle le bon vieux temps, tu ne trouves pas ?

Il y avait trois voitures dans la cour. Une Cadillac bleue, une Mustang blanche et une Lincoln Continental noire.

– Choisis-en une, a dit Bobby.

Je suis passé devant la Cadillac sans un regard. Le levier de vitesse de la Mustang était gros comme mon avant-bras et avait une poignée qui faisait plutôt penser à un ballon de foot. Encore un joujou pour frimeurs. Je préférais la Lincoln.

Bobby a pris les papiers dans la boîte à gants et me les a tendus. La voiture était à son nom.

– Si on t'arrête, je te l'ai prêtée. Elle est assurée, tu n'auras aucun problème.

A condition que Bobby déclare aux flics qu'il me l'avait prêtée. Mais il pouvait dire aussi que je la lui avais volée...

– Ça marche? il a demandé. Donne-moi une semaine. Je passe ces coups de fil et ensuite on verra ce qu'on peut faire.

– Combien on prend pour un vol de voiture maintenant?

– Un an, deux en conditionnelle.

– Bon, j'ai dit en le regardant.

Il pouvait me faire tomber, mais pas pour trop longtemps.

– Je vais te montrer les systèmes de sécurité de la Plymouth, j'ai ajouté en lui tendant la main.

– Tu ne reconnaîtras pas ta voiture quand tu reviendras, Burke, a dit Bobby en me reconduisant vers le garage.

– Je reconnais toujours les miens, je lui ai rappelé.

Et on s'est serré la main.

50

UN vrai paquebot, cette Lincoln. Il fallait naviguer à vue, on ne sentait rien dans le volant. Comme si on avait injecté de la Novocaïne dans la direction. Elle n'avait même pas dix mille kilomètres au compteur et son cuir sentait le neuf.

Je me suis arrêté dans un fast-food pour acheter des hot-dogs. Inutile de cacher la Lincoln. Sa plaque d'immatriculation ne me trahirait pas. Seul, Bobby me tenait. Il pouvait faire disparaître la Plymouth, mais s'il s'amusait à ça, c'est lui qui risquait de disparaître. Je n'aime pas du tout qu'on me double quand je joue franc jeu. Ça me met en colère. Mais je n'ai heureusement pas souvent besoin de me mettre en colère.

Quand Pansy est redescendue du toit, je lui ai donné quatre des six hot-dogs que j'avais achetés et, tout en mastiquant les deux autres, j'ai essayé de mettre de l'ordre dans mes idées. Trouver la photo du môme était à peu près aussi facile que mettre la main sur un proprio qui ne ferait pas payer le chauffage en hiver. Et pour utiliser la seule piste que j'avais, il fallait que j'attende la réponse de Bobby.

Je range mes fiches dans la pièce qui est à côté de mon bureau. Six meubles de quatre tiroirs en acier gris, sans serrures. Il n'y a là rien qui puisse m'attirer des ennuis, ni noms ni adresses de clients, aucun dossier personnel. Il ne s'agit que de documents que je ramasse çà et là, des trucs qui peuvent m'aider à un moment ou à un autre.

Intermédiaires, mercenaires, proxénètes, fournisseurs des pédophiles, arnaqueurs, fonctionnaires corrompus. Pas de politiciens véreux dans mes fiches, il aurait fallu trop de place.

Par contre, je collectionne tout ce qui concerne le commerce du sexe. Ceux qui travaillent là-dedans vendent des gens et des photos. J'ai passé en revue les magazines pornos. Ils montraient tous les mêmes saloperies, les mômes qui se tripotaient en regardant la caméra avec un grand sourire, jouant avec le feu au risque de brûler leur âme. Quelquefois un sexe d'adulte anonyme dans la bouche d'un enfant, une grosse main tenant une petite tête baissée contre une cuisse. Des images qui ne différaient les unes des autres que par la mise en scène.

Les bulletins underground proposaient de la came un peu moins dégueulasse, des photos de nus artistiques et des tas d'adresses. Mais tous les flics de la brigade des mœurs devaient être dans ces listes. En plus, trouver quelque chose d'intéressant dans ce fatras prendrait des mois. Ces gens-là savent accrocher le client, ils ne lui donnent jamais ce qu'il veut du premier coup. Et je n'avais pas envie d'entendre leur baratin sur l'amour qui peut exister entre l'adulte et l'enfant.

Restaient les sex-shops et leurs vidéos. Mais pour quoi faire? L'enfant avait juste parlé d'un Polaroïd.

Dans ce domaine, comme dans tous les autres, c'est la loi de l'offre et de la demande qui joue. Les professionnels de la pornographie utilisent maintenant toute la technologie moderne pour fournir leur nombreuse clientèle. Ils font ça pour ramasser le pactole, et ce n'est pas eux qui vont perdre leur temps avec un Polaroïd minable. Non, si je voulais retrouver cette photo, ce n'était pas parmi eux que je devais chercher.

51

Il était juste midi, encore assez tôt pour ulíliser le téléphone des hippies, mais de toute façon, il fallait que je sorte. Vautrée sur le linolénum, Pansy me regardait suppliante.

– Je t'emmènerai avec moi plus tard, je lui ai dit.

Il fallait que j'aille voir la Taupe et je ne pouvais pas prendre le risque de la laisser traîner dans ce coin : si elle ne se battait pas à mort contre les molosses de la Taupe, elle était capable de vouloir rester vivre avec eux.

J'ai appelé mon pote d'une cabine. Je n'avais pas envie d'aller jusque là-bas pour rien, et la Taupe a des horaires pour le moins imprévisibles.

Il n'a laissé sonné qu'une fois et a décroché sans rien dire, comme toujours.

– Je peux venir te voir? j'ai demandé.

– Je t'attends, il a répondu.

Et il a coupé. Nous n'avions rien à ajouter, ni l'un ni l'autre.

Sur la voie express, la Lincoln roulait toute seule. Habillé d'un costume à peu près décent, sans flingue dans ma poche, au volant d'une voiture qui n'était pas volée, je n'avais jamais autant ressemblé à un cave.

La première fois que j'ai vu la Taupe, c'était après avoir été contacté par un Israélien qui m'avait demandé de rechercher un ancien SS, une de ces ordures qui surveillaient les camps de concentration pendant la guerre. J'ai fait ce job, et ensuite ils m'ont recontacté. Cette fois, ils voulaient acheter des armes et me confier le rôle d'intermédiaire. Mais cette histoire sentait mauvais. Le type à qui je devais m'adresser vendait de la grosse artillerie, des missiles, des canon anti-tanks. Et il vendait ça à la Libye. Quand j'ai refusé de passer par ce marchand d'armes, l'Israélien m'a demandé si j'étais juif. C'est la seule personne qui m'ait jamais demandé ça. Un jour, il m'a emmené à la casse où habite la Taupe. Je suis resté seul dans la bagnole. Les chiens tournaient autour de moi dans la nuit comme des requins autour d'un canot de sauvetage. Au bout d'un moment, l'Israélien est revenu avec une petite valise à la main.

La Taupe n'a pas d'idées politiques. Pour lui, on est ou non du côté d'Israël, c'est tout. Régler leur compte à des anciens nazis n'est pas un geste politique. Après l'affaire des armes, il m'a considéré comme un ami d'Israël. Il a encore fallu plusieurs années pour que je fasse partie de ses amis, et quand je les ai couverts dans le tunnel, Max, le Prophète et lui, je suis devenu son frère.

Je suis sorti de l'autoroute et je suis entré dans le quartier des entrepôts derrière Bruckner Boulevard. Hunts Point, un coin pas très fréquentable. Pompes à diesel. Strip-teases minables. Putes trop moches pour travailler à Manhattan et qui ouvrent leur manteau pour faire entrevoir leur corps nu aux clients. Des coups de feu ont résonné. Au bord de la route, deux hommes tiraient sur une Chrysler abandonnée. Les vitres volaient en éclats. A chaque coup de feu, la carcasse de la voiture sursautait. Il ne s'agissait pas d'un meurtre, c'était un commerçant qui démontrait la qualité de sa marchandise. Hunts Point, terre où les flics ne s'aventurent même plus. Zone interdite aux caves.

J'ai tourné devant l'entrée de la casse, très lentement, en surveillant la rue et j'ai entendu quelqu'un klaxonner. La Taupe s'est penché à la portière d'une vieille Volvo garée là. Il est descendu de voiture. Dans son bleu de travail délavé, avec ses outils à la main, il faisait partie intégrante du décor.

– Salut la Taupe? J'ai dit quand il est monté dans la Lincoln.

Il m'a répondu d'un signe de tête. On est arrivé devant une grille rouillée fermée par un cadenas qui n'aurait pas résisté plus de dix secondes à un voleur digne de ce nom, et la Taupe a sorti son porte-clefs. Un anneau de la taille d'une soucoupe auquel étaient accrochées des dizaines de clefs. Il est allé ouvrir et il a refermé derrière moi. J'ai gardé les vitres remontées jusqu'à ce qu'on arrive au fond de la casse. Je ne les entendais pas, mais je savais qu'ils étaient là. Quand j'ai regardé dans le rétroviseur, je les ai vus. La meute s'était regroupée devant la grille et s'avançait lentement derrière nous. Le cadenas n'empêchait personne d'entrer, mais les chiens ne laissaient sortir personne.

Il y avait certainement des endroits plus tranquilles que celui-là pour se promener un dimanche après-midi.

Je me suis glissé par la portière derrière la Taupe. Il marchait au milieu des molosses comme un fermier à côté de son troupeau. Je ne le lâchais pas d'une semelle.

Les chiens me reniflaient les mollets, l'eau à la bouche. Il y en a un qui a grogné sourdement, mais la Taupe a continué son chemin sans y accorder la moindre attention, se dirigeant vers un break Ford au capot plié en accordéon. Il avait installé la banquette arrière contre le pare-chocs, en plein soleil. Un gros livre à la couverture bleue était posé à côté, sur un bidon d'essence. La Taupe avait décidé de me recevoir dans son salon de lecture.

Un chien dormait sur la banquette. Le plus gros de tous. Il nous a regardés approcher. Pas un seul des ses muscles n'a tressailli, seul le battement régulier de sa queue montrait qu'il était vivant.

– Bonjour, Simba-witz, j'ai dit, soulagé de connaître le nom de ce monstre.

La Taupe l'a poussé et lui a jeté un morceau de viande. Il l'a attrapé au vol et s'est enfui, la meute à ses trousses. On s'est assis et j'ai allumé une cigarette, histoire de me remettre de mes émotions.

– J'ai besoin de ton aide, j'ai commencé.

J'ai attendu qu'il me demande en quoi il pouvait m'aider, mais il a préféré me laisser continuer tout seul.

– J'ai un boulot à faire, j'ai expliqué. Il s'agit d'un môme. Il était dans une garderie. Et quelqu'un l'a pris en photo. Avec un Polaroïd. C'est cette photo que je dois retrouver.

– Qui l'a prise ?

– Aucune idée.

La Taupe a haussé les épaules. Il savait bricoler des tas de choses. En particulier tout ce qui pouvait provoquer une explosion. Mais il ne savait pas chercher une aiguille dans une meule de foin.

– C'est une photo porno, j'ai dit.

– Quoi ?

– Ces gens ont fait faire quelque chose au môme. Et ils l'ont photographié pendant qu'il le faisait. Pour vendre la photo.

Quelque chose a brillé derrière les épaisses lunettes de la Taupe. Ou peut-être que ce n'était qu'un reflet du soleil couchant.

– Qui est-ce qui s'amuse à ce genre de jeux ? Les nazis ?

Aux yeux de la Taupe, les nazis sont responsables de tous les maux de la terre. Si Bobby m'arrangeait une entrevue avec ses frères, il allait me falloir y aller seul.

– En tout cas, des gens qui sont comme les nazis. Qui exploitent leur pouvoir. Et sur les enfants. Pour ce môme, c'est comme s'ils lui avaient pris son âme.

– Si tu les retrouves, je...

– Je sais. Mais c'est la photo qui est importante pour l'enfant.

De nouveau, il a haussé les épaules. Qu'est-ce que j'attendais de lui, au juste ?

– Bon, je dois trouver quelque chose. C'est un problème à résoudre, comme un problème scientifique, j'ai dit, pour brancher son cerveau surpuissant sur le bon programme.

– Un problème scientifique ?

– Tu m'as dit un jour que pour résoudre un problème, il fallait en connaître toutes les données et énoncer des solutions possibles. Ensuite, on cherche laquelle de ces solutions confirme les données du problème. C'est ça, non ?

– Oui, on vérifie les hypothèses.

La Taupe s'est tassé sur la banquette. Immobile, il regardait la fumée de ma cigarette s'élever dans le ciel.

– Tu dois inventer un scénario, il a dit.

– Un scénario ?

– Une façon dont les choses ont pu se dérouler. Tu prends le dénouement de l'histoire, ce que tu sais déjà. Et à partir de là, tu raisonnes à l'envers. Tu élimines au fur et à mesure tout ce qui n'a pas pu se passer. Jusqu'à ce que tu trouves ce qui s'est forcément passé.

La Taupe a repris sa respiration. Ça lui arrivait rarement de parler aussi longtemps.

– Je ne comprends pas, j'ai dit. Tu pars d'un problème et tu raisonnes à l'envers pour voir d'où vient ce problème ?

– Oui.

– C'est comme ça qu'on va trouver le remède contre le cancer ?

– Oui, il a répété.

– Tu pourrais m'expliquer comment ils vont faire ?

– Oui, mais ce serait trop compliqué pour toi.

– Je ne suis pas assez intelligent pour comprendre?

La Taupe s'est tourné vers moi.

– Tu es assez intelligent. Mais tu n'as pas le bagage. La culture scientifique. C'est comme un autre monde.

– La photo, elle, fait partie de mon monde.

– Je sais, il a dit.

J'ai allumé une autre cigarette et regardé autour de moi.

– Montre-moi comment faire, j'ai demandé.

La Taupe a soupiré.

– Ça ne marche que si on a suffisamment de données...

J'ai hoché la tête.

– Tu connais la méthode socratique? il m'a demandé.

– Celle qui consiste à poser des questions pour arriver à une vérité?

– Oui, il a répondu, incapable de cacher sa surprise.

Quand on passe un certain temps en prison, on a le temps de lire autre chose que des bandes dessinées.

– Si on essayait? j'ai proposé.

– D'accord, mais pas avec le cancer.

J'ai écrasé ma cigarette dans la terre à côté de la banquette, attendant qu'il trouve autre chose.

– Le SIDA, il a lancé tout d'un coup. Allons-y. D'où vient le SIDA?

– Personne ne le sait.

– Si, moi, a dit la Taupe.

Je me suis redressé. S'il connaissait l'origine du SIDA, on allait tous devenir riches et célèbres.

– Explique, j'ai dit.

– Crois-tu que cette maladie soit une punition de Dieu ?

– Non.

– Comment le sais-tu ?

– Dieu a quitté New York depuis des années, j'ai dit. Et quand on lui téléphone, ça sonne toujours occupé.

La Taupe n'a pas répondu. Il attendait une vraie réponse, pas une vanne.

– D'accord, j'ai dit. Ce n'est pas une punition de Dieu parce que les bébés peuvent avoir le SIDA. Dieu ne punit pas les nouveau-nés.

La Taupe a hoché la tête. Il acceptait cette réponse. Ce n'était pas par conviction religieuse qu'il haïssait les nazis. Il adorait le même dieu que moi, celui de la vengeance.

– Comment attrape-t-on le SIDA ? il a demandé.

– Par le sexe, les transfusions de sang, les aiguilles sales.

– Puisque ça se transmet d'une personne à une autre, comment est-ce que ça a commencé, comment le premier porteur l'a-t-il attrapé ?

– Il avait quelque chose qui faisait que son organisme ne produisait plus d'agents immunitaires...

– Exact ! Il a donc fallu que quelque chose joue sur ses chromosomes. Quoi ?

– Des radiations nucléaires ?

– Non. Si c'était ça, il y aurait eu beaucoup plus de sidaïques. En particulier dans les régions où ont lieu les expériences nucléaires.

– Mais il pourrait y avoir des gens particulièrement sensibles aux radiations. Des gens sur qui elles auraient des effets différents.

– C'est une meilleure hypothèse. Seulement elle est trop vague. Pense à quelque chose de plus précis. A des expériences tentées directement sur des gens.

– Comme dans les camps de concentration ?

Les yeux de la Taupe se sont rétrécis.

– Ils nous ont traités comme des rats de laboratoire. Pour obtenir des jumeaux avec un seul ovule, pour éliminer ce qu'ils appelaient les tares génétiques.

– Le SIDA vient des camps ?

– Non, ils n'avaient pas encore les connaissances scientifiques nécessaires. Ce n'étaient que des amateurs, des sadiques qui cherchaient surtout à torturer les gens. Ils appelaient ça de la science. Quand les médecins sont du côté des bourreaux...

Il fallait que je change de sujet. Quand la Taupe évoquait les nazis, la fureur l'emportait sur tout le reste.

– Tu penses à d'autres expériences ? j'ai demandé. Des expériences qui ont eu lieu plus récemment ?

– Peut-être...

– Ils ne demandent plus aux taulards de se porter volontaires pour ce genre de trucs. La dernière fois que je suis tombé, il y avait des types sur qui ils testaient un produit censé faire repousser les cheveux, mais rien de sérieux.

– Où les compagnies pharmaceutiques font-elles leurs expériences ?

– En Amérique latine, non ? Comme cette histoire de lait en poudre qui remplace l'allaitement maternel...

– On y arrive. Mais revenons-en au SIDA. Que savons-nous d'autre sur cette maladie ?

– On connaît les populations à risque : les Haïtiens, les hémophiles, les héroïnomanes, les homosexuels, ce qu'on appelle ici le club des « h ».

– Et pourquoi les compagnies pharmaceutiques expérimentent-elles leurs produits à l'étranger?

– Ici c'est illégal. Mais si ça leur rapporte de l'argent, certains pays ferment les yeux.

– Des pays démocratiques?

– D'accord, j'ai dit. J'ai compris. Tu penses à une odieuse dictature où pour survivre les gens doivent faire ce qu'on leur dit.

– Par exemple. Cuba, l'Iran, la Russie...

– Ou Haïti?

– Oui, Haïti. J'ai connu un Haïtien en taule. Il disait que Papa Doc était le diable en personne, et son fils le fils du diable.

– Ce n'est pas loin des Etats-Unis?

– Non.

– Un pays qui a besoin de dollars?

– Oui, un pays très pauvre.

– Une dictature?

– Et comment!

– Ses dirigeants se gêneraient-ils pour tenter de dangereuses expériences biochimiques sur une partie de la population?

– Sûrement pas.

Les Haïtiens qui font le voyage jusqu'ici sur des bateaux à moitié pourris ne viennent pas chercher fortune.

– Qui va en prison, en Haïti?

– Tous ceux que Baby Doc a envie d'y envoyer. Et les fumeurs d'herbe...

– Et les homosexuels?

– Oui, on les enferme systématiquement, là-bas.

La Taupe a souri. Un sourire qui n'aurait attendri personne.

– Les compagnies pharmaceutiques cherchent un remède contre le cancer... ou toute autre maladie. Ce remède les rendra encore plus riches.

C'est tout ce que ces gens-là veulent, de l'argent, toujours plus d'argent. Les chercheurs doivent faire des expériences, et ils n'ont pas la patience de les faire sur des rats de laboratoire. Et les rats ne sont pas des hommes.

J'ai allumé une autre cigarette sans rien dire. La Taupe était lancé.

– Alors ils s'arrangent avec le gouvernement d'Haïti pour tester leurs produits là-bas. Sur les prisonniers. Parmi les prisonniers il y a beaucoup d'homosexuels et de drogués. Les expériences auxquelles ils sont soumis jouent sur leur système immunitaire. En prison, les homosexuels font la même chose que dehors. La maladie se propage. On peut éliminer une partie de ceux qui sont atteints. Mais pas tous. Parce que les compagnies pharmaceutiques veulent étudier les effets à long terme de leurs expériences. C'est comme ces Noirs qui avaient la syphilis et qu'on ne soignait pas, juste pour mieux connaître cette maladie. Et il y a des Haïtiens contagieux qui arrivent en Amérique. Là comme ailleurs, ils ont des rapports sexuels, la maladie se répand...

– Et le SIDA apparaît aux Etats-Unis?

– Ce n'est qu'un scénario, a dit la Taupe, pensif.

– J'ai compris, mon salaud, j'ai murmuré entre mes dents.

Simba-witz revenait vers nous. Ils nous a vus tous les deux assis tranquillement, a remué la queue et est reparti avec la meute.

– J'ai un scénario pour cette histoire de photo que je dois retrouver, j'ai dit à la Taupe. Je sais qu'elle a été prise au Polaroïd, et qu'elle a été vendue. Si c'est à une revue porno, elle est maintenant dans le circuit commercial et je ne peux rien faire.

La Taupe a levé la tête, attentif.

– Mais je ne crois pas que ce soit le cas, j'ai continué. Je pense qu'elle était destinée à un collectionneur privé. Si elle est publiée dans une revue, n'importe qui peut tomber dessus. Ça créerait trop de problèmes. Non, ce qu'il me faut, c'est un détraqué qui prend son pied en regardant ce genre de truc. Pas des gens qui font ça pour le fric. Tu me suis? Quelqu'un qui entasse des photos dans des cartons à chaussures.

La Taupe a hoché la tête. Jusque-là mon histoire tenait debout.

– Je dois donc trouver un collectionneur, un vrai pédophile, complètement accro. Et qui ait assez d'argent pour acheter une photo comme ça. Elle a été prise contre le consentement de l'enfant. Je ne crois pas qu'il puisse la commercialiser. Ce serait trop dangereux.

– Je ne connais pas de malade de ce genre, a dit la Taupe.

– Mais tu as des amis, des associés, des relations. Ces gens pour qui j'ai travaillé, par exemple.

Inutile de crier le nom que m'avait donné l'Israélien par qui je l'avais connu, le réseau des services secrets d'Israël qui avait contacté la Taupe à l'époque était certainement dissous depuis longtemps.

La Taupe s'est tourné vers moi.

– Et alors? il a demandé.

Je me suis mis a parler plus vite, d'un ton plus persuasif.

– Ils doivent avoir des renseignements sur toutes sortes de gens. Ils sont obligés de savoir qui fait chanter qui, et comment, au niveau international. Je sais qu'ils ne se mêlent pas d'histoires de mœurs, mais ils ont besoin de connaître le milieu. Ça peut toujours leur servir.

– Et alors? a répété la Taupe.

– Je voudrais que tu demandes à tes amis de te donner le nom d'un collectionneur pédophile. S'ils en connaissent un. Juste un nom et une adresse, j'ai continué sans le laisser m'interrompre. Il faut que je parle à un type comme ça. Il y a très peu de chances pour tomber sur celui qui aurait la photo, mais je suis sûr que ça pourrait me mettre sur la piste.

Je n'avais plus rien à dire.

La Taupe s'est levé, mains dans les poches, et s'est dirigé vers la Lincoln. Je l'ai suivi. La meute est sortie de l'ombre et m'a suivi à son tour.

– Est-ce que ce môme est juif? il m'a demandé.

– Il veut qu'on lui rende son âme, j'ai dit.

Je suis monté dans la voiture et j'ai démarré, les yeux tournés vers la Taupe.

– Je peux toujours demander, il a dit. Je te téléphonerai chez Mama.

Et il est reparti vers son bunker.

52

La nuit tombait sur la ville quand j'ai retraversé le pont vers Manhattan. Je suis passé par Central Park, pour rejoindre le West Side. Les néons des sex-shops étaient allumés, comme à tout autre moment de la journée : ceux qui achètent du sexe dans cette ville s'attendent à être servis vingt-quatre heures sur vingt-quatre.

La Lincoln a descendu Broadway. Les lumières stroboscopiques d'une salle de jeux vidéo lançaient des flashes sur les trottoirs, des bruits de guerre se déversaient par les portes devant lesquelles des mômes traînaient. D'un côté, des jeunes Noirs aux poches vides, qui se demandaient comment trouver quelques pièces qu'ils perdraient dans les machines, de l'autre des Blancs, presque encore des petits garçons, qui faisaient les cent pas, les yeux fixés sur les voitures en quête d'un client. Les deux groupes ne se mélangeaient jamais. Les Noirs étaient trop malins pour provoquer ceux qui tapinaient. Un môme qui vend son cul, en se disant que c'est juste pour l'argent et qu'il n'est pas vraiment homosexuel, serait trop heureux de vous filer un coup de lame dans le bide pour vous le prouver.

J'ai pris la Neuvième Avenue. Le fast-food que je cherchais était à côté d'un cinéma spécialisé dans les films de kung-fu. On voyait de loin ses rampes de lumières rouges et bleues. Je me suis arrêté derrière une Mercedes noire, et j'ai attendu mon tour.

Les mômes sont arrivés tout de suite, un sourire figé sur le visage. Un Hispano, qui avait des yeux immenses. Ses cheveux noirs frisés brillaient sous les néons. Il devait dire à ses clients qu'il s'appelait Ange. Il portait un tee-shirt rouge et un jean dont la poche arrière était ornée d'un badge, « A louer ». Il travaillait avec un petit blond qui marchait mains dans les poches, les yeux baissés sous une épaisse frange bouclée. Ils devaient avoir environ douze ans.

J'ai appuyé sur le bouton pour faire descendre la vitre et je me suis penché vers eux. Il y en avait un troisième. Un roux, avec des taches de son plein la figure et du rouge à lèvres brillant. On pouvait lire son nom sur son sweatshirt blanc : Terry. Pantalon noir, et sneakers de cuir blanc complétaient sa tenue. Il avait déjà le teint brouillé par toutes les saloperies qu'il avalait, celles des fast-food comme de ses clients.

Je lui ai fait signe et les deux autres se sont éloignés. Ils n'étaient pas là pour bavarder.

– Tu viens faire un tour, Terry? je lui ai demandé.

Il a jeté un coup d'œil rapide à l'arrière de la voiture, puis il m'a regardé l'air soupçonneux, mais sans se départir de son sourire de commande.

– Il faut que je demande à mon oncle, il a dit. Tu m'offriras quelque chose, si je vais avec toi?

– Bien sûr. Où est ton oncle?

– Je vais le chercher, il a répondu, ses mains blanches immobiles sur la portière de la Lincoln. Ne parle pas aux autres, je reviens, d'accord?

– D'accord, j'ai dit en allumant une cigarette pour l'attendre.

Il n'a pas mis longtemps. Il est revenu suivi d'un type d'une vingtaine d'années en blouson blanc dont les manches retroussées laissaient voir des avant-bras musclés et une montre en or. Son pantalon, très large, faisait un pli sur ses chaussures. Le nouveau look des proxénètes d'enfants. Ses cheveux, longs dans le cou et sur le sommet du crâne, étaient presque rasés sur les côtés. En arrivant devant la Licoln, il a pris le petit rouquin par la taille et l'a soulevé pour l'asseoir sur le capot. Puis il a pressé ses mains l'une contre l'autre pour faire saillir ses muscles. Mais s'il faisait de la gonflette, il n'avait rien d'un type qui sait se battre.

– Terry m'a dit que vous vouliez lui offrir une pizza, il m'a dit en se penchant par la portière.

J'ai laissé passer une expression effrayée sur mon visage et balbutié :

– Euh, oui... je voulais juste...

Il m'a interrompu.

– Je sais ce que vous voulez. Je suis responsable de ce gosse, vous comprenez. Alors vous me laissez une caution, comme ça je suis sûr que vous le ramènerez à l'heure. D'accord?

– Une caution?

– Cent dollars.

J'ai mis ma main dans ma poche intérieure, comme pour chercher mon portefeuille, et j'ai fait semblant d'hésiter, de chercher son regard.

– Ce que je veux, c'est...

– Ça ne me regarde pas, il a dit.

Et il a tendu sa main ouverte, en surveillant la rue. J'ai baissé les yeux.

– ... des photos, j'ai repris.

Il a commencé à s'impatienter.

– Vous voulez des photos? Eh bien, prenez-en.

– Je veux *acheter* des photos, j'ai dit. Je collectionne, vous comprenez?

Cette fois, il avait saisi.

– J'ai des photos de Terry. C'est un beau garçon, il a répondu, comme s'il était en train de vendre une Chevrolet.

– Quel âge a-t-il?

– Heu... dix ans, il a dit après réflexion. Il est grand pour son âge, il a ajouté devant mon air incrédule.

– Vous avez des photos de petits garçons? Plus jeunes que Terry.

– Des photos? Ecoutez, emmenez le môme manger une pizza, faites des photos de lui. Vous pouvez lui demander tout ce que vous voudrez.

– Je veux juste acheter des photos, j'ai répété. Je... je ne peux pas les prendre moi-même.

Le maquereau a levé les yeux au ciel, maudissant intérieurement son dur métier.

– Je pourrais peut-être en trouver. Ce n'est pas facile. Et ça coûte cher.

– Ça n'a pas d'importance.

– Bon, voilà ce qu'on va faire. Vous allez manger une pizza avec Terry et vous le ramènerez sur les quais, là où on tire à sec les bateaux, près de la Quarante-cinquième Rue.

J'ai hoché la tête.

– J'ai une Corvette rouge, il a repris. Neuve. Venez aux docks vers minuit avec Terry. Cherchez ma voiture. J'aurai peut-être des photos.

– Combien?

– Combien en voulez-vous? N'oubliez pas qu'elles coûtent cher.

– Combien est-ce que je pourrais en acheter pour... disons mille dollars?

Il a écarquillé les yeux, mais s'est vite ressaisi. Seul un jobard pouvait s'y prendre comme je le faisais.

– Vous voulez juste des photos de nus, ou de l'action?

– De l'action, j'ai murmuré les yeux baissés.

– Ça sera quatre pour mille dollars.

– Quatre garçons différents?

– Oui. Photos couleur.

– Il faut que j'aille chez moi chercher l'argent, j'ai dit.

– Emmenez Terry avec vous. Ensuite, vous lui offrirez une pizza.

Décidément il y tenait, à sa pizza.

J'ai hoché la tête en faisant monter et descendre ma pomme d'Adam dans ma gorge, comme si j'étais en train de tout avaler. Le maquereau a posé la main sur le cou de Terry. Le visage du môme s'est tordu de douleur mais il n'a rien dit.

– Sois un bon garçon, Terry, lui a dit l'autre

ordure avant d'ouvrir la portière et de le faire monter.

Puis il a tendu la main pour ses cents dollars. Je les lui ai donnés.

– Vous serez au rendez-vous ? j'ai demandé avec la voix d'un type qui se force à être courageux.

– Evidemment, il faut bien que je récupère ma marchandise, il a dit en empochant l'argent.

53

J'ai commencé à rouler. Le môme était blotti contre la portière, tête baissée. Le cadran lumineux du tableau de bord marquait sept heures cinquante. J'avais un peu plus de quatre heures devant moi.

J'ai appuyé sur le bouton qui bloque la portière du passager. En entendant le déclic, le môme a sursauté. Les mains serrées l'une contre l'autre, il m'a regardé.

– Est-ce que vous allez me faire mal ? il a demandé d'un ton calme.

Il ne cherchait pas à me dissuader de quoi que ce soit, il voulait simplement savoir ce qui allait lui arriver.

– Non, je ne vais pas te faire de mal, petit, j'ai dit en reprenant ma voix normale.

Il a relevé la tête.

– Vous êtes flic ?

– Non. Mais j'ai un boulot à faire et je veux que tu m'aides.

– Que je vous aide ?

– Oui, Terry, que tu m'aides. C'est tout.

Maintenant, il me dévisageait, comme s'il avait voulu lire la vérité sur mes traits.

– Qu'est-ce que je dois faire?

– Je cherche quelqu'un dans le coin. On va tourner lentement dans le quartier Et pendant que je conduis, tu regardes autour de toi.

– C'est tout?

– C'est tout.

– Qui est-ce que vous cherchez?

– Tu connais ce petit Noir sans jambes, celui qui se balade sur une planche à roulettes qu'il pousse avec ses mains?

Le visage de Terry s'est illuminé.

– Bien sûr que je le connais. Je lui ai même parlé, une fois. Il m'a demandé si je voulais m'enfuir.

– Et qu'est-ce que tu lui as répondu?

– Rien, j'ai pas eu le temps : Rod est arrivé à ce moment-là.

– Rod? Le type de tout à l'heure?

– Oui. Il a filé un coup de pied au Noir et l'a fait tomber de sa planche. Alors j'ai vu ses jambes. Vous saviez qu'il avait des jambes?

– Oui, j'ai dit. Et maintenant, ouvre bien les yeux, il faut absolument qu'on le trouve.

– Pourquoi?

– Il va me filer un coup de main, ce soir.

– Vous n'allez pas me faire de mal? a encore demandé Terry.

– Non, mon petit, sûrement pas, je lui ai promis, mais sans en dire plus.

Je naviguais lentement entre la Sixième et la Neuvième Avenue, dans les rues transversales, sans accorder d'attention à ce qui se passait sur ces trottoirs pourris. Une seule chose m'intéressait, trouver le Prophète. Une voiture de police s'est arrêtée à côté de la Lincoln. Les flics avaient des têtes de gens qui s'ennuient. La population qui traînait dans ces rues était presque exclusivement masculine, des consommateurs de rêves à la recherche de vendeurs, des prédateurs qui attendaient leurs victimes. Pas de billet de retour, pour les touristes de l'enfer.

J'allais m'engager dans la Quarante-quatrième, quand le môme a crié :

– Le voilà!

Le Prophète passait sur sa planche au milieu des voitures. La sébile tendue, il observait la rue par en dessous. Je me suis arrêté le long du trottoir, je suis descendu et j'ai fermé à clef derrière moi, laissant le môme à l'intérieur. Quand il a entendu le bruit de mes pas, le Prophète a glissé sa main dans sa veste, qui était usée jusqu'à la corde. Dès qu'il a vu que c'était moi, il a agrippé le trottoir et a poussé de toutes ses forces pour se donner de l'élan. Je m'étais approché de lui très vite, et quand quelqu'un marche vite, dans notre monde, c'est qu'il a un problème.

– Viens, Prophète, je lui ai dit. On a du boulot.

– Alors ne perdons pas de temps, il a dit, toujours prêt.

J'ai pris la main qu'il me tendait et je l'ai tiré jusqu'à l'endroit où je m'étais garé. On a mis la planche dans le coffre et quelques secondes plus tard, la Lincoln reprenait sa place dans le flot des voitures.

– Je te présente le Prophète, Terry, j'ai dit au môme.

– Le Prophète?

– Oui, a dit le petit homme noir, celui qui ne tombe jamais parce qu'il voit tout.

Le Prophète a enlevé son chapeau et devant sa

tignasse afro, le môme a écarquillé les yeux, mais sans aucune peur. Parfait.

– Qu'est-ce qui se passe ? a demandé le Prophète en se gardant bien de prononcer mon nom.

– Je te dirai ça tout à l'heure. Mais d'abord il faut qu'on trouve Michelle. Tu sais où elle travaille ce soir ?

– L'avenue C, c'est râpé. Sur les quais y a que des pédés. Si tu veux t'exciter, prends Lexington, a scandé le Prophète.

J'ai tourné vers l'est, par la Quarante-huitième, et j'ai allumé une cigarette.

– Je peux en avoir une ? a demandé Terry.

Je lui ai tendu le paquet.

– Quel âge as-tu ? a voulu savoir le Prophète, qui ne semblait pas apprécier la façon dont j'élevais les enfants.

– Je fumais, à son âge, j'ai dit.

– Ouais, et regarde ce que tu es devenu, mec, a répondu le Prophète.

Un sourire est passé sur le visage du môme, aussi rapide qu'un souvenir. Il m'a rendu mes clopes.

Il y avait tellement de putes dans les rues autour de Lexington Avenue que j'ai dû ralentir. Je savais que Michelle ne se précipitait pas vers les voitures. Elle avait d'autres méthodes de travail. Le Prophète aussi le savait.

– Une jument de course ne galope pas avec les mules, il a dit.

« Jument de course » était le plus grand compliment qu'on puisse faire à une tapineuse. Seules les meilleures le méritaient.

Il nous a fallu une bonne demi-heure pour la trouver, appuyée contre un réverbère, coiffée d'une minuscule galette ronde, le visage à moitié caché par une voilette. Elle avait une veste à carreaux noirs et blancs qui lui descendait à mi-hanches et une jupe droite noire. Talons aiguilles et lanières croisées sur ses chevilles. Une frangine des années quarante.

J'ai arrêté la Lincoln devant le réverbère, mais Michelle n'a pas bougé. Elle a approché un briquet de son visage et la flamme a éclairé son profil parfait. Celui qui cherchait une turfeuse à dix dollars se gourait d'endroit.

J'ai baissé ma vitre et quand je l'ai appelée, Michelle s'est approchée lentement.

– C'est toi...

– Pas de nom, j'ai dit. J'ai de la compagnie.

Elle s'est penchée vers moi pour m'embrasser tout en regardant qui était assis à mes côtés.

– Salut, Prophète, elle a lancé. Qui est ce jeune homme ?

– C'est mon pote, Terry, j'ai dit.

Le môme faisait des yeux ronds comme des billes. Même pour lui, ce n'était pas une soirée comme les autres.

– Monte, Michelle. On a du travail.

J'ai fait passer le môme à l'arrière et j'ai tenu la portière ouverte pour Michelle, comme si elle était une comtesse.

– Salut, petit, a dit Michelle au môme.

– Bonjour, a répondu Terry d'une voix totalement confiante.

Je ne sais pas comment fait Michelle, mais c'est toujours comme ça, avec elle.

Au bout de quelques minutes, ils bavardaient tous les deux, comme si le Prophète et moi on n'avait pas été là.

54

Il fallait que j'organise un certain nombre de choses. Mais je ne voulais pas que le môme voie mon bureau ni quoi que ce soit d'autre, et Michelle était la seule baby-sitter en qui je pouvais avoir confiance. Je me suis dirigé vers le quai que mes amis et moi utilisons toujours pour nos conversations privées, au bord de l'Hudson, juste avant le tunnel entre Manhattan et Brooklyn. Je me suis garé. Une fille a commencé à s'avancer vers la Lincoln en balançant ses hanches. Quand elle nous a vus descendre, le Prophète et moi, elle s'est arrêtée net. Nous n'étions pas les clients qu'elle attendait.

– On revient, j'ai dit à Michelle en faisant signe au Prophète de me suivre.

J'ai allumé une cigarette, tendu le paquet au Prophète, et regardé l'eau sombre, qui me rappelait celle du parc de Flushing Meadow. Qui me rappelait Strega. Mes pensées dérivaient.

– Qu'est-ce qui se passe? a voulu savoir le Prophète.

– Une cliente m'a demandé de retrouver une photo porno qu'on a prise d'un enfant qu'elle connaît.

– Autant chercher un poisson là-dedans, a dit le Prophète en montrant l'Hudson.

– Je sais que c'est presque impossible. Mais j'ai dit que j'allais essayer, tu comprends?

– Qu'est-ce que tu attends de moi?

– Je suis allé à Times Square, histoire de glaner des renseignements. Le môme qui est dans la voiture racole. J'ai parlé à son mac, je lui ai dit que je voulais acheter des photos. Je dois le retrouver sur les docks à minuit. Il est censé m'apporter de la marchandise. Quatre photos pour mille dollars.

– Des photos de qui?

– Va savoir... Ce salaud a probablement ce qu'il faut. S'il me traite en client, j'achète les photos et je lui en demande d'autres. Je lui explique ce que je cherche.

– Et s'il essaie de t'arnaquer?

– C'est là que tu interviens. Le coffre de la Lincoln s'ouvre de l'intérieur. Michelle est avec le môme devant, elle se planque. Je descends. Elle se glisse de mon côté. Au moindre problème elle ouvre le coffre et tu sors. J'ai un fusil à canon scié dont tu pourras te servir.

– Je ne suis pas un tonton flingueur, Burke, il a dit, en essayant de s'en convaincre lui-même.

– Je ne te demande pas de le descendre, Prophète. Je veux simplement que tu m'évites de prendre une raclée. Tu le menaces de ton arme, au pire tu tires une balle en l'air, c'est tout.

Le Prophète a aspiré une longue goulée de fumée.

– Tu vas jouer franc jeu, Burke?

– S'il m'apporte de vraies photos, je les achète et je lui pose quelques questions. Mais s'il essaie de s'amuser au plus malin, et que tu es obligé de l'arrêter, on regardera ce qu'il a sur lui. D'accord?

– Et s'il ne vient pas seul?

– Il a une Corvette. Facile à repérer. Michelle fera le guet de la voiture.

– C'est plutôt un boulot pour Max que pour moi, il a dit.

– C'est un boulot pour nous, Prophète. Tu marches ou tu ne marches pas?

– J'aime bien réfléchir, mais je ne me défile jamais, il a lancé d'un ton offensé.

Je lui ai donné une tape dans le dos.

– On va demander à Michelle de nous déposer près du bureau. On prendra tout ce dont on a besoin et on attendra là-bas le moment de partir. D'accord?

– D'accord. Il y a ton chien, là-bas?

– Pansy est cool, mec. Il faut juste apprendre à la connaître.

Il a pris un air dubitatif mais n'a pas discuté. On est retournés vers la Lincoln. Michelle et le môme papotaient toujours.

– Tu peux nous déposer, Michelle? j'ai demandé. Je te laisse la voiture et tu reviens nous chercher à onze heures.

– Bonne idée, a dit Michelle. Terry et moi, on va aller manger. Donne-moi de l'argent.

Je lui ai tendu deux billets de cinquante. Avec l'appétit qu'elle avait, je ne risquais pas d'en voir la monnaie.

Je me suis arrêté à quelques blocs du bureau. Michelle est sortie derrière moi.

– Si on marchait un peu? je lui ai dit.

Le Prophète était resté dans la voiture avec Terry. Michelle a passé son bras sous le mien et on s'est éloignés.

– Le môme fait de la retape..., j'ai commencé.

– Je sais, elle a dit, on a parlé tous les deux.

– Je dois le ramener à minuit. J'ai passé un deal avec son mac. Mais on ne sait jamais. S'il fait le con, le Prophète me couvre. Il sera dans le coffre avec une arme. Tu t'occupes du môme, en attendant?

– Tu ne vas pas rendre ce môme à cette ordure! elle a dit en me lançant un regard furieux.

– Non, j'ai dit. Quoi qu'il arrive ce soir, c'est toi qui repartiras avec le môme. Tu peux l'amener chez les flics. Ou le laisser rentrer chez ses vieux.

– Il n'y a qu'un seul flic à qui je parle, McGowan, elle a dit.

McGowan s'occupe des mineurs en fugue. Pour moi, la plupart des flics sont pire que pourris. Mais McGowan est réglo. Quand on lui ramène un môme, il ne met jamais le nom du livreur dans son rapport.

– Fais comme tu veux, Michelle. Tout ce que je te demande, c'est de ne pas laisser le môme se tirer pendant qu'il est avec toi. C'est parce qu'il est là que je suis certain de revoir son mac. Et j'ai besoin de le revoir.

– Il y a de l'argent sur ce coup? elle demande.

– Si le mac joue franc jeu, je lui refile son pognon et on n'en parle plus. S'il fait le con, on prend ce qu'il a sur lui. Et on partage en trois. Ça marche?

– Tu crois que j'étais dans la rue parce que j'avais perdu quelque chose, mon cœur?

J'ai levé les bras – on ne pouvait pas discuter avec Michelle – et j'ai pris une liasse de billets dans la poche de ma chemise.

– Combien de fois faudra-t-il te dire qu'on ne met pas son argent dans la poche de sa chemise! Seuls les joueurs de dés font ça. Déjà que tu t'habilles comme un clodo..

– Quoi? j'ai dit. C'est mon meilleur costume.

– Mais il a fait son temps, chéri. Il date. Et ta coupe de cheveux aussi, d'ailleurs, elle a dit avec un sourire.

– La mode va trop vite, Michelle.

– A qui le dis-tu!

Elle a empoché quelques billets de cinquante dollars. Si je payais des impôts, ce que je donne à Michelle me vaudrait une sacrée déduction. Elle s'est mise sur la pointe des pieds pour m'embrasser.

– Merci, Burke. Si je continue comme ça, je vais pouvoir partir bientôt au Danemark.

– Oui, bientôt, j'ai dit.

J'avais déjà entendu ça souvent.

Elle s'est assise au volant de la Lincoln et quand le Prophète est descendu, elle s'est retournée et elle a parlé au môme. Il est passé par-dessus le dossier du siège et s'est installé à côté d'elle. En démarrant elle lui a dit quelque chose, probablement de ne pas mettre ses pieds sur la banquette.

55

QUAND la Lincoln est arrivée au coin de la rue, je les attendais. Le môme était assis à l'avant à côté de Michelle, il mangeait une glace. Je suis monté, Michelle s'est poussée et a changé de place avec le môme qui s'est retrouvé entre nous. J'ai appuyé sur le bouton qui ouvre le coffre et laissé passer les autres voitures.

Quand leurs feux arrière ont disparu, je suis ressorti comme pour aller chercher quelque chose dans le coffre.

– C'est bon, j'ai chuchoté.

Le Prophète est sorti de l'ombre, habillé d'une de ces combinaisons molletonnées que portent les bouchers dans les chambres froides. Il avait sa veste à la main, pour planquer le fusil.

J'ai soulevé le capot du coffre et la lumière s'est allumée. J'ai dévissé l'ampoule.

Le Prophète a jeté un coup d'œil à l'intérieur. C'était propre, il y avait de la moquette partout, et la roue de rechange était dans un compartiment spécial, sous le plancher.

– J'ai vécu dans des endroits pires que ça, il a dit en s'installant.

Je me suis dirigé vers la West Side Highway. Michelle avait passé son bras autour des épaules du môme, elle attendait que je lui explique la suite des opérations.

– Terry reste assis de façon à ce qu'on le voie bien, j'ai dit. Toi, tu te glisses sous le tableau de bord. Quand je descends, tu avances sous le volant et tu poses ta main sur ce bouton. Dès que tu m'entends élever la voix, pour quelque raison que ce soit, et quoi que je dise, tu appuies dessus.

– Terry va rester avec nous, elle a annoncé d'une voix calme.

J'ai regardé le môme. Il avait plutôt l'air content, et je ne crois pas qu'il jouait la comédie.

– Tout se passera bien, je leur ai dit, en sentant soudain le poids du Smith and Wesson dans ma poche. Si ce type ne fait pas l'idiot, il ne lui arrivera rien.

– J'espère qu'il fera l'idiot, alors, a dit Michelle doucement.

Je lui ai lancé un regard mauvais, mais elle ne m'accordait pas la moindre attention.

– Tu sais ce qu'il a fait à Terry? elle a demandé. Tu sais que...

– Je sais, j'ai répondu sans la laisser finir.

Après avoir traversé la Quatorzième Rue, j'ai dit à Michelle de se baisser.

– Quoi qu'il arrive, tu ne bouges pas de la voiture, j'ai expliqué au môme.

– Terry sait ce qu'il doit faire, m'a lancé Michelle en se glissant à nos pieds.

Le môme lui tenait la main.

J'ai garé la Lincoln dans un coin sombre près des bateaux de guerre. Aucune trace du mac. J'ai allumé une cigarette et j'ai attendu.

Quelques secondes plus tard des phares ont éclairé le quai : c'était la Corvette. Je suis descendu et je suis passé derrière la Lincoln.

Le mac a freiné brutalement. Après un léger dérapage, la Corvette s'est immobilisée en travers du quai, juste devant moi. Il a fait vrombir son moteur puis a claqué sa portière. Apparemment, il était venu seul. Mais il valait mieux que je m'en assure.

Immobile, les poings serrés, il m'a regardé avancer vers lui. Je marchais les yeux baissés, un pauvre type qui a les jetons. La Corvette était vide. Parfait.

– Vous avez les photos? j'ai demandé d'une voix tremblante.

Il a plongé la main dans sa poche et en a sorti des lunettes noires qu'il a mises lentement, histoire de me faire attendre.

– Vous avez l'argent? il a dit.

Je lui ai tendu les mille dollars et remettant ma main dans ma poche, comme pour palper le reste de ma fortune, j'ai senti la crosse du Smith and Wesson.

Il m'a donné quatre Polaroïd, je lui ai tourné le dos pour les regarder à la lumière du réverbère. Toutes des photos de Terry. Trois sur lesquelles on le voyait se sucer avec un autre môme. La quatrième le montrait de dos, en train de se faire pénétrer. Mes mains se sont mises à trembler.

– Vous n'avez que des photos des garçons qui travaillent pour vous? j'ai demandé.

– Ça évite les problèmes, il a dit. Et personne ne s'en plaint.

Il a sorti un calepin avec un stylo en or et s'est mis à écrire.

– Qu'est-ce que vous faites? je lui ai demandé.

– Je prends le numéro de votre voiture, au cas

où je voudrais vous joindre un jour, il a répondu, les yeux cachés derrière ses verres sombres.

J'ai jeté un coup d'œil autour de nous. C'était aussi tranquille qu'un cimetière.

– Non, ne faites pas ça! j'ai crié, et le coffre de la Lincoln s'est ouvert.

Le mac m'a attrapé par le col de ma veste et a levé la main pour me faire taire. Je lui ai enfoncé le Smith and Wesson dans le ventre, il s'est plié en deux avec un grognement rauque et la pointe de ma chaussure est venue le frapper à la tempe. Ses lunettes se sont envolées et quand il a essayé de prendre quelque chose dans sa poche, il s'est retrouvé avec le canon du fusil pointé entre ses deux yeux.

Pendant que le Prophète le tenait en respect, je l'ai fouillé. Un calibre 32 automatique, un joli joujou. Une chevalière avec un diamant, une montre extra-plate. Un minuscule carnet d'adresses en cuir. Un trousseau de clefs. Une liasse de billets dans un gros portefeuille. Une fiole en argent. Pas de papiers. J'ai tout empoché.

Il haletait, maintenant, mais ne me quittait pas des yeux. Il cherchait à comprendre.

J'ai mis la Corvette au point mort et je l'ai poussée pour pouvoir sortir la Lincoln plus facilement. J'ai pris les clefs du mac et je suis allé les lui balancer sous le nez.

– Je vous les laisserai sous ce réverbère là-bas, je lui ai dit en lui montrant l'endroit, à une centaine de mètres de nous.

Il n'a pas bronché. Rien n'existait plus que ce fusil braqué sur lui.

– Tu t'es trompé de môme, mec, je lui ai dit avant de remonter dans la Lincoln.

J'ai tourné en marche arrière, de façon à ce que la portière du passager soit juste en face du Prophète, Michelle l'a ouverte et quand le Prophète a sauté à côté du môme, j'ai accéléré.

La Lincoln a bondi vers le réverbère. J'ai freiné.

– Il est toujours à terre, a dit le Prophète.

J'ai jeté la fiole en argent par la fenêtre.

Si ce salaud se souvenait du numéro de la Lincoln, il pourrait toujours demander ses clefs de voiture à Bobby et ses frères.

56

IL fallait planquer la Lincoln. Au cas où le mac déciderait de me balancer.

– Est-ce que tu peux téléphoner à McGowan de chez toi ? j'ai demandé à Michelle.

– Oui, je vais m'en occuper, elle a répondu.

Le môme ne disait rien. J'ai jeté un coup d'œil dans le rétroviseur : il tremblait, le visage enfoui dans le giron de Michelle.

J'ai lancé le portefeuille du mac à l'arrière.

– Il faut qu'on se débarrasse de ses affaires, j'ai dit.

Le Prophète a hoché la tête. La Lincoln remontait vers le nord, pour sortir de l'autoroute à la Cent vingt-cinquième Rue où on pourrait jeter toutes ses saloperies tranquillement avant de rejoindre nos quartiers.

– Presque six mille, a dit Michelle d'une voix plutôt ravie.

Le portefeuille a atterri sur le tableau de bord.

– Prends ta part, j'ai dit au Prophète.

– Argent mal acquis ne profite jamais, il a murmuré de son ton sentencieux.

Il a sorti une paire de gants en coton de sa combinaison de boucher et s'est mis à essuyer le revolver du mac. Il a ouvert le chargeur et fait tomber une balle dans sa main.

– Il était chargé, il a dit.

– Jette-les une par une.

Il a baissé sa vitre en hochant la tête, et a balancé les balles, puis le revolver. Ensuite, il m'a tendu le reste de l'argent et a claqué des mains. Encore un boulot de fait. Je l'ai laissé vers le bas de la Deuxième Avenue. Il a rangé la combinaison dans le coffre et jeté sa planche à roulettes sur son dos, comme un sac.

– Prends garde à toi, Prophète, j'ai dit.

– La rue est mon domaine, et ça, c'est pas un poème, il a répondu.

Le mac le reverrait peut-être, mais sans le reconnaître. Nous avons joint nos mains à hauteur de la poitrine. C'est comme ça qu'on dit au revoir dans les parloirs de prison. De l'autre côté d'une vitre à l'épreuve des balles.

Prochain arrêt : l'hôtel de Michelle. Je lui ai ouvert la porte tel un chauffeur de maître parfaitement stylé. Le môme s'accrochait à elle comme à une planche de salut. Peut-être qu'elle était sa planche de salut.

Michelle m'a embrassé sur la joue.

– Garde la monnaie, chéri, elle a dit, et elle a monté les marches du perron.

Un quart d'heure plus tard, la Lincoln était dans mon garage.

57

Il y avait une inscription gravée sur la montre du mac : « L. pour R. Tout, toujours. » Probablement un cadeau du détraqué qui l'avait initié. Invendable. Je l'ai ouverte et j'ai mis le mécanisme de côté. La Taupe pourrait sûrement en faire quelque chose un jour. La chevalière était plus intéressante : un diamant de deux carats monté sur de l'or blanc. J'ai pris ma loupe de bijoutier pour regarder la pierre de plus près. Pas de défaut. Je l'ai détachée de sa monture, qui est allée rejoindre les restes de la montre.

Le trousseau de clefs ne pouvait me servir à rien, mais j'ai longuement feuilleté le carnet d'adresses. Des initiales et des prénoms suivis de numéros de téléphone. Dans la colonne de droite, il y avait en face de chaque nom un nombre à un chiffre. Etait-ce un code correspondant à ce que les clients demandaient généralement ? J'ai tout recopié dans un cahier jaune. Garder le calepin lui-même était trop dangereux.

Je suis allé appeler Pansy. La lune était croissante. Elle éclairait la nuit. J'ai allumé une cigarette et je l'ai regardée là-haut dans le ciel, à des millions de kilomètres de cette planète pourrie sur laquelle nous vivons. J'aime regarder la lune. On ne la voit jamais, en prison.

Pansy est descendue. Quand elle m'a vu là immobile, elle a appuyé ses pattes de devant sur la rambarde. Sa tête était presque à la hauteur de mon visage. Tout en réfléchissant, je l'ai grattée derrière les oreilles, machinalement. Je connaissais un type qui me trouverait les noms et les adresses qui allaient avec les numéros de téléphone. Mais je savais que ça ne m'aiderait pas beaucoup. Il fallait que j'attende les réponses de la Taupe et de Bobby. Et je ne pouvais pas leur demander d'aller plus vite. La seule façon d'avancer, c'était de faire parler l'enfant.

Pour ça, j'avais besoin d'Immaculata.

Et de Strega.

58

LE lendemain, je me suis mis au travail.

D'abord, passer chez Mama, d'où j'appellerais Strega.

– C'est moi, j'ai dit quand elle a décroché.

– Vous avez ce que je veux? elle a demandé.

– Je m'en occupe. J'ai besoin de vous parler, d'en savoir plus.

– D'en savoir plus sur quoi?

– Je vous dirai ça de vive voix. Vous connaissez la statue qu'il y a sur Queens Boulevard, juste avant le Tribunal?

– Oui.

– Ce soir, dix-huit heures trente. D'accord?

– D'accord, elle a répondu de la même voix neutre.

Et elle a raccroché.

Je suis retourné dans la salle. Mama s'est penchée au-dessus de ma table.

– On ne sert pas de petit déjeuner, elle a dit en souriant.

J'ai pris l'air désolé.

– Mais il n'est pas trop tôt pour déjeuner, elle a repris.

Un de ses soi-disant serveurs est apparu comme

par miracle à côté de nous. Il s'est incliné devant Mama qui lui a dit quelques mots en cantonais puis il a disparu.

– Soupe aigre-douce ? j'ai demandé.

– Tu parles chinois, maintenant ? Très bien.

Je n'ai pas pris la peine de lui répondre. Quand Mama est ironique, c'est que quelque chose la contrarie.

– Je peux faire quelque chose pour toi, Burke ? Tu veux que j'appelle Max ?

– Ouais, j'ai besoin de voir Max, Mama. Mais je peux le trouver tout seul. Je suis venu te donner quelque chose.

Ses yeux se sont élargis, curieux. J'ai posé le diamant du mac sur la table. Mama l'a ramassé et l'a regardé à la lumière.

– Un bijou d'homme, elle a dit.

– Un bijou pour toi, j'ai répondu. Un petit présent en signe de grand respect.

Un sourire a éclairé son visage.

– Un très beau bijou, elle a dit.

J'ai incliné la tête, la discussion était close.

– Parle-moi de l'affaire sur laquelle tu travailles en ce moment, a demandé Mama.

– Je cherche une photo, j'ai dit.

Et je lui ai expliqué de quel genre de photo il s'agissait et pourquoi je devais la trouver.

Mama a plongé la main dans le sucrier. Elle a pris une pincée de sucre et l'a fait couler sur la table, traçant une ligne droite.

– Tout le monde fait *quelque chose*, elle a dit en effaçant d'un trait le début de la ligne. Il y a des gens qui en font plus que d'autres – elle a tracé un autre trait, il ne restait plus que la moitié de la ligne. Le jeu, les bijoux, les armes, le vol, le racket, le crime – la ligne se raccourcissait de plus en plus.

La drogue, elle a ajouté, en enlevant le sucre qui restait.

J'avais compris. On doit tous gagner notre vie. Chacun se donne des limites à ne pas dépasser. Les gens qui ramassent du fric en utilisant des enfants sont au-delà de toute limite possible.

– Je sais, je lui ai dit.

– Les affaires sont les affaires, elle a dit, citant son psaume préféré. Il y a des règles à suivre. Toujours, tu es d'accord ?

– Oui.

– Même la guerre a ses règles, Mama a dit.

Je n'en étais pas si sûr, moi qui avais participé à une guerre. Mais je l'ai laissée continuer.

– Ces gens..., elle a haussé les épaules, le visage dur.

Un serveur a apporté la soupe. Mama m'a servi en premier. Ensuite elle s'est inclinée au-dessus de nos bols comme pour un bénédicité.

Puis elle a levé les yeux.

– ... ils n'ont aucune règle.

– Aucune, j'ai dit.

59

Immaculata a passé la porte du restaurant et s'est frayé un chemin entre les tables jusqu'à la nôtre.

– Bonjour Mama, elle a dit.

Mama lui a souri – d'un vrai sourire, rien à voir avec la grimace réservée d'ordinaire à la femme de Max.

– Tu t'assieds avec nous ? Tu prends un peu de soupe ?

Immaculata s'est inclinée.

– Merci Mama, on m'a dit que votre soupe était la meilleure du monde.

Avec ça, elle finissait de se mettre Mama dans la poche.

– Tu aides Burke dans son enquête? Très bien. Une affaire très importante. Assieds-toi à côté de moi, elle a dit en tapotant le siège près d'elle.

Immaculata a fait glisser ses hanches sur le côté et s'est retrouvée à côté de Mama en un éclair. Elle avait dû travailler avec Max – il essayait de m'apprendre le karaté depuis longtemps. Apparemment, il avait mieux réussi avec elle. Mama lui a servi une ration généreuse de soupe et l'a regardée s'incliner avant de manger en hochant la tête d'un air approbateur.

– Max vient? elle a demandé.

– Oui, a répondu Immaculata.

– Max est un homme bien. Un bon combattant..., a commencé Mama.

– Oui, a fait Immaculata, circonspecte.

– Un homme bien. Il fera un bon père, hein?

Les yeux d'Immaculata étaient calmes mais sa peau dorée a rougi. Elle a regardé Mama sans ciller.

– Vous êtes au courant? Même Max ne l'est pas.

– Je sais, a dit Mama en tapotant le bras d'Immaculata, un large sourire aux lèvres.

La jeune femme a considéré le visage de son interlocutrice puis elle a souri à son tour. Sans qu'un mot ait été prononcé là-dessus, elle savait qu'elle n'était plus pour Mama une fille de bar.

60

MAX est sorti de la cuisine, s'est incliné devant chacun de nous puis s'est laissé tomber sur le banc à côté de moi, manquant m'enfoncer dans le mur. Il a tiré de sa poche un exemplaire froissé du *Daily News,* l'a étalé sur la table et a posé un énorme doigt sur les résultats de la course de Flower Jewel. Il a écarté les mains pour poser une question : « dq », qu'est-ce que ça voulait dire, cette connerie ?

Je me suis servi d'un bol de sucre, d'une salière et d'une poivrière pour lui montrer ce qui s'était passé. Max a hoché la tête et levé la main droite comme le font les joueurs de vingt-et-un pour demander une autre carte. Nous allions parier sur Flower Jewel la prochaine fois qu'elle courrait. Apparemment, je n'avais pas le choix – j'ai tendu cent dollars à Max en ignorant le large sourire de Mama et l'air d'intérêt indulgent d'Immaculata.

Max a fait le geste signifiant le cheval au galop et a vérifié que tous les yeux étaient fixés sur lui. Puis il s'est frappé la poitrine à hauteur du cœur, a fermé son poing droit et a tendu l'avant-bras au-dessus de la table, la saignée vers le haut. Ses veines ressemblaient à des câbles électriques. Il en a touché une, puis s'est touché de nouveau le cœur. Il a fait le signe du cheval.

J'ai compris. Comme le sang des guerriers mongols court dans ses veines, il prétend avoir une parenté avec les chevaux. Il fallait que je l'écoute.

Mama a acquiescé d'un signe de tête.

– Du bon sang, elle a dit.

Immaculata a encore rougi mais Max était trop

occupé à prouver qu'il s'y entendait en chevaux pour y faire attention.

Mama s'est levée et Immaculata l'a laissée passer.

Elle a pris la main d'Immaculata, l'a tournée pour voir l'intérieur du bras. Elle a tapoté les délicates veines qui couraient sous la peau et avec un bref hochement de tête, elle a souri.

– Du bon sang, là aussi, elle a dit et elle a embrassé Immaculata sur les joues.

Max m'a lancé un regard ébahi. Je n'ai rien dit – Mac le mettrait au courant quand le moment serait venu.

J'ai allumé une cigarette pendant que le serveur emportait les bols de soupe et j'ai commencé à expliquer pourquoi j'avais besoin d'Immaculata.

61

QUAND j'ai terminé, on était au milieu de l'après-midi. Seule la pendule au mur m'en avisait – la lumière du jour n'a jamais atteint les boxes du fond dans la taule de Mama.

– Tu crois vraiment que tu peux le faire? j'ai demandé.

– La question n'est pas là. Ce gosse a des informations sur ce qui lui est arrivé mais ce n'est pas facile pour lui de les livrer. Il épouve toutes sortes de sentiments au sujet de ce viol... de la culpabilité, de la peur, de l'excitation...

– De l'excitation?

– Bien sûr. Les enfants sont des êtres sexués, ils réagissent aux stimulations sexuelles. C'est pourquoi, si nous ne soignons pas un enfant qui a subi des violences sexuelles, il recherchera la même expérience.

– Même s'il a souffert ?

– Oui, même dans ce cas.

– Qu'est-ce qui le ferait parler ? j'ai demandé.

– On ne le fera pas parler. Il veut parler, il a besoin de faire sortir ça de lui... de se débarrasser de la douleur. Mais d'abord, il faut qu'il se sente en sécurité.

– Qu'il ait l'impression que personne ne le fera plus souffrir ?

– Voilà. Exactement.

– Alors, c'est plus facile s'il a été agressé par un étranger, non ? Comme ça, sa famille peut le protéger ?

– Oui, c'est plus facile, s'il n'a pas été violé par quelqu'un de sa famille. Si quelqu'un en qui tu as confiance te fait du mal, ça change ta façon de voir le monde tout entier.

– Je sais, j'ai dit. Si je peux avoir l'enfant, où est-ce que je l'emmène ?

– A SOS Enfants, c'est là que je travaille. Je te l'ai expliqué, tu t'en souviens ? C'est le meilleur endroit possible – il y a beaucoup de gosses, et nous savons comment agir avec des enfants comme celui-là. Il saura qu'il n'a rien à craindre tant qu'il est avec nous.

– Tu crois qu'il viendra avec moi ? j'ai demandé.

– Probablement – je ne sais pas. Ce qui rendrait les choses plus faciles, c'est que quelqu'un en qui il a confiance lui dise qu'il n'y a pas de problème, lui promette que tout ira bien pour lui. Le mieux serait sans doute que tu amènes l'un des parents de l'enfant, ou quelqu'un en qui il a confiance. Nous travaillons constamment avec la famille des enfants violés.

– Tu n'aimerais pas travailler avec celle-là, j'ai dit.

Max s'est tapé la poitrine, a croisé les bras. Pas à tortiller, avec lui le gosse serait en sécurité. C'est ce qu'il disait. J'ai frappé du poing son épaule pour le remercier, je me suis incliné vers Immaculata, et je suis retourné à la Lincoln de Bobby en passant par la cuisine.

62

J'AI planqué la Lincoln dans mon garage. Strega avait déjà vu une voiture; ça suffisait comme ça. Pansy a rongé les gros os de bœuf que Mama m'avait donnés pour elle, en grondant chaque fois qu'elle rencontrait la moindre résistance. Son bonheur aurait été complet si elle avait pu voir un combat de catch à la télé, mais seuls les réseaux câblés en transmettaient durant la journée. Les hippies d'en dessous avaient certainement le câble – leurs vies n'auraient pas été complètes sans MTV. Il faudrait que je demande à la Taupe de procéder aux branchements nécessaires.

Il serait bientôt temps de partir. Il n'y a que deux façons de prendre le métro à New York : habillé en menuisier ou en plombier – un ouvrier qui trimbale ses outils – ou bien enfouraillé. Je n'ai plus touché d'outils depuis que j'ai su ce que je faisais, et si je me faisais coincer avec un feu sur moi, j'étais sûr de passer un bon moment à l'ombre. J'ai mis une chemise de lin bleue, un costume sombre et une cravate tricotée bleu nuit. Un architecte débordé de travail. J'ai tiré mon nouvel attaché-case de sous le divan. Ses flancs de tissu noir pouvaient renfermer beaucoup de choses, mais ce n'est pas pour cela que je le prenais. Cette mallette est en Keflon – la matière qui sert à la confection des gilets pare-balles des flics. On dirait du nylon, mais ça ébrèche les couteaux et ça arrête les balles... il y a même une bandoulière pour laisser les mains libres.

J'ai ouvert l'attaché-case et j'y ai fourré un paquet de papier millimétré, quelques crayons, un vieux croquis d'un système d'évacuation et une petite calculette. J'y ai ajouté une baguette de métal télescopique, de celles que les architectes utilisent pour expliquer leurs épures et leurs plans; ça peut aussi servir à garder des gens à distance suffisante pour les empêcher de vous planter. Puis j'ai fouillé la pièce jusqu'à ce que j'aie déniché le T de plastique transparent que la Taupe m'a fabriqué. Il a l'air vrai mais si on prend les deux barres du T et qu'on les fait craquer d'un coup sec on se retrouve avec un poignard coupant comme un rasoir. Parfait pour saigner quelqu'un, et port autorisé. La CIA se sert de ses couteaux qui non seulement passent les portillons de sécurité des aéroports mais ont surtout l'avantage de se briser net à l'intérieur du corps.

J'ai pris le train E à Chambers Street, sous le World Trade Center. C'était le terminus de la ligne – au retour j'irai directement à mon rendez-vous avec Strega sans avoir à changer de train. Et j'ai eu un siège.

J'ai ouvert mon attaché-case pour en sortir les croquis et le T. Je me suis servi de la mallette comme d'un bureau en la posant sur mes genoux et je suis resté assis, à observer. Pendant les heures d'affuence, le train appartient aux caves. Le temps d'atteindre le centre et la voiture était pleine de monde. Un Oriental, au costume noir luisant de trop de nettoyages, le visage enfoncé dans un livre sur les ordinateurs, concentré dans sa lecture, fermé aux bruits autour de lui. Une femme noire en tenue de celles-qui-en-veulent lisait une espèce de rapport relié en cuir – tout ce que je pouvais apercevoir sur la couverture c'était « Proposition » imprimé en lettres d'or. Deux femmes d'un certain âge se faisaient face et discutaient pour savoir lequel de leurs patrons respectifs était le pire salopard.

A Queens Plaza un flic des transports est monté, un jeune moustachu qui trimbalait 25 kilos de matériel à la ceinture. Une seconde son regard a balayé la voiture; puis il s'est mis à écrire quelque chose dans son carnet. La voiture était pleine de monde, mais pas d'incident – personne ne fumait de joint, pas de radio hurlante. Des travailleurs rentrant du travail. Je me suis senti touriste.

Quand l'express s'est arrêté à Roosevelt Avenue, le flic est descendu. Ensuite, à Continental Avenue, ce serait au tour des yuppies de sortir. Le train continue jusqu'à Jamaica; lorsqu'il arriverait à la fin de la ligne, on n'y verrait plus beaucoup de visages blancs.

Je suis descendu à Union Turnpike, en remettant le T dans la mallette et j'ai jeté un coup d'œil à ma montre. Il me restait encore un quart d'heure à attendre avant de revoir Strega.

63

Le soleil descendait vers l'ouest quand j'ai traversé Queens Boulevard en direction de la statue. J'ai trouvé un siège à la base de cette espèce de dieu grec couvert du tribut des pigeons. J'ai allumé une autre cigarette en surveillant la main qui tenait le bois de l'allumette. Les caves passaient devant moi sans un regard et s'ils ne se mêlaient pas de ce qui ne les regardait pas, ce n'était pas parce que c'était la seule chose juste à faire, c'était parce qu'ils étaient pressés de rentrer chez eux pour se repaître des trésors que leurs magnétoscopes leur avaient enregistrés. La statue était juste derrière un arrêt de bus et tout de suite après, le boulevard tournait à droite pour finir dans Union Turnpike. La foule était si compacte que je n'apercevais pas la rue, mais je ne craignais pas de manquer Strega.

J'en étais à ma troisième cigarette quand j'ai senti un changement dans l'air – c'était comme un vent froid sans le moindre souffle. L'avertisseur d'une voiture a résonné dans le tintamarre de la circulation – plus sec et plus exigeant que les autres. Une BMW couleur de brume se tenait au beau milieu de la voie d'arrêt du bus, klaxonnant et faisant des appels de phare.

Je me suis approché de la portière du côté passager. La vitre était trop sombre pour voir à travers. La portière n'était pas verrouillée. Je l'ai ouverte et je suis monté. Elle avait relancé la BMW rugissante au milieu de la circulation avant que j'aie eu le temps de refermer la portière. Le petit véhicule a bondi quand elle a passé en force la seconde. Nous avons coupé jusqu'à la voie de gauche. Les avertisseurs protestaient sur notre passage.

– Vous êtes en retard, elle a dit sèchement en regardant droit devant elle.

– J'étais où j'avais dit que je serais, j'ai répondu en me débattant avec ma ceinture de sécurité.

– La prochaine fois, attendez au bord du trottoir, elle a répondu sur le ton qu'elle aurait employé pour dire à la femme de ménage qu'elle avait oublié de balayer sous le lit.

Elle portait une robe de soie vert bouteille avec un gilet de vison noir qui lui laissait les bras nus. Une mince chaîne noire lui entourait la taille, une extrémité pendant en dehors du siège – on aurait dit du fer forgé. Son visage était figé et dur sous le masque du maquillage.

Je me suis carré sur mon siège. La robe de Strega était remontée à mi-cuisse. Ses bas noirs avaient une espèce de motif tissé. Des chaussures à talon aiguille assorties à la robe. Elle n'avait pas mis la ceinture de sécurité.

– Où allez-vous ? j'ai voulu savoir.

– Chez moi. Ça vous pose un problème ?

– Seulement si la maison n'est pas vide.

– Je suis seule, a dit Strega.

La BMW s'est frayé un chemin à travers les rues jusqu'à la maison, sa conductrice se battait avec le volant, martyrisant l'embrayage. Dans Austin Street, la voiture a calé.

– Putain de bordel d'embrayage ! elle a marmonné en tournant la clef de contact pour redémarrer. C'était une très mauvaise conductrice.

– Pourquoi est-ce que vous n'achetez pas une voiture avec vitesses automatiques ?

– Mes jambes sont tellement belles quand je passe les vitesses. Vous ne trouvez pas ?

Je n'ai rien répondu.

– Regardez mes jambes, elle a grogné. Elles sont superbes, non ?

– Moi, je n'achèterais pas une voiture en fonction de mon look, j'ai répondu d'une voix calme.

– Moi non plus... si j'avais votre look, elle a rétorqué, en adoucissant à peine la méchanceté de la remarque par un léger sourire. Et vous n'avez pas répondu à ma question.

– Quelle question?
– Mes jambes, elles sont belles, oui ou non?
– La question ne se pose même pas, j'ai répondu, et cette fois j'ai eu droit à un sourire plus franc.

64

ELLE a arrêté la BMW sur l'arrière de la maison et ouvert la porte du garage en appuyant sur le bouton d'une boîte fixée au pare-soleil. Je l'ai suivie dans l'escalier jusqu'au salon en regardant ses hanches qui se balançaient sous la robe verte – dans la pénombre on aurait dis une combinaison. Elle tenait son vison noir d'un main comme une serpillière et l'a jeté au passage en direction du divan blanc.

Strega a traversé le salon jusqu'à un autre escalier au sommet duquel on apercevait une lumière et l'a monté sans dire un mot. La chambre était immense, assez grande pour contenir trois pièces. Murs rose foncé, moquette rouge sombre. Un lit hollywoodien, du genre à baldaquin, était disposé au centre de la pièce, sur une plate-forme haute d'une dizaine de centimètres. Le tout rose vif – comme la gaze qui enveloppait le baldaquin presque jusqu'au sol. Le dessus-de-lit était recouvert d'animaux en peluche géants – un panda, deux ours, un basset. Adossée aux oreillers, une poupée dépenaillée fixait sur moi ses yeux de sociopathe. La porte de la salle de bain s'ouvrait sur ma droite – tapis de bain rose au sol, tube de néon au plafond. Un miroir de maquillage professionnel était posé contre un mur, encadré de petites ampoules. Le placard-vestiaire avait des miroirs aux portes. C'était un mélange de rêve de yuppie et de chambre de petite fille. Je n'arrivais pas à l'imaginer dormant là avec quelqu'un d'autre.

– Sa chambre est de l'autre côté de la maison, elle a dit, lisant dans mes pensées. Celle-là est pour moi toute seule.

– Votre mari travaille tard ? j'ai demandé.

– Mon mari fait ce que je lui dis. Je lui donne ce qu'il veut – il fait ce que je veux. Vous comprenez ?

– Non.

– Vous devriez.

Affaire classée.

J'ai tapoté mes poches en lui disant que j'avais envie de fumer. Je ne voyais pas de cendrier.

– Je ne fume pas de cigarette ici, elle a dit.

– Alors, allons ailleurs.

Strega m'a considéré avec le regard du menuisier qui se demande s'il y aura assez de place pour une bibliothèque.

– Vous n'aimez pas ma chambre ?

– C'est *votre* chambre.

Elle a fait glisser les bretelles de la robe verte par-dessus ses épaules, se découvrant jusqu'à la ceinture d'un seul mouvement. J'ai entendu le bruit de la soie déchirée. Ses petits seins avaient l'air durs comme la pierre, dans la lumière rose.

– Vous aimez mieux ma chambre maintenant ?

– La chambre n'a pas changé, j'ai dit.

Elle a respiré à fond, pour se fixer les idées.

– Asseyez-vous là, elle a dit en montrant du doigt un siège tubulaire couvert de daim noir – ça ressemblait à un truc qui avait poussé sur la moquette. Je me suis débarrassé de mon manteau et je l'ai gardé à la main en regardant vers le lit.

– Posez-le par terre, elle a dit par-dessus son épaule en sortant de la pièce.

Elle est revenue avec un lourd bloc de cristal et c'est agenouillée devant moi sur la moquette. Je ne sais pas ce que c'était censé être, mais à présent c'était un cendrier. Elle n'était pas plus gênée par ses seins nus qu'elle ne l'aurait été de l'accouplement de deux chiens – si tu veux regarder, c'est ton problème.

– Vous voulez autre chose avec cette cigarette ?

– Ça va, j'ai dit.

Elle se préparait à fumer en remplissant une minuscule pipe blanche d'un mélange de tabac et de cristaux marrons.

– Du crack, elle a dit.

De la cocaïne *free-based*, super-trafiquée – trop puissante pour être prisée. Elle a longuement inspiré, le regard fixé sur moi. Ça aurait dû l'étendre raide sur la moquette mais elle a soufflé la fumée, d'un air ennuyé.

– Vous vouliez me parler ? elle a demandé.

Je l'ai regardée aller et venir devant moi, la robe verte transformée en minijupe qui ne lui couvrait plus que les hanches, ses chevilles disparaissant dans la moquette. La chaise tubulaire avait un dossier rond qui me forçait à me tenir très droit.

– J'ai besoin du môme, je lui ai annoncé. Il faut que je lui fasse rencontrer des gens. Des experts. Il en sait plus qu'il ne vous a raconté – il a peut-être la clef de l'affaire dans sa tête.

Strega a hoché la tête, songeuse.

– Vous n'allez pas lui faire prendre des drogues ?

– Vous voulez dire du penthotal... du sérum de vérité ? Non. C'est trop dangereux. On le ramènerait peut-être à ce qui lui est arrivé, mais on risque de ne pas être capable de le faire revenir.

– Hypnose ? elle a demandé.

– Non, pas ça non plus. Il y a des gens qui savent parler aux gosses qui ont eu affaire à des détraqués. Ça ne leur fait pas de mal... ça peut même les aider à aller mieux.

– Il va bien maintenant, elle a dit, tout ce qu'il lui faut c'est cette photo.

– Il n'est pas en thérapie... personne ne le traite ?

– Il n'a pas besoin de ça !

– Mais si. Ou du moins il faudrait que quelqu'un qui s'y connaît en décide.

– Pas là-dessus.

– Ecoutez, j'ai dit, vous n'y connaissez rien, non ? Un traitement pourrait tout changer.

– Je m'y connais, elle a dit.

De nouveau, la discussion était close.

J'ai tiré une longue bouffée sur ma clope.

– Il faut que quelqu'un parle au môme, d'accord ?

– J'assisterai à l'entretien.

– Non. C'est pas leur façon de procéder. Personne n'y assistera.

Elle a tété sa petite pipe de crack, des flammèches dansant dans les yeux.

– Il ne vous fera pas confiance.

– Il le fera si vous le lui demandez. Je me trompe ?

– Non. Il fait tout ce que je lui dis.

– Vous l'emmenez dans un endroit où je vous retrouverai. Le thérapeute sera avec moi. Vous le lui laissez – vous lui dites d'être sage. Je le ramène au bout de deux heures.

– C'est tout ?

– C'est tout, j'ai dit.

Strega s'est frotté les yeux comme si elle n'aimait pas ce qu'elle voyait.

– Et si je ne fais pas ce que vous demandez ?

– Vous faites ce que vous voulez. Mais c'est vous qui payez pour obtenir du résultat – si vous n'amenez pas le gamin, ce sera plus dur. Et c'est déjà assez difficile comme ça. A vous de décider.

Elle a tiré une dernière fois sur la pipe, s'est avancée vers moi et s'est assise sur mes genoux. Elle a glissé un bras svelte derrière ma nuque et s'est penchée pour vider la pipe dans le cendrier.

– J'y penserai, elle a dit en carrant plus profondément ses fesses au creux de mes cuisses.

Sous la ceinture, j'étais brûlant, mais mes bras restaient rigides.

– Votre mari rentre quand ? je lui ai demandé.

– Il ne peut pas revenir avant minuit.

– Il ne peut pas ? j'ai demandé en regardant son petit visage qui quémandait.

Elle a enfoncé sa tête contre ma poitrine en murmurant si bas que je l'entendais à peine.

– On a un accord. Je lui fais du bien. Je suis ce qu'il lui faut. Je sais ce qui lui plaît. Pour son dernier anniversaire, je lui ai amené une amie à moi... on a fait une partie à trois.

Elle gigotait frénétiquement contre moi en chuchotant de sa voix de petite fille.

– Tous les hommes sont pareils, elle a ronronné en tendant la main vers ma braguette, en baissant la fermeture Eclair pour glisser ses doigts à l'intérieur et me caresser, le long ongle du pouce glissant sur la peau jusqu'en bas de mon membre. Dès qu'ils bandent ils n'ont plus de cervelle.

La grande maison était silencieuse comme une tombe.

– J'aurai le môme ? je lui ai demandé.

– Remonte ma jupe, elle a chuchoté en levant

ses fesses. Le vêtement a glissé jusqu'à sa taille comme s'il était huilé – la soie verte a formé une bande épaisse à la hauteur de la ceinture; dessous elle ne portait que ses bas noirs.

Elle m'a étreint, son corps s'adaptant au mien, sans changer de position, le visage toujours enfoncé contre ma poitrine. Elle a contracté les durs muscles de ses hanches, s'est pressée fort contre moi.

– Dis mon nom! elle a chuchoté dans mes cheveux.

– Quel nom? j'ai demandé, d'une voix moins tranquille que je n'aurais voulu.

– Tu le connais! elle a gémi d'une voix bien plus jeune que son corps.

– Strega, j'ai dit en prenant délicatement dans une main l'un de ses seins et j'ai senti que je me vidais en elle.

Elle s'est pressée fort contre moi en geignant comme si je lui faisais mal. Deux secondes plus tard, elle a retrouvé son calme, toujours soudée à moi, elle a rejeté la tête en arrière et a poussé un long soupir.

J'ai passé doucement la main sur son visage. Elle a pris un doigt dans sa bouche et l'a mordu très fort. Elle a remué les hanches. Je me suis retiré d'elle avec un bruit mouillé. Elle s'est tortillée sur mes genoux, son visage de nouveau enfoui dans ma poitrine. « Je suis une bonne petite fille », elle a dit. Je lui ai tapoté la tête, en me demandant pourquoi il faisait si froid dans cette chambre rose.

65

Nous sommes restés ainsi quelque temps. Je ne pouvais pas voir ma montre.

– Prends une autre cigarette, elle a dit en descendant de mes genoux pour aller dans la salle de bain. Elle a fermé la porte. J'ai entendu la baignoire se remplir.

Elle est revenue enveloppée dans un peignoir de coton blanc, les cheveux ébouriffés au-dessus du col rembourré. On lui aurait donné treize ans.

– A toi, elle a dit.

Quand je suis sorti de la salle de bain la chambre était vide. De la musique me parvenait d'en bas. Barbara Streisand. Là, c'était trop.

Strega était assise sur le divan blanc, vêtue maintenant d'une jupe noire plissée et d'un chemisier blanc. Je suis passé devant elle en me dirigeant vers l'escalier. Elle s'est levée et m'a saisi le bras, en attrapant son vison de sa main libre. J'ai commencé à descendre le premier. Je la sentais dans mon dos, je n'aimais pas cette sensation. Nous sommes montés dans la BMW sans un mot.

Elle s'est garée à l'arrêt de bus en freinant brutalement.

– Vous amènerez le gosse? j'ai demandé une fois de plus.

– Je le ferai, elle a dit. Donnez-moi vingt-quatre heures.

Ses yeux étaient ailleurs.

– C'est bon, j'ai fait en sortant de la voiture et en la regardant.

Strega m'a dit au revoir en mimant un baiser du bout des lèvres. Ça ressemblait à un ricanement.

66

Il était onze heures et demie quand j'ai attrapé le métro qui filait vers Manhattan. Les caves de l'équipe de jour étaient rentrés mais les mêmes règles s'appliquaient – baisser les yeux ou prendre l'air mauvais. J'ai alterné jusqu'à ce que la rame s'arrête en grinçant au terminus du World Trade Center. Je suis resté sous terre. J'ai suivi le tunnel qui passe sous plusieurs rues pour conduire à Park Place, j'ai retrouvé la Lincoln où je l'avais laissée et je suis rentré au bureau.

J'ai laissé Pansy sur le toit, pendant que je fouillais le réfrigérateur pour trouver quelque chose à manger. Rien qu'un pot de moutarde, un autre de mayonnaise et un petit pain congelé. Je me suis servi un verre d'eau glacée en pensant aux sandwiches à la mayonnaise qu'on se faisait en prison, et qu'on cachait sous nos chemises pour les manger au milieu de la nuit. Parfois c'était dur d'empêcher mes pensées de dériver vers l'époque de la taule, mais mon estomac, je pouvais le contrôler. Je mangerais dans la matinée.

Les photos de Scotty, le gosse que protégeait Strega, étaient sur mon bureau... un petit enfant heureux. Comme elle l'avait été un jour. A l'un des murs de mon bureau, juste au-dessus du divan, est accrochée une grande plaque de liège. Il y avait beaucoup de place pour les clichés du gamin. Je les ai punaisés pour m'aider à mémoriser son visage... je ne voulais pas les trimbaler avec moi. J'ai allumé une cigarette. Mon regard glissait de l'extrémité rougeoyante aux photos du gosse.

Je les ai scrutées pour trouver quelque chose. Rien.

La porte de derrière a claqué – Pansy en avait marre d'attendre que je monte sur le toit. Je l'ai laissée entrer, j'ai allumé la radio pour écouter les nouvelles du jour pendant que je donnais encore à manger au monstre. Puis je me suis laissé tomber sur le divan. La radio jouait « Tu es à mille kilomètres de moi », interprété par les Heartbeats. Une chanson d'une autre époque – elle était censé évoquer un type au service militaire, et sa nana qui attend son retour. C'était une chanson très populaire chez les taulards. Au moment où j'ai sombré dans le sommeil, je voyais Flood dans un temple japonais.

67

Je me suis réveillé peu à peu dans l'odeur de la nourriture pour chien. La tête de Pansy était tout contre ma face, ses yeux humides et froids me fixaient sans ciller, dans une attente patiente. Quelque chose flottait dans les profondeurs – là où je ne pouvais l'atteindre. Quelque chose à propos des photos du garçon. Je restais étendu, ignorant Pansy, essayant de ramener à la surface de ma conscience cette idée. Pas moyen. Beaucoup de rêves s'éloignent ainsi à jamais.

J'ai pris une douche et je suis sorti déjeuner, en essayant toujours de saisir ce qui me tracassait. Quoi que ce soit, il faudrait que je le retrouve.

Pansy a eu sa part des gâteaux que j'ai ramenés. C'est seulement quand j'ai laissé tomber le journal que je me suis aperçu que j'avais oublié de regarder les résultats des courses. La dépression approchait aussi sûrement qu'un faucon de sa proie – ici on l'appelle l'hiver. On l'appelle ainsi parce que ça tue. Il fallait que je prévienne Immaculata que le gosse serait disponible pour un entretien. Après, il ne me resterait plus qu'à attendre.

Je me suis arrêté à un feu au coin de Bowery et de Delancey. Un grand Noir avec un pansement sale qui lui mangeait la moitié du visage m'a proposé de me nettoyer le pare-brise pour vingt-cinq cents. Une Blanche usée, avec une perruque bon marché juchée sur sa tête fatiguée, m'a proposé de me vider les burnes pour dix sacs. J'ai payé le Noir – les maladies vénériennes, c'est pas mon truc.

Derrière l'établissement de Mama, l'impasse était vide, comme toujours.

Je me suis laissé tomber à la table du fond, en captant le regard de Mama. Un des serveurs est sorti de la cuisine avec une soupière. J'ai décliné d'un geste – je n'avais pas faim. Il a quand même posé la soupière devant moi. S'est incliné. Si Mama lui dit d'apporter de la soupe, il apporte de la soupe.

Quelques minutes plus tard, Mama se ramène, les mains dans les poches de sa longue robe.

– Tu ne te sers pas? elle a demandé.

– Je n'ai pas faim.

– Pas besoin d'avoir faim pour manger la soupe. C'est pas de la nourriture, c'est un médicament... tu comprends? elle a répondu en s'asseyant en face de moi.

Je l'ai regardée manier la louche, et nous servir largement. Les femmes ne m'écoutent pas.

– Il faut que j'appelle Mac, j'ai dit.

– Je vais le faire. Tu veux qu'elle vienne ici?

J'ai répondu d'un simple hochement de tête.

– C'est bien, a dit Mama, je veux parler au bébé.

– Mama, c'est dans plusieurs mois qu'elle aura un bébé.

– Trop tard – il faut parler au bébé maintenant – préparer le bébé à tout, tu comprends?

– Si c'est toi qui le dis, j'ai marmonné.

J'étais pas d'humeur à m'intéresser à son vaudou, ce matin.

J'ai mangé ma soupe et quand Mama a de nouveau rempli mon bol avec un sourire d'approbation, j'ai pas moufté.

– Tu vas appeler Mac aujourd'hui? j'ai demandé.

– Bientôt. Il y a eu un coup de fil pour toi. Hier soir.

Je l'ai regardée, attendant la suite.

– L'homme a dit qu'il avait un nom pour toi. Que tu devais appeler le Bronx.

La Taupe.

– Merci, Mama, j'ai lancé par-dessus mon épaule en me dirigeant vers les téléphones du fond.

J'ai fait le numéro de la casse – il a décroché à la première sonnerie.

– Tu as un nom pour moi?

– Oui.

– Je peux venir?

– On se retrouve à la plate-forme.

– Quand?

– Après-demain, la Taupe a dit, il a raccroché.

Je suis retourné à l'intérieur du restaurant. La Taupe serait à la plate-forme des hélicoptères près de l'East Side Drive après les Waterside Towers, dans deux heures. Avec un nom. C'était un endroit idiot pour se retrouver mais pas question de discuter. La Taupe adorait les hélicoptères.

Mama était toujours à table.

– Je fais venir Immaculata maintenant? elle a demandé.

– Oui, merci, Mama.

– Tu vas mieux?

– Ouais, j'ai dit.

Et c'était vrai.

68

J'AVAIS déjà liquidé la moitié d'un plat de canard rôti, de travers de porc et de riz frit quand Immaculata est entrée. Je me suis levé, me suis incliné et l'ai invitée du geste à s'asseoir pour manger un morceau. J'étais en train d'entasser du riz frit dans mon assiette quand Mama est apparue derrière elle. Elle s'est précipitée à côté d'Immaculata et a éloigné le plat d'elle en aboyant quelque chose en chinois. Un autre serveur est arrivé en courant. Je ne sais pas ce que Mama lui a dit mais il s'est mis aussitôt à enlever de la table tout ce qui s'y trouvait à l'exception de l'assiette devant moi. Une minute plus tard, il était de retour, apportant deux assiettes sur lesquelles étaient posés des couvercles de métal. Mama a servi Immaculata avec des gestes cérémonieux en disposant les aliments sur l'assiette comme un décorateur.

– Qu'est-ce qu'elle avait ma bouffe? j'ai demandé.

– Très bien pour toi. Tu n'es pas mère, non?

Immaculata a souri, sans chercher à discuter.

– Merci Mama, elle a dit.

– Tu manges que ce qu'il y a de mieux maintenant. Pour le bébé. Pour qu'il soit fort. D'accord? Pas de sucre, d'accord? Beaucoup de lait.

J'ai avalé la dernière miette de mon plat, repoussé l'assiette, allumé une cigarette.

– La fumée, mauvais pour le bébé, Mama a dit en me fixant.

– Allez, Mama, il est pas encore là, le bébé.

– Il sera là bientôt, Mama a dit. Pas vrai, bébé? elle a ajouté en tapotant l'estomac plat d'Immaculata.

J'ai écrasé ma cigarette.

– Et si je parle à Mac, vous croyez que ça le dérangera, le bébé?

– Parle d'une voix douce, Mama a répondu. Et montre ton respect au bébé quand tu parles, d'accord?

– Quoi?

– Tu parles à la mère – d'abord tu dis bonjour au bébé, tu comprends? Quand tu as fini de parler, tu dis au revoir au bébé. Très facile... même pour toi.

J'ai levé les yeux au plafond et je les ai baissés pour quêter le soutien d'Immaculata. Elle m'a rendu mon regard sans ciller. Apparemment, pour elle, ça avait un sens.

J'ai fait une petite courbette vers Mac.

– Bonjour, honorable enfant, j'ai dit. Il faut que je parle à ta maman si belle, qui va m'aider pour quelque chose de très important. Tu es le plus heureux des bébés d'avoir une mère et un père qui te sont si dévoués. Je suis certain que tu auras la beauté et l'intelligence de ta mère et la force et le courage de ton père. Puisse chacun de tes jours sur terre rayonner d'amour. Moi, je m'appelle Burke, je suis le frère de ton père.

Mama a approuvé d'un signe de tête. Immaculata s'est inclinée légèrement, une ombre de sourire au coin des lèvres.

– Mac, tu te souviens de ce gosse dont je t'ai

parlé ? Je pense qu'il a vu un tas de trucs quand on l'a photographié. Si tu lui parles, peut-être qu'il te dira des choses qu'il n'a jamais racontées à personne.

– C'est possible. Mais parfois ça prend du temps. Plus l'enfant se sent en sécurité, plus il peut parler. Son thérapeute serait en meilleure position pour obtenir cette information.

– Il n'a pas de thérapeute.

– Pourquoi ?

– Sa mère... d'autres gens de sa famille... ils pensent que le mieux pour lui est d'oublier... que la vie l'aidera à s'en débarrasser.

– Ça ne marche pas. Les gosses qui ont subi des abus sexuels ont de nombreuses façons de réagir. La culpabilité, la peur, la colère. La colère en particulier. Ce n'est pas bien de refuser à l'enfant cette possibilité.

De nouveau je pensais à la prison. Quand un gosse a été violé en taule. L'éventail des réactions possibles est réduit : continuer à se faire baiser par n'importe qui en a envie. S'évader. Devenir le giton en titre d'un seul prisonnier. Se tuer. Ou tuer le type qui lui a fait ça... la seule façon d'être de nouveau traité comme un être humain. Thérapie instantanée.

– Tu pourrais le soigner ce gosse ? j'ai demandé.

– L'entretien que tu veux que je fasse – c'est le début du traitement. Ce serait contraire à la déontologie si je m'occupais du gosse seulement pour tirer des informations de lui avant de l'abandonner. Il n'est pas nécessaire que ce soit moi qui travaille avec lui, mais il faudra que quelqu'un le fasse.

– Je m'occupe de cette partie de l'accord, j'ai répondu.

J'ai jeté un coup d'œil à ma montre – il était

temps de me mettre en route pour rencontrer la Taupe.

– On peut faire ça quand? j'ai demandé. La famille du gosse a demandé un jour de délai.

– Alors après-demain jeudi. A quatre heures.

– C'est entendu.

Je me suis levé pour partir, je me suis incliné vers Mama et vers Mac. Les yeux de Mama me scrutaient de près.

– Au revoir, bébé, j'ai dit au ventre de Mac. C'était un plaisir de se retrouver en ta compagnie.

Mama a souri. J'étais à peine à mi-chemin de la cuisine qu'elle s'était déjà plongée dans une intense discussion avec Mac à propos de lits d'enfants. Je ne me sentais pas le courage d'attendre l'arrivée de Max... Mama allait sans doute exiger qu'il ouvre un compte bancaire pour l'éducation universitaire de l'enfant.

69

J'AI pris East Side Drive à l'entrée de la Vingt-troisième Rue, appréciant ma cigarette plus encore que d'habitude grâce au nouvel édit de Mama. A la radio un type se lamentait à propos d'un scandale politique dans le Queens – au Bureau des contraventions aux règles de stationnement, cette fois. L'existence de la corruption politique n'a rien de neuf à New York, mais on continue à nous en informer comme on nous parle du temps. Les gens aiment bien être tenus au courant des réalités qu'ils ne peuvent pas changer.

Il y a un vaste parking en plein air près de la

plate-forme d'où les hélicoptères décollent et où ils atterrissent. Le gardien était un petit combinard à tête de fouine.

– T'as besoin d'un ticket, mec? il a demandé.

– Je sais pas, j'ai répondu. A ton avis?

– File-moi cinq balles et va te garer là-bas, il a dit, en montrant du doigt un coin vide. Garde tes clefs.

Le panneau du parking annonçait un tarif de sept dollars la demi-heure. Transaction new-yorkaise typique – un petit paquet pour toi, un petit paquet pour moi et merde à celui qui n'était pas là quand on a fait l'affaire.

Je me suis avancé jusqu'au bord de la plate-forme. Un hélicoptère bleu et blanc y attendait ses passagers. J'en étais à ma deuxième sèche quand la Taupe est apparu derrière une des voitures. Il portait une combinaison blanc sale avec une ceinture à outils, l'habituelle sacoche dans sa patte crasseuse. Il n'avait pas l'air dangereux.

– Salut, la Taupe, j'ai dit. Comme il ne répondait pas, je l'ai questionné : « Tu as ce nom et cette adresse pour moi? »

La Taupe a montré l'autoroute d'un mouvement du menton, a pivoté et s'est mis en marche. Je l'ai suivi en me demandant pourquoi il ne voulait pas parler près de la plate-forme. Il m'a conduit jusqu'à une South Bronx spéciale – une vieille Ford déglinguée mi-peinte d'une couche d'apprêt, mi-rouillée, affaissée sur des amortisseurs cassés, sans enjoliveurs, un trou toujours visible dans le coffre, trace de la dernière tentative de cambriolage. La Taupe y est monté sans déverrouiller la porte. Je l'ai suivi. Il a mis le moteur en marche, passé la première et démarré.

– Tu crois qu'on n'est pas assez en sécurité maintenant pour que tu me donnes le nom?

– Il faut que j'y aille avec toi.

– Comment ça?

– Il n'est pas question que tu fasses du mal à cette personne. Mes amis, ceux qui ont organisé la chose... c'est eux qui posent les conditions. Tu n'as pas le droit de lui faire du mal. Je dois aller avec toi... pour m'en assurer.

– Est-ce qu'il va me parler?

– Tout est arrangé. Il te parlera, mais seulement sur ce... cette chose en général. Tu comprends? Pas sur ce que lui il fait, sur ce qu'ils font. « Eclairer l'arrière-plan », mes amis appellent ça.

Formidable.

– Je peux le menacer? j'ai demandé.

– Il saura que tu ne peux pas lui faire de mal. Ça ne servirait à rien.

J'ai allumé une autre sèche, sans piper mot. Mais la Taupe lisait mes pensées.

– Tu sauras son adresse. Il voulait que la rencontre ait lieu là où il vit. Mais, si quoi que ce soit lui arrivait, mes amis t'en tiendraient responsable. Il est important pour nous.

– Des ordures pareilles sont importantes?

Les yeux de la Taupe ont lancé des éclairs derrière leurs épaisses lunettes.

– Nous avons un proverbe – l'arbre qui donne des fruits n'est pas regardant sur l'engrais. Et nous, on doit faire pousser des moissons dans le désert. D'accord?

– D'accord, j'ai dit.

Je n'avais pas le choix.

La Taupe conduisait comme il marchait dans sa casse – il donnait l'impression d'avancer n'importe comment. Mais il pilotait la Ford parfaitement et se faufilait dans la circulation sans prêter attention aux coups de klaxons rageurs qui éclataient quand il faisait une queue de poisson; comme sans y penser. On a trouvé une place sur la Neuvième Rue dans le West Side. La Taupe a coupé le moteur, levé les yeux sur moi.

– T'es enfouraillé ? il a demandé.

– Non.

– Le briquet que je t'ai fabriqué ?

Je n'ai rien dit... Il faisait allusion au briquet à gaz qu'il m'avait rempli de napalm.

– Laisse-le ici, a dit la Taupe. J'ai ouvert la boîte à gants et j'y ai fourré l'objet.

– Tu vas laisser ta sacoche dans la voiture, toi aussi ? je lui ai demandé. Il m'a regardé comme si j'avais besoin d'être soigné.

70

La Taupe s'est arrêté devant une demeure en pierre de taille juste après la Cinquième Avenue C'était une maison de trois étages comme les autres bâtiments du coin. Large d'une douzaine de mètres. Un immeuble de plusieurs dizaines de millions de dollars, vu le quartier. Un perron de quatre marches conduisait à une porte de teck, protégée par une grille de fer forgé visiblement faite sur mesure. Le doigt crasseux de la Taupe a trouvé le bouton de sonnette en nacre et l'a pressé une fois.

Nous n'avons pas attendu longtemps. La porte de teck s'est ouverte... un homme se tenait sur le seuil. Il nous attendait. Pas besoin d'œilleton quand cent kilos de fer vous séparent de celui qui se présente à la porte. Je ne voyais rien dans la pénombre de l'intérieur. Le type sur le seuil était grand et mince et gardait les mains dans les poches de ce qui était apparemment une robe de chambre en soie.

– Oui ? il a fait.

– Moishe, a dit la Taupe.

– Reculez s'il vous plaît, a demandé l'homme avec un accent britannique.

La Taupe et moi on a reculé pour permettre à l'homme d'ouvrir la grille de fer. Nous sommes passés devant lui et nous avons attendu pendant qu'il refermait. Nous étions dans une pièce rectangulaire dont le sol était parqueté de bois noir poli, encombrée de meubles victoriens et de tentures à motifs floraux. Une seule lumière était allumée sur le côté, vacillant comme si elle émanait d'un appareil à gaz.

– Puis-je vous débarrasser de vos manteaux ? a demandé l'homme en ouvrant un placard contigu à l'entrée.

J'ai fait non de la tête – la Taupe ne portait rien par-dessus sa combinaison.

– S'il vous plaît... a dit l'homme en montrant l'escalier d'un geste languide pour indiquer que nous devions l'y précéder. Je suis passé le premier, la Taupe à ma suite. Pour cet humain-là, nous contrevenions à toutes les règles.

– A votre droite, a dit la voix de l'homme derrière moi.

On avait tant accumulé de meubles dans cette pièce, qu'elle paraissait beaucoup plus petite qu'elle ne l'était. Un énorme bureau emplissait la salle. Ses pieds sculptés ressemblaient à des pattes de lion. Un tapis oriental couvrait la plus grande partie du plancher. Dans une cheminée de marbre des bûches de bouleau craquaient en brûlant. Les fenêtres étaient garnies de rideaux d'épais velours du même bleu royal que le tapis. Rien que des antiquités – hormis le luisant écran de minitel installé à côté du bureau.

– Asseyez-vous n'importe où, je vous prie, a dit l'homme.

J'ai choisi un fauteuil recouvert de cuir sombre. Un cendrier de bronze et de verre était posé sur un support métallique près du siège. La Taupe était resté sur le seuil. Son regard balayait la pièce. Puis il s'est assis sur le sol, bloquant de sa masse la sortie, sa sacoche placée devant lui. Il nous a alternativement regardés, l'homme et moi, pour bien marquer que nous avions un accord. Puis il a tiré une liasse de papiers du sac et s'est plongé dans ses calculs – il se retirait mentalement.

– Bon, alors, a dit l'homme en croisant les mains devant lui sur le bureau. Puis-je vous offrir un rafraîchissement? Du café? Deux doigts d'un excellent sherry?

J'ai fait non de la tête. La Taupe n'a pas levé le nez.

– Une bière peut-être?

– Non, j'ai dit.

J'avais accepté de ne pas le menacer, mais je n'avais pas besoin de faire copain-copain.

L'homme a tendu la main vers une carafe de verre taillé posée sur son bureau. Une espèce de feuille d'argent était suspendue juste au-dessous du col par une chaîne du même métal. Il s'est versé un verre d'un liquide sombre, a tenu le verre dans la lueur du feu pour en contempler le contenu, a bu une petite gorgée. Plus calme que ça, il s'endormait.

Son visage était difficile à distinguer dans la pénombre. Je voyais qu'il était très mince, chauve sur le dessus du crâne, tandis que la chevelure sur les côtés de la tête était épaisse. Ses yeux étaient enfoncés sous de gros sourcils. Le visage large finissait sur un petit menton triangulaire. Les lèvres minces, les doigts longs et fuselés avec une légère couche de vernis transparent sur les ongles.

– Bon, il a dit en sirotant sa boisson. En quoi puis-je vous être utile, monsieur...?

– Je cherche une photo, j'ai répondu, sans lui dire mon nom. La photo d'un gosse.

– Et vous pensez que j'ai cette photo? Il a demandé, ses épais sourcils levés.

J'ai haussé les épaules. Ça aurait été trop beau.

– Pas nécessairement. Mais j'espère que vous pourrez me parler de ce genre de choses en général. Me donner une idée pour savoir où chercher.

– Je vois. Parlez-moi de cette photo.

– Une photo de gosse. Un petit garçon blond et joufflu. Dans les six ans.

L'homme attendait sans impatience, derrière son bureau. Je ne lui en avais pas dit assez.

– Une photo porno, j'ai précisé.

– Mmm... il a fait. Ce n'est pas si rare. Les petits garçons amoureux font souvent des choses de ce genre.

Quelque chose brûlait dans ma poitrine. J'ai senti le regard de la Taupe sur moi, je me suis maîtrisé, j'ai tiré une nouvelle bouffée de cigarette.

– Qui pourrait avoir une photo de ce genre?

– Oh, mais n'importe qui. Absolument. Tout dépend de la raison pour laquelle cette photo a été prise.

– La raison?

L'homme a réuni ses mains comme s'il allait prier, son accent anglais lui donnant encore plus l'air d'un prof.

– Si la photo a été prise par son mentor, alors

elle n'est pas dans le circuit commercial, vous comprenez?

– Son mentor?

– Un mentor, cher monsieur, c'est quelqu'un qui vous éduque, qui vous guide dans la vie. Qui vous aide à surmonter vos problèmes... ce genre de choses.

Je le regardais sans rien dire, me contentant d'imaginer une tumeur cancéreuse dans sa poitrine, gardant mes mains immobiles. J'ai levé un sourcil interrogateur.

– Les hommes qui aiment les jeunes garçons sont très spéciaux, a dit l'homme d'une voix pleine de componction. Tout comme les garçons qui les aiment. C'est une relation extrêmement particulière, unique. Et très peu comprise par la société.

– Expliquez-moi ça, j'ai dit d'une voix neutre.

– Quand un garçon a une préférence sexuelle pour les hommes, il est en grand danger. Le monde ne le comprendra pas – de nombreuses portes se fermeront à lui. La tâche d'un mentor dévoué est de le faire passer de l'état de bouton à celui de fleur épanouie. De contribuer à l'éclosion de sa virilité.

– En prenant des photos pornos d'un gosse?

– Ne jugez pas trop vite, mon ami. Un vrai mentor ne prendra pas de telles photos dans un but commercial, comme je vous l'ai dit. Ces clichés servent à conserver un moment unique et beau. Les enfants grandissent, il a continué, la voix chargée de regret devant l'inévitable. Ils perdent leur jeunesse. Les parents affectueux prennent bien des photos de leurs enfants pour les regarder plus tard, n'est-ce pas?

Je ne lui ai pas répondu. Je ne savais pas ce que faisaient les parents affectueux. Ceux qui m'ont élevé ont pris un tas de photos de moi... on appelle ça un fichier anthropométrique.

– Il s'agit de saisir un instant au vol, a poursuivi le type. C'est une façon de garder toujours pour soi les moments parfaits du passé, même quand la personne est partie.

– Vous voulez dire que les gens... les gens comme vous... veulent seulement garder ces photos ? Ni les vendre, ni rien.

– Les gens comme moi..., a repris l'autre, rêveur. Qu'est-ce que vous savez sur les gens comme moi ?

– Rien, j'ai répondu.

L'accord c'était de ne pas le bousculer... personne ne m'avait demandé de lui dire la vérité.

– Je suis un pédophile, a déclaré l'homme, à la façon d'un immigrant annonçant un jour qu'il était citoyen, fier et émerveillé de ce privilège. Ma sexualité est orienté vers les enfants... les jeunes garçons.

Je l'observais, attendant la suite.

– Je ne suis pas un « violeur d'enfant », je ne suis pas un pervers. Ce que je fais est d'un point de vue technique contraire à vos lois... aux lois existant aujourd'hui. Mais ma relation avec mes garçons est empreinte de douceur et de pureté... J'aime les garçons qui m'aiment. Où est le mal ?

Je n'avais pas de réponse à lui fournir alors j'ai allumé une cigarette.

– Peut-être pensez-vous que c'est tout simple, il a avancé, sa bouche mince crispée de dédain pour mon incompréhension. J'aime les garçons... vous vous dites probablement que je suis homosexuel, n'est-ce pas ?

– Non, je lui ai assuré.

C'était la vérité – les homosexuels ce sont des adultes qui ont des relations sexuelles avec des adultes; il y a chez eux des types super et des fumiers, tout comme chez nous. Ce détraqué n'était pas comme nous.

Il scrutait mon visage, guettait une réaction.

– Vous croyez que je suis le seul dans mon genre? Permettez-moi de vous dire que certains des hommes les plus haut placés de notre ville partagent mes goûts. En fait, c'est grâce à ma connaissance de telles choses – des gens puissants soumis à des pulsions puissantes –, que je suis protégé, il a expliqué en montrant la Taupe du menton.

– Chaque garçon que j'aime... et qui m'aime... en tire un bénéfice que vous ne pouvez imaginer. Il passe de l'enfance à l'adolescence et de l'adolescence à l'âge adulte sous ma protection, il grandit sous mon aile si vous voulez. Je le forme, sur les plans intellectuel et spirituel. Je le prépare à affronter le vaste monde. Je suis une force capable de transformer sa vie, vous comprenez?

– Oui, j'ai dit, et cette fois c'était pas un mensonge.

– Et j'ai voulu... j'ai pris des photos de mes garçons. Quand les années ont passé, cela nous fait plaisir à tous deux de revoir cette icône de notre amour, de revoir ce qu'il a été. Un enfant reste si peu de temps un enfant, il a conclu, d'une voix pleine de tristesse.

– Et vous ne vendriez pas ces photos?

– Certainement pas. Je n'ai pas besoin d'argent, mais la question n'est pas là. Cela abaisserait notre amour... d'une façon presque incommensurable. Ce serait une violation de notre relation... quelque chose que je ne ferais jamais.

– Alors personne ne verra jamais les clichés que vous avez? je lui ai demandé.

– Personne en dehors de mon cercle d'amis. En

quelques rares occasions, il peut arriver que j'échange des photos de mes garçons avec d'autres qui partagent mes goûts. Mais jamais pour de l'argent.

– Vous voulez dire que vous échangez ces photos ? Comme celles des joueurs de base-ball ?

Nouveau froncement de sourcil.

– Cher monsieur, vous avez une manière bien brutale de présenter les choses. Je sais que vous n'avez pas l'intention de m'offenser...

J'ai acquiescé d'un signe de tête. Je ne voulais pas qu'il s'arrête de parler. La Taupe gardait la tête enfoncée dans ses papiers, mais je sentais qu'il me disait de faire gaffe où je mettais les pieds.

– Mes garçons aiment savoir qu'ils me donnent du plaisir. Et cela me fait plaisir de montrer leur amour pour moi à d'autres hommes qui partagent ma passion.

Il a bu une autre gorgée de son breuvage.

– Certes, il doit bien y avoir une composante égotiste dans le fait d'échanger des photos avec d'autres... Je suis fier de mes succès, c'est vrai. Mais – je sais que vous comprenez – il nous faut être très discrets.

Je comprenais parfaitement – j'ai acquiescé d'un signe de tête.

– Quant à ceux qui font des photos d'enfants dans un but purement commercial, ils ne partagent pas mes amours... mon style de vie, si vous voulez. Aucun véritable amoureux de la prime jeunesse n'achètera ces photos. Elles sont trop impersonnelles, et vulgaires. On ne sait rien du garçon photographié... ni son nom, ni son âge, ni ses occupations. Les clichés commerciaux sont tellement... anonymes. La sexualité n'est qu'une composante de l'amour. Une brique dans ses fondations. Comprenez-vous cela ?

– Je comprends, j'ai dit.

Il était bien vrai que le démon peut citer les Ecritures, comme disait toujours le Prophète.

– Est-ce qu'une personne comme vous détruirait ses photos... si par exemple elle craignait une perquisition ?

– Un vrai pédophile ne fera jamais une chose pareille. Je peux vous assurer, mon ami, que si la police tambourinait à la porte en cet instant même, je ne jetterais pas mes souvenirs dans l'âtre.

– Mais les photos sont des preuves...

– Oui. Des preuves d'amour.

– Des gens ont été reconnus coupables sur la base de preuves d'amour.

Un sourire a erré sur ses lèvres.

– La prison est une réalité qui ne se laisse jamais oublier pour nous. Un véritable adepte de notre mode de vie l'accepte. Qu'une chose soit contraire à la loi ne signifie pas nécessairement qu'elle soit immorale.

– Ça vaut la peine de risquer la prison ?

– Ça vaut toutes les peines.

– Les gens qui... échangent... les photos des garçons. Vous savez comment les contacter ?

– Nous avons un réseau. Limité, bien sûr. Vous voyez le minitel ? Il a demandé.

J'ai hoché la tête.

– Vous pouvez me montrer ? j'ai demandé.

– Très bien, il a dit avec un soupir.

Il s'est extirpé de derrière son bureau en emmenant ses lunettes et s'est assis devant l'écran du minitel. Il a décroché et pianoté la console, attendu patiemment. L'écran s'est allumé et il a rapidement tapé quelques mots... son mot de passe.

La réponse apparaît aussitôt sur l'écran : « Salutations de Santa. »

– Santa est l'un d'entre nous, a dit l'homme en guise d'explication.

Il a tapé : « Avez-vous de nouveaux cadeaux pour nous? » puis appuyé sur une autre touche et le message a disparu.

Une minute plus tard, l'écran clignotait et un message de Santa apparaissait : « Sept sacs pleins. »

– Son nouveau garçon a sept ans, a dit l'homme. Vous comprenez le code?

– Oui, j'ai dit. Le Père Noël.

L'homme a de nouveau tapoté : « Ici Tuteur. Serait-il encore trop tôt pour songer à échanger des cadeaux? »

« Pas de cadeaux d'amour », a répondu l'écran.

L'homme m'a jeté un coup d'œil par-dessus son épaule. J'ai de nouveau hoché la tête. C'était assez clair.

« A plus tard », a tapé l'homme. Il a poussé un bouton et l'écran s'est éteint d'un coup. Il est retourné à son siège derrière le bureau.

– Autre chose? il a demandé.

– Si la photo du garçon... celle que je cherche... a été prise dans un but commercial... pas par un pédophile... je ne pourrai pas la trouver?

– Autant chercher une aiguille dans une meule de foin, a dit l'homme. Les photos commerciales... ils les vendent à n'importe qui, absolument. Et puis ces photos, ce ne sont pas les originaux, vous voyez? Ils en tirent des centaines d'exemplaires. Un original, on ne le retrouve que s'il figure dans une collection privée.

– Disons que je me moque de savoir si la photo est un original, vous comprenez? Si je vous montrais une photo du gosse, est-ce que vous poseriez la question autour de vous... est-ce que vous essayeriez de trouver la photo que je recherche?

– Non. Je ne trahirais jamais la confiance de mes amis.

Il a jeté un coup d'œil à la Taupe pour se rassurer. L'autre lui a rendu son regard, sans rien manifester.

– Et vous n'avez aucun rapport avec les réseaux commerciaux?

– Certainement pas.

Ce détraqué ne me serait d'aucune utilité.

– Je comprends, j'ai dit en me levant pour partir.

L'homme m'a regardé droit dans les yeux.

– A vous de trouver, par vous-même.

La Taupe s'est relevé lourdement, et s'est attardé sur le seuil pour être sûr que je sortirais en premier.

– Un dernier mot, l'homme m'a lancé. J'espère sincèrement que vous avez appris quelque chose ici. J'espère que vous avez appris à être tolérant à l'égart de notre réalité. A éprouver un peu de respect pour notre amour. Je suis sûr que nous pouvons trouver une base d'accord, quelque part.

Je n'ai pas bougé, désireux que j'étais de ne pas sentir mes poings se refermer.

– J'ai la foi, l'homme a dit, et je suis prêt à mourir pour ma foi.

– Voilà une base d'accord entre nous, j'ai répondu, et puis je lui ai tourné le dos pour suivre la Taupe dans l'escalier.

71

Je me suis arrêté devant une cabine téléphonique près du Drive pour appeler Strega et lui dire que j'aurais besoin de Scotty le surlendemain. Sa ligne était occupée. J'ai allumé une sèche, tiré deux bouffées et refait le numéro. Elle a décroché à la première sonnerie.

– Oui, elle a soupiré dans le récepteur d'une voix aussi dure et lisse que son corps.

– C'est moi, j'ai dit. Jeudi après-midi, ça va? Comme on a dit? Vous l'amenez au parking en face du Tribunal là où on s'est rencontrés la première fois.

– Quelle heure?

– Quatre heures. S'il y a trop de monde dans le parking, j'attendrai devant le Tribunal de la Famille. L'immeuble gris foncé sur Lafayette. Vous voyez de quoi je parle?

– Je trouverai.

– Faites en sorte qu'il comprenne qu'il ne risque rien avec moi.

– Ça ira très bien pour lui, elle a répondu de sa voix monocorde.

– Alors au revoir, j'ai conclu en m'apprêtant à reposer le combiné.

– Voilà pour après-demain, a articulé Strega. Et pour ce soir?

– C'est trop tôt. J'ai besoin de temps pour organiser l'affaire.

– Et moi?

– Quoi, vous?

– Je suis seule ici ce soir. Toute seule. Vous voulez venir me voir?

– Je ne peux pas... je travaille.

– Peut-être aimeriez-vous me travailler au corps, elle a chuchoté dans le téléphone, en appuyant sur le dernier mot.

Je pouvais voir le sourire de ses lèvres peintes, luisant dans la pièce sombre.

– Une autre fois, j'ai décliné.

– Ça, ce n'est pas garanti, Strega a dit.

Et elle a raccroché.

Je suis retourné au bureau en me demandant où pouvait bien être pendant tout ce temps sa bon Dieu de fille.

72

J'AI consacré la journée du lendemain à mes affaires. L'American Express menaçait de fermer les comptes que j'avais sous divers noms si je ne les approvisionnais pas. Il n'y a qu'une manière de répondre à de telles demandes, si légitimes – j'ai tapé de nouvelles demandes d'ouverture de compte en vérifiant ma liste pour être sûr de ne pas réutiliser des noms déjà repérés. Puis j'ai envoyé le texte de quelques nouvelles publicités – ma nouvelle société de vente par correspondance offrait le tout dernier modèle de couteau de survie étanche de la Marine pour seulement vingt-cinq dollars. Pas de livraison contre remboursement. Ma société ne prend pas non plus les chèques – il y a trop de gens malhonnêtes de nos jours. J'ai examiné mon fichier de certificats de naissance de personnes mortes dans l'année de leur naissance. J'en ai utilisé certains pour obtenir des numéros de Sécurité sociale, d'autres pour avoir des permis de conduire. Ces papiers me servent à diverses activités lucratives – obtention de passeports, de pensions d'invalidité, d'allocations de chômage. Si l'on n'est pas trop gourmand, ça peut durer éternellement.

Pour finir, j'ai consulté mon livre des loyers. J'ai quelques appartements en ville – quand le locataire d'un appartement loué meurt, le concierge me prévient, il y a un versement d'argent et je suis le nouveau locataire. Alors je sous-loue l'appartement à des yuppies heureux de payer sept fois le loyer, et persuadés d'échapper au système. Michelle téléphone pour moi. Je partage chaque mois le loyer avec le concierge et tout le monde est content. Tôt ou tard, le propriétaire découvre ce qui se passe et expulse l'occupant. Alors les yuppies se retrouvent seuls. Je ne touche plus leurs loyers. Mais je ne rends pas la caution.

J'ai emmené Pansy en promenade sur les berges de l'Hudson pour l'entraîner à obéir même quand elle n'est pas en laisse. Puis je l'ai emmenée avec moi dans la salle de billard de chez Pop, et je l'ai laissée me regarder d'un air désapprobateur pendant que je risquais cinquante dollars à la table du fond. Celle qui est à droite, sous le panneau « Paris interdits ».

Tuer le temps. C'est beaucoup plus facile quand on n'est pas dans une cellule.

73

LE lendemain à seize heures, j'ai garé la Lincoln sur le parking du palais de justice. Immaculata était à côté de moi, à la place du passager. Max était allongé derrière, les mains derrière la tête, les yeux dans le vague.

– Tu veux qu'on récapitule? j'ai demandé à Mac.

– Ce n'est pas nécessaire. Je sais ce que tu veux. Mais comme je t'ai dit, les révélations sont parfois lentes à venir. Je ne peux pas te promettre que le gosse me racontera tout dès le premier entretien.

– Ça peut mettre combien de temps?

– Ça dépend du gamin... et de l'importance du traumatisme. Certains enfants ne racontent jamais la totalité de ce qui s'est passé.

– Tu ne peux pas insister un peu?

Les yeux de Mac se sont rétrécis.

– Bien sûr que je pourrais. Mais je ne le ferai pas. Ce n'est pas ainsi que nous travaillons. Ce premier entretien – celui où nous établissons que l'enfant a été effectivement victime d'abus sexuels – n'a pas pour but d'obtenir des informations, il fait partie d'un processus dont le but réel est de soigner l'enfant.

– Bon, entendu, j'ai dit en allumant une cigarette.

– Nous nous étions mis d'accord là-dessus, a dit Mac en tapotant le tableau de bord de ses ongles longs. – Il n'était pas question pour elle d'en rediscuter.

– Tu as dit à Max ce qu'il aurait à faire? je lui ai demandé.

Immaculata a souri.

– Il le sait, elle a dit.

Le parking du palais de justice ne fait pas de discrimination. Les Porsche voisinent avec les vieilles Chevrolet – une limousine prenait deux places. Tout comme un taxi pourri.

Un Hispano s'est penché à ma fenêtre ouverte. « Fumette? » il a demandé en regardant droit devant lui. Je n'ai pas répondu et il est reparti arpenter le parking. Si on a le fric, on peut acheter n'importe quoi à côté du Tribunal.

Immaculata et moi on est descendus de la Lincoln et on s'est dirigés vers le Tribunal de la Famille. Un flot humain continu sortait des portes tournantes – une grosse Portoricaine aux yeux fatigués avec un gosse d'une douzaine d'années qui portait une veste avec l'insigne d'une bande, et un béret sur la tête. « Tu as entendu ce qu'il t'a dit, le juge? » elle a demandé. « Le juge, je l'emmerde », le gosse a rétorqué en évitant sans effort la faible tentative de gifle maternelle, un sourire de gamin aux lèvres. Un type en uniforme d'une compagnie de téléphone s'agrippait au bras de son avocat en murmurant « encore un ajournement, putain de merde ». L'avocat a haussé les épaules. Un autre type est sorti en trombe, une femme sur les talons. Elle tendait le bras pour essayer d'attraper celui de l'homme. Il frappait du poing la paume de sa main, sans arrêt, les yeux baissés.

Je guettais l'apparition de la petite BMW de Strega, et je n'ai donc pas fait attention à la Mercedes beige qui patrouillait sur le parc de stationnement, jusqu'au moment où j'ai entendu la portière claquer. Elle était de l'autre côté de la rue, vêtue d'un long manteau noir, un foulard blanc sur la tête. Au bout de chacun de ses bras tendus, elle tenait la main d'un enfant. Un garçon et une fille. Elle s'est penchée pour dire quelque chose à la fillette. L'enfant m'a fait un joyeux signe de la main et ils ont commencé à traverser.

Il ne faisait pas très froid dans les rues mais les joues de Strega étaient rouges et brillantes.

– Salut! elle a lancé, d'une voix que je ne lui avais jamais entendue auparavant, en me tendant une main gantée. Je l'ai prise – elle a serré très fort.

– Je vous présente Scotty, elle a dit en tirant plus près d'elle un petit garçon blond au visage rond. Et ça, c'est ma Mia.

Elle a souri. La petite fille portait un manteau noir et un foulard comme sa mère. Des cheveux roux flamboyant formaient un halo autour de son petit visage heureux.

– Comment tu t'appelles? elle m'a demandé.

– Burke, je lui ai dit.

– C'est un drôle de nom, elle a observé, souriant toujours.

– Comme Mia, j'ai répondu.

– C'est un nom très spécial, a dit la petite fille, ses lèvres amorçant une moue.

– C'est un nom très joli, a dit Immaculata en s'avançant.

– Je vous présente mon amie, Immaculata, j'ai annoncé à tous.

D'un mouvement gracieux, Immaculata s'est accroupie, ses yeux au niveau du visage des enfants.

– 'jour Scotty. 'jour Mia, elle leur a dit en tendant les mains.

Mia lui a pris la main aussitôt en babillant comme si elles étaient de vieilles amies. Scotty restait à l'écart.

– Tout va bien, a dit Strega.

Il s'est avancé lentement vers Immaculata.

– Tu sens bon, il a dit.

Les yeux de Strega me lançaient des éclairs.

– Alors, voilà votre amie?

– Immaculata va travailler avec Scotty, comme convenu, j'ai répondu d'une voix neutre.

Ses grands yeux ne cillaient pas :

– J'ai confiance en vous, elle a laissé tomber.

J'ai rencontré son regard. Nos visages étaient à des centaines de kilomètres au-dessus d'Immaculata et des enfants.

– Vous avez des impératifs de temps ?

– Dites-moi simplement où vous retrouver.

– Ici, ça irait ? Vers sept heures et demie, huit heures ?

– Comme vous voulez.

J'ai allumé une cigarette pendant que Strega expliquait à Scotty en lui caressant la tête qu'il allait partir avec Immaculata et moi et qu'elle le retrouverait plus tard avec Mia. Ils iraient tous ensemble manger des glaces au McDonald.

– D'accord, Zia Peppina, a dit le garçon, sa main dans la main d'Immaculata.

Ses yeux étaient encore troublés par l'inquiétude mais il tiendrait le coup.

– Redis-moi ton nom, a demandé Mia à Immaculata.

– C'est I-mmac-u-la-ta, elle a dit, mais mes amis m'appellent Mac.

– C'est plus facile, Mia a dit.

– C'est toujours plus facile d'être ami, Mac a opiné gravement.

– Je sais, l'enfant a dit.

Il était temps d'y aller.

– Enchantée de vous avoir rencontrée, Strega a dit à Immaculata.

– Moi de même, Mac a répondu en s'inclinant légèrement. Vous avez une petite fille superbe et charmante.

Les yeux de Strega se sont éclairés quand elle a entendu cette dernière remarque. Elle s'est inclinée en retour devant Immaculata avant d'avoir eu le temps d'y penser. Mac avait cet effet sur les gens.

– Allons-y, Scotty ! a dit Immaculata en prenant

la main du garçon et en commençant à traverser la rue en direction de la Lincoln.

– Tu es l'ami de maman? Mia m'a demandé.

– Qu'est-ce qu'elle t'en a dit, ta mère? j'ai répondu.

– Elle a dit que t'étais son ami.

– Est-ce que ta mère t'a déjà menti?

– Oh non, la gosse a dit, sa bouche s'arrondissant en un O de surprise.

– Alors tu sais à quoi t'en tenir, je lui ai dit.

J'ai tendu la main à Strega. Elle m'a souri et a essayé de me faire mal en serrant mes doigts dans sa poigne.

– Bye-bye, elle a fait en me tournant le dos, entraînant Mia avec elle.

J'ai allumé une cigarette en regardant les deux petites filles en manteau noir traverser la rue en direction de leur Mercedes. Puis j'ai traversé à mon tour.

74

QUAND je suis arrivé à la Lincoln, Scotty était debout sur le siège de devant, et il regardait Max installé à l'arrière.

– Recommence! il a crié, en tapant dans ses mains potelées.

– Recommence quoi? j'ai demandé en me glissant derrière le volant.

– Max est un protecteur, Scotty a expliqué. Il est ici pour que je sois en sécurité.

– C'est vrai, j'ai déclaré, avec un hochement de tête approbatif à l'adresse d'Immaculata.

– Max est l'homme le plus fort du monde entier!

m'a lancé Scotty, criant presque. Recommence, s'il te plaît! il a crié à Max.

Je ne sais pas quel genre de père pourrait être Max, mais je suis sûr et certain qu'il ne sera jamais dérangé par le bruit des enfants.

Scotty brandissait un vieux fer à cheval. Max a tendu le bras par-dessus le siège et l'a pris. Le Mongol a agrippé chaque extrémité dans une main, respiré profondément par le nez avec un bruit clair et sifflant et il a tiré sur le fer jusqu'à ce qu'il ne soit plus qu'une pièce de métal très droite. Il a incliné la tête, et l'a rendu au petit.

– T'as vu? Scotty m'a demandé.

– C'est incroyable, j'ai répondu.

– Max pourrait soulever la voiture tout entière s'il le voulait, pas vrai, Max? il a dit.

Max a joint les mains par le bout des doigts en faisant affluer le maximum de sang dans ses biceps. Les muscles de ses bras se sont gonflés. Max a ramené ses mains vers sa poitrine, faisant le geste de bercer un bébé. Il a souri. Puis il a fait saillir un biceps, dans une pose de culturiste, une expression vaniteuse sur le visage, et il a fait « non » de la tête.

– Qu'est-ce qu'il dit? Scotty a demandé à Immaculata.

– Il dit qu'être très fort, ça sert seulement à protéger les gens, pas à frimer.

– Oh, le gosse a fait. Il a réfléchi une minute puis : Alors, pourquoi il a tordu le fer à cheval?

Quoi qu'ils aient fait à Scotty, ils ne l'avaient pas rendu stupide.

– Tu te souviens que je t'ai dit que Max était ton protecteur? a demandé Immaculata, et le gosse a hoché solennellement la tête. Eh bien, il fallait que je te montre que Max est vraiment un bon protecteur. Nous sommes amis, toi et moi. Mais toi, tu ne devrais pas faire confiance à de nouveaux amis tant qu'ils ne t'ont pas prouvé qu'ils disent la vérité. Pas vrai?

– Oui... il a dit, avec une expression de tristesse.

– Je sais, Immaculata lui a dit en lui tapotant l'épaule. Tu es en sécurité maintenant. On va arranger ça, d'accord?

Il a encore hoché la tête, d'un air dubitatif cette fois. Max a posé son énorme patte couturée sur l'épaule du garçon. Il l'a laissée là, simplement. Et Scotty a souri tandis que nous roulions à travers la ville vers cet endroit dans Broadway où on allait arranger ça.

75

Sos Enfants était dans le Village, non loin du palais de justice. J'ai trouvé une place pas très loin et on est sortis de la voiture tous ensemble. Immaculata montrait le chemin, la main de Scotty dans la sienne. Un grand Noir était assis à un bureau tout de suite après les doubles portes de verre. Il s'est levé en nous apercevant, Max et moi, derrière Immaculata.

– Il sont avec moi, elle a dit en souriant.

Le Noir s'est rassis.

On a monté un escalier jusqu'à ce qui avait dû être quelques années plus tôt l'atelier d'une usine. Une vaste salle, d'une quinzaine de mètres de long. Des tapis de gymnastique dans un coin. Une bande de marmots s'entraînaient à une variété de karaté en poussant des grands cris à chaque mouvement. Les tout petits jouaient dans un bac à sable à un bout de la pièce. Quelques gosses peignaient avec les doigts. Un mioche tricotait quelque chose. On aurait dit qu'il y avait des centaines d'enfants, tous hyperactifs. Ça ressemblait à un tunnel du métro plein de gens heureux

Une jeune femme s'est détachée d'un groupe d'enfants et s'est avancée vers nous. Elle mesurait peut-être un mètre cinquante et ses cheveux coupés court flottaient autour de son visage tandis qu'elle approchait. Encore une jolie dame italienne – l'autre face de la médaille de Strega.

– Ma patronne, a chuchoté Immaculata. Lily.

– 'jour Mac, la femme a dit. Et toi, tu dois être Scotty, elle a dit au garçon en s'accroupissant comme Immaculata tout à l'heure devant le Tribunal de la Famille. Je m'appelle Lily, elle a dit en lui tendant les mains.

Scotty les lui a prises, mais ses yeux étaient rivés sur les autres gamins.

– Tu pourras jouer avec eux tout à l'heure, Lily a dit, devinant ses pensées. D'abord on va aller dans une salle de jeux spéciale qu'on a réservée pour toi.

Elle a parlé comme s'il s'agissait d'une grande affaire et Scotty a réagi. Il s'est senti important.

Elle s'est levée, gardant une main de Scotty dans la sienne. Immaculata a pris l'autre. En suivant le couloir qui conduisait au bureau du fond, les deux femmes ont soulevé Scotty, le balançant à bout de bras. Le gosse a gloussé, aux anges.

Nous sommes arrivés au seuil d'une petite pièce encombrée d'objets enfantins – des animaux en peluche, un paravent à trois panneaux décoré d'un dessin de chiots joueurs, des poupées, des livres de coloriage. Tous les meubles étaient à la taille des enfants.

– C'est ici qu'Immaculata et toi, vous allez parler, a annoncé Lily à Scotty.

– Sur les choses mauvaises? il a demandé.

– Si tu veux. On ne t'obligera à rien si tu n'en as pas envie, d'accord?

Il a simplement hoché la tête, subjugué à présent.

– Tu vas entrer là avec Immaculata et nous on attendra tous dehors, d'accord?

– Max vient aussi, a dit le gosse en tirant sur la main du Mongol.

Max a attrapé le gosse par la ceinture et l'a envoyé en l'air. Scotty a crié de plaisir, sans douter une seconde que Max le rattraperait. Max l'a recueilli dans ses bras et emporté à l'intérieur. Immaculata s'est inclinée vers Lily et moi et puis les a suivis en refermant la porte derrière elle.

Il y avait une grande fenêtre le long d'un mur. On les voyait tous trois à l'intérieur. Scotty était assis sur les genoux de Max et Immaculata lui parlait.

– Une glace sans tain? j'ai demandé à Lily.

– Oui, elle a dit. On a tout le temps des étudiants qui viennent observer les séances.

– Vous enregistrez les entretiens sur vidéo?

– Nous n'avons pas la possibilité de dissimuler des caméras et beaucoup de nos gosses sont allergiques à la vidéo. Vous comprenez?

– Bien sûr, je lui ai dit.

Les gosses qui ont joué dans des films pornos risqueraient de piquer une crise en voyant une caméra. Scotty dessinait quelque chose. Il le montrait à Immaculata et à Max toutes les deux secondes.

– Je m'appelle Burke, j'ai dit.

– Je sais qui vous êtes, Lily a répondu, d'une manière contrainte.

– Vous avez quelque chose contre moi?

Elle a réfléchi un instant en me fixant droit dans les yeux.

– Non... non, je n'ai rien contre vous. En fait, il y a deux de nos jeunes filles, chez les aînées, qui ont raconté que vous les aviez sorties du trottoir. Et McGowan aussi dit que vous êtes très bien.

– Alors?

– Monsieur Burke, quand nous travaillons avec des gosses à SOS Enfants, nous ne rendons pas leurs aveux publics.

J'ai continué à observer Scotty, qui parlait par gestes à Max. Celui-ci croisait les bras, les yeux plissés de concentration. J'attendais que cette femme me dise ce qu'elle avait sur le cœur.

– Vous connaissez une fille nommée Babette?

J'ai hoché la tête. Il y a quelques mois, je me suis retrouvé dans un sac de nœuds et elle a fini par aller voir McGowan. Je suppose qu'il l'a emmenée à SOS Enfants. Pas à tortiller, elle ne pouvait pas retourner auprès du beau-père qui m'avait payé pour la retrouver.

– Un jour en séance de groupe, Babette nous a raconté comment elle a échappé à son maquereau, Lily a expliqué. Elle nous a dit que vous aviez tiré sur cet homme.

– J'ai cru qu'il allait sortir un pistolet.

– Babette a dit que votre arme ne faisait aucun bruit, a poursuivi Lily en me regardant dans les yeux.

Je n'ai rien dit. Si je n'avais pas eu un silencieux, c'est peut-être un flic en civil qui serait venu à la place de McGowan dans cette chambre d'hôtel. Flinguer un mac ne devrait pourtant être qu'un délit mineur – comme de chasser sans permis.

– Ne vous en faites pas, elle a ajouté, personne n'ira témoigner contre vous.

– Je ne m'en fais pas, je lui ai dit.
Le Prophète avait rendu visite au mac sur son lit d'hôpital – et l'avait convaincu.
– Les armes sont interdites à SOS Enfants, a laissé tomber Lily en me scrutant.
– Vous voulez me fouiller ? je lui ai répondu avec le sourire, en ouvrant mon manteau.
– Non. Je veux votre parole.
– Vous l'avez.
Nous nous sommes retournés vers la vitre. Les mains aux hanches, Scotty criait quelque chose à Immaculata. Tout à coup il s'est lancé en avant et lui a donné un coup de poing à l'épaule. Max n'a pas bougé.
– Ça va, a déclaré Lily. C'est sans doute une façon de rejouer le passé.
Devant mon regard interrogatif, elle a poursuivi :
– Quand les enfants revivent leur expérience... certains d'entre eux trouvent ça plus facile que d'en parler tout de suite. A moins qu'il l'ait déjà fait... peut-être qu'il a livré le secret... Certains de nos gosses explosent de colère quand la vérité est sortie... ils ont tant de fureur en eux.
– Alors pourquoi frappe-t-il Immaculata ?
– Nous les y encourageons. Dans un premier temps. Ensuite ils passent dans les cours d'autodéfense. Il faut que tout sorte – d'abord le secret, ensuite la colère.
– Le secret, c'est ce qui leur est arrivé, ce que les gens leur ont fait ?
– Non. Ça c'est ce qu'ils appellent les « trucs mauvais » ou les « trucs qui font mal ». Le secret c'est que l'agresseur leur a dit de n'en parler jamais à personne. Ils s'y prennent généralement de façon à persuader l'enfant que s'il parle, il arrivera quelque chose d'horrible.

– A l'enfant?

– Généralement non. A leurs parents, ou à un petit chien... parfois même à un personnage de la télé que les enfants adorent.

– Le gosse le croit? j'ai demandé. Quand j'avais l'âge de Scotty, je ne croyais à rien.

– Bien sûr. L'agresseur est tout-puissant. Il peut tout faire. Et la culpabilité aide à garder le secret.

– Pourquoi le gosse se sentirait-il coupable si quelqu'un lui a fait une chose pareille?

– Parce qu'en partie ça ne lui a pas déplu... ça a éveillé chez lui de nouvelles sensations. Et certains d'entre eux croient que la personne qui leur a fait ça les aime vraiment. Un parent dira à l'enfant que si le secret est découvert, il risque d'aller en prison... et ce sera la faute du gosse. Vous voyez?

– Oui, ils font en sorte que l'enfant prenne tout sur les épaules.

Scotty pleurait, le visage dans les mains. Penchée sur lui, Immaculata lui parlait en lui tapotant le dos.

– Vous connaissez un procureur du nom de Wolfe? Qui travaille au Bureau des victimes?

– Bien sûr, a répondu Lily. C'est la meilleure. Je travaille beaucoup avec son service.

– Vous accepteriez de me recommander à elle?

– Vous cherchez un boulot d'enquêteur?

– Non. Je voudrais seulement m'entretenir avec elle de cette affaire, peut-être avoir un coup de main. Et je ne connais pas grand monde de son côté de la barricade.

– Je peux seulement lui dire ce que je sais de vous.

– Eh, dites, j'ai tiré cette gosse d'affaire, non?

– En effet, mais vos méthodes laissent un peu à désirer, vous ne croyez pas?

– Je ne sais pas. Vous devriez demander à Babette.

Lily a souri.

– Je parlerai à Wolfe, elle a dit, et nous nous sommes serré la main.

Scotty ne pleurait plus. Il avait tourné vers Max son visage sillonné de larmes, ses petites mains remuaient avec véhémence. Max a pris le dessin qu'il lui tendait – pour moi, des gribouillis. Puis il a pris une des tables rondes à dessus de bois et l'a posée sur le côté, les pieds parallèles au sol. D'une main, il a testé sa solidité. Puis il s'est mouillé le pouce et a collé le dessin contre la table. Il s'est penché vers Scotty et, paume en avant, a fait signe de reculer.

A côté de moi, à la fenêtre, Lily a dit :

– J'ai jamais vu ça.

Max s'est élancé. Son pied gauche a balayé le sol pour lui servir de point d'appui avancé. Puis le pied droit est parti en un éclair, fracassant la table de bois comme si elle avait été en verre. Max s'est approché, a tiré des débris le dessin de Scotty et l'a montré au gamin avant de le déchirer en deux en balançant les morceaux à droite et à gauche comme des saletés. Le sourire du petit garçon s'est élargi.

La porte s'est ouverte. Max est sorti en premier. Il a frotté deux doigts sur son pouce en s'adressant à moi.

– Combien pour la table? j'ai demandé à Lily.

– C'est sur le compte de la maison, elle a répondu, souriant elle aussi.

Immaculata est sortie, elle tenait Scotty par la main.

– J'ai jeté dehors les mauvais trucs, il a annoncé fièrement à Lily.

– C'est merveilleux, elle a dit. Tu veux bien aller jouer avec les autres enfants pendant qu'on parle ?

– Max peut venir ? a interrogé Scotty.

Personne ne lui a répondu.

– Allez, viens, Max, il a insisté en tirant la main du Mongol.

76

LILY nous a emmenés dans son bureau, au bout du couloir. Ça ressemblait à une salle de jeux, sauf qu'il y avait un écran d'ordinateur sur le bureau. J'ai regardé la console – il n'y avait pas de système de blocage.

– Comment pouvez-vous empêcher qu'on vienne consulter vos dossiers ? je lui ai demandé.

Elle a ri et tapoté quelques touches.

– Vous voulez faire une petite partie de Zork avant que nous parlions boulot ?

Sur l'écran est apparu une espèce de jeu de labyrinthe et de monstres.

– Ça ne vous sert qu'à ça ?

– Mais oui, elle a dit en jetant un coup d'œil à Immaculata d'un air de dire mais il est idiot ou quoi.

J'ai allumé une cigarette et j'ai cherché du regard un cendrier.

– Servez-vous de ça, a dit Lily en me tendant un verre vide.

Immaculata s'est assise derrière le bureau; Lily

s'est perchée sur un coin de celui-ci. Je suis resté debout adossé au mur et j'ai écouté.

– Scotty allait tous les jours après l'école à un centre aéré. Il y restait l'après-midi et sa mère passait le chercher en rentrant du travail. Vers dix-huit heures. Un jour une femme est venue au centre. Scotty a dit « une vieille dame » mais ça peut vouloir dire n'importe qui de plus âgé que sa mère. Elle avait un van et un chauffeur – un homme grand et gros, barbu. Elle a dit aux gosses qu'elle allait les emmener voir les clowns et demandé qui voulait venir. Scotty y est allé avec d'autres gamins. Ça a pris, d'après lui, un très très long moment pour aller là-bas. Une grande maison entourée d'un mur. Il y avait un clown – un grand, gros clown, comme le chauffeur. Il était maquillé en clown et avait des cadeaux pour tous les enfants. Le clown et la vieille dame ont entraîné Scotty à l'écart du groupe où il jouait avec les autres gosses. Ils l'ont emmené au sous-sol, où ils gardaient un petit chien. Ils lui ont dit qu'ils lui donneraient le petit chien s'il voulait bien être un « bon petit scout ».

« Pour être un bon petit scout, il fallait enlever le pantalon. Ils lui ont laissé son tee-shirt. Un tee-shirt rayé rouge et noir. Il l'a dans un placard chez lui, a ajouté Mac, m'apportant ainsi les réponses aux questions que je lui avais demandé de poser.

« Le clown a enlevé lui aussi son pantalon. Son pénis était très gros. Ça a fait peur au garçon. Ils lui ont demandé s'il voulait une glace, ils en ont enduit le pénis du clown et ont dit à Scotty de le lécher. Il a commencé à pleurer. La vieille dame lui a dit que s'il ne faisait pas ce qu'on lui demandait, ils feraient du mal au petit chien. Il a encore refusé. Le clown à étranglé le chiot devant lui. Scotty ne voulait pas regarder mais il l'ont obligé.

Il a des cauchemars depuis, il rêve du chien. Il a toujours peur.

La cigarette m'a brûlé les doigts. Je l'ai jetée sur le sol et l'ai écrasée du pied. Le visage d'Immaculata était fermé, celui d'un soldat accomplissant sa tâche.

« L'homme a mis son pénis dans la bouche de Scotty – il lui a dit de sucer très fort. La femme a pris une photo avec un Polaroïd et un flash. Un truc blanc est sorti. Scotty a pleuré. La vieille dame lui a dit que si jamais il racontait ça à quelqu'un, sa mère tomberait très malade et mourrait. Ils l'ont ramené en haut et l'ont mis dans le van avec les autres gosses. Les autres gosses s'étaient bien amusés.

– Comment sait-il que c'était un Polaroïd? j'ai demandé.

– Il ne connaît pas le nom, mais il a dit un appareil photo avec le cliché qui sort sur le devant.

– Est-ce qu'il a vu la photo?

– Je crois. Du moins, il est certain qu'il y a bien eu une photo.

Elle a pris une profonde inspiration.

– Scotty n'en a jamais parlé à personne – il avait peur qu'il arrive malheur. Mais sa mère l'a emmené chez un thérapeute, et il lui a parlé de ses cauchemars. C'est tout. Il avait peur de cet homme – qui avait une barbe comme le grand, gros clown.

« Par la suite, il en a parlé à la femme rousse qui l'a déposé au parking aujourd'hui – il l'appelle « Zia ». Il lui a raconté que la vieille dame est venue au centre aéré avec un homme grand et gros qui portait un sac de cuir. L'homme a tiré de l'argent du sac de cuir et l'a remis à la dame qui dirige le centre aéré. Et il y avait une marque étrange sur la main du gros homme. C'est tout.

– Il va falloir qu'on l'aide pour ces rêves, a dit Lily.

– Je sais, a répondu Immaculata.

– Il n'a plus peur que quelque chose arrive à sa mère? je lui ai demandé.

– Non, elle a dit, avec un faible sourire. Max a dit à Scotty qu'il veillerait sur sa mère.

– Qu'est-ce que c'était ce truc avec la table? Lily a demandé.

– Scotty a dessiné le grand, gros clown. Max lui a dit qu'il allait trouver le gros clown et le mettre en pièces. Il a mis en scène ce que Scotty voulait.

J'ai allumé une autre cigarette.

– Est-ce qu'il a la moindre idée de l'endroit où se trouve la grande maison? Tu crois qu'il pourrait la trouver si nous passions devant?

– Aucune chance, a répondu Mac. Il n'a pas prêté la moindre attention à la route quand ils y sont allés – et au retour, il était trop effrayé.

– Si cette femme fait ça sur une grande échelle, Wolfe sera peut-être au courant, j'ai dit en me tournant vers Lily.

– Je lui en parlerai, a dit Lily.

On m'a tapé sur l'épaule. Max. Il a mimé le geste de prendre une photo. Puis il m'a montré du doigt et avec ses poings a imité des jumelles.

– Ouais, je cherche cette photo, je lui ai avoué.

Il s'est tapé la poitrine. Il se mettait dans le coup.

Nous sommes tous sortis pour aller chercher le gosse.

77

Scotty était au milieu d'un groupe de gamins qui poussaient dans tous les sens un ballon géant.

– Il faut y aller? il a demandé à Immaculata. Il n'en était pas spécialement heureux.

– On reviendra, Scotty. Et on jouera et on parlera encore, d'accord?

– Avec Max, aussi?

Immaculata l'a pris par la main.

– Il faut bien que Max travaille, de temps en temps. Mais il n'est jamais loin. Et son travail est très important.

– C'est comme de surveiller Maman?

– Oui, c'est ça. D'accord?

Scotty a souri. Max a souri aussi – d'un sourire sinistre. Le gamin a dit au revoir de la main à ses nouveaux copains. Lily l'a serré dans ses bras. Et nous sommes sortis.

Scotty était d'excellente humeur sur le chemin du retour. Il était presque huit heures lorsque je me suis garé devant le Tribunal de la Famille. La Mercedes était là, lâchant de la fumée par son pot d'échappement. La portière côté conducteur s'est ouverte brusquement et Strega est sortie, Mia à sa suite. Je suis descendu aussi et me suis avancé à mi-chemin des deux voitures.

– Il faut que je vous parle une minute.

– Mia, ma chérie, tu veux bien m'attendre avec Scotty dans la voiture? Maman va revenir tout de suite.

La petite fille m'a examiné.

– T'es pas beau, elle a dit, solennelle. Mon papa est très beau.

– Formidable, j'ai dit.

– Va dans la voiture, Mia, lui a dit Strega.

La fillette a pris la main de Scotty et ils sont partis. Immaculata était restée dans la Lincoln. Elle regardait droit devant elle.

– Qu'est-ce qui s'est passé? a demandé la rousse.

– Ça a bien marché, j'ai dit, en choisissant soigneusement mes mots. On a obtenu beaucoup d'informations. Mais plus il se sentira à l'aise avec ces gens, plus il retrouvera de souvenirs, vous comprenez? Il lui faut revenir, disons une fois par semaine pendant au moins quelques semaines.

– Pour une thérapie? elle a demandé, alarmée.

– Pour obtenir des informations, j'ai glissé, mensonge aussi lisse que le tapis chez le pédophile. Si vous voulez qu'on retrouve la photo...

– Ça va, vous m'avez convaincue, elle a coupé. Je veux lui parler...

Elle montrait du doigt la voiture.

J'ai fait signe à Immaculata de sortir – inutile que Strega voie Max.

Elles ne se sont pas saluées cette fois.

– Scotty va aller bien, maintenant? a demandé Strega.

– Avec le temps, ça s'arrangera. Il a eu une expérience pénible. C'est un processus de longue haleine. Vous allez le ramener?

– Une fois par semaine, ça irait?

– Oui.

Immaculata a observé le visage de Strega et pris une décision.

– Vous n'allez pas tenter de lui tirer les vers du nez, à ce gosse? elle a demanté d'une voix aussi claire et dure que le cristal.

– Lui tirer les vers du nez?

– Lui demander ce qu'il a dit, de quoi nous avons parlé. Il n'aura pas très envie de le faire maintenant. Ça viendra en son temps. Si vous insistez maintenant, vous risquez de compromettre ses progrès, vous comprenez ?

– Puisque vous le dites.

– Je le dis, en effet. C'est très important. Scotty est un gosse très fort mais tout cela a été un traumatisme sévère. Vous, sa mère...

– Je ne suis pas sa mère, a coupé Strega.

– C'est sa tante, j'ai dit à Immaculata. Sa *zia*.

Immaculata a souri.

– Vous devez être très proche de ce petit garçon pour qu'il vous ait raconté. Il vous aime et a confiance en vous. Quand le moment viendra, nous aurons besoin de vous pour l'aider à franchir les dernières étapes de sa guérison. Vous voulez bien ?

– Je ferai tout ce dont Scotty a besoin, a rétorqué Strega, un léger sourire flottant sur ses lèvres. Sur le ton d'une gamine qui fait une promesse.

J'ai pris Immaculata par le bras pour regagner la voiture. Strega a agrippé Mac par la manche.

– Burke est votre amant ? elle a demandé.

Immaculata a souri – c'était beau à voir.

– Grand Dieu, non ! elle a répondu et elle s'est inclinée.

Nous avons regardé la rousse monter dans sa Mercedes et démarrer posément.

78

J'AI laissé Immaculata et Max devant l'entrepôt et je suis retourné *uptown* pour chercher Michelle. Elle ne travaillait pas sur ses coins de trottoir habituels. Le Prophète non plus n'était pas dans la rue. Comme si un vent très froid s'était mis à souffler et qu'ils aient eu le bon sens de se mettre à l'abri.

J'ai pensé à parier sur certaines des dernières courses à Yonkers mais l'idée s'est envolée. La montre du tableau de bord de la Lincoln annonçait dix heures quinze – deux heures de passées. J'ai songé à Flood – c'était comme de se mordre les lèvres pour vérifier que les dents sont toujours là. Quand j'ai commencé à envisager d'appeler Strega, je me suis rendu compte que j'avais besoin de parler à quelqu'un.

La clinique du Dr Pablo Cintrone serait ouverte jusqu'à minuit au moins. C'est un psychiatre diplômé de Harvard, un Portoricain qui avait dû percer les murs de préjugés qui entourent ces quartiers pourris que les libéraux appellent *el barrio.* Un homme sans illusions – les peaux d'âne qu'il a ramenées de Harvard lui ont donné l'élan pour sortir de son caniveau, mais il a dû faire le chemin tout seul. Les gens de sa communauté l'appellent avec révérence *el doctor.* Et s'ils savent qu'il dirige une organisation dénommée Una Gente Libre, ils n'en parlent pas aux représentants de la loi.

Una Gente Libre – Un peuple Libre – est un groupe terroriste très discret. Ils n'attaquent pas de transports de fonds ni de banque, ils ne pondent pas de « communiqués » à la con pour les journaux. UGL se contrefout des attentats symboliques ou des politiques égocentriques. Ses militants s'emploient à liquider des gens – des assassinats simples, directs – sans laisser de « marque de fabrique » ni de slogans révolutionnaires sur les lieux du crime. D'une manière ou d'une autre, les gens le savent toujours quand c'est l'UGL, même si les *federales* n'en sont jamais sûrs. Ils savent que le groupe existe, mais ils n'ont jamais réussi à l'infiltrer. Sans informateurs, ils ne pourraient pas attraper Jesse James s'il attaquait encore les trains à cheval.

Il y a quelques années, un homme de main de l'UGL a été arrêté pour avoir flingué un dealer qui exerçait son commerce un peu trop près d'une école élémentaire. Les *federales* lui ont offert l'immunité complète – un bon de sortie s'il acceptait de témoigner contre l'organisation. Rien à faire.

Le procès de l'homme de main n'a ressemblé en rien à un spectacle révolutionnaire – très convenable. Il a plaidé non coupable, a prétendu que le dealer avait lui aussi une arme et a été renvoyé devant un jury. Pablo n'était qu'un des dix ou douze témoins de moralité, tous bien habillés et éminents citoyens. Pas de slogans révolutionnaires, pas de poing levé.

L'avocat de la défense était bon – la tâche était rude. Bâti en force, barbu, cet habitant des beaux quartiers a insisté lourdement sur la personnalité dégueulasse du dealer mort, ne lâchant jamais de terrain, ferraillant avec le procureur et le juge à chaque occasion. L'homme était poursuivi pour meurtre. Le jury, au terme de trois jours de délibérations, est revenu avec les circonstances atténuantes. Le juge a infligé à l'accusé une peine de cinq à quinze ans.

Tout le monde est allé féliciter l'avocat. Il avait fait un sacré boulot pour obtenir ce verdict – si l'homme avait été reconnu coupable de meurtre, il risquait de vingt-cinq ans de prison à la perpétuité. Le défenseur restait à sa place, les larmes aux yeux, mécontent de ne pas avoir gagné sur toute la ligne. Il est rare que des avocats se comportent de cette façon, et si chers qu'ils soient, ils le valent.

L'homme s'est retrouvé en taule et sa détention

ne s'est pas mal passée – on le respectait. Aux jours de visite, il y a toujours eu quelqu'un pour venir le voir, son compte a toujours été garni au maximum. Et sa femme a gagné à la loterie espagnole. C'était seulement la chance, sans doute, mais cela a permis de subvenir aux besoins de la famille pendant tout le temps qu'il a passé à l'ombre.

Quand il est sorti, on a fait une fête de quartier en son honneur qui a duré trois jours. Il est toujours en conditionnelle, chauffeur du service d'ambulance qui travaille pour la clinique de Pablo. Pour les flics, ce n'est qu'un ancien taulard. Pour ceux de son peuple, c'est un prisonnier de guerre de retour aux pays.

S'il s'était agi d'une discussion d'affaires, je l'aurais appelé d'abord. D'un appareil sûr. Mais je voulais seulement bavarder. J'ai garé la Lincoln sur l'espace qui est toujours vide devant la clinique. Avant même que j'aie coupé le contact, on a tapé à la vitre. J'ai appuyé sur un petit bouton et elle est descendue avec un léger chuintement. Le type qui avait tapé à la vitre n'était pas trop grand, mais sa largeur compensait. Une tête de la taille d'un ballon de basket émergeait d'épaules massives, sans la transition d'un cou. La moitié de son visage était couverte de vieilles cicatrices de coups de rasoir qui entouraient un œil de verre – et c'était son bon profil. Ce type était d'une laideur diabolique.

– On se gare pas là, *hombre*, il a grondé.

– Je suis là pour voir Pablo... *el doctor*?

– Qui t'es?

– Burke, j'ai dit.

Le monstre a tendu la main, paume ouverte. J'y ai posé les clefs. Il a grogné quelque chose et a disparu.

Deux minutes plus tard, il était de retour. Les

lèvres tordues par ce qu'il imaginait sans doute être un sourire – ses dents étaient des chicots cassés. Il a levé le pouce dans un geste d'auto-stoppeur.

Le bureau de Pablo est au fin fond de la clinique. Il était en train de taper sur une vieille IBM quand je suis entré. Il s'est levé d'un bond pour me saluer. Ses yeux pétillaient derrière ses lunettes rondes.

– *Hermano*! il a crié en attrapant ma main droite dans les siennes, avant de m'embrasser.

Le monstre, entré sur mes talons, a souri une nouvelle fois.

– *Gracias, chico,* lui a lancé Pablo – et le type a salué avant de sortir.

– Faut que je te parle, Pablito, j'ai dit à mon frère.

– Pas d'affaires?

– Seulement de ce que j'ai dans la tête.

Pablo a montré le divan dans un coin de la pièce et s'est rassis derrière son bureau.

– Raconte, il a dit.

79

Le néon rouge du bar voisin de la clinique projetait sa lumière hideuse sur la vitre derrière le bureau de Pablo. La clinique s'enorgueillissait de ses fenêtres dépourvues de barreaux.

– Ça a commencé avec une photo.

Pablo m'a lancé un regard interrogateur.

– Du porno enfantin, j'ai expliqué.

Tous les psychiatres ne restent pas impassibles

avec leurs patients – la violence a dansé dans les yeux de Pablo.

– Ouais, j'ai fait. Un petit garçon de six ans. Ils ne se sont servis de lui qu'une fois, mais il sait qu'ils ont pris une photo et ça le travaille.

– Tu l'as emmené là-bas... à SOS Enfants?

– Bien sûr. Et ça va s'arranger pour lui... ils s'y connaissent. Mais ça ne sera jamais vraiment réglé dans l'esprit du gosse... c'est comme s'ils avaient un bout de son âme, tu vois?

Pablo a hoché la tête patiemment.

– En tout cas, je recherche cette photo, tu comprends? Et je suis tombé sur ce détraqué. Un collectionneur. J'ai pensé l'interroger sur sa passion – pour avoir une indication sur celui qui aurait la photo.

– Il a parlé librement?

– Oh oui. Il est protégé – ils avaient mis un gardien dans la pièce avec moi. Je ne connais même pas son nom.

– Dommage, a dit Pablo.

– Son heure viendra. Les gens qui le protègent à l'heure actuelle... ils s'occuperont de lui un jour. Mais la question n'est pas là. Il m'a dit qu'il continuera à faire ce qu'il fait. Pour toujours. C'est ce qu'il a besoin de faire. Il dit qu'il aime les enfants.

– Et tu ne comprends pas?

– Toi si?

– Oui... mais ce que je comprends, c'est la rationalisation, pas la pulsion. La médecine sait beaucoup de choses sur le fonctionnement du corps humain, mais l'étude de l'esprit est avant tout du ressort de la politique.

J'ai haussé le sourcil – pour Pablo, même les panneaux de stationnement interdit sont politiques.

– Mais c'est la vérité, *hermano,* il a insisté. Nos citoyens aiment croire, pour leur confort intellectuel, que la réponse à toutes les questions est un médicament.

– Comme la Méthadone ?

– Voilà. Tu comprends. Bien sûr, la dépendance à l'héroïne est le résultat de très nombreux facteurs... mais l'héroïne a d'abord, en réalité, été introduite dans notre pays par le gouvernement des Etats-Unis. Après la Première Guerre mondiale, beaucoup de nos soldats sont revenus avec une accoutumance à la morphine. L'héroïne était le produit miracle qui les aiderait à s'en débarrasser.

– Ça s'est sacrément développé avec les bandes qui se battaient entre elles.

– Tu te rappelles comment ce fléau s'est répandu dans nos communautés, en transformant les gens en zombies ? C'était parce que les bandes de jeunes de la rue avaient commencé à avoir une certaine conscience politique.

– Une conscience politique, allons donc. J'ai grandi dans les années cinquante... tout ce que nous voulions c'était tenir les autres bandes à l'écart de notre territoire, boire un coup, draguer les nanas. Personne ne parlait politique.

– Pas alors mais c'est venu peu après. Les bandes violentes, on en trouvait dans toute la ville. Des groupes indépendants. S'ils avaient voulu unir leurs forces...

– Ça risquait pas. Je crois que je n'ai jamais connu d'autre mot que « nègre » pour les Noirs, jusqu'à ma sortie du centre de redressement...

– Le racisme, c'est comme l'héroïne – ça coupe les gens de leurs vrais besoins, ça pacifie les gens avec des promesses stupides.

J'ai levé la main comme un flic de la circulation.

– Mollo, frère. Tu vas trop vite pour moi. Qu'est-ce que ça a à voir avec les violeurs d'enfants ?

– C'est la même chose. Regarde. Imagine qu'un esclave se soit échappé du sud et soit arrivé à New York. Suppose qu'on l'ait placé en psychothérapie – suppose qu'on réussisse à le convaincre que toute son expérience d'esclave n'était qu'un mauvais rêve –, tu ne vois pas à quoi ça servirait, politiquement ? Nous n'aurions pas à nous battre avec les trafiquants d'esclaves – nous pourrions continuer à commercer avec eux. Tu vois ? Politiquement, il vaut mieux croire, comme Freud, que l'inceste n'est qu'un fantasme.

Je me suis levé et j'ai arpenté la petite pièce, mal à l'aise.

– Oublie la politique une minute, j'ai dit. Nous savons que les gens font ça aux gosses, hein ? Est-ce qu'on sait pourquoi ?

Pablo a penché la tête en arrière jusqu'à ce que ses yeux contemplent le plafond.

– Je vais te dire tout ce que nous savons vraiment – ça ne sera pas long. Nous savons que des gens ont des relations sexuelles avec des enfants – les enfants des autres, et les leurs aussi. Nous savons que ça a quelque chose a voir avec le pouvoir – le pouvoir des adultes sur les enfants. En fait, la relation sexuelle avec des enfants n'a rien à voir avec ce que toi tu entends par là. Rien à voir, par exemple, avec le genre de mécanisme d'adaptation qui pousse les hommes sans femme, comme en prison, à se tourner vers leurs semblables. C'est une dimension entièrement différente. Le pédophile peut très bien avoir des relations sexuelles avec des femmes, ou des hommes adultes. Mais ce n'est pas ce qu'il préfère. Plus le pédophile sera intelligent, plus il saura justifier son comportement, mais la vérité est vraiment simple... il sait que ce qu'il fait est mal et il le fait quand même.

Pablo a pris une bouteille sombre sur une étagère et s'est servi un verre de ce jus de fruits sauvages qu'il boit tout le temps. J'ai décliné son offre d'un signe de tête. Nous avons gardé le silence une minute – chacun attendant que l'autre parle. Pablo a bu une autre gorgée de son jus.

– *Hermano,* en vérité nous parlons de crime, et non de psychiatrie. Et sur le comportement de gens de ce genre, tu en sais plus que moi. Bien des fois nous avons fait appel à toi pour prédire les actes de représentants de cette engeance – la première fois que nos chemins se sont croisés, c'était précisément là-dessus, non?

J'ai hoché la tête – c'était vrai.

– Et tu es devenu mon frère, *verdad*? Tu crois que j'appelle un homme frère et que je ne le comprends pas?

– Non, je sais que tu comprends.

– Alors, tu devrais peut-être me raconter pourquoi tu es venu t'entretenir avec moi.

J'ai tiré une bouffée de cigarette, et senti le vent froid tourbillonner aux quatre coins du bureau, soulevant la poussière, hurlant à mes oreilles qui seules pouvaient l'entendre. Et je me suis mis à lui raconter Strega.

80

JE lui ai tout raconté. Ça n'a pas été aussi long que j'aurais cru – peut-être n'y avait-il pas tant que ça à exposer. Pablo a ôté ses lunettes, les a soigneusement essuyées au revers de sa blouse blanche, attendant pour vérifier que j'avais bien fini.

– Qu'est-ce qui te trouble tant, mon ami? Quelqu'un qui a une tâche à accomplir utilise les armes dont il dispose, non? Cette femme veut que tu fasses quelque chose – manifestement elle pense que l'argent ne suffit pas à t'attacher à sa volonté. Les relations sexuelles ne sont qu'une chaîne qu'elle t'a accrochée au cou – une laisse qu'on passe à un chien dangereux.

– Ça ne colle pas. Si elle me vampait pour être sûre que je ferais le boulot, la relation sexuelle resterait au stade de la promesse, non? Comme récompense. Pour quand le boulot serait fini.

– Une promesse, alors, pas un acte?

– Ça ressemble toujours à une promesse... mais ça ne l'est pas.

– Elle ne promet rien, cette femme?

– Rien.

Pablo a levé les yeux au plafond, en réfléchissant.

– Elle t'a déjà versé une partie de l'argent? Si tu prenais l'argent et que tu ne fasses pas le boulot, qu'est-ce qu'elle ferait?

– Rien. Peut-être qu'elle croit qu'elle pourrait faire quelque chose... Mais non, rien.

Pablo a haussé les épaules.

– Je n'arrive pas à voir ce qui te paraît si difficile. Peut-être que la femme prend simplement une assurance, un gage – pour être sûre que tu restes en chasse... que tu viendras en redemander. Souviens-toi, quand on était jeunes... ce qu'on aurait risqué pour une nuit d'amour avec une femme?

– Je ne suis plus jeune.

Je ne me souvenais pas d'avoir jamais été jeune au point d'agir ainsi.

– Ecoute-moi. Ce n'est pas la réalité qui contrôle nos vies, c'est la perception de cette réalité.

– Encore la politique?

– Tu ne peux pas disqualifier la vérité en la tournant en dérision, a dit Pablo d'une voix plus dure. Aussi longtemps que les gens de mon peuple croiront que leur vie est supportable, ils la supporteront. Mon peuple vit dans un bagne, mais ses chaînes, ce sont les bons d'alimentation et les programmes sociaux.

– Ça n'a pas grand rapport avec moi.

– Parce que tu ignores ce que te disent tes sens – parce que tu ne veux pas écouter ce que tu sais déjà.

– Mais j'écoute. Je t'ai tout raconté, Pablo.

– Tu ne m'as rien raconté du tout. Tu ne m'as parlé que de ce que tu as vu – et tu as fait un rapport précis, comme un enquêteur. Mais tu ne m'as rien raconté de ce que tu sens, *comprende*?

– Non, j'ai menti.

– Qu'est-ce que cette femme te fait ressentir... c'est bien plus important que tout le reste. Ferme les yeux. Pense à son nom, inscris-le dans ton esprit. Sens-le... laisse le venir à toi.

J'ai fermé les yeux, joué le jeu. Le laisser venir. Pablo s'est éloigné de moi dans un brouillard. Je sentais sa présence dans la pièce, mais ce n'était pas la seule.

– Alors? il a demandé.

– Un vent froid. Un frisson...

– Toutes ces relations sexuelles, et pas de flamme?

– Pas de flamme. De la sexualité sombre. Ça se passe comme il se doit, tout marche, mais personne ne sourit. Une partie d'elle seulement est avec moi... comme si elle se tenait à l'écart... en metteur en scène... Elle est quelqu'un d'autre à volonté.

Pablo se taisait, attendant la suite. Mais j'étais au bout de ma bande.

– Quand tu fais l'amour avec elle, tu penses à lui faire un enfant ?

– Impossible. Je ne peux pas dire pourquoi... mais nous ne pourrions pas faire un enfant, avec ce que nous faisons... Elle a le seul enfant qu'elle désire... C'est comme... si elle voulait... elle pourrait faire couler de l'acide en elle.

– Même ses baisers sont froids ?

– Je l'ai jamais embrassée.

Pablo m'a regardé allumer une nouvelle cigarette, ses yeux errant sur les photos de ses enfants sur le bureau.

– Tu sais que les Portoricains forment une tribu spéciale ? Tu sais que nous ne sommes pas « espagnols » comme certains gringos le croient ? Et comme certains d'entre nous le voudraient ? Les Portoricains sont africains, indiens, espagnols... Nos racines plongent dans de nombreux continents, et le savoir de notre peuple est dans ce mélange de sangs. Nous appelons ça le « savoir racial », et il est bien plus profond que tu n'imagines.

Mon regard s'est attardé sur Pablo – sur sa peau sombre et ses cheveux très bouclés. Je me suis rappelé l'époque de ma jeunesse où les flics se battaient contre les bandes violentes. Les Portoricains à peau sombre n'auraient jamais parlé anglais – ils ne voulaient pas qu'on les confonde avec les Noirs. J'ai pensé au visage noir du soldat de Sao Tomé avec qui j'ai parlé dans un bar juste avant qu'on embarque pour le Biafra. Il m'a montré une photo de sa femme, en souriant. Il a dit :

« *Muy blanco, no*? » pour quêter mon approbation. Les libéraux veulent retrouver leurs racines – ceux qui doivent se battre pour survivre essaient de ne pas être étranglés par elles.

– Quand tu as commencé à me parler de cette femme, j'ai d'abord cru que tu décrivais une prêtresse Santeria. Tu sais ce que c'est – ils mélangent le vaudou et le christianisme comme on mélangerait deux drogues. Mais cette femme, elle n'a rien à voir avec ça. Ses rituels sont dans sa tête – ils ne lui viennent pas d'ailleurs – c'est elle qui les a créés...

– Oui... mais...

– Comment elle s'appelle?

– C'est un drôle de truc... elle s'appelle Gina, c'est comme ça que sa tribu l'a baptisée. Mais quand elle a grandi, ils se sont mis à l'appeler autrement. Strega. Tu sais ce que ça veut dire?

– *Si, compadre*. Mais ça veut rien dire..., ou tout dire. Ça dépend de qui parle. Du ton de leur voix... de leur relation avec la femme. On a le même mot en espagnol. *Bruja*. Ça veut dire... sorcière, peut-être. Une femme dotée de grands pouvoirs, mais peut-être avec le mal dans le cœur. Ça peut même être un terme d'affection... une salope avec un regard enflammé et le feu au cul, tu comprends?

– Sorcière. Salope. Ça ne m'aide pas.

– L'une est dans l'autre... mais souviens-toi, la sorcière inclut tout le reste. Une femme sorcière peut être tout ce qu'elle veut... elle adopte toutes les formes. Elle peut s'incarner en vieille femme, en enfant. En sainte, en diablesse. Et c'est toujours elle qui choisit. Une telle femme, on ne la voit jamais – on ne perçoit que les incarnations d'elle qu'elle nous permet de voir. Si dix hommes la voient, ils verront dix femmes différentes. Et chacun croira connaître la vraie. Un homme ne peut pas voir une sorcière.

– Allez, Pablo, tu crois à ces conneries?

– Je crois ce qui est vrai, il a répondu, d'une voix grave. Je crois que cette sagesse qui nous est parvenue à travers les siècles n'a pas survécu sans raison. Ignorer la vérité, ça veut dire ne pas réussir à comprendre pourquoi la vérité a survécu.

Survivre. Ma spécialité – mon cadeau d'anniversaire, offert par l'Etat.

– Qu'est-ce qu'elle veut? je lui ai demandé.

– Elle ne sait qu'une chose. La *bruja* est un feu – il a besoin de carburant.

J'ai écrasé ma cigarette.

– La meilleure solution, pour moi, c'est de prendre mes jambes à mon cou, hein?

Pablo a hoché la tête.

– Mais j'ai ce boulot à faire.

– Tu ne seras pas toujours aussi troublé. Quand la *bruja* se manifestera à toi, ce sera clair. Tu sauras la vérité. Elle n'essaiera pas de te la cacher – de telles femmes ne te trompent pas, elles dédaignent les artifices des femmes normales. Tous leurs esclaves sont volontaires.

– Qui peut être volontaire pour l'esclavage?

– L'homme qui a peur de la liberté, a dit Pablo en se levant pour m'embrasser.

C'était un au revoir.

81

LA Lincoln m'attendait devant la clinique comme si elle n'avait jamais bougé. La portière côté chauffeur était ouverte, le moteur tournait. J'ai saisi le message. En quelques secondes, j'avais quitté ce coin.

Minuit était largement passé – il n'était pas trop tard pour aller chez Mama, mais je n'avais pas faim. La Lincoln a pris la direction du nord, vers Triboro – j'allais faire une boucle et retourner au bureau. Au lieu de quoi je me suis retrouvé sur le long viaduc menant au Queens. Le pont était tranquille. Je suis passé devant la voie express Brooklyn-Queens, ma dernière chance de retourner *downtown*. Mais la Lincoln roulait toujours, et a dépassé LaGuardia. Désormais je savais où j'allais.

La maison de Strega était silencieuse et sombre quand j'ai rangé la Lincoln le long du trottoir... peut-être avait-elle autorisé son mari et sa fille à revenir au château après minuit. J'ai laissé le moteur tourner au ralenti, allumé une cigarette et regardé le bout rouge dans les ténèbres, comme si c'était un livre que je voulais lire, et écouté les bruits de la nuit. Un bruyant taxi jaune est passé – un passager de l'aéroport arrivé tard, qui rentrait chez lui auprès de sa femme et de ses gosses.

J'ai jeté ma cigarette dans la rue, les yeux tournés vers la maison. Une lumière ténue est apparue à une fenêtre de l'étage, à peine perceptible derrière un rideau de gaze. J'ai regardé plus attentivement, essayant de repérer l'endroit exact. La lumière a disparu.

J'ai appuyé sur l'accélérateur, laissant la grosse voiture me ramener en sécurité. C'était comme si elle jouait avec moi depuis cette pièce à l'étage... elle me laissait partir. Pour cette fois.

82

Le lendemain matin, ça n'allait pas mieux. Drôle de période. L'essentiel, pour rester debout, c'est de savoir attendre. Quand on va au tapis dans le monde qui est le mien, il n'y a pas d'arbitre pour vous donner le temps de récupérer. Je savais comment rester debout, mais cette affaire était vraiment tordue. J'avais du fric en poche, personne ne me recherchait – j'aurais dû être heureux. Les vagues menaces de Julio ne m'empêcheraient pas de dormir. Il me suffirait d'attendre quelques semaines, de faire le mort... dire à Strega que je n'avais rien trouvé. Et disparaître.

Mais quand on a passé sa vie à mentir à tout le monde, des enfants de la rue aux juges d'application des peines, on sait que se mentir à soi-même c'est s'infliger des blessures.

Je suis allé à l'une des postes de la ville où j'ai des boîtes postales sous divers noms. Celle de Westchester County me sert pour les détraqués du porno enfantin. C'est à Mount Vernon, juste à la frontière du Bronx, quarante-cinq minutes peut-être du bureau. Je n'ai trouvé que des lettres confidentielles et un magazine. Les lettres confidentielles ne vont jamais trop loin – quelques photos de gosses alternant avec des gémissements sur la société répressive. Il y en avait même une avec un article censé avoir été écrit par un gamin – qui se vantait de sa nouvelle vie, enrichie par son « association constructive » avec un homme. L'ordure auquel la Taupe m'avait présenté aurait approuvé. Pour l'essentiel, ça me faisait penser à la prose du Ku Klux Klan : qui avait été arrêté récemment (et pourquoi il était innocent), quels politiciens essayaient de se faire mousser avec une législation « anti- enfants »... ce genre de foutaises. Des tordus brûlent des croix, d'autres brûlent des enfants. L'article de première page était consacré à un prêtre de Louisiane qui passait son temps à sodomiser les enfants de chœur – la lettre confidentielle disait que la véritable solution était dans la liberté du culte.

Je perdais mon temps. Je le savais d'avance. Quelqu'un a dit un jour que les gens en enfer réclament de l'eau glacée. Si c'est tout ce qu'ils veulent, peut-être qu'ils méritent d'y rester.

J'ai pris la voie express, à la hauteur de la Quatre-vingt-seizième Rue. Un coin tranquille. Quelques types qui bricolaient leurs bagnoles, un fou qui pêchait dans la marée noire du fleuve, une jeune femme qui lançait un bâton à un chien. C'était un setter irlandais. Il se jetait à l'eau pour aller chercher le bâton et son pelage cuivré luisait dans le soleil. La femme à fini par le rappeler. Ils devaient rentrer. Le chien s'est ébroué. Voilà ce qu'il fallait que je fasse, moi aussi. Que je me secoue un bon coup, histoire de me dégager de l'emprise de cette sorcière et redevenir le vieux Burke d'antan.

J'ai passé les deux jours suivants à poser des questions pas trop dangereuses dans des endroits dangereux. Egrenant les heures jusqu'au moment où j'allais pouvoir rendre la Lincoln à Bobby. Je l'ai appelé d'une cabine de la Douzième Avenue, à côté de Times Square.

– C'est Burke. Ma voiture est prête?

– Ouais. Elle tourne comme une montre électronique. Quand est-ce que tu l'avais fait réviser pour la dernière fois?

– Je ne sais pas, je ne pensais pas qu'elle en avait besoin.

Bobby a poussé un sourd grondement. Négliger un telle merveille lui semblait un crime de lèse-majesté.

– Tu t'es occupé de ce que je t'avais demandé ? je lui ai dit, pour couper court à une longue explication sur la mécanique automobile.

– Oui. Pas de problème. Viens chercher ta voiture cet après-midi. Vers quatre heures. On aura le temps de bavarder.

– D'accord.

– Viens tout seul, il a dit.

– T'en fais pas, j'ai répondu, il n'y aura personne d'autre.

Pansy n'est pas à proprement parler une personne.

83

PANSY a reniflé la Lincoln comme s'il s'agissait d'un chien ennemi. Elle en a fait deux fois le tour, elle a gratté les pneus, fourré son énorme museau sous le siège avant.

– Tout va bien, je lui ai dit, mais elle a pris son temps, il fallait qu'elle vérifie par elle-même.

Elle a fini par grimper sur le siège arrière en grognant puis s'est allongée. Quand j'ai tourné sur Atlantic Avenue, elle dormait presque.

On est arrivés un peu après quatre heures. Cette fois, c'est Bobby qui était assis sur une caisse devant le garage. Il a levé le poing pour me saluer et a ouvert la porte pour que je puisse me garer à l'intérieur. Ma Plymouth était là, l'avant tourné vers la rue, prête à démarrer.

– J'aurais pu la repeindre, pendant que j'y étais,

mais j'ai pensé que tu préférais la garder comme ça, a dit Bobby.

– Et tu as eu raison. Merci pour tout, j'ai répondu.

Mais je n'allais pas m'en sortir aussi facilement. Il a tenu à m'expliquer tout ce qu'il avait fait, en détail.

– T'as eu droit à une révision complète, Burke. J'ai réglé le ralenti et le carburateur, changé les bougies et la tête du delco, équilibré les pneus, fait toutes les vidanges et vérifié les amortisseurs.

– Combien je te dois?

Il a repoussé mon offre d'un geste de la main.

– Ecoute comme elle tourne bien, il a dit avec un enthousiasme qui m'était tout à fait étranger.

Il a tourné la clef, le moteur faisait un doux bruit de turbine. Pansy a reconnu ce bruit et pointé sa tête de monstre derrière le pare-brise de la Lincoln. Bobby l'a entendue et s'est retourné.

– Bon sang, mais qu'est-ce que c'est que ça?

– Mon chien, qu'est-ce que tu veux que ce soit?

J'ai ouvert à Pansy et j'ai posé la main sur ma cuisse pour qu'elle vienne vers moi.

– Oh nom de Dieu de putain! a lancé Bobby avec un immense respect dans la voix. Combien il pèse?

– Dans les soixante-dix kilos.

Bobby a fait le tour de Pansy en la regardant sous toutes les coutures. Mais il n'a pas donné de coup de patte aux pneus.

– Je peux la caresser? il a demandé.

– Saute, Pansy! j'ai lancé.

Elle s'est couchée, ses yeux meurtriers avaient la couleur glauque de l'East River. Elle regardait Bobby de la même façon qu'elle regarde ce que je lui donne à manger.

– Vas-y, je lui ai dit, elle ne te fera rien.

Bobby a eu assez de bon sens pour s'accroupir à côté de Pansy, pour qu'elle ne se sente pas menacée. Il lui a gratté la tête.

– Je n'ai jamais rien vu de pareil en dehors du zoo, il a dit pendant que Pansy faisait avec sa gorge un bruit qui ressemblait à celui d'une rame de métro. Il est en colère? il a demandé.

– Non, j'ai dit. Ça, c'est quand elle est contente.

– C'est une chienne?

– Oui.

Bobby s'est relevé.

– Les autres sont derrière, Burke. On y va?

– On y va. Tu veux que je laisse Pansy ici?

– Sûrement pas. Elle serait foutue de bouffer une voiture.

Il est passé le premier. Pansy marchait à ma gauche, légèrement en avance sur moi. Elle savait ce qu'elle avait à faire, son boulot.

Il n'y avait plus qu'une voiture dans la cour : la Mustang. Trois types nous attendaient, deux qui étaient à peine plus vieux que Bobby et un de mon âge. Trois visages de taulards. Le plus vieux avait les cheveux courts, un blouson noir sur une chemise blanche et des lunettes de soleil. Les deux autres, beaucoup plus costauds que lui, l'encadraient comme des gardes du corps. Un brun et un blond, cheveux longs, tee-shirts blancs, jeans et boots. Le blond avait des chaînes tatouées sur les bras, et des gants de cuir noir. Le brun croisait les mains devant lui, le regard tranquille. Une ampoule tordue en croix gammée était tatouée sur le dos de sa main droite.

Je me suis arrêté en face d'eux, pas trop près. Pansy s'est assise, bien droite, les yeux fixés sur le blond. Elle avait tout compris.

Bobby s'est placé entre eux et moi, pour parler au type du milieu, celui avec les lunettes de soleil.

– Voilà Burke, il a dit. Le type dont je t'ai parlé.

L'autre m'a salué d'un hochement de tête. J'ai répondu à son salut. Il m'a fait signe de m'approcher. Je me suis avancé. Pansy aussi.

Le blond a roulé des épaules en regardant Pansy.

– Ton chien fait des tours? il a voulu savoir.

– Quel genre de tours? j'ai demandé.

Un frisson a parcouru le dos de Pansy. Ses poils se sont hérissés. Je lui ai caressé la tête pour la calmer.

Le blond avait une voix charmante, à la fois hargneuse et méprisante.

– Je ne sais pas, moi. Elle tend la patte pour dire bonjour?

– C'est ça, un vrai chien de cirque. Mais quelquefois les jeux du cirque sont dangereux, je lui ai répondu en souriant pour qu'il sache que je plaisantais.

Le type aux lunettes noires a ri.

– Mon frère dit que tu es un mec réglo. Si nous pouvons t'aider, nous le ferons.

– Parfait, j'ai dit. Et je vous revaudrai ça.

– Comme tu voudras. Qu'est-ce qu'il te faut?

– Mais je te connais, toi, a soudain explosé le blond.

Je l'ai regardé. Je ne l'avais jamais vu.

– Moi, je ne te connais pas, j'ai dit d'un ton neutre.

– Auburn, 1975.

J'ai hoché la tête. C'était vrai, j'y étais.

– Je t'ai vu dans la grande cour.

J'ai haussé les épaules. La prison d'Auburn n'est pas un club privé.

– Tu étais avec des nègres, le blond a dit, accusateur.

– J'étais avec mes amis, j'ai répondu sans m'énerver. Comme toi avec les tiens.

– J'ai dit des *nègres*!

– Je ne suis pas sourd. Et toi, t'as pas entendu ce que je t'ai dit?

De nouveau, le blond a roulé des épaules, en faisant craquer les jointures de ses poings.

– Ecoute, B.T., je t'ai raconté ce que Burke avait fait pour moi, est intervenu Bobby, mettant calmement les choses au point.

– Peut-être que t'avais un compte à régler avec ces nègres-là?

– Peut-être. Et alors?

– Peut-être même qu'en général tu *aimes* les nègres?

Je n'avais plus besoin de garder ce ton impersonnel que j'avais pris jusque-là. Il aurait cru que j'avais peur.

– Tu as un problème? Alors accouche, j'ai dit.

Le blond m'a dévisagé.

– Tu m'as fait perdre de l'argent, il a répondu.

– Quoi?

– J'ai perdu de l'argent en pariant sur toi. Je me souviens très bien, maintenant. Tu te battais. Tu t'es battu avec ce nègre, je ne me rappelle pas son nom, celui qui était boxeur, le poids léger, ça ne te dit rien?

C'était vrai. Le Noir avait fait des ravages sur le ring avant de tuer un type dans une bagarre de rue. Je ne me rappelais pas comment ça avait commencé, mais on en était arrivés à parier que je ne tiendrais pas trois rounds face à lui. J'étais assis sur mon tabouret, attendant que le gong retentisse pour le premier round, quand le Prophète m'a soufflé à l'oreille, « Renvoie-le à l'école, ce mariole », histoire de me remettre en mémoire ce qu'on avait décidé. Je pesais presque dix kilos de moins que le Noir et j'étais plus rapide. Tout ceux qui avaient parié que je tiendrais les trois rounds s'attendaient à ce que je l'attaque au visage, en reculant sans cesse, pour le faire courir sur tout le ring. Alors ce serait à lui de m'attraper. Et lui aussi, c'était à ça qu'il s'attendait.

Quand le gong a annoncé le premier round, il a bondi de son tabouret, comme un diable de sa boîte. J'ai lancé mollement mes poings vers lui et je me suis rabattu vers les cordes. Il n'a même pas essayé de contrer mon attaque minable, mais a préféré garder sa main droite contre sa hanche, se préparant à cogner un grand coup bas qui m'enverrait définitivement au tapis. Il fallait que j'y aille. J'ai fait un pas en avant et je lui ai mis un crochet du gauche au menton. Il est tombé.

Malheureusement ça n'a pas suffi. Il a secoué la tête et s'est relevé comme s'il ne sentait rien. De nouveau, j'ai foncé, l'acculant contre les cordes, le frappant sans répit au visage. Mais le Noir n'était pas seulement un dur, c'était un vrai pro. Il parait tout mes coups, et au bout d'un moment j'ai senti que j'allais flancher. Je me suis appuyé contre lui pour reprendre mon souffle, il a enfoui son visage contre ma poitrine pour éviter l'uppercut. J'ai pesé de tout mon poids sur son cou en lui écrasant les pieds, sans lui laisser un centimètre pour cogner. Le gong a sonné avant l'heure – le maton qui s'en occupait avait parié sur moi.

Pendant le deuxième round j'ai laissé le Noir me poursuivre sur le ring. A ce moment-là j'étais encore le plus rapide. Il n'a pas tenté de me mettre knock-out, il avait le temps, et il cognait si régulièrement qu'à force de parer les coups, je ne sentais plus mes bras. Au début du troisième round, il m'a cueilli d'un crochet du droit dans les côtes, puis, toujours du droit, m'a écrasé le nez. « Attrape-le! » a crié le Prophète. Je l'ai agrippé par les coudes pour le forcer à baisser les mains, jusqu'à ce que l'arbitre nous sépare. Le Noir est revenu à la charge, j'ai plié les genoux, je voulais le laisser arriver, et je lui ai envoyé un crochet du gauche dans le ventre. Pendant qu'il baissait les mains pour se protéger, je lui ai balancé une droite à la tête, mais je suis passé à côté, et pris par mon élan, j'ai trébuché. L'arbitre est intervenu, pour me faire gagner du temps. Mais ce n'était pas fini.

Dès que j'ai été debout, il a réattaqué. Je n'arrivais plus à respirer par le nez, alors j'ai craché mon protège-dents. Les coups pleuvaient. J'ai entendu le Prophète crier, « Plus que trente secondes! » et je suis retombé au tapis.

A six, j'étais de nouveau sur pied. J'ai trouvé la force d'esquiver un coup droit. Ça l'a fait valdinguer dans les cordes. J'en ai profité pour me rapprocher de lui par-derrière en le cognant à la tête, mais il m'a envoyé son coude dans le ventre et s'est remis à frapper des deux poings. Il devait en finir. Je l'ai attrapé par les épaules, encaissant les coups, le front collé au sien. Si je le lâchais, j'étais foutu.

J'étais encore debout quand j'ai entendu le gong. Il a fallu quatre hommes pour nous séparer, il ne voulait pas me lâcher. Nous avions gagné à peu près six cents cartouches de cigarettes. Et l'administration m'a payé les frais de dentiste.

– Si tu as perdu de l'argent, ce jour-là, c'est que tu avais misé sur l'autre, j'ai dit au blond. On avait seulement parié que je tiendrais trois rounds contre lui.

– Moi, je t'avais joué gagnant, a dit le blond.

J'ai haussé les épaules. Encore un naïf qui s'était fait avoir parce qu'il avait rien compris au scénario.

– Tu n'as même pas essayé de battre le nègre, il m'a dit comme s'il m'accusait de haute trahison.

– J'ai essayé de ne pas crever, je lui ai expliqué. Ecoute, mec, il n'y a pas de quoi en faire tout un plat. Combien tu as perdu ?

– Trois cartouches, il a répondu, aussi effondré que s'il s'agissait de la virginité de sa sœur.

– Je vais te dire ce qu'on va faire. Le prix des clopes ayant augmenté environ de moitié, ça doit faire cent cinquante dollars aujourd'hui. Ça te va ?

Le blond m'a regardé, il se demandait si je me foutais de lui.

– Tu parles sérieusement ?

– Très sérieusement, je lui ai répondu en glissant la main dans ma poche.

Il n'arrivait pas à se décider. Il nous a regardés tour à tour, Pansy et moi, jusqu'à ce que le type aux lunettes noires mette un terme à la discussion.

– Ça va comme ca, B.T., il a dit.

Le blond a soupiré.

– D'accord, il a laissé tomber en s'avançant vers moi pour encaisser son pognon.

Pansy a contracté tous ses muscles. Ses dents ont grincé. Bruit de camion remorque qui rétrograde.

– Je te les donnerai en partant, j'ai dit au blond.

Même un génie de son acabit pouvait comprendre. Il s'est reculé contre la barrière, en continuant à faire rouler ses biceps. Pansy était très impressionnée.

– Si on parlait affaires? j'ai proposé.

Le type aux lunettes noires a tendu la main vers la Mustang. J'ai caressé Pansy en lui disant de rester là où elle était, et je me suis éloigné avec lui. En allumant ma cigarette, j'ai senti Bobby derrière moi.

– Un de vos frères a livré du pognon dans un endroit où il y avait des enfants. L'argent était dans une petite mallette, comme celles des toubibs.

Je ne voyais pas les yeux de mon interlocuteur. Il gardait les mains dans ses poches, attendant que je continue.

– Il a fait la livraison avec une femme. Il travaillait peut-être pour elle comme garde du corps, ou alors il était responsable du pognon. Je ne sais pas.

– Qu'est-ce que tu sais d'autre? il a demandé.

– La femme n'était pas toute jeune. Mon âge, peut-être plus. Elle a une maison en dehors de la ville. Une grande maison, dans un endroit chic. Un type travaille avec elle. Un gros. Et ils se servent d'un van genre car scolaire.

– C'est tout?

– C'est tout.

– Et qu'est-ce que tu veux savoir?

– Qui est cette femme, et où je peux la trouver.

– Tu as quelque chose à lui reprocher?

J'ai réfléchi. Je ne savais pas s'ils travaillaient ou non régulièrement avec elle.

– Elle a quelque chose que je veux, j'ai dit en pesant soigneusement chacun de mes mots.

Il est resté silencieux.

– Si vous travaillez pour elle de façon régulière, j'ai repris, vous pourrez peut-être me procurer ce que je veux. Je paierai.

– Et si ce n'est pas le cas?

– Alors tout ce que je vous demande, c'est son nom et son adresse.

Il a souri. Ça aurait peut-être détendu un cave. Moi, j'ai gardé les mains dans mes poches.

– Et de te laisser faire ce que tu veux sans nous en mêler ? il a demandé.

– Oui, j'ai dit, exactement.

Le blond s'est écarté du type aux lunettes noires, le dos contre la barrière. Pansy ne le lâchait pas des yeux.

– B.T. ! l'a averti Bobby.

Il s'est arrêté. Un mec un peu dur à la comprenette.

– Et c'est quoi, ce quelque chose que tu veux ? m'a demandé le chef.

– Quand tu me poses cette question, ça veut dire que vous travaillez avec elle ?

– Non, il a dit, et je ne sais pas non plus où elle deale.

– Ce n'est pas de la dope que je cherche.

Il a enlevé ses lunettes et les a regardées comme s'il allait trouver une réponse à quelque chose sur leurs verres. Puis il a levé les yeux vers moi. Des yeux doux, humides, comme seuls en ont ceux qui sont nés pour tuer – et qui ont déjà accompli plusieurs fois leur destin.

– Tu n'as pas toujours craché sur la dope, il a dit.

J'ai ouvert les mains, c'était le moment de mettre cartes sur table.

– C'est une photo, que je cherche.

– Une photo de qui ?

– D'un enfant.

Il m'a regardé, l'air de dire : « Mais encore ? »

– Un petit garçon. C'est une photo porno.

Le chef a regardé le brun qui était à côté de lui.

– Je croyais qu'il s'agissait de poudre? il a dit.

L'autre est resté impassible.

– Je n'ai pas demandé de détails, il a répondu.

Le chef a hoché la tête d'un air absent.

– Ouais, il a dit, on ne veut jamais trop en savoir...

J'ai allumé une cigarette en le regardant du coin de l'œil. Il avait remis ses lunettes et se frottait le visage.

– Dis-moi, Bobby, ça t'ennuirait d'aller faire un tour dans le garage avec ton pote? On a à parler, tous les trois.

Bobby a posé sa main sur mon épaule pour m'emmener à l'intérieur. J'ai claqué des doigts pour dire à Pansy de venir avec nous, mais elle n'a pas bougé. Elle regardait le blond, enregistrait son image. Il a fallu que je l'appelle pour qu'elle se décide à nous suivre.

Une fois dans le garage, j'ai ouvert les deux portières de la Plymouth et j'ai dit à Pansy de monter.

– B.T. n'est pas méchant, Burke, a dit Bobby. Il est juste un peu buté au sujet des nègres.

– J'avais compris, je lui ai dit. C'est pas grave.

Nous avons attendu en silence. La fourrure grise de Pansy disparaissait dans l'ombre, mais ses yeux brillaient. Le blond lui manquait.

Au bout d'un moment, ils sont venus nous rejoindre. Le chef s'est assis sur le capot de la Plymouth, laissant les deux autres debout à côté de lui.

– La femme nous a dit qu'elle devait livrer du cash a divers endroits. Des grosse sommes. Elle avait peur que quelqu'un cherche à intercepter ce pognon. Victor – il s'est tourné vers le brun – a reçu mille dollars pour chaque livraison. C'était lui qui portait le fric. On pensait qu'il s'agissait d'une série de versements réguliers. Elle ne prenait jamais rien en échange de l'argent.

Je n'ai pas dit un mot. J'avais des tas de questions à poser, mais ce n'était pas mon tour de parler.

– Victor ne devait pas être armé. Si quelqu'un les menaçait d'un feu, elle lui avait dit de donner le sac. Elle lui demandait seulement de jouer les gros bras, tu vois le tableau?

J'ai hoché la tête. La femme ne s'inquiétait pas pour son fric. Victor n'était là que pour intimider les gens qui fournissaient les mômes. Et pour ça, il lui suffisait d'être lui-même.

– Tu es sûr qu'elle a cette photo? Il a demandé.

– Certain.

– Ça veut dire qu'elle en a d'autres, qu'elle fait ça tout le temps.

– Oui, j'ai dit. C'est son business.

Il faisait sombre, dans le garage, mais le chef avait gardé ses lunettes noires. Ça ne m'empêchait pas de sentir son regard.

– Je suis un casseur, un arnaqueur, comme toi, il a dit. Je viole pas les enfants. Et mes frères non plus.

– Je sais, j'ai répondu.

– Il y en a parmi nous qui sont un peu braques. Comme B.T. Il saignerait un nègre juste pour pas perdre la main, tu comprends?

– Je comprends.

– Mais aucun d'entre nous ne se ferait un môme. Mes frères et moi...

J'ai incliné la tête.

– On vous respecte, tes frères et toi, je lui ai dit.

– Pour l'instant, oui. Mais si on sait qu'on a trempé dans des histoires de mômes, alors...

– Ça ne se saura pas, j'ai dit.

Il a continué comme s'il ne m'avait pas répondu.

– Si jamais ce bruit courait, on serait obligé de faire quelque chose. Quelque chose de sérieux. On ne peut pas laisser notre nom être sali. Ce serait trop dangereux.

Je l'ai laissé continuer.

– Si on te donne les renseignements que tu nous as demandés, qu'est-ce que tu vas faire ? Essayer de lui racheter cette photo ?

– Oui, si elle veut la vendre.

– Et si elle ne veut pas ?

J'ai haussé les épaules.

– Victor a fait beaucoup de livraisons avec elle, il a dit. Dans deux jardins d'enfants, dans des villas, même dans une église. Il doit y en avoir un paquet de photos comme ça qui traînent.

– Je te l'ai dit tout à l'heure, c'est un business.

Il s'est passé la main dans les cheveux, j'ai vu son tatouage. Et il a parlé de la même voix douce.

– Elle s'appelle Bonnie. La maison se trouve sur Cheshire Drive, à Little Neck, juste avant le comté de Nassau. Une grande maison blanche au fond d'une impasse. Le jardin, plein d'arbres et de buissons, est entouré d'un grand mur. La grille d'entrée s'ouvre avec un système électronique. Un étage, un sous-sol sur toute la surface et peut-être aussi des chambres dans le grenier.

– Autre chose ? j'ai demandé.

– Elle a un van, comme tu as dit. Environ une douzaine de places à l'arrière. Le gros type lui sert de chauffeur.

– Des systèmes de sécurité dans la maison ?

– Je ne sais pas. Mes frères et moi, nous avons

toujours été réglos avec elle. On n'a jamais pensé à la refaire.

Je lui ai tendu deux mille dollars en billets de cent.

– On est quittes? je lui ai demandé.

Il a souri.

– Je prendrai l'argent de B. T. là-dessus, il a dit.

Je lui ai serré la main. Une main ferme, mais qui cherchait pas à vous écraser les doigts. Pour les autres, je me suis abstenu.

– Je vais agir très vite, j'ai dit.

– Tu fais ce que tu veux. Prends ton temps. Elle a souillé notre nom, tu comprends?

J'ai hoché la tête. Bientôt B. T. allait penser que cette femme faisait partie du Front de défense des droits civiques des Noirs.

J'ai claqué la portière sous le nez de Pansy, levé le poing pour remercier Bobby et sorti la Plymouth du garage.

84

Bobby avait fait un boulot formidable sur la Plymouth. Même Pansy a senti la différence. A un feu rouge, sur Atlantic Avenue, un coupé orange s'est arrêté à côté de nous. Deux mômes qui avaient envie de faire la course. Le passager a baissé la vitre et m'a souri pendant que l'autre faisait ronfler son moteur. J'ai levé les sourcils d'un air approbateur et écrasé l'accélérateur dès que le feu est passé au vert. Les pneus du coupé ont grincé, laissant de la gomme sur le macadam, mais la Plymouth a pris une bonne longueur d'avance.

Quand j'ai freiné au feu suivant, j'étais déjà à plus de cent. Cette fois le coupé s'est arrêté à ma droite.

– Qu'est-ce que tu as sous ton capot, mec? m'a demandé le jeune qui conduisait, d'un ton à la fois admiratif et respectueux.

Pansy a relevé la tête et retroussé les babines en grondant. Le coupé est reparti dans un bruit d'enfer. Le feu était toujours rouge.

La nuit tombait. L'heure des coups de téléphone. J'aurais préféré ramener Pansy au bureau, mais je n'avais pas le temps. Le chef des frères de Bobby ne semblait pas manquer de patience, mais il avait été élevé dans le même genre d'endroit que moi, des endroits où un type qui perd sa réputation met sa vie en jeu.

Arrivé derrière chez Mama, j'ai laissé Pansy descendre. Elle a reniflé les murs de l'impasse avant de pisser, puis, le nez en l'air, elle a grogné doucement. Peut-être qu'elle regrettait B. T.

Après l'avoir fait remonter, j'ai poussé la porte de la cuisine, puis je suis passé dans la salle. Comme d'habitude, la table du fond était vide. Même les meilleurs jours, le restaurant de Mama n'est jamais plein. Les odeurs qui y règnent et ses prix élevés découragent les yuppies. Exactement ce que Mama cherche.

– Tu as des ennuis? elle m'a demandé de sa voix douce.

– Non. Mais des tas de coups de fil à donner, et Pansy est dans la voiture.

– Ton chiot?

Mama en était restée à Diable, mon doberman.

– Pansy n'est plus vraiment un chiot, Mama.

– Ça ne fait rien. Tu veux qu'on la mette au sous-sol?

– Ça serait bien. Juste un petit moment.

– Alors allons-y. Je vais dire aux cuisiniers qu'ils ne s'inquiètent pas.

Je l'ai suivie dans la cuisine.

– Va chercher ton chiot, elle a dit après avoir expliqué quelque chose en cantonais à ses Chinois.

J'ai mis sa laisse à Pansy. Elle se demandait ce qui se passait : je ne la sors en laisse que quand on risque de rencontrer des caves.

Quand on est retournés dans la cuisine, un des cuisiniers a poussé un cri et est allé se réfugier près du four. Puis ils se sont mis à parler tous ensemble, comme s'ils discutaient d'un point capital. A côté de moi, Pansy bavait. Et personne ne savait si c'était l'odeur de la nourriture qui la faisait saliver. Deux Chinois se sont mis à se disputer en montrant mon chien du doigt. J'ai cru qu'ils allaient se battre, mais je ne comprenais rien de ce qu'ils disaient.

– Burke, m'a demandé Mama, de quel pays vient cet animal? Mais ne prononce pas de nom, d'accord?

J'aurais dû m'en douter. Tous ces cris, c'était pour un pari stupide. Les soi-disant cuisiniers de Mama seraient capables, après vous avoir enfoncé leur couteau dans le ventre, de parier sur le temps qu'il vous reste à vivre.

– Pizza, j'ai soufflé à Mama.

Elle s'est mise dans la course et a fait monter les enjeux. Au bout d'un moment, elle a montré du doigt un des Chinois. L'heure de vérité avait sonné.

– Allemagne? elle m'a demandé.

– Non.

Elle est passée au suivant.

– Angleterre?

– Non, j'ai répondu en regardant leurs visages se décomposer.

Elle a montré le dernier, un jeune qui se tenait un peu à l'écart.

– Chine ?

– Non, c'est un chien italien.

Le visage de Mama s'est illuminé d'un sourire triomphant. Elle m'a fait répéter, pour que tout le monde dans la pièce prenne conscience de sa supériorité. Ils se sont tous inclinés devant elle. Personne n'a sorti d'argent de sa poche. Leur enveloppe de fin de semaine serait un peu plus plate que d'habitude.

En haut de l'escalier, Mama a allumé la lumière. Sa cave était pleine de conserves, de cartons, de bois. Il y en avait une autre en dessous. Un jour où les flics cherchaient Max, persuadés qu'il se terrait là, ils m'avaient attendu pendant deux jours pour que ce soit moi qui lui demande de sortir sans faire de grabuge.

– Ton chiot a faim, Burke ?

– Oui. Si tu as quelque chose pour elle, je suis sûr qu'elle appréciera.

– Je reviens tout de suite, elle a dit en remontant. Je les ai entendus encore crier en chinois. Les cuisiniers voulaient sûrement une revanche. Elle est revenue accompagnée d'un « volontaire ». Terrifié, il a posé devant Pansy une de ces grandes marmites dans lesquelles ils tiennent le riz au chaud toute la journée.

– C'est un bon chien de garde ? a voulu savoir Mama.

– Le meilleur qu'on puisse trouver.

– Et c'est... une fille hein ?

– Ouais.

– Les femmes savent se battre, a dit Mama

avant de traduire pour son cuisinier, qui a hoché la tête d'un air dubitatif. Elle va garder ma cave?

– Si tu veux, je lui ai dit. Mais explique à ce type que Pansy doit toujours voir ses mains.

J'ai construit un mur autour de Pansy avec des cartons. Sa tête dépassait. Je voulais faire plaisir à Mama et j'ai tout de suite trouvé comment.

– Amie, Pansy! j'ai lancé en poussant Mama devant moi. Va la caresser, elle sera ravie, j'ai ajouté.

Mama ne serait pas arrivée là où elle en était si elle n'avait pas toujours su montrer du courage. Elle est allée vers Pansy et lui a donné une petite tape sur la tête en disant :

– Gentil petit chien, gentil.

– Bien, maintenant reviens. Garde, Pansy! j'ai ordonné avant de demander à Mama d'envoyer son cuisinier caresser Pansy à son tour.

Le pauvre diable s'est exécuté en tremblant. Il avait à peine fait deux pas en avant que Pansy s'est jetée sur lui, la gueule ouverte. Il a fait un bond en arrière et les mâchoires de Pansy ont claqué.

– A ta place! je lui ai dit, et elle s'est rassise à contre-cœur.

Mama a applaudi.

– Bravo, Burke. Très bon chien. Le cuisinier est reparti et j'ai poussé la marmite derrière le mur de cartons.

– Qu'est-ce qu'il y a là-dedans? j'ai demandé à Mama.

– Bœuf, porc, crevettes, légumes et riz, du premier choix, elle a répondu d'un air outragé.

– Elle va adorer ça.

– Pourquoi elle ne mange pas, alors?

– Elle ne mange que quand elle est seule avec moi. Donne-moi une minute et je te rejoins là-haut.

– Bon, à tout à l'heure, elle a dit.

Je lui ai laissé le temps de remonter et j'ai dit le mot magique à Pansy. Quand on veut survivre, on ne doit jamais partager tous ses secrets.

85

J'AI appelé SOS Enfants en premier. Lily était en réunion, on m'a demandé de laisser un numéro. J'ai dit que c'était impossible et j'ai demandé à quelle heure je pouvais la joindre. Ça n'a pas semblé les surprendre.

Avec McGowan, j'ai eu plus de chance, pour une fois, il était dans son bureau.

– Vous me reconnaissez? je lui ai demandé.

– Bien sûr, il a répondu de la superbe voix de baryton dont il se sert pour convaincre les petites filles de quitter leur mac.

– J'ai un service à vous demander. Vous connaissez Wolfe?

– Je suis même au mieux avec elle. C'est une femme formidable, qui s'occupe de toutes les affaires que les autres procureurs refusent. Tu n'as pas intérêt à te la mettre à dos.

– Je sais, et il ne s'agit pas de ça. J'ai simplement besoin de lui parler, et je me disais qu'elle accepterait plus facilement si vous lui expliquiez que je suis un type réglo.

– Un type réglo laisse une femme comme ça tranquille.

– Mais enfin, McGowan, vous savez très bien ce que je fais.

Il n'a rien répondu. Il avait raison, dans les bureaux des flics, et même surtout dans leurs bureaux, les murs ont des oreilles. Il fallait que j'aille mollo.

– Ecoutez, j'ai repris, je veux seulement qu'elle sache que je joue franc jeu. Je lui dirai ce que j'attends d'elle et elle me répondra par oui ou par non, comme elle voudra.

– D'accord, il a dit après un nouveau silence.

J'ai commencé à lui dire que c'était assez pressé, mais il avait raccroché.

Strega n'a laissé sonner qu'une fois.

– J'attendais que vous m'appeliez, elle a dit, d'une voix très douce.

– Comment saviez-vous que c'était moi?

– Je sais ce genre de choses, je les sais toujours, je vous l'ai déjà expliqué...

– Il y a du nouveau, j'ai annoncé.

– Racontez-moi, elle a murmuré en caressant chaque syllabe.

– Pas au téléphone.

– Je sais ce que vous voulez. Venez chez moi, ce soir, après minuit. Venez, vous aurez ce que vous voulez.

– Je voudrais juste...

Encore une fois, je parlais dans le vide.

Je suis retourné m'asseoir dans la salle pour attendre le moment d'appeler Lily. Un serveur m'a apporté un bol de soupe et du riz cantonais. Mama est passée devant ma table en souriant et elle m'a tendu le journal. Ça tournait au vinaigre, dans le comté du Queens. Les responsables de la ville se dénonçaient à tour de bras pour essayer de se laver des magouilles dans lesquelles ils avaient trempé tous ensemble. Des vrais rats.

La page des sports n'était pas mieux. Un de nos athlètes préférés prenait régulièrement de la coke, un autre venait d'entrer en clinique pour une cure de désintoxication et un troisième avait laissé gagner son adversaire moyennant finances.

Mais dans les pronostics des courses, il y avait le nom de ma jument, Flower Jewel, qui courait dans la huitième. J'ai regardé ma montre, presque neuf heures et demie.

Maurice a mis longtemps à répondre. Il devait avoir une soirée agitée.

– C'est Burke, je lui ai dit.

– Tiens, tiens, il a répondu, toujours aussi peu courtois.

– Je peux encore parier dans la huitième?

– T'as même jusqu'à dix heures, mon pote. Où avais-tu disparu?

– Flower Jewel, gagnante.

– Flower Jewel, gagnante dans la huitième, il a répété. Envoie quelqu'un demain avec l'argent.

Et il a coupé. Un homme pressé.

J'ai fini de dîner, en me demandant si Pansy allait avaler tout ce que Mama lui avait donné.

Pendant qu'un Chinois débarrassait, j'ai allumé une cigarette. Le visage de Flood est apparu, flottant dans la fumée. J'ai écrasé ma clope dans le cendrier, mais je ne m'en suis pas mieux senti pour ça.

Lily a répondu elle-même quand j'ai appelé SOS Enfants.

– C'est Burke, je lui ai dit. Est-ce que vous avez vu Wolfe?

– Oui.

– Alors?

– Elle m'a donné un numéro où on peut la joindre le matin entre huit et neuf.

– Elle accepte de me parler?

– Elle m'a donné ce numéro pour que vous l'appeliez.

Je ne pensais pas que Lily s'en sortirait si facilement. Alors j'avais assuré mes arrières avec McGowan. De toute façon, son coup de fil à Wolfe ne pouvait qu'arranger les choses. Et il n'était pas question que je lui dise maintenant d'oublier ce que je lui avais demandé. Il penserait que j'étais sur un coup foireux.

– Parfait, j'ai dit à Lily. Est-ce que le môme est revenu au centre ?

– Oui. Mais sa mère ne veut pas être impliquée dans le traitement.

– La rousse ?

– Oui.

– Ce n'est pas sa mère.

– Oh, je vois... Est-ce que sa mère accepterait... ?

– Je ne sais pas. Je vais leur demander.

– Le plus important, c'est que l'enfant continue à venir.

– Je leur parlerai. Au revoir Lily. Et merci.

– Bon courage, elle a dit avant de raccrocher.

Je suis allé chercher Pansy au sous-sol. Elle était toujours derrière son mur de cartons, et la marmite de Mama était propre comme un sou neuf.

Je l'ai ramenée au bureau, elle était ravie de se retrouver dans ses meubles et a insisté pour aller faire un tour sur le toit. Il me restait deux heures avant de retrouver Strega. J'ai allumé la télé et regardé avec Pansy un combat de catch. Elle grognait de plaisir. Elle venait de passer une journée comme elle les aimait.

86

La lune était trop basse pour éclairer les rues, mais tout en conduisant, je sentais sa lumière froide autour de moi. A la radio, un journaliste parlait de l'arrivée de Marcos à Hawaii. Il avait quitté les Philippines quelques semaines plus tôt, sans bagages, mais accompagné de quelques loyaux sujets et en emportant l'équivalent du PNB de son pays sur les dix dernières années. Un arnaqueur de haut niveau.

J'ai éteint le moteur et laissé la Plymouth rouler en silence jusque devant le garage. La porte était ouverte et il n'y avait que la BMW. Je suis entré en marche arrière, j'ai refermé derrière moi et j'ai attendu dans le noir.

Une porte a grincé. Eclairée par-derrière, la silhouette de Strega vacillait – la flamme d'une bougie dans un courant d'air.

Je suis descendu de voiture. Quand j'ai relevé les yeux, Strega n'était plus là. Je me suis avancé vers l'escalier, et je l'ai vue qui montait à pas légers. Son corps était drapé d'un tissu noir qui flottait autour d'elle et se fondait dans l'ombre. J'ai grimpé quelques marches, mais de nouveau elle a disparu.

Tout était éteint, dans la maison. J'ai traversé le salon blanc, enlevé ma veste, pris une cigarette.

– Moi aussi, a murmuré la voix de Strega au moment où j'approchais ma clope de l'allumette.

Et j'ai vu son visage penché au-dessus de la flamme, un joint à la bouche. Elle a aspiré la fumée profondément puis est allée vers le divan. Le bout incandescent de son joint rougeoyait dans l'ombre.

– Vous allez appeler les esprits? je lui ai demandé.

– Pourquoi, vous avez peur du noir? elle a répliqué.

– J'ai peur de beaucoup de choses, j'ai répondu.

– Je sais, elle a dit en tirant encore sur le joint avant d'exhaler la fumée dans un long sifflement.

– Ça sera bientôt fini, j'ai annoncé. Je suis sur la bonne piste.

– De la photo?

– De la personne qui l'a prise. Quant à la photo, rien ne dit qu'elle existe toujours. Mais je le saurai bientôt.

– Vous avez besoin de moi?

– Je veux seulement vous poser une question. Il me reste encore une ou deux choses à faire avant d'aller chez ceux qui ont fait le coup. Mais la photo du petit est peut-être au milieu d'un tas d'autres photos. Je n'aurai peut-être pas le temps de chercher.

– Et alors?

– Ça serait plus facile de *toutes* les détruire. En m'assurant qu'il n'en reste aucune.

Une autre bouffée de marijuana, inspiration, expiration.

– Je veux voir cette photo, elle a dit.

– Je ferai de mon mieux, mais je ne veux pas traîner là-bas, au cas où les choses tourneraient mal. Scotty n'est pas le seul à qui c'est arrivé. J'en suis certain maintenant. Il s'agit d'un vrai business, vous comprenez?

– Oui.

– Je ne sais pas de combien de temps je disposerai une fois dedans.

Elle a tiré une dernière bouffée et le joint s'est

éteint. Comme si elle en avait pincé le bout avec ses doigts.

– Et moi, vous me voulez dedans maintenant? elle a demandé en venant vers moi.

– Non, j'ai répondu.

– Si, je le sais, elle a dit.

Elle s'est agenouillée, le tissu noir a flotté tout autour de moi. Des ailes de chauve-souris. Elle a défait ma ceinture. Ma main s'est posée sur son dos, j'ai senti sa robe, et j'ai eu froid.

– Ne me touche pas, elle a dit.

J'ai agrippé les bras du fauteuil. Mes veines saillaient, dessinant une image. En dessous de la taille, j'étais ailleurs. Mais l'image s'est précisée : je me suis vu entrer dans la maison où était la photo.

Quand j'ai joui, elle m'a gardé dans sa bouche, longtemps. Puis elle a détaché l'agrafe qui retenait sa robe. Son corps était une lueur blanche. Elle m'a essuyé avec sa robe et l'a laissée tomber par terre.

– Vous n'avez pas besoin de demander, je sais ce qu'il faut faire, elle a murmuré, le visage contre ma poitrine.

Je lui ai caressé le dos. Elle était d'une douceur inhumaine.

– Je suis une bonne petite fille, elle a dit d'une voix posée, comme un enfant qui est sûr de quelque chose.

J'ai continué à la caresser.

– N'est-ce pas? elle a soufflé.

– Mais oui, j'ai dit.

Et on est restés comme ça un long moment.

– Je reviens tout de suite, elle a dit, en retrouvant sa voix habituelle. J'ai quelque chose pour vous.

Elle s'est relevée et s'est dirigée vers la porte du fond.

Il y avait deux lavabos jumeaux dans la salle de bain d'en bas. Et un téléphone installé dans une niche à côté de la baignoire. Je me suis vu dans la glace – un mort vivant.

Quand elle est redescendue dans le salon, j'étais debout devant la fenêtre, je regardais les lumières dans la cour. Elle avait passé un peignoir blanc. Ses cheveux mouillés avaient des reflets cuivrés.

– C'est pour vous, elle a dit en me tendant sa main ouverte.

Au creux de sa paume, il y avait une lourde gourmette en or. Je l'ai prise.

– Elle est magnifique, j'ai dit en la glissant dans ma poche.

– Mettez-la, a dit Strega en la reprenant.

J'ai pensé aux tatouages des poignets de B. T.

– Je ne porte pas de chaînes, j'ai répondu à Strega.

– Vous porterez la mienne, elle a insisté, les yeux brillants.

– Non, j'ai dit d'une voix tranquille.

Elle s'est mise sur la pointe des pieds, a passé sa main derrière mon cou pour me faire baisser la tête. Son visage était si près du mien que je n'arrivais plus à en fixer les traits.

– Je vais la garder pour vous. Je dormirai avec elle près de moi. Quand vous reviendrez me voir, avec la photo, vous la mettrez.

J'ai posé mes lèvres sur les siennes. Elle s'est écartée.

– Rapportez-moi cette photo, elle a dit en se tournant vers la fenêtre.

Je l'ai laissée là. On aurait dit une petite fille en train d'attendre que son papa rentre du bureau.

87

La Plymouth a retrouvé toute seule le chemin du retour. Je devais appeler Wolfe deux heures plus tard, inutile de vouloir dormir.

J'ai allongé mes jambes devant moi, posé les pieds sur le bureau et j'ai commencé à écrire sur un carnet jaune ce que je savais, en me faisant croire que je mettais de l'ordre dans mes idées. Quand j'ai ouvert les yeux, il était presque huit heures. Quelqu'un avait écrit *bruja* sur le cahier, puis l'avait barré.

J'ai pris une douche et attendu que Pansy redescende du toit. La ligne des hippies était libre. J'ai fait le numéro que Lily m'avait donné, ça a sonné deux fois.

– Bureau des victimes.

– Madame Wolfe, s'il vous plaît.

– C'est moi.

– Burke, à l'appareil. J'aimerais vous parler.

– Oui ?

– Je peux venir à votre bureau ?

Elle a hésité.

– Je voudrais vous remettre quelque chose. Quelque chose qui pourra vous servir.

– Qu'est-ce que c'est ?

– J'aimerais mieux vous le montrer.

– Vous savez où se trouve mon bureau ? elle a demandé après un nouveau silence.

– Oui.

– Venez à neuf heures, et donnez votre nom à la réception.

– Ça va être juste. J'habite à l'autre bout de la ville et avec les embouteillages...

– Neuf heures *ce soir*, monsieur Burke.

Elle a raccroché et je suis allé dormir.

88

Le jour baissait. Ciel sale, vent froid qui soufflait sur la ville. Je me suis fermé au monde pour réfléchir à cette affaire, trouver quelque chose sur quoi m'appuyer. Je suis resté immobile – une des premières choses qu'on apprend en prison, c'est qu'en faisant les cent pas, on se sent encore plus en cage. Celui qui sait rester dans son espace mental arrive à passer au-delà des murs.

Je m'étais trompé sur toute la ligne. Parce que j'avais oublié les leçons apprises au cours des années passées derrière les murs. Il y avait quelque chose qui me faisait peur, dans cette affaire, et ça n'avait rien d'étonnant. J'ai presque toujours peur, ça m'empêche de faire des conneries. Mais d'habitude, il s'agit de peurs normales. J'ai peur d'être tué ou de retourner en taule... pas d'idioties comme cette histoire de *bruja* que Pablo m'avait expliquée. Quand on arrive en finale de championnat parce qu'on sait esquiver les coups, on ne décide pas soudain de devenir un puncher. Ou alors on perd. J'ai fumé deux cigarettes l'une après l'autre en pensant à ça. L'illégalité n'avait jamais fait de moi un homme riche, mais au moins j'étais libre. Et je voulais le rester.

J'ai pris mon temps pour me préparer. Je devais me trouver des fringues qui n'attireraient pas trop l'attention là où travaillait Wolfe. J'ai pensé à mon costard noir à fines rayures grises. Il était un peu froissé, c'est toujours le problème quand on trimbale ses affaires dans le coffre de sa voiture trop longtemps, mais je n'avais rien de mieux. Avec une chemise blanche en soie de Hong Kong, c'està-dire cent pour cent acrylique, et une cravate noire, ça passerait à peu près. Je me suis lavé les cheveux et j'ai essayé de me peigner tant bien que mal, je me suis rasé de près, j'ai ciré mes chaussures, tout le tintouin, quoi. Quand je me suis vu dans la glace, je me suis dit qu'en fait, l'habit fait le moine. Au lieu de ressembler à un fauché qui travaille comme docker, j'avais l'air du cave qui va se faire refiler un crédit exorbitant par le premier employé de banque venu.

J'ai mis quelques billets dans ma poche, pris sur le bureau tout ce dont j'avais besoin, et j'ai fermé boutique. Pansy a vaguement ouvert un œil, toujours comateuse : le repas chinois l'avait assommée. Je lui ai dit que je rentrerais tard.

Il était un peu plus de six heures, j'avais tout le temps de manger et de me mettre les idées en place avant de voir Wolfe.

Quand je suis arrivé, la tapisserie au dragon bleu était accrochée derrière la vitre de chez Mama. Les flics étaient là. J'ai continué ma route jusqu'à l'entrepôt. Je suis allé voir dans la pièce de derrière si une lettre n'aurait pas par hasard réussi à échouer là. Flood savait comment retrouver la trace des gens qu'elle cherchait. Mais elle n'avait jamais écrit. Il n'y avait rien, sur le bureau.

Quand je suis repassé devant chez Mama, la tapisserie blanche était de nouveau à sa place. Les flics s'étaient cassés. Je suis allé me garer dans l'impasse. Les deux cuisiniers qui étaient de service m'ont regardé entrer d'un air soupçonneux – c'étaient peut-être ceux qui avaient parié contre Mama sur la nationalité de Pansy. Je me suis installé à ma table. Mama s'est assise à côté de moi et m'a tendu le *News*.

– Tu as eu une visite des flics, Mama?

– Oui. La police est très inquiète pour nous. Le racket. Il paraît qu'il y a des gens qui doivent payer des « protecteurs ». Ils m'ont demandé si c'était mon cas.

De toute évidence, Mama trouvait cette idée ridicule – les racketteurs ne s'attaquaient qu'aux caves.

– Qu'est-ce que tu leur as dit ?

– La vérité. Que personne ne m'avait embêtée. Tu veux de la soupe ?

– Avec plaisir, je lui ai dit en ouvrant le journal tandis qu'elle retournait à ses occupations.

J'avais presque oublié Flower Jewels. J'ai regardé immédiatement la page des courses. Et ça ne m'a pas remonté le moral. Après un départ en flèche, elle s'était retrouvée dans le peloton, s'en était détachée mais n'avait pas réussi à remonter en tête avant l'arrivée. Elle était quatrième. Tout ça ne me paraissait pas très net, mais c'était son argent que Maurice voudrait, pas une analyse de la course.

J'ai mangé ma soupe et le plat que le serveur m'a apporté, et fumé deux cigarettes coup sur coup. A la caisse, j'ai donné à Mama trois cents dollars pour Maurice et trente pour Max.

– Ça ne te réussit pas de jouer, elle m'a dit avec un petit sourire.

– Je n'ai pas souvent l'occasion de parier sur des coups aussi sûrs que la nationalité de certains chiens, je lui ai répondu.

– C'est la seule façon de gagner, elle a répondu sans se sentir le moins du monde insultée.

L'heure était venue d'aller voir Wolfe.

89

LES rues étaient peu encombrées. En quittant Queens Boulevard, j'ai vu l'Audi de Wolfe dans le parking du Tribunal. Il y avait de la place, mais je ne voulais pas y garer la Plymouth. Je préférais le parking municipal qui est un peu plus loin. Un vrai cimetière. Sombre et désert, le paradis des voleurs d'autoradio. Ça ne m'inquiétait pas. Même un bleu se serait rendu compte qu'il n'y avait rien à tirer de l'antiquité sur laquelle j'écoutais ma musique.

Il était neuf heures moins le quart quand j'ai poussé la porte vitrée du bureau du procureur. Le type du service d'accueil s'est arraché à ses mots croisés. Mais ses yeux ne sont pas arrivés à hauteur de mon visage.

– Pour les détenus, c'est à côté, il a dit.

– Je sais, j'ai répondu. J'ai rendez-vous avec le substitut du procureur, Miss Wolfe.

Toujours sans me regarder, il a décroché un téléphone noir et appuyé sur deux touches.

– Il y a un avocat qui veut voir Wolfe, il a annoncé, et après un instant de silence, m'a demandé mon nom.

– Burke, j'ai dit.

Il a répété et reposé le combiné.

– Dernière porte au fond du couloir.

– Merci, j'ai dit, m'adressant toujours au sommet de son crâne.

J'ai trouvé facilement. Wolfe était assise derrière un grand bureau sur lequel ne traînait pas le moindre papier. Juste un vase avec une orchidée. Mais des piles de dossiers sur les étagères à côté. Elle devait se douter que les types louches savent tous lire à l'envers. Quand je suis entré, elle s'est levée et m'a tendu la main.

– Merci de me recevoir, j'ai dit.

– Ce ne sera pas un entretien très privé, elle a répondu. Il y a des tas de gens qui travaillent dans les autres bureaux.

Je me suis demandé s'il s'agissait d'un avertissement, mais ça n'avait aucune importance.

– Je suis sur une affaire, depuis quelque temps, j'ai commencé. Et je crois avoir découvert des trucs qui pourraient vous intéresser.

Elle a allumé une cigarette avec un briquet jetable en poussant un cendrier qui portait un nom de bar dans ma direction. Une femme qui savait attendre.

– Mais il me manque une pièce du puzzle, j'ai continué.

– Et vous croyez que je l'ai?

– J'en suis sûr, j'ai répondu.

Une grande Noire est entrée. Elle est passée devant moi sans m'accorder la moindre attention. Comme si je faisais partie du décor. Sa bouche avait un pli amer.

– Il a été acquitté, elle a dit à Wolfe.

Pas un trait n'a changé, sur le visage de Wolfe.

– Il fallait s'y attendre, elle a dit. Tu l'as accroché?

– Accroché?

Moi, je savais ce que Wolfe voulait dire. Quand les juges refusent de croire leurs victimes, les violeurs d'enfants sourient d'un air triomphant. Du genre, « Vous voyez bien que je n'ai rien fait de mal ». Un bon procureur doit alors les regarder droit dans les yeux pour ne jamais oublier leur visage.

– Qu'est-ce que tu as fait quand on a lu le

verdict ? a demandé Wolfe, reformulant sa question.

– Je suis allée voir le prévenu et je lui ai dit qu'on se retrouverait.

– Tu l'as accroché, a dit Wolfe. C'est le premier round, souviens-t'en.

– Je sais. Il reviendra, et je l'attendrai.

Wolfe a souri. J'ai senti que ce sourire réchauffait le cœur de la Noire.

– Tu veux prendre ta journée, demain ? Wolfe lui a demandé.

– Je prendrai des vacances quand Jefferson tombera, a lancé la Noire.

– Et on en fera tous autant, a dit Wolfe pour mettre fin à la conversation.

J'ai allumé une autre cigarette. Wolfe n'était pas restée là uniquement pour moi. Il était temps d'en venir au fait.

– Je suis cent pour cent réglo, dans cette histoire, je lui ai dit. Est-ce que Lily vous en a parlé ?

– Oui. Et McGowan m'a téléphoné.

– Alors ?

– Alors je ne sais toujours pas ce que vous voulez, monsieur Burke.

– Je...

C'est tout ce que j'ai eu le temps de dire. Un type de deux mètres de haut et large comme une armoire à glace est venu se placer entre Wolfe et moi. Cheveux ras, visage rond et yeux de flic. Il n'y avait pas de crocodile sur son polo noir, mais une légère bosse révélait la présence d'un calibre 38 contre sa poitrine. Il ressemblait à un videur de bar.

– Comment ça va ? il a demandé à Wolfe, les yeux fixés sur moi.

– Jefferson a été acquitté, elle a dit.

– Jefferson est une ordure finie, il a répondu en mâchant chacun de ses mots comme un morceau de viande crue.

Wolfe lui a souri.

– Monsieur n'est pas l'avocat de Jefferson, elle a expliqué au type.

Il a haussé les épaules. Un vrai tremblement de terre.

– Vous voulez le chien? il a demandé.

– Pourquoi pas?

Il est reparti d'un pas souple. Peut-être qu'il avait été boxeur.

Wolfe a allumé une autre cigarette et a levé la main pour me dire d'attendre.

Le grand mec est revenu une minute plus tard. Il tenait le rottweiler en laisse.

– Salut, Bruise, a dit Wolfe.

La bête s'est approchée d'elle, a posé une patte sur le bureau et essayé de lécher le visage de Wolfe.

– Allez! couché, Bruise, elle a dit.

Le grand type a lâché la laisse et le rottweiler s'est affalé dans un coin. Il me regardait comme un junkee regarde sa boîte à lettres le jour où il reçoit son mandat de la Sécurité sociale.

– Je reste dans les parages, a prévenu l'armoire à glace.

Comme si le rottweiler ne suffisait pas!

– Je vous écoute, Wolfe m'a dit.

– Je cherche une photo. D'un enfant. En train de faire quelque chose à un homme. J'ai vu des tas de gens, dans des tas d'endroits. Je crois savoir où est cette photo. Et je crois que vous connaissez les gens qui l'ont. Tout ce que je vous demande, c'est un nom et une adresse.

– Vous m'avez dit avoir quelque chose pour moi? elle a demandé.

Il suffisait de l'avoir vue un quart de seconde pour savoir qu'elle ne parlait pas d'argent.

J'ai posé le carnet d'adresses que j'avais pris au mac sur son bureau. Elle n'a pas fait un geste.

– Ce carnet appartient à un type qui vend des petits garçons. A Times Square. Des prénoms, des initiales, des numéros de téléphone. Et des chiffres qui ressemblent à un code.

– Comment l'avez-vous eu?

– Une donation.

Wolfe a tiré une bouffée sur sa cigarette, l'a écrasée dans le cendrier qui débordait déjà et a pris le carnet. Elle l'a feuilleté en hochant la tête.

– Est-ce que le donateur a été blessé? elle a demandé.

– Rien de grave, j'ai répondu. Vous pouvez le lui demander. Il s'appelle Rodney et travaille devant le fast-food de la Quarante-sixième Rue, au coin de la Huitième Avenue.

– Et vous me proposez ce carnet contre les renseignements dont vous avez besoin.

J'ai joué le tout pour le tout.

– Il est à vous, j'ai dit. Quelle que soit votre décision.

– Vous en avez un double?

– Non, j'ai menti.

Wolfe tapotait des doigts sur son bureau. Elle réfléchissait. Dans le hall, un téléphone a sonné. Deux fois. Et puis il s'est arrêté.

Une femme toute petite est entrée comme un ouragan dans le bureau. Ecarlate, elle agitait une liasse de papiers devant elle.

– Nous avons les épreuves, elle a commencé, mais quand elle a vu que Wolfe avait de la visite, la suite est restée coincée dans sa gorge.

Le rottweiler a grogné. La femme avait les

cheveux relevés sur le haut du crâne, un énorme diamant étincelait à son doigt.

– Je t'en prie, Bruise, elle a soupiré.

Le chien s'est tu et Wolfe a ri.

– Je regarderai ça plus tard, elle a dit.

– A tout à l'heure! a crié l'autre en repartant aussi vite qu'elle était venue.

– C'est tout le temps comme ça? j'ai demandé.

– Oui. Nous sommes là pour travailler.

– Même le chien?

– Oui, elle a dit en tripotant son collier de perles. Qu'est-ce que vous voulez savoir?

– La femme que je cherche s'appelle Bonnie. Elle vit dans Cheshire Drive, à Little Neck, peut-être avec un gros type.

– Et alors?

– Elle est dans le business, le porno enfantin. Je suis sûr que vous la connaissez.

Wolfe n'a rien dit. Elle attendait la suite.

– Et si vous n'avez jamais entendu parler d'elle, j'ai continué, maintenant c'est fait.

Wolfe a poussé un soupir.

– Que voulez-vous exactement, monsieur Burke? Apparemment, vous savez très bien comment trouver cette personne.

J'ai allumé une cigarette. Le moment était venu de dire à Wolfe ce que j'étais venu lui dire.

– Il faut que j'aille là-bas pour chercher la photo. Si je peux l'acheter, je le ferai.

– Et si vous ne le pouvez pas...?

J'ai haussé les épaules. Wolfe a pris une pile de papiers sur l'étagère derrière elle. Les feuilles du dessus étaient jaunes, plus longues que les autres. Je savais ce que c'était.

– Comme je vous l'ai dit, monsieur Burke, Lily

m'a appelé. Mais j'ai fait ma petite enquête avant d'accepter de vous rencontrer.

– C'était intéressant ?

– Vous avez souvent eu maille à partir avec la justice, c'est le moins qu'on puisse dire. Vol à main armée, elle a lu, agression, tentative de meurtre, port d'armes... Dois-je continuer ?

– Si vous voulez. J'ai beaucoup vieilli depuis.

Wolfe a souri.

– Vous vous êtes acheté une conduite ?

– Je suis un lâche, j'ai répondu.

– Délinquance juvénile, trois séjours en maison de correction, vingt-sept arrestations, deux condamnations.

– C'est à peu près ça, j'ai dit.

– Comment avez-vous fait pour être acquitté pour cette histoire de tentative de meurtre ?

– C'était un combat loyal. J'ai gagné et les flics m'ont arrêté. Mais les types d'en face ont témoigné que ce n'était pas moi qui leur avais tiré dessus.

– Je vois...

– Y a-t-il quelque chose dans ces papiers qui vous permette de croire que je ne tiens pas parole ? je lui ai demandé.

De nouveau, elle a souri.

– Ce genre de rapport n'en raconte pas tant, monsieur Burke. On n'y trouve même pas votre prénom.

– Bien sûr que si, j'ai dit.

– Chaque arrestation est consignée avec un prénom différent. Maxwell Burke, John Burke, Samuel Burke, Leonard Burke, Juan Burke... *Juan* ? Elle a répété après un silence pensif.

– *Donde esta el dinero ?* j'ai répondu.

Cette fois, elle a ri. Un rire de gorge, très doux, comme seule une femme adulte peut en avoir. J'ai pensé à Flood et ça m'a fait mal.

– Avez-vous un vrai prénom, monsieur Burke?

– Non.

– Qu'y a-t-il écrit sur votre acte de naissance? elle a demandé d'un air ironique.

– Enfant Burke, sexe masculin, j'ai dit d'une voix neutre.

– Oh...

Elle avait vu assez d'actes de naissance dans sa vie pour savoir que je n'aurais jamais besoin d'acheter des fleurs le jour de la fête des mères. J'ai haussé les épaules pour lui montrer que tout cela n'avait pas d'importance pour moi. Plus maintenant.

Wolfe a pris une autre feuille de papier sur son bureau. Cette fois elle n'était pas jaune.

– Vous êtes aussi dans le fichier du FBI, elle a dit.

– Je ne suis jamais tombé sous le coup de la loi fédérale.

– Je sais. Mais vous êtes soupçonné d'avoir trempé dans plusieurs affaires de vente d'armes. Et les rapports de la CIA prouvent que vous avez vécu à l'étranger pendant presque un an.

– J'aime voyager, j'ai dit.

– Vous n'avez pas de passeport.

– Ecoutez, je ne suis pas venu vous demander de sortir un soir avec moi. Ni de me trouver du travail. J'apprécie le boulot que vous faites, je le respecte. Je pensais que je pourrais vous aider, et que vous pourriez m'aider.

– Et si nous n'arrivons pas à nous entendre?

– Je vais entrer dans cette maison, je lui ai dit en regardant son joli visage avec l'air du mec qui a décidé d'en finir.

Wolfe a décroché son téléphone et appuyé sur une touche.

– Tout va bien, elle a dit. Tu peux venir?

Elle a raccroché.

– Je veux être certaine que notre conversation ne sera pas enregistrée. Ensuite nous parlerons.

– Comme vous voudrez, j'ai dit.

Le grand costaud est revenu. Le calibre 38 semblait ridiculement petit, dans sa main.

– Je t'ai dit que tout allait bien, a soupiré Wolfe.

– On ne sait jamais ce qui peut arriver, le temps que je vienne, il a répliqué avant de se tourner vers le rottweiler qui grognait. Gentil, il a dit prudemment.

– Je voudrais que tu emmènes monsieur avec toi pour vérifier qu'il n'a rien sur lui qu'il ne devrait pas avoir, lui a dit Wolfe.

Monsieur Muscles a posé la main sur mon épaule. Un étau.

– Nous nous sommes mis d'accord, lui a expliqué Wolfe.

Nous sommes passés devant d'autres bureaux. Une grande Noire lisait en prenant des notes, la femme aux cheveux relevés était au téléphone, débitant des milliers de mots à la minute, un Noir, très beau, étudiait une carte accrochée au mur. J'ai entendu le bruit d'un télex, quelqu'un, quelque part, avait des ennuis.

– Vous ne rentrez jamais chez vous? j'ai demandé au grand costaud.

– Il y en a à qui ça arrive, il a dit. Et il y en a qui feraient mieux de ne jamais sortir de chez eux, il a ajouté en me regardant d'un air dégoûté.

Je n'ai pas essayé de relancer la conversation. Il m'a emmené dans une pièce vide et m'a fouillé en bonne et due forme, comme un maton à qui on a oublié de graisser la patte. Puis il m'a ramené à Wolfe.

– Il n'a rien, il a dit d'un air déçu avant de ressortir.

Assis à côté de Wolfe, qui lui caressait la tête, le rottweiler fixait la porte. Elle lui a fait signe de retourner se coucher dans le coin et il a obéi, aussi désolé que monsieur Muscles de nous laisser seuls face à face.

– Voilà la situation, monsieur Burke : la femme que vous avez l'intention d'aller voir s'appelle Bonnie Browne. Avec un « e ». Elle se sert quelquefois de son nom de jeune fille, Young. L'homme avec qui elle vit est son mari, George Browne. Il a été arrêté deux fois pour voies de fait contre des enfants. A été acquitté une fois et bénéficié des circonstances atténuantes la deuxième. Il a passé trois mois dans une prison de Californie. Elle, elle n'a jamais été arrêtée.

J'ai glissé ma main dans ma poche pour prendre une cigarette.

– N'écrivez rien, elle a dit.

– Je n'en ai pas l'intention, j'ai répondu en allumant ma clope.

– Nous pensons que cette femme dirige plusieurs affaires. Mais elle ne fonctionne pas comme les marchands de pornographie enfantine le font habituellement. Vous comprenez ce que je veux dire ?

– Oui, j'ai répondu. Quand on veut acheter des photos, ou des vidéos, on envoie l'argent à un numéro de boîte postale à Bruxelles. Et on reçoit la marchandise du Danemark, ou d'Angleterre. Puis l'argent qu'on a envoyé se retrouve dans une banque étrangère qui accorde un prêt à une société américaine bidon.

Wolfe m'a regardée pensivement.

– Vous vous êtes penché sur le problème, je vois.

– Je travaille à droite à gauche. On en apprend pas mal, comme ça.

– Bon, revenons-en à cette femme. Elle emploie des méthodes différentes. Ne vend que des pièces dites de collection, des pièces uniques.

– Qu'est-ce qui empêche ceux qui le veulent d'en tirer des reproductions ?

– Elle fait une marque sur toutes ses pièces. Regardez.

Wolfe m'a montré un minuscule dessin représentant un homme la main posée sur l'épaule d'un enfant. Un travail fait à la main, avec une pointe très fine, comme celles qu'utilisent les architectes, mais de couleur bleu pâle.

– C'est une encre spéciale, qui ne ressortirait pas sur une copie. Bonnie Browne marque elle-même ses photos, à la main.

– Quel est l'intérêt ?

– Ça lui permet d'abord de prendre des prix exorbitants, cinq mille dollars minimum par photo. Et de travailler à la commande.

– Vous voulez dire que ses clients peuvent lui demander exactement ce qu'ils veulent ?

– Oui. S'ils ont envie d'un petit garçon blond en combinaison de ski, c'est ce qu'ils auront.

– Vous allez la faire tomber ?

– Certainement, mais pas tout de suite. Nous venons à peine de remonter la filière jusqu'à elle. Nous n'avons encore aucune chance d'obtenir un mandat de perquisition.

– Et si vous en demandiez un, elle pourrait en être avertie.

Wolfe a levé les sourcils.

– Vous êtes un homme cynique, monsieur Burke.

– Ce n'est pas parce qu'ils portent des robes

noires que les juges sont des hommes différents des autres.

Wolfe est restée un moment silencieuse.

– Que savez-vous des perquisitions, monsieur Burke? elle a fini par me demander.

Je commençais à comprendre pourquoi elle m'avait fait fouiller.

– Je sais que si un type s'introduit illégalement dans une maison et y trouve de la drogue ou toute autre chose, on tiendra compte de son témoignage, à moins qu'il ne soit un représentant de la loi.

– Oui..., a dit Wolfe pour m'encourager à continuer.

– Je sais aussi que si la police est appelée quelque part, dans un endroit où vient d'entrer un cambrioleur, par exemple, et qu'elle y trouve quelque chose d'illégal, elle peut le prendre.

– Et s'en servir devant un juge.

– Oui.

Le visage de Wolfe était impassible et dur.

– Si on la cambriole, cette femme n'appellera pas la police.

J'ai allumé une dernière cigarette.

– Vous faites surveiller sa maison? j'ai demandé.

– On pourrait le faire. Dès demain.

– Jour et nuit?

– Oui.

J'ai tiré une longue bouffée.

– En cas d'incendie, tout citoyen est dans l'obligation de porter secours aux victimes, j'ai dit.

Wolfe m'a tendu la main. Je l'ai prise et je l'ai embrassée très vite, puis je suis parti.

90

Il m'a fallu deux jours pour tout mettre en place. Je me disais que je ne voulais pas visiter l'usine à saloperies de Little Neck juste après que Wolfe eut placé ses gens dans le coin. La vérité, c'était que j'avais besoin de me retrouver – il fallait arrondir les angles, agir prudemment, chercher comment mener à bien ce boulot en prenant le moins de risques possible.

Mais tout se mélangeait dans ma tête. Je pensais à des trucs nuls, comme de demander à la Taupe de couper la ligne de Browne, d'aller chez elle déguisé en réparateur du téléphone et de chercher la photo. On aurait pu aussi entrer en douce dans la maison pendant que ces deux ordures seraient partis se promener dans leur van. Mais rien ne marchait. On ne la fait pas aussi facilement à des gens qui produisent de la photo porno d'enfants sur commande.

J'avais l'impression que tout me glissait entre les doigts. Jamais je n'aurais une femme comme Wolfe. Flood ne reviendrait pas. Je pouvais vivre sans celle dont je rêvais, j'avais passé assez de temps pour ça dans des endroits où on n'a jamais ce qu'on veut. Mais je ne pouvais pas vivre avec Strega dans la tête. Il fallait que je me débarrasse de la *bruja* avant qu'elle m'entraîne au fond du gouffre.

Le Prophète est venu au rapport. Il était allé se promener autour de la maison. Il avait même sonné, pour proposer ses services comme jardinier. La femme était venue lui ouvrir elle-même, et l'avait envoyé paître. Apparemment, elle n'employait personne chez elle.

J'ai eu les plans de la maison par des gens de la mairie. Elle appartenait conjointement à M. et Mme Browne. Il l'avait achetée quatre ans plus tôt pour trois cent quarante-cinq mille dollars, avec un prêt bancaire. J'ai vu tous les papiers, et ça ne m'a coûté que cinquante dollars. Officiellement, Bonnie était « investisseur privé ». Elle déclarait deux cent cinquante mille dollars par an de revenus.

Les employés du téléphone qui vendent des informations sont plus chers que ceux de la mairie. Ils croient encore détenir un monopole. Il y avait deux lignes dans la maison, toutes deux sur la liste rouge. Les factures s'élevaient en moyenne à cinq cents dollars par mois pour les deux, presque uniquement des communications interurbaines. Par acquit de conscience, j'ai comparé les numéros à ceux que j'avais recopiés sur le carnet du mac. Aucun ne correspondait. Ils travaillaient dans des cercles différents.

Le moment était venu de redevenir moi-même.

91

J'AI réussi à trouver tout le monde sauf Michelle. Elle n'était à aucun des endroits habituels. J'ai fini par aller à L'Idéal, un bar de transsexuelles où elle traîne quand elle ne travaille pas.

– Elle est chez le coupe-tifs chéri, m'a dit son amie Kathy.

J'ai fait la grimace. Son « salon » préféré ressemblait à une cage de perruches, piaillements aigus, plumes qui voletaient et plancher couvert de déchets.

– Fais pas cette tête, Burke. Plus personne ne va

là-bas maintenant. Daniel a ouvert un nouveau salon absolument super sur la Cinquième Avenue. Tiens, voilà sa carte.

– Merci, Kathy, j'ai dit en posant un billet de vingt sacs sur le bar.

– A bientôt, Don Juan, elle a répondu.

Je ne crois pas que c'était à cause des vingt dollars. Les transsexuelles sont tout simplement plus aimables que la plupart des gens.

La Dolce Vita était au deuxième étage. Il y avait un ascenseur, mais j'ai préféré monter par l'escalier. Si je voulais redevenir moi-même, autant commencer tout de suite.

Couleurs pastel et miroirs partout. Salle d'attente où des gens lisaient l'édition italienne de *Vogue* en buvant du café dans des tasses transparentes. La réceptionniste, perchée derrière sa table haute sur un tabouret, en plein milieu de la pièce, surveillait son petit monde.

– Est-ce que je peux vous aider, monsieur? elle m'a demandé.

– Daniel est là?

– Il est avec une cliente.

– C'est elle que je veux voir.

Elle a tendu la main devant elle, j'ai avancé dans cette direction et je me suis retrouvé dans une pièce qui surplombait la Cinquième Avenue. Michelle se faisait coiffer par un type tout mince en sweat-shirt blanc, jean et chaussures de tennis. Elle échangeait des propos enfiévrés avec la femme qui attendait dans le fauteuil d'à côté.

– Arrête avec ce mythe de la côte ouest, elle disait. La culture californienne, c'est des fous qui tirent sur les passants en bagnole.

Je me suis mis entre elles avant qu'elles n'en viennent aux mains.

– Burke ! a crié Michelle. Tu arrives juste au bon moment.

– Le bon moment pour quoi ? j'ai demandé.

– Pour te faire couper les cheveux. Tu en as vraiment besoin, et Daniel a une cliente qui vient de se décommander.

J'ai serré la main de Daniel. Il avait de la poigne, et un sourire ironique flottait sur ses lèvres.

– Burke..., il a dit. Et ton prénom, c'est quoi ?

– Je ne paie pas par chèque, j'ai répondu.

– Arrête, tu veux, est intervenue Michelle. T'es pas chez ton bookmaker.

– Je voudrais te parler, j'ai dit.

– Parle.

– Pas ici.

Michelle a soupiré.

– C'est toujours compliqué avec toi. Attends une minute, assieds-toi.

– De toute façon tu dois garder ça un moment, a dit Daniel en tapotant sa mise en plis.

– Ne te presse pas, mon chéri. Tu as bien le temps de couper les cheveux de mon ami Burke, non ?

Daniel m'a regardé d'un air interrogateur. J'ai haussé les épaules... au point où j'en étais.

– Il faut passer au shampooing d'abord, il a dit.

– C'est indispensable ?

– On ne peut couper que sur des cheveux mouillés, il a expliqué en jetant un coup d'œil en biais à Michelle.

– Il a été élevé dans une grange, a soupiré cette dernière.

Une jeune employée m'a conduit dans une autre pièce, où elle m'a versé du shampooing sur la tête. Elle a rincé et recommencé. Quand je suis revenu,

Daniel jouait toujours avec les cheveux de Michelle.

– Quel genre de coupe voulez-vous? il m'a demandé.

– Faites votre boulot, j'ai dit. Et sans fioritures.

Il est allé chercher quelque chose.

– On a du travail, ce soir, Michelle, j'ai dit.

– Tu as besoin de ma douce voix pour donner un coup de fil?

– Oui, et je voudrais aussi que tu donnes un coup de main à la Taupe.

Pour une fois, elle n'a pas lancé de vanne sur la Taupe.

– Quelle heure?

– On se retrouve entre cinq heures et cinq heures et demie dans le sous-sol de Mama. Ça marche?

– J'y serai, chéri, elle a dit en m'embrassant sur la joue.

Et elle s'est levée.

Daniel m'a coupé les cheveux. Le silence était revenu, on se serait presque cru chez un vrai coiffeur. Daniel était même capable de parler de boxe. Quand ça a été fini, j'avais toujours la même tête. Il m'a expliqué que c'était du grand art.

Je suis allé demander Michelle à la réceptionniste.

– Elle vient de partir. Elle m'a dit de vous donner sa note.

Qu'est-ce que je pouvais faire?

– Et combien je vous dois?

– Cent soixante-dix dollars soixante, avec la TVA, elle a dit.

– Quoi!

– Michelle a eu la manucure, une couleur, une

mise en plis et un brushing, elle a dit comme si ça expliquait tout.

Je n'ai pas laissé de pourboire à Daniel.

92

– TIENS-TOI tranquille ! m'a dit Michelle. Assis à côté d'elle, j'avais posé ma main sur une planche qu'elle avait installée sur ses genoux. Elle travaillait avec soin. Et petit à petit, le tatouage des Vrais Frères apparaissait sur ma peau.

Le Prophète s'est penché pour regarder – il savait mieux que personne à quoi ressemblait la croix gammée.

– Tu aurais dû faire artiste, Michelle, il lui a dit pour la féliciter.

– Je *suis* une artiste, chéri, Michelle a répondu. J'ai apporté un sens tout à fait nouveau à l'expression « client satisfait ».

Max était en position du lotus, contre le mur du sous-sol, tout habillé de noir. Il a enfilé une cagoule. On ne voyait plus que ses yeux. Et il s'est mis à se passer de la crème noire sur les mains.

– La voiture est prête, la Taupe ?

Il a hoché la tête. On ne prendrait pas la Plymouth pour aller jusqu'à la baraque de Browne. Michelle la planquerait un peu plus loin. Si quelqu'un nous suivait on changerait de voiture et on laisserait la vieille tire de la Taupe derrière nous.

– Tu coupes les téléphones à onze heures et demie ?

Nouveau hochement de tête. Il n'y avait pas d'alarme dans la maison, ni de liaison directe avec le poste de police local. Ce n'était pas le genre des proprios.

Inutile de tout répéter. Michelle passait un coup de fil, une représentante qui veut parler au maître de maison. Si c'était le mari qui répondait, elle essayait de le garder le plus longtemps possible en ligne et j'en profitais pour sonner à la porte. Max entrait par-derrière. Il faisait sortir tout le monde sauf la femme, j'avais besoin de lui parler. Si elle venait ouvrir la porte, je la ramenais de force dans la maison et prenais les photos. Si quelqu'un d'autre se pointait, je sortais mon feu et attendais que Max ait dégagé la voie à l'intérieur.

Et si le devant de la maison ne me plaisait pas, j'y entrais autrement.

Le Prophète et moi, on avait des émetteurs radio. Quand je donnais le signal, le Prophète se glissait au volant de la bagnole et démarrait. Pendant que je le rejoignais, la Taupe transformait la baraque en incinérateur. Puis Max et lui allaient retrouver Michelle de l'autre côté de la grille.

A minuit, on aurait terminé.

Michelle en avait fini avec ma main et elle s'est attaquée à mon visage. Fond de teint sombre et moustache noire, j'étais méconnaissable. Je mettrais un chapeau et des lunettes noires.

– Qu'a dit McGowan quand tu lui as amené Terry? je lui ai demandé.

Elle n'a pas répondu. Son visage a pris une expression butée.

– Qu'est-ce qu'il y a, Michelle?

– Je n'ai pas ramené Terry à McGowan, elle a dit.

– Qu'est-ce que tu as fait de lui? j'ai demandé d'une voix égale.

– Ecoute, Burke, il ne pouvait pas rentrer chez

lui. Son père est un horrible salaud, c'est avec lui que ça a commencé.

– C'est pour ça qu'il s'est enfui?

– Il ne s'est pas enfui. Son père l'a vendu au mac.

Et les gens croient que c'est la pollution de l'atmosphère qui va tous nous tuer.

– Qu'est-ce que tu as fait de lui? j'ai répété.

– Il est mon fils, maintenant, elle a dit. Je vais m'occuper de lui.

– Michelle, j'ai dit d'un ton patient mais dans mon cerveau le signal d'alarme clignotait, tu ne peux pas garder ce môme dans ton hôtel. Un jour ou l'autre quelqu'un va...

– Il est avec moi, a dit la Taupe.

– A la casse?

– J'ai arrangé un coin pour lui, a répondu la Taupe d'un ton blessé.

– La Taupe lui donne des cours, a dit Michelle. Il lui apprend l'électronique et tout. C'est un môme vraiment intelligent. Tu ne peux pas savoir ce qu'il...

– Oh merde...

– Burke, Terry est mon fils, maintenant. On l'a emmené à SOS Enfants. Lily l'a pris en main. Il va s'en sortir.

– Et si quelqu'un vient le chercher?

– Ils n'ont qu'à venir, elle a dit d'un ton de défi.

– Ecoute-moi une minute, Michelle. Tu as une vie particulière. Quelle mère peux-tu être?

– En tout cas certainement une meilleure mère que celle que tu as eue, elle a dit d'une voix tranquille.

J'ai allumé une cigarette. Le môme n'irait peut-être jamais dans une grande école, mais c'est vrai que l'Etat est la pire de toutes les mères.

– Il fait partie de la famille, a dit la Taupe en regardant Michelle.

J'ai renoncé à discuter avec eux.

– Ne me demandez quand même pas d'être son tonton, j'ai dit.

Michelle m'a embrassé sur la joue.

– Après mon opération, je vais l'adopter, tu sais. Il ira à l'université... J'ai déjà commencé à faire des économies...

– J'avais remarqué, j'ai dit en me souvenant de la note qu'elle m'avait laissée chez Daniel. Et la Taupe va lui acheter un chien, c'est ça?

– Il a déjà plusieurs chiens a dit la Taupe tout à fait sérieusement.

J'ai fait signe à Max que tout était prêt. Il n'était plus là. J'ai fouillé du regard le coin où il était assis quelques instants plus tôt en me demandant comment il avait fait pour disparaître sans qu'on s'en aperçoive, et je l'ai vu. Il n'avait pas bougé. Le tissu noir de sa combinaison et de sa cagoule absorbait toute la lumière. Les autres ne le verraient jamais arriver.

Le Prophète s'est approché de moi.

– Si la femme ne parle pas, Burke, tu repartiras les mains vides?

J'ai pensé à ce que Mama m'avait dit l'autre jour. Pas de règles.

– Je sortirai de cette maison avec la photo, Prophète, je lui ai dit. C'est la prison ou le cimetière. Si ça tourne mal, fais ce que tu as à faire.

– Je sais ce que j'ai à faire, il a dit.

Je les ai regardés une dernière fois.

– Allons-y, je leur ai dit.

93

Les deux voitures roulaient tranquillement l'une derrière l'autre dans Manhattan. Je conduisais le convoi dans la Cadillac marron que la Taupe avait bricolée, Michelle suivait dans la Plymouth. Le Prophète était accroupi devant le siège du passager de la Cadillac, bavardant sans arrêt. Il n'avait pas l'air mal à l'aise. Pour un type qui passe sa vie à faire semblant de ne pas avoir de jambes, se cacher sous un tableau de bord n'est pas une affaire. La Taupe était assis à côté de Michelle à l'avant de la Plymouth. On avait planqué Max dans le coffre.

Cheshire Drive se terminait en cul-de-sac, je l'avais vu sur le plan et j'étais allé vérifier moi-même la disposition des lieux. Un mur entourait le jardin. Je me suis arrêté, j'ai jeté un coup d'œil dans le rétroviseur. Michelle est venue se garer derrière moi et elle est descendue soulever le capot de la Plymouth comme quelqu'un qui a des problèmes de mécanique. J'ai sorti les câbles à pinces crocodile, au cas où quelqu'un nous verrait et se demanderait ce qu'on faisait.

Il n'y avait personne. J'ai ouvert le coffre et Max a bondi. Une tache noire contre le mur blanc. Puis il a disparu.

– Tu te souviens où est la cabine? j'ai demandé à Michelle.

En guise de réponse, elle m'a lancé un regard exaspéré.

Une corde noire s'est envolée au-dessus du mur. La Taupe a pris son sac en bandoulière, s'est accroché à la corde et a commencé à monter. Avec le Prophète, on l'a aidé. La Taupe n'est pas exactement un sportif. Max allait probablement le jeter par-dessus le mur quand ils repartiraient.

– Tu téléphones, ensuite tu reviens *lentement* jusqu'ici et tu attends Max et la Taupe. S'il y a des problèmes, ça se passera de l'autre côté, devant la maison.

– Je les attendrai ici, a dit Michelle.

Je suis remonté dans la Cadillac avec le Prophète et on est repartis, Michelle derrière nous. On est passés devant la cabine téléphonique et elle a freiné. Il était onze heures vingt-cinq.

Un peu plus loin, on a vu une Ford noire avec deux hommes dedans. Les types qui bossaient avec Wolfe étaient vraiment subtils. J'ai pensé qu'il serait facile à ceux que ça amuserait de bloquer la rue quand on s'en irait.

J'ai fait marche arrière dans l'allée qui menait à la grille de la maison, et j'ai laissé la Cadillac l'avant pointé vers la rue.

– C'est l'heure, j'ai dit au Prophète.

La grille était fermée à clef. Je suis passé par-dessus et je me suis dirigé très vite vers la porte de la maison. J'avais comme des bruits de sirènes dans les oreilles. Pourtant, tout était calme.

La porte était peinte en noir, ça faisait un drôle d'effet, contre les pierres blanches de la maison. Il n'y avait ni heurtoir ni sonnette. Une douce lumière se répandait de la large baie vitrée, mais on n'entendait aucun bruit. Je me suis écarté de la porte pour regarder à l'intérieur par la fenêtre. C'était une salle de séjour où personne ne séjournait jamais, meubles alignés, couverts de housses en plastique, ni mégots dans les cendriers ni journaux qui traînaient. Frapper à la porte d'entrée serait une erreur. Peut-être que tout le monde dormait, peut-être même que personne n'avait entendu le téléphone sonner.

J'ai fait le tour de la maison en regardant par chaque fenêtre s'il y avait quelqu'un. Rien. Cette baraque était aussi dépeuplée qu'une salle de réunion pour les Droits de l'homme en URSS.

La double allée se prolongeait derrière la maison jusqu'à un hangar où étaient garés un van jaune et une berline de couleur sombre, anonyme. Le long du mur, un toit en pente abritait une pièce ajoutée à la maison, probablement celle par laquelle on descendait au sous-sol.

Une des fenêtres était totalement plongée dans l'ombre. Elle m'a paru parfaite. J'ai vérifié qu'elle n'était branchée sur aucun système d'alarme et j'ai mis mes gants pour l'ouvrir. Les boiseries étaient vieilles, je n'avais pas envie de m'enfoncer une écharde dans le doigt. La fenêtre était bloquée. J'ai pris un rouleau de papier collant dans ma veste et j'ai collé drois bandes sur le carreau le plus proche de la poignée, en laissant dépasser de longs morceaux. Ensuite j'ai travaillé avec le maillet en caoutchouc, tapant doucement. Mon cœur, lui, cognait dur, comme toujours quand je travaille, mais je respirais lentement par le nez, pour me calmer. Si tu t'impatientes, sur se genre de boulot, tu risques de passer pas mal de temps à réfléchir dans un lieu où les fenêtres n'ont pas de carreaux.

Quand j'ai appuyé la main bien à plat sur la vitre, j'ai entendu un léger craquement, comme celui de la cellophane qui entoure les paquets de cigarettes au moment où on les ouvre. J'ai retenu le carreau par le papier collant qui pendait et passé mon autre main à l'intérieur pour ouvrir. Doucement, tout doucement.

J'ai respiré à fond et éclairé rapidement la pièce avec ma lampe de poche. C'était un bureau, comme ceux qu'on voit dans les magazines. Un grand fauteuil de cuir, un poste de télévision, des gravures sur les murs. Ça sentait le moisi et la mort.

Je me suis hissé sur le rebord de la fenêtre et je suis entré. Par effraction. Jusque-là, ce n'était pas trop grave. Après avoir refermé la fenêtre, j'ai passé le bas nylon sur ma tête et pris mon revolver. Vol à main armée, ça devenait plus grave.

Je me suis engagé dans un long couloir. Sur ma droite, la cuisine, une grande cuisine avec des fenêtres sur deux côtés. A gauche, l'entrée, et cette salle de séjour pleine de meubles sans housse. Par terre, de la moquette beigeasse. Ils appellent ça les teintes « terre ». Dans l'escalier aussi, il y avait de la moquette. Mais j'ai quand même pris soin de ne pas faire craquer les marches.

J'étais déjà dans l'escalier quand j'ai entendu la musique. Un orchestre classique, très doux, rien que des cordes et des flûtes. Une fois arrivé en haut, j'ai attendu, l'oreille aux aguets. La musique venait d'une pièce située à l'arrière de la maison, la seule qui était éclairée, de la lumière passait par la porte entrebâillée. Mais impossible de voir ce qui s'y passait. Je suis parti dans la direction opposée. Il n'y avait que deux chambres, avec chacune sa salle de bains, donnant toutes deux sur la rue. Je ne les ai pas éclairées, il me suffisait de savoir que personne n'y dormait. Elles étaient vides.

Je suis revenu vers la lumière, vers la musique et ce qui m'attendait derrière cette porte entrebâillée. J'ai pris mon revolver à deux mains, je l'ai tenu au-dessus de ma tête, le dos au mur. Et j'ai pivoté sur moi-même, tout en poussant la porte avec mon épaule et en descendant le flingue à hauteur de ma poitrine, les bras tendus devant moi.

Une femme de petite taille, aux épaules carrées, était assise derrière une table d'architecte. La lampe l'éclairait par-derrière et je ne voyais pas son visage. Elle portait un peignoir à carreaux roses et des sandales orthopédiques. Elle n'a même pas levé les yeux tant elle était absorbée par son travail. J'étais déjà en face d'elle quand elle s'est aperçue qu'elle n'était plus seule.

– Ne criez pas, je lui ai dit calmement en lui montrant mon feu.

Elle a ouvert la bouche et avalé une tonne d'air, les yeux exorbités.

– Qu'est-ce que vous voulez? elle a demandé d'une voix tremblante.

– Une photo, j'ai répondu en l'attrapant par le revers de son peignoir. Je veux une photo qui est quelque part dans cette maison.

Elle a essayé de se dégager. Je l'ai frappée au visage avec mon flingue, mais pas trop fort et j'ai avancé mon visage tout près du sien.

– J'ai des ordres. Je dois ramener cette photo ou votre saloperie de tête sur un plateau.

Ses yeux ont chaviré et elle s'est effondrée contre moi. Je l'ai repoussée, elle haletait, mais je savais qu'elle n'allait pas s'évanouir.

Je l'ai traînée jusqu'à un fauteuil de cuir rouge sang à côté d'une épaisse table en bois. Puis j'ai reculé, le flingue toujours tendu vers elle.

– Qui êtes-vous? elle a demandé.

– Un homme qui fait son boulot, et j'ai pas de temps à perdre, d'accord?

J'ai jeté sur la table la photo que Strega m'avait donnée. La femme a cligné des yeux, mais elle n'a pas fait un geste.

– C'est le môme en question, j'ai dit. Vous avez une photo de lui ici, et je la veux.

– Pourquoi aurais-je une photo de lui?

J'ai fait un pas en avant et je l'ai giflée, juste assez fort pour lui remettre les idées en place.

Lentement, j'ai commencé à sortir mes accessoires de ma poche. Une corde de piano, une petite bouteille remplie d'un liquide transparent, une lanière en cuir. Et un rasoir. Les yeux de la femme étaient immenses.

Quand je me suis rapproché, elle a plongé son visage dans ses mains. Elle n'avait pas de bagues, ni de vernis à ongle. J'ai glissé la lanière de cuir sous ses doigts et je l'ai bâillonnée. Elle a fait un bond en avant, je lui ai envoyé ma main dans la poitrine, elle a exhalé tout l'air qui lui restait dans les poumons et est tombée en avant. Une minute plus tard, je lui avais attaché les poignets aux bras du fauteuil avec la corde de piano.

Pas un son ne sortait de sa bouche, mais ses yeux hurlaient.

– A vous de choisir, je lui ai dit. Vous voyez cette bouteille? De quoi vous envoyer dans les vapes. Si vous m'y obligez, je vous coupe les doigts de la main droite. Un par un. Et j'attendrai votre réveil. Vous allez gueuler, quand vous vous réveillerez, croyez-moi.

Derrière le bâillon, son visage se décomposait.

– Vous avez compris? j'ai lancé d'un ton méchant.

Elle a hoché la tête si fort qu'elle a failli se la décrocher.

– Maintenant, je vais vous enlever le bâillon. Et si vous ne me dites pas ce que je veux savoir, vous allez perdre votre sang de navet jusqu'à la dernière goutte.

J'ai détaché la lanière en cuir. Elle a repris sa respiration tant bien que mal.

Je l'ai regardée droit dans les yeux.

– N'essayez surtout pas de crier, je lui ai dit.

Elle s'est reprise.

– Je ne suis pas seule dans la maison, elle a murmuré.
– Si, j'ai répondu. C'est moi qui ai de la compagnie, ce soir.
Elle m'a regardé fixement, essayant de comprendre ce que je venais de dire. Elle avait des yeux durs, vides, comme des yeux de poupée, sans âme. Et elle dégageait une odeur aigre, ignoble. Mais elle avait repris son souffle.
– Je n'ai pas d'argent ici, elle a dit comme si ça réglait tout.
Je me suis penché en avant, j'ai planté mon regard dans le sien.
– Je veux cette photo, j'ai dit. Et je ne le répéterai pas.
– Juste une photo?
– N'essayez pas de gagner du temps espèce de vieille ordure. J'ai des ordres.
Elle me regardait, réfléchissait. Tant pis pour elle. J'ai repris la lanière de cuir.
– Dans le coffre! elle a dit très vite. Je vous en prie, ne...
– Où est le coffre?
– Dans le sol, sous la table de travail.
J'ai regardé. A cet endroit, le plancher était fait de lattes carrées. Quand j'ai tiré, il y en a quatre qui sont venues tout de suite. La serrure secrète faisait face au plafond.
– Allez-y, j'ai dit à la femme.
Elle a compris.
– Six à gauche, vingt-quatre à droite, douze à gauche.
Le coffre était profond. Plein de cassettes vidéo, de boîtes de films. Et de Polaroïd. Des centaines de Polaroïd, chacun sous enveloppe transparente.
– Vous avez un fichier? j'ai demandé.
– Non, elle a répondu d'une voix mourante.

Elle mentait probablement, mais je n'avais pas le temps de vérifier. Je savais ce que je cherchais. Ça m'a pris deux minutes. Deux minutes à regarder la pire saloperie de cette planète pourrie. Un bébé endormi avec un pénis dans la bouche, des enfants de zéro à onze ans avec entre les fesses tous les objets phalliques auxquels un malade pouvait penser, des mômes qui se touchaient en souriant d'un sourire figé, un petit garçon, la poitrine ensanglantée par du fil barbelé, en train de se faire sodomiser. Chaque photo portait dans un coin la minuscule marque bleue de l'homme appuyé sur un enfant. Sa marque de fabrique.

La photo de Scotty correspondait exactement à ce qu'il avait raconté à Immaculata. Il ne portait que son petit tee-shirt rayé et suçait un homme en costume de clown. Je l'ai mise dans ma poche.

Je suis revenu vers la femme.

– Vous avez ce que vous vouliez? elle a demandé.

Sa voix avait repris de l'assurance, maintenant, elle se retrouvait en terrain connu.

– Oui. Et je vais vous donner quelque chose en échange. J'ai mis la lame du rasoir contre son cou.

– Tu es foutue, vieille ordure, j'ai soufflé. Cette fois tu as pris la photo qu'il fallait pas. Si j'étais toi, j'appellerais le procureur, et je me rendrais. Je coopérerais avec les flics. Tu sais comment ça se passe. Trouve-toi une cellule tranquille pendant quelques années. Mais fais goûter par quelqu'un d'autre tout ce qu'on te donnera à manger.

J'ai renversé le contenu de la bouteille sur un mouchoir. L'odeur m'a fait tourner la tête.

– Vous avez promis de ne pas me faire mal! elle a crié.

– Et toi, tu as promis à des mômes qu'ils allaient

passer une super-journée à la campagne, j'ai répondu en appuyant le mouchoir contre son visage de façon à laisser passer en même temps un peu d'air. La Taupe m'avait averti que je pouvais la tuer si elle respirait trop d'éther. Un accident est vite arrivé.

Sa tête est tombée en avant, toute molle. Je l'ai détachée, traînée jusqu'à une chambre, jetée sur le lit, retournée sur le dos. Elle avait l'air endormie, je n'avais pas envie de vérifier.

Max et la Taupe étaient quelque part dans la maison. Je leur avais dit de me donner un quart d'heure et ensuite de filer, mais je savais qu'ils n'iraient nulle part sans s'assurer que tout allait bien pour moi. De même que le Prophète continuerait de faire tourner le moteur devant la grille même si une unité antiterroriste débarquait dans la rue. J'ai dévalé l'escalier. Chaque seconde passée dans cette maison devenait dangereuse. Il n'y avait personne au rez-de-chaussée. La cuisine donnait l'impression qu'on n'y avait jamais fait cuire un œuf. Dans cette baraque, tout était pour la galerie, une vraie vitrine de charmante maison américaine. Les voisins n'avaient sûrement pas eu l'idée d'aller voir ce qui se passait au sous-sol.

J'ai ouvert la porte qui donnait sur l'escalier d'en bas, je suis descendu et je me suis retrouvé dans une petite pièce qui ressemblait à un placard, avec des manteaux accrochés à des cintres, et un porte-parapluies dans un coin. Il y avait une porte derrière les fringues. Fermée de l'intérieur. J'ai sorti une carte de crédit et je l'ai glissée entre le montant et la porte en me disant que s'il y avait un verrou, j'allais être obligé de trouver une autre voie d'accès. Mais le pène a joué. La porte s'est ouverte sur un autre escalier, en colimaçon celui-là, et au moment où je mettais prudemment le pied sur la première marche, j'ai entendu une voix d'homme, aiguë et tremblante.

– Vous faites une erreur, je vous assure. Ecoutez-moi... Je connais des tas de gens... haut placés... Si vous avez un problème, je peux arranger ça. A quoi ça vous sert de rester là à me regarder ?

Je suis descendu. Dans la lumière indirecte qui éclairait le sous-sol, j'ai vu un gros type assis dans un de ces fauteuils qui ressemblent à d'énormes sacs de farine. Il fixait un coin sombre de la pièce comme si tout ce qu'il avait de plus précieux y était déposé. La Taupe était accroupi contre un mur à côté de lui. Sa grosse tête tournait lentement sur ses épaules tandis qu'il surveillait la pièce, le visage caché derrière un bas nylon qui collait à ses lunettes. Il ressemblait à une grenouille méchante.

L'homme a roulé des yeux en me voyant arriver, il a semblé soulagé.

– Ah, c'est vous le chef? Ces types...

– Ta gueule, je lui ai dit.

Ça n'a servi à rien.

– Mais ne craignez rien, personne ne nous entend. Regardez, cette pièce est insonorisée.

J'ai regardé. Les murs étaient recouverts de liège, le plafond de plaques acoustiques. Et on avait l'impression que le tapis recouvrait une épaisse couche de caoutchouc.

– Ouais, j'ai dit. Personne ne nous entend, et personne n'entend les enfants crier.

– Mais, de quoi s'agit-il? il a demandé.

J'ai armé mon flingue. L'homme a sursauté. J'ai appuyé le canon sous son œil droit.

– Je. Suis. Pressé, j'ai dit en enfonçant le canon contre sa pommette à chaque syllabe.

– Qu'est-ce que vous voulez? il a balbutié.

– Je veux les photos, le film. Le fichier. L'argent.

Le gros n'allait pas résister comme sa femme.

– Tout est en haut. Tout. Je vous le jure. Ici, je n'ai qu'un peu d'argent... sous l'établi, là-bas... C'est juste pour les dépenses quotidiennes... Le reste est à la banque... Quand la banque ouvrira demain matin, je...

– Ta gueule ! je lui ai dit en me reculant jusqu'à l'établi.

J'ai trouvé trois liasses de billets que j'ai lancées à la Taupe. Elles ont disparu dans son sac. Ce sous-sol ressemblait à une salle de jeux, animaux en peluche, poupées, cheval à bascule, train électrique. Une porte cachait le réduit où se trouvait la chaudière et le cumulus. Une autre donnait sur la pièce aveugle construite le long de la maison. Juste de quoi garer le van à l'abri des regards pour décharger la marchandise avant de la photographier.

Il était temps pour nous de filer.

– Ta femme est là-haut, j'ai dit au gros. Elle va bien, elle dort. Toi aussi, tu vas dormir. Quand tu te réveilleras, la police sera là. Tu leur raconteras ce que tu voudras. Mais ne leur parle pas de nous. Sinon, où que tu sois, je te retrouverai. Compris ?

Il a hoché la tête.

– Ecoutez, ce n'est pas la peine de m'endormir... Je suis cardiaque, vous comprenez... Je vous promets que demain je vous donnerai tout l'argent que vous voudrez...

La Taupe a sorti une seringue de son sac, a chassé les bulles d'air et m'a fait signe. Une ombre a bondi du coin obscur que l'homme fixait tout à l'heure, s'est jetée sur lui, l'a soulevé en lui serrant le bras. Ses veines saillaient.

– On fera ça en haut, j'ai dit à la Taupe tout en demandant à Max d'emporter le gros avec lui.

On est retournés au rez-de-chaussée. L'homme respirait beaucoup trop vite.

– Maintenant, il nous faut un bon incendie. Quelque chose qui aurait démarré dans la chaudière, j'ai dit à la Taupe.

Il a hoché la tête, a remis la seringue dans son sac et est redescendu.

Le gros n'arrivait pas à reprendre sa respiration. Surtout qu'il essayait encore de parler. J'ai enlevé mon gant droit pour me gratter le visage. Je voulais qu'il voie mon tatouage.

– C'est vous! Je connais votre chef... J'ai signé un contrat avec lui! Et nous avons toujours été corrects.

J'ai remis mon gant comme si de rien n'était.

– Ta gueule, je lui ai répété d'une voix de robot.

Le gros n'a jamais tenté le moindre geste, il n'était pas du genre à se battre. Mais côté baratin, il se croyait plus fort.

– Combien? il a demandé.

– J'obéis à des ordres, c'est tout, je lui ai dit de ma voix mécanique.

– Ecoutez, je ne comprends pas. Ce n'est pas comme si on leur faisait mal. Les enfants... oublient. Il faut bien gagner sa vie.

J'ai senti que Max commençait à s'énerver, mais moi je n'avais même plus de colère. Tous ces malades ont leur histoire à raconter et je les avais déjà presque toutes entendues.

La Taupe est remonté, son sac en bandoulière. Un ouvrier qui revient de l'usine. Il a levé la main, les cinq doigts tendus. Il nous restait cinq minutes. J'ai sorti la photo de Scotty de ma poche et je l'ai mise sous le nez du gros. En fait, je voulais surtout montrer à Max que le môme était sauvé, mais le gros a cru qu'il nous devait une explication.

– Ah oui! Je me souviens de lui. Ecoutez, les mecs... c'était un môme qui aimait vraiment ça... Ça lui plaisait de me lécher...

Des points rouges se sont mis à danser devant mes yeux. J'ai serré si fort mon revolver que ma main tremblait, le bruit d'une détonation a résonné dans ma tête et j'ai espéré que quelque chose m'empêcherait d'appuyer sur la gâchette.

– Non! a crié le gros en joignant les mains comme pour prier.

J'ai entendu un sifflement dans l'ombre, puis un craquement d'os brisé. Le cou du gros faisait un angle étrange avec ses épaules. Max l'a lâché et il a glissé à terre.

La Taupe s'est agenouillé à côté de lui pour vérifier ce dont nous étions tous sûrs.

– Fini, il a dit.

« La prison ou la mort », j'avais dit au Prophète. La vieille pouvait être morte, elle aussi, ça n'avait plus aucune importance maintenant. J'ai fait signe à Max de ramasser le gros et on est tous redescendus. Le compte à rebours avait commencé, la chaudière allait bientôt exploser. « Il a essayé d'échapper aux flammes, a couru dans l'escalier où il a glissé. S'est brisé le cou en tombant », je me racontais. On l'a fait passer par-dessus la balustrade de l'escalier en colimaçon. Une chute silencieuse, dans son sous-sol insonorisé.

– Allez-y, j'ai dit à la Taupe en pointant mon doigt vers l'arrière de la maison.

L'ombre de Max l'a suivi.

J'ai appuyé sur le bouton de mon émetteur pour dire au Prophète que je serais à la grille d'un moment à l'autre. Il me restait juste le temps de finir ce que j'avais à faire. Même si la chaudière explosait, le feu n'atteindrait pas tout de suite le reste de la maison. J'ai couru en haut prendre à pleines mains toute cette saloperie qui traînait encore dans le coffre et j'ai tout éparpillé dans le couloir et l'escalier. J'ai remis quelques cassettes dans le coffre que j'ai refermé. Heureusement que j'avais des gants, jamais je n'aurais eu le temps de tout essuyer.

Dans la chambre, la vieille n'avait pas bougé. Peut-être qu'elle ne bougerait plus jamais.

J'ai foncé en bas, le flingue toujours tendu devant moi, guettant les hurlements des sirènes. Et j'ai entendu quelque chose s'effondrer au sous-sol.

Par la porte entrouverte, j'ai jeté un coup d'œil dehors. La rue était calme. J'ai laissé la porte ouverte, vérifié dans mes poches que je n'avais rien oublié derrière moi, puis j'ai couru. Quand j'ai sauté de l'autre côté de la grille, la portière du conducteur était ouverte. J'ai plongé dans la voiture et le Prophète s'est écarté pour lâcher la pédale de frein.

J'ai regardé par-dessus mon épaule. Les flammes sortaient par les fenêtres du sous-sol. Un moteur s'est mis en route quelque part dans la rue. Les guetteurs de Wolfe nous ont croisés. J'ai continué à rouler tranquillement, en faisant des appels de phares au croisement.

La Plymouth attendait là où elle était censée être. Personne ne me suivait, j'ai refait un appel de phares et Michelle s'est mise en route. On s'est dirigés vers le Bronx et juste après le péage, on s'est arrêtés sur le bas-côté. J'ai ressorti les câbles à pinces crocodile, toujours au cas où.

Pendant que le Prophète surveillait les voitures, j'ai emmené les autres à l'écart.

– J'ai la photo, j'ai dit à Michelle. Quelqu'un a répondu, quand tu as téléphoné ?

– Oui, un homme.

– Tu appelles ça un homme ? j'ai dit en allumant ma première cigarette depuis ce qui me semblait des heures. Tout va bien ? j'ai demandé aux autres.

– Oui, mais ça irait mieux s'il n'y avait pas eu ce foutu mur, a dit la Taupe en se frottant la hanche.

Puis il est reparti vers les voitures avec Michelle. Max avait enlevé sa cagoule. Il a regardé le Prophète venir vers nous, lui a fait signe qu'on avait quelque chose à lui montrer. Il voulait que le Prophète voie la photo. Je la lui ai tendue. Après avoir laissé le Prophète regarder la photo dans la lumière orange des réverbères, Max a tapé du doigt contre l'homme en costume de clown et en même temps, il a penché la tête sur le côté.

– Tu as compris ? j'ai demandé au Prophète.

Il avait été des nôtres, sur ce coup, il avait le droit de savoir.

Il a hoché la tête.

– Ça veut dire que le clown est tombé.

94

La Taupe a ramené la Cadillac dans le Bronx. Max est retourné dans le coffre, il a expliqué qu'il serait trop difficile de justifier sa tenue de combat à un flic. Et j'ai repris le chemin de Manhattan.

– J'aurai l'argent dans deux jours, j'ai dit au Prophète. Où veux-tu que je te dépose ?

– C'est trop tard pour l'Armée du Salut, laisse-moi devant la gare de Grand Central.

– Et toi, Michelle ?

– A mon hôtel, chéri.

J'ai garé la Plymouth dans l'entrepôt. Immaculata est arrivée au moment où j'ouvrais le coffre pour faire sortir Max.

– On a la photo, je lui ai dit.

Elle a examiné Max sur toutes les coutures, comme un joyau. Elle passait ses mains sur lui, s'assurait qu'il était là, tout entier. Max souffrait en silence, le visage impassible. Mais ses yeux avaient un regard doux.

Je me suis incliné devant eux. Quand j'ai reculé pour sortir du garage, j'ai vu Immaculata qui tapotait son ventre pour montrer quelque chose à Max. Celui qui prend la vie l'avait aussi donnée.

95

C'ÉTAIT dans tous les journaux du lendemain. J'aimais bien la version du *Post*.

ON DÉCOUVRE DANS UN INCENDIE DES CENTAINES DE PHOTOS PORNOS D'ENFANTS.

L'homme qui a trouvé la mort dans sa maison en feu, et sa femme, actuellement hospitalisée, étaient à la tête d'une importante affaire de « porno enfantin ». C'est ce qu'ont découvert, atterrés, les pompiers du Queens cette nuit.

George Browne, 44 ans, vivait avec son épouse à l'abri des regards indiscrets dans leur confortable villa de Cheshire Drive. Brownie Browne, asphyxiée par la fumée, a été emmenée au cours de la nuit au Deeapdale General Hospital.

Les pompiers, alertés par un coup de téléphone, sont arrivés peu après que le feu se fut déclaré, vers minuit, et trois quarts d'heure plus tard, tout danger avait disparu.

C'est en examinant les dommages, de moyenne importance, que les pompiers ont trouvé dans cette maison des centaines de photos pornos d'enfants. Ils en ont immédiatement averti la police.

D'après le commissaire Louis DeStephano, du onzième district, plusieurs cassettes vidéo et des films non développés ont été également saisis.

« C'est un choc terrible, nous a dit une voisine du couple, effondrée. Nous n'avions pas beaucoup de contacts avec eux, mais ils étaient toujours charmants quand on les rencontrait dans la rue. Je n'arrive pas à y croire. »

Si les pompiers et les voisins étaient loin de s'attendre à cette découverte, il n'en allait pas de même pour tout le monde. En effet, la maison de Cheshire Drive était placée sous surveillance policière, et on sait que George Browne avait déjà été arrêté deux fois pour voies de fait sur des enfants.

En 1978, Browne, accusé de détournement de mineur, avait bénéficié d'un non-lieu. Deux ans plus tard, à la suite d'une nouvelle arrestation, il plaidait coupable. Selon la police, sa dernière victime était un petit garçon de cinq ans.

On a trouvé son corps calciné en bas de l'escalier de son sous-sol. Il semblerait qu'il se soit brisé le cou en essayant d'échapper au feu, dû probablement à une explosion de la chaudière. Une autopsie a été décidée.

Les policiers chargés de surveiller la maison par le Bureau des victimes ont été les premiers à arriver sur les lieux de l'incendie. Le substitut du procureur, Eva Wolfe, qui est à la tête de ce Bureau, a simplement déclaré que cette surveillance faisait « partie d'une enquête en cours ». Elle a refusé de dire quand cette surveillance a commencé.

Mme Browne n'a pas encore été arrêtée, a dit le substitut du procureur, en ajoutant que cela « ne saurait tarder ».

D'après un porte-parole de l'hôpital, l'état de Mme Browne est satisfaisant.

Le Prophète lisait par-dessus mon épaule.

– Les flammes attendent celui qui ne sait pas apprendre, il a dit.

Il y a du vrai dans la sagesse populaire.

96

J'AI téléphoné le lendemain.

– Vous avez l'argent? je lui ai demandé dès qu'elle a décroché.

– C'est vous qui...

– Vous avez l'argent? j'ai répété avant qu'elle n'en dise plus long.

– Je l'aurai ce soir. Est-ce que vous avez...

– Ce soir, minuit. D'accord.

– Oui. Je...

Je lui ai raccroché au nez. Il fallait qu'elle s'habitue.

97

Je suis arrivé à l'heure. La peur m'avait envahi, et je ne pouvais pas lui donner de nom. Personne n'aime le bistouri, mais quand la maladie est mortelle, on préfère l'opération.

La cour de derrière était plongée dans une obscurité incertaine. Les ombres dansaient. Sans musique.

« Je t'ai en moi », avait dit un jour Strega. J'ai appelé Flood dans ma tête, pour qu'elle me dise que Strega avait menti. Pour me persuader moi-même.

J'avais la photo de Scotty dans ma poche. Un passeport pour entrer dans cette maison. La quitter serait une autre affaire.

Le garage était ouvert, il y avait de la place pour la Plymouth. Je l'ai laissée dehors, tournée en direction de la sortie.

Je suis monté jusqu'au salon blanc. Personne. J'ai craqué une allumette et cherché un interrupteur. Le lampadaire halogène répandait une lumière douce. J'ai allumé une cigarette, la flamme a vacillé et l'allumette s'est éteinte. Je l'ai mise dans ma poche et j'ai attendu.

Elle est entrée vêtue d'une combinaison rouge, pieds nus. Aucune trace de maquillage sur son visage. Elle s'est assise à côté de moi sur le divan, les jambes repliées. On aurait dit une petite fille.

J'ai pris la photo dans ma poche, je l'ai regardée une dernière fois et je l'ai posée sur les genoux de Strega. En échange de ma paix intérieure. Elle a passé le doigt dessus.

– C'est celle-là, elle a murmuré.

Je ne voulais pas de cérémonie.

– Vous avez l'argent ? je lui ai demandé.

– Je vais la brûler devant Scotty, elle a dit comme si elle ne m'avait pas entendu. Et tout sera oublié.

– Non, seuls les gens de SOS Enfants lui feront oublier.

– Vous savez très bien ce que je veux dire.

Elle avait ses mots magiques, j'avais les miens.

– Où est l'argent ? je lui ai encore demandé.

– En haut, elle a dit en se levant. Venez.

Un carton à chapeau était posé au milieu du lit. Un diamant sur du sable mouvant. Elle l'a montré du doigt, l'autre main sur la hanche.

Je l'ai ouvert. L'argent était là, une liasse épaisse. Avec la chaîne en or sur le dessus.

– Touche-la, elle a dit. Elle est toute chaude. J'ai dormi en t'attendant, j'ai dormi avec la chaîne à l'intérieur de moi. Elle a ma chaleur.

– Je n'en veux pas, j'ai dit.

– N'aie pas peur... prends-la.

– Je n'en veux pas, j'ai répété d'une voix sourde.

Elle m'a poussé vers une chaise. J'ai résisté.

– Il faut que ce soit sur une chaise, elle a murmuré. C'est le seul endroit où je peux le faire. Il faut que tu sois assis.

– Je veux seulement prendre mon argent, je lui ai dit.

Elle s'est agrippée à ma veste, tirant de tout son poids, ses yeux diaboliques lançaient des éclairs.

– Tu m'appartiens, elle a dit.

J'ai croisé ses yeux, quelque chose y dansait, quelque chose qui ne trouverait jamais de partenaire.

– J'ai fait mon boulot, je lui ai dit sans bouger d'un pouce. C'est fini, maintenant.

– Tu ne peux pas me quitter, elle a soufflé.

– Si, Strega.

– Tu dis mon nom, tu crois que tu me connais. Mais tu ne me connais pas.

– Je te connais. Et ne te donne pas la peine d'aller voir Julio. Il ne pourra rien y faire.

Strega savait lire le mot « fin » en bas des scénarios. Elle m'a lâché, s'est appuyée contre le montant du lit.

– Julio ! elle a dit. Mon cher oncle Julio, le grand ami de mon père.

Elle s'est tournée face à moi.

– Qui crois-tu qui m'ait appris à faire des choses gentilles quand il était assis sur une chaise, à être une bonne petite fille ?

– Quoi ? j'ai dit.

J'ai eu le temps d'apprendre, en une vie, à ne pas trahir mes pensées sur mon visage, mais avec Strega, ça ne marchait pas. Elle répondait aux questions que je n'avais pas posées.

– Julio ! On m'appelait Peppina à l'époque. J'aimais tout le monde, surtout Julio. Quand il a commencé à me faire faire ça, je l'ai dit à mon père, elle a dit d'une voix d'enfant.

– Qu'est-ce qu'il a fait ?

– Mon père ? Il m'a fouettée avec une ceinture parce que je racontais des horreurs sur Julio. Julio le saint. Le saint que respectait mon père... à cause de l'argent, et parce qu'il avait peur. Alors ça a continué avec Julio.

Je l'ai regardée dans les yeux. Un feu glacé. La haine.

– Ils m'ont tout appris : l'argent et la peur. Une leçon que je n'ai pas oubliée. Et je n'ai plus jamais été Peppina, la petite fille heureuse d'autrefois.

Je me suis souvenu de Julio, la dernière fois que je l'avais vu. Maintenant je savais pourquoi il avait cet air-là.

– C'est pour ça que Julio m'a demandé de faire ça... de trouver cette photo?

– Julio fait ce que je veux maintenant. Ils font tous ce que je veux. L'argent et la peur.

– Jina...

– Strega. Pour toi, Strega. Et quand tu me reviendras, ce sera toujours Strega.

– Je ne reviendrai pas, j'ai dit en prenant le carton à chapeau sous le bras, comme si mon argent me protégeait du froid qui m'envahissait.

Une larme a coulé le long de sa joue.

– J'ai ma petite Mia, elle a dit d'une voix morte. Et moi. Pour toujours, seule avec moi-même.

« Je ne suis pas si seul qu'elle », j'ai pensé en m'en allant.

Dehors, le vent tourbillonnait. Me protégeait.

Le Livre de Poche

Thrillers

(Extrait du catalogue)

Karl Alexander
C'était demain...

Michel Bar-Zohar
Enigma

Peter Benchley
Les Dents de la mer

William Blankenship
Mon ennemi, mon frère

Arnaud de Borchgrave - Robert Moss
L'Iceberg

Thierry Breton
Vatican III

Thierry Breton - Denis Beneich
Softwar

Gerald A. Browne
19 Purchase Street

Jean-François Coatmeur
La Nuit rouge
Yesterday

Bernard F. Conners
La Dernière Danse

Robin Cook
Vertiges
Fièvre
Manipulations

James Crumley
La Danse de l'ours

Martin Cruz Smith
Gorky Park

Clive Cussler
L'Incroyable Secret
Panique à la Maison Blanche
Cyclope

Robert Daley
L'Année du Dragon

William Dickinson
Des diamants pour Mrs. Clark
Mrs. Clark et les enfants du diable

Ken Follett
L'Arme à l'œil
Triangle
Le Code Rebecca
Les Lions du Panshir

Colin Forbes
Le Léopard

Frederick Forsyth
L'Alternative du Diable
Le Quatrième Protocole

Christian Gernigon
La Queue du scorpion

José Giovanni - Jean Schmitt
Les Loups entre eux

William Goldman
Marathon Man

Michel Grisolia
Haute mer

Joseph Hayes
La Nuit de la vengeance

Jack Higgins
L'Aigle s'est envolé
Solo
Le Jour du jugement
Luciano
Exocet
Confessionnal

Mary Higgins Clark
La Nuit du renard
La Clinique du docteur H.
Un cri dans la nuit
La Maison du guet

Patricia Highsmith
La Cellule de verre
L'Homme qui racontait des histoires

Stephen Hunter
Target

William Irish
Du crépuscule à l'aube
La Toile de l'araignée

William Katz
Fête fatale

Stephen King
Dead Zone

Laird Kœnig
La Petite Fille au bout du chemin

Laird Kœnig - Peter L. Dixon
Attention, les enfants regardent

D. R. Koontz
La Nuit des cafards

Bernard Lenteric
La Gagne
La Guerre des cerveaux

Robert Ludlum
La Mémoire dans la peau
Le Cercle bleu des Matarèse, t. 1 et 2
Osterman week-end
La Mosaïque Parsifal
L'Héritage Scarlatti
Le Pacte Holcroft
La Progression Aquitaine

Nancy Markham
L'Argent des autres

Laurence Oriol
Le Tueur est parmi nous

Bill Pronzini
Tout ça n'est qu'un jeu

Bob Randall
Le Fan

Francis Ryck
Le Piège
Le Nuage et la Foudre

Pierre Salinger - Leonard Gross
Le Scoop

Brooks Stanwood
Jogging

Edward Topol
La Substitution

Edward Topol - Fridrich Neznansky
Une disparition de haute importance

Irving Wallace
Une femme de trop

David Wiltse
Le Baiser du serpent

IMPRIMÉ EN FRANCE PAR BRODARD ET TAUPIN
Usine de La Flèche (Sarthe).
LIBRAIRIE GÉNÉRALE FRANÇAISE - 6, rue Pierre-Sarrazin - 75006 Paris.

ISBN : 2 - 253 - 05221 - 3 30/7549/6